Anika Walther
Alice und das Mysterium der Kaiserin
Band 1

AF281518

Anika Walther

Alice und das Mysterium der Kaiserin

Historic Fantasy

Bibliografische Information der Deutschen Nationalbibliothek:
Die Deutsche Nationalbibliothek verzeichnet diese
Publikation in der Deutschen Nationalbibliografie; detaillierte
bibliografische Daten sind im Internet über http://dnb.dnb.de
abrufbar.

Lektorat: Alica Haritz – WReWRite
Zweitkorrektorat: Alina Schunk – Literally Lektorat
Coverdesign: Jessica Stute

Verlag: BoD · Books on Demand GmbH, Überseering 33,
22297 Hamburg, bod@bod.de

Druck: Libri Plureos GmbH, Friedensallee 273, 22763
Hamburg

ISBN: 978-3-8192-0933-8

PROLOG

Ich wandle einsam hin auf dieser Erde,
Der Lust, dem Leben längst schon abgewandt;
Es teilt mein Seelenleben kein Gefährte,
Die Seele gab es nie, die mich verstand.

So schrieb es Kaiserin Elisabeth im Jahre 1887 in ihr Tagebuch, sie fühlte sich oft unverstanden und allein gelassen. Ich würde gerne zu ihr gehen und sagen: Falsch, ich verstehe dich.

Es ist genau 125 Jahre her, dass sie starb – die Kaiserin, die lieber Elfenkönigin sein wollte. Auf schreckliche Weise wurde sie umgebracht, kaltblütig ermordet. Jeder kennt die naive Prinzessin aus Bayern, die ein wahres Märchen lebte, verkörpert von Romy Schneider. Doch nur wenige kennen ihre wahre Geschichte. Dutzende Male wurde ihr Leben in den letzten hundert Jahren abgebildet, als Filme, Zeichentrick-Serie für Kinder, Serien auf bekannten Streamingdiensten und vieles mehr. Grund genug, um ihre Geschichte ein weiteres mal ganz neu aufzurollen. Doch dieses Mal etwas anders als bisher gewohnt und mit einem Tick mehr Fantasie. Denn so stelle ich mir die berühmteste Person des vorletzten Jahrhunderts vor: Als liebende Mutter und treue Freundin, die nur das Beste für ihre Kinder will und dabei viel zu selten an sich denkt.

Keiner weiß heute, wie Sisi wirklich war, da kann es noch so viele Schriftstücke aus ihrem Nachlass geben. Wer weiß, vielleicht hat sie Franz nur aus Pflichtbewusstsein geheiratet oder sie ist während ihrer zahlreichen Kuraufenthalte tatsächlich ins 21. Jahrhundert gereist. Stellt euch vor, wie sich Sisi wohl in unserer modernen Welt verhalten würde: Hätte sie ein Handy oder ein Auto. Würde ihr die Technik gefallen oder ihr eher Angst machen?

Ich habe zwar keine Ahnung von Wissenschaft oder mathematischen Formeln, aber ich habe sehr viel Fantasie und wer weiß: Vielleicht gibt es Zeitreisen wirklich, wenn schon Albert Einstein davon sprach.

Kommt mit auf eine Reise, die alles verändert – die Vergangenheit, die Gegenwart und der Blick in eine ungewisse Zukunft.

EINS

Aufbruch

Wien, 1871

Eine Dame in einem langen, eng geschnürten, hellblauen Kleid. Die braunen Haare, die ihr weit über die Hüfte hinaus reichen, sind zu einem langen Zopf geflochten, in dessen Mähne weiße Rosen stecken. Die Haut der Frau wirkt blass und die Miene steif, als hätte sie schon vor Jahren vergessen, wie Lächeln funktioniert. Vor ihr auf dem kleinen Tisch liegt ein aufgeschlagenes Heftchen mit handgeschriebenen Zeilen.

Ein zartes Klopfen ertönt und lässt die Kaiserin aufhorchen. Sie legt den edlen Füller beiseite und schlägt das dünne Heftchen zu: „Herein!"

Langsam öffnet sich die Tür ihres Zimmers. Ein uniformierter Soldat erscheint im Rahmen. Aufrecht, ohne jegliche Gefühle in den Gesichtszügen, kündigt er an: „Eure Hoheit, die Kutsche steht bereit."

Genervt stöhnt die Kaiserin auf und verdreht ihre Augen: „Ich habe Ihnen schon so oft gesagt, Ihr sollt mich bitte Sisi nennen."

„Verzeihung, Hoheit!"

Die Kaiserin lächelt amüsiert und erhebt sich von ihrem Sessel, der mit rotem Samt bezogen ist. Sie werden es nie verstehen!

„Vielen Dank, ich komme", lenkt sie ein, streicht ihr Kleid glatt und folgt dem Soldaten, der stets auf sie achtzugeben hat. Als sie ihr Schlafgemach verlassen haben und um die nächste Ecke biegen, betritt ein elegant gekleideter junger Mann den langen Flur. Auch er klopft an die Tür der Kaiserin, doch niemand reagiert.

„Mutter?", ruft er durch die geschlossene Tür hindurch.

Als wieder keine Antwort kommt, sieht er sich kurz um. Die Wachen auf dem Flur wurden abberufen, um die Kaiserin auf ihrer Reise zu begleiten. Es ist niemand zu sehen. Er öffnet die Tür vorsichtig und steckt seinen Kopf hinein: „Mutter?"

Als er sieht, dass sich weder die Kaiserin noch eine Wache im Raum befindet, betritt er diesen zögerlich.

„Bin ich zu spät?", spricht er zu sich selbst und sieht sich unschlüssig um. Das kleine Heftchen sticht ihm ins Auge, welches nach wie vor auf dem Tisch liegt, an dem zwei blumengemusterte Sessel stehen und ein im gleichen Stil gehaltenes Sofa. Nach kurzem Zögern geht er zielstrebig darauf zu, das Möbelstück aus massiver Eiche steht an der Wand direkt unter dem Gemälde der Kaiserin Elisabeth von Österreich. Langsam lässt sich der Junge auf dem Zweiersofa nieder. Normalerweise würde er sowas niemals tun, doch er musste einfach wissen, warum sich seine Mutter seit Kurzem immer öfter zurückzog. Also schlägt er das in Leder eingeschlagene Heft auf und liest das letzte, was seine Mutter schrieb:

Wien, 1871

Ich muss vorsichtiger sein, ich glaube Fridwart ist näher als je zuvor. Es war mir so, als hätte ich ihn im Schloss gesehen, doch hoffe stets, meine Fantasie spiele mir einen Streich. Vielleicht war die Angst vor ihm inzwischen so groß, dass ich mir sein Gesicht überall einbilde. Es beruhigt mich zu wissen, dass mein langjähriger Freund nun bei Sophie ist, er wird sie mit seinem Leben beschützen. Nicht auszudenken, was passiert, wenn Fridwart meine Tochter bekommt …

Ich denke auch immer häufiger darüber nach, die Reisen hinter mir zu lassen. Charles braucht mich nun mehr als je zuvor. Der Junge ahnt nicht mal ansatzweise, was vor langer Zeit geschah. Wie auch? Niemand glaubt an so etwas.

Ich war immer der Meinung, er dürfe es nie erfahren. Der Überzeugung bin ich auch heute noch, doch er wird langsam erwachsen und ahnt bereits, dass ich ihm etwas verheimliche. Es war naiv von mir zu glauben, ihn ein Leben lang vor seinem Schicksal zu bewahren. Vielleicht wäre es besser für uns beide, ihn in alles einzuweihen. Ich kann meinen Sohn nicht ewig in Watte packen. Er hat ein Recht darauf, seine Schwester kennenzulernen.

Erschrocken sieht der junge Prinz für einen Moment hoch auf das Gemälde seiner Mutter; es zeigt die Kaiserin kurz nach der Hochzeit vor 17 Jahren und war eines der ersten Bilder, welches von ihr gezeichnet wurde. Die junge Frau steht mit dem Rücken zum Künstler und schaut über die Schulter, mit einem Blick, der nur schwer zu deuten ist. Es hat etwas von Abschätzigkeit und Leid, nun nicht mehr aus diesem Käfig herauszukommen. Sie trägt ein weißes, weit abstehendes Kleid mit silbernen Applikationen. In der Hand hält sie einen Fächer und der blasse Hals ist mit einer mächtigen Perlenkette geschmückt.

Charles reißt sich von ihrem Anblick los und blättert kurzentschlossen einige Seiten vor.

Wien, 1860

Der Husten, der mich seit einiger Zeit plagt, ist schlimmer geworden. Mein Leibarzt empfahl eine Kur auf Madeira, dort bin ich weit weg von Franz. Diese Gelegenheit kommt mir nur recht. So muss ich nicht täglich in diese strengen Augen blicken und von meiner Schwiegermutter zurechtgewiesen werden. Ich werde diese Auszeit auch nutzen, um heimlich meine Tochter zu besuchen.

„Was hat das zu bedeuten?" Charles ohnehin blasse Haut wird noch fahler, sodass sie der einer Leiche gleicht. Er wirkt ungewöhnlich eingeschüchtert, wie er zitternd dasitzt und aus glasigen Augen auf die handgeschriebenen Zeilen des Tagebuchs hinabblickt, obwohl er doch sonst eher von der forschen Sorte Junge ist – manchmal sogar ein bisschen zu sehr, als es gut für ihn wäre. Das hat er mit seiner Mutter gemeinsam. Genau wie die Liebe zu Tieren jeglicher Art, zu denen er oftmals eine engere Bindung als zu Menschen hat. Dennoch änderte dies nichts daran, dass der strenge Kaiser seinen Sohn zwang, täglich Fleisch zu essen. Auch wenn Charles immer wieder betonte, dass ihm dies nicht schmeckte. Auch die schmächtige Figur des jungen Prinzen, die oftmals zu der Annahme führte, er sei unterernährt, hat er in Wahrheit einfach von seiner Mutter geerbt.

Charles nimmt das Büchlein seiner geliebten Mutter in die Hände und schlägt es andächtig zu. Er springt auf und verlässt fluchtartig das Zimmer. In seinem Gesicht bleibt ein geschockter und verwirrter Ausdruck.

***

„Eure Hoheit!" Mit einer tiefen Verbeugung hält der uniformierte Soldat die Tür der Kutsche auf. Noch einmal sieht Sisi zurück auf das prunkvolle Schloss Schönbrunn, welches 200 Jahre später für die Öffentlichkeit zugänglich sein wird, doch zu dieser Zeit stehen an jeder Ecke bewaffnete Soldaten, die stets auf die Kaiserliche Familie achtzugeben haben. Niemand kommt ungesehen auf das Gelände. *Gefangen im Goldenen Käfig*, so beschreibt Sisi oft ihr Leben.

Sie hebt das lange Kleid etwas an, um auf die Stufe, die in die Kutsche führt, zu steigen. Stumm setzt sie sich ihren engsten Vertrauten am Hof gegenüber. Wie die Tür der Kutsche geschlossen wird, ist eine deutliche Anspannung in Sisis Gesichtszügen zu erkennen. Verkrampft und dennoch kerzengerade thront die zierliche Frau im Inneren der Kutsche.

Liebevoll lächelt die Gräfin Fanny ihre Kaiserin an. Inzwischen kennt sie Sisi sehr gut und weiß, was in ihr vorgeht. Vom ersten Augenblick an verband sie eine enge Vertrautheit mit der Kaiserin.

„Freust du dich auf deine Tochter?", flüstert Fanny mit zarter Stimme, damit dies nicht durch die dünnen Kutschwände nach vorn drängt, wo der Kutscher sowie zwei Wachen sitzen. Nur wenn sie allein sind, dürfen sie so intim miteinander sprechen.

„Sie darf nicht wissen, wer ich bin." Um eine aufkommende Träne zu verstecken, sieht Sisi aus dem kleinen Kutschfenster, welches jedoch mit weißen Stoffgardinen zugezogen ist.

Nervös dreht Sisi am goldenen Ring, der seit Langem ihren Finger ziert: „Ich reise nicht zu meiner Tochter. Ich möchte meine Freunde an diesem Tag nicht alleine lassen. Ich habe schon zu viele Fehler begangen."

Fanny beugt sich etwas vor und nimmt Sisis Hand: „Du hast stets deine Pflichten getan."

Entsetzt reißt Sisi ihre Hand zurück und blickt Fanny aus großen Augen an. „Ich habe dir dein Kind geraubt, um deine Dienste weiterhin in Anspruch zu nehmen. Die Geschichte hat recht, ich denke nur an mich und bin eine schlechte Mutter."

„Das stimmt nicht! Du bist eine tolle Mutter! Du würdest durchs Feuer gehen für deine Kinder und Jolinda … Natürlich vermisse ich sie, aber auch sie hat es gut in ihrer neuen Familie und ich diene dir gern."

Beinahe theatralisch starrt die Kaiserin auf die Stoffgardine im Kutschfenster: „Um sie zu schützen, gab ich sie fort, dennoch ist es eine Qual, ihr nicht nahe zu sein. Die Reisen zu ihr machen es auch nicht besser, denn der Abschied ist stets so schlimm. Als würde mir jemand das Herz aus der Brust reißen."

Fanny lehnt sich zurück und faltet ihre Hände ineinander, als würde sie beten, während Sisi fortführt: „Diese Reisen nach

Madeira, Korfu, Ungarn, ... Für viele Wochen lasse ich meine Kinder in Wien allein zurück, um Sophie ein paar Stunden zu sehen, in denen sie nicht einmal weiß, wer ich bin."

Ruckartig dreht sich Sisi um und schaut ihrer Freundin direkt in die Augen: „Es ist an der Zeit, die Vergangenheit hinter mir zu lassen. Ich denke zu viel an das, was war. Ich muss im Hier und Jetzt leben. Vor einigen Tagen ging es so weit, dass mir meine Fantasie einen Streich spielte –"

Fanny richtet sich gespannt auf: „Inwiefern?"

Sisi beugt sich etwas vor: „Ich glaubte, Fridwart im Schloss gesehen zu haben", flüstert sie betont leise.

Doch Fanny schüttelt augenblicklich bestimmt ihren Kopf: „Unmöglich, er wäre niemals ungesehen an den Wachen vorbeigekommen!"

Sisi lehnt sich wieder zurück und nickt eifrig: „Darum bin ich nun zu dem Entschluss gekommen, dass dies meine letzte Reise sein wird. Charles wird langsam erwachsen, er wird immer mehr an die Aufgaben eines Kaisers herangeführt. Franz ist dabei so streng. Mein Sohn braucht mich."

Fanny nickt verständnisvoll. „Was auch immer geschieht, ich bin an deiner Seite."

Sisi sieht in die blauen Augen ihrer Freundin. „Sophie ist für die heutige Welt gestorben, ich muss endlich in der Gegenwart leben."

***

Kurz nachdem die Kutsche das prunkvolle Gelände verlassen hat, geht die große Eingangstür des Schlosses auf und Charles stürmt heraus: „Mutter!", ruft er beinahe panisch, doch die Kutsche ist bereits außer Sichtweite. Eindringlich sieht er zu den Wachen, die aufrecht neben dem Eingang stehen: „Hat die Kaiserin ihre Reise angetreten?"

„Jawohl, Eure Hoheit!", bestätigt die Wache, ohne Charles dabei in die Augen zu sehen.

Einen Moment steht Charles stumm da und sieht nachdenklich in die Ferne, bevor er sich geknickt auf die oberste Stufe der Treppe setzt. Erneut schlägt er das Tagebuch auf, das er nach wie vor in den Händen hält.

Wien,1869

Heute besuchte mich meine Freundin. Sie brachte mir Bilder von Sophie mit. Sie ist ein so hübsches Mädchen geworden und kommt ganz nach mir, sagte sie. Sie hat den gleichen Dickschädel wie ich und macht nur das, was sie will. Außerdem ist sie sehr chaotisch, tierlieb und sportlich. Wie ich. Sie sei zum ersten Mal verliebt. Mein kleiner Engel ist so schnell groß geworden. Sie führt ein glückliches Leben. Es war die richtige Entscheidung, sie damals wegzugeben.

Neben diesen Zeilen klebt ein Farbfoto eines Mädchens.

„Aber Sophie ist doch tot", flüstert Charles mit Blick auf das Bild. Vorsichtig streicht er darüber. Ein Mädchen, welches so anders aussieht und doch sieht man ganz deutlich die Ähnlichkeit: Hüftlange, braune Haare, die lässig über ihre Schultern fallen. Ein sonnengebräuntes Gesicht. Ein Lachen, welches anziehend wirkt. Sie trägt ein graues T-Shirt mit einem schwarz-weißen Aufdruck einer Maus, die zwischen zwei großen Ohren eine noch größere Schleife trägt, in Rosa. Außerdem trägt das Tier ein Kleidchen mit weißen Punkten und Schuhe – sehr eigenartig. Noch seltsamer ist jedoch, dass das Mädchen auf dem Farbfoto eine Hose anhat, eine blaue Hose mit Löchern.

"Charles Joseph!"

Erschrocken springt Charles von der Treppenstufe auf und dreht sich rasch um. „Guten Tag, Vater!", begrüßt er den Mann freundlich, doch die Unsicherheit in seiner Stimme ist deutlich rauszuhören. Noch im letzten Augenblick konnte er das Tagebuch seiner Mutter hinter dem Rücken verstecken.

Der Kaiser steht mit zwei Wachen vor seinem Sohn. Die aufrechte Haltung wirkt verkrampft, der schneeweiße Maßanzug schick, aber sicher auch unpraktisch, wenn jeder Fleck darauf zu erkennen ist. Aber Charles kennt seinen Vater. Niemals würde er sich bekleckern. So etwas menschliches passiert ihm nie.

„Wo sind deine Manieren?" Die buschigen Augenbrauen des Kaisers ziehen sich zusammen, sein Blick durchbohrt Charles beinahe.

„Verzeihung!" Der junge Prinz verbeugt sich vor seinem Vater.

„Was tust du hier? Du solltest lange beim Militär sein!", will Franz wissen.

Unruhig tritt der Junge von einem Fuß auf den anderen.

„Bleib gefälligst still stehen, wenn ich mit dir rede!", schreit der Kaiser seinen Sohn an. Sofort bleibt Charles regungslos stehen und starrt auf den breiten Schnauzbart seines Vaters, da er seinem strengen Blick nicht standhalten kann. „Und sieh mir in die Augen, wenn ich mit dir spreche!"

Ruckartig sieht Charles in die hellen Augen des Kaisers: „Verzeihung, Vater. Ich hatte noch Schularbeiten zu erledigen."

„Erzähl keinen Unsinn! Ich weiß stets Bescheid, was du zu erledigen hast. Dein Hauslehrer hätte mir darüber Auskunft erteilt. Wir haben dich bereits im gesamten Schloss gesucht. Vergess nicht, ich muss zu jeder Zeit, an jedem Ort wissen, wo du dich aufhältst. Du bist der zukünftige Kaiser!"

Wenn der Kaiser nicht so laut und mit voller Wut in der Stimme sprechen würde, könnte man ihm tatsächlich glauben, er würde seinen Sohn lieben. Er hatte Charles noch nie gezeigt, dass er ihn liebt. *Eine Schande für die Familie,* so sprach er stets über seinen einzigen Sohn. Er kam nie damit klar, dass Charles so anders ist, wie er es kannte. Der starke Gerechtigkeitssinn des Prinzen und seine Tierliebe führte nicht gerade zu einer besseren Bindung zwischen Vater und Sohn.

„Ja, Vater", antwortet der Prinz kleinlaut. „Ich denke, drei Tage bei Wasser und Brot in geschlossenem Raum werden zur Strafe ausreichen." Erschrocken tritt Charles einen Schritt zurück und lässt dabei unbemerkt von Kaiser das Tagebuch in einen kleinen Spalt zwischen Treppe und Schloss Mauer fallen. „Nein. Vater, bitte nicht!", fleht der Junge, in seinen Augen glänzen bereits Tränen. Doch dies lässt den harten Kaiser nicht erweichen, er gibt den Soldaten ein Handzeichen, die verstehen und packen den Prinzen fest an Arm, er will sich noch wehren, doch weiß genau, dass dies die Situation nur verschlimmern würde.

ZWEI

Gefangen im Goldenen Käfig

Seit Stunden liegt Charles stumm auf seinem Himmelbett und starrt nachdenklich an die Decke. Das Tagebuch seiner Mutter ging ihm nicht aus dem Kopf.

„Sophie lebt", murmelt er leise vor sich hin. „Wie ist das möglich?"

Mit einem Ruck setzt der Prinz sich kerzengerade auf seinem Bett auf: „Ich muss das Tagebuch zurückerlangen, vielleicht steht irgendwo die Antwort geschrieben."

Der junge Prinz steht auf und streicht mit der flachen Hand über den schwarzen Maßanzug, bevor er zielstrebig auf das geschlossene Fenster zugeht. Er öffnet es und wirft einen skeptischen Blick über die Brüstung. Er befindet sich im zweiten Stock und Charles ist alles andere als sportlich, doch er muss einfach wissen, was es mit diesen Zeilen auf sich hat.

Sophie starb kurz nach ihrer Geburt, doch sie war nicht einfach nur eine Schwester, die er nie kennenlernen durfte, sie war seine Zwillingsschwester.

Der Thronfolger hat sein Gemach im hinteren Flügel des Schlosses. Draußen führt ein steiniger Weg in den Schlosspark, wo um diese Uhrzeit niemand mehr unterwegs ist. Kurz entschlossen klettert er über die Fensterbank, setzt behutsam die Füße auf die erste Sprosse der Rosenranke, die an der Fassade hinaufführt, während seine Hände fest an der Fensterbank klammern. Noch ein letztes Mal sieht er in sein Zimmer, bevor er langsam und mit klopfendem Herzen an der Fassade entlang herunterklettert.

Charles hat sich noch nie getraut, sich gegen seinen strengen

Vater aufzulehnen. Wie eine Marionette gehorcht er stets und tut das, was von ihm erwartet wird. Wenn man ihn nun erwischt, so ist sich Charles sicher, erwartet ihn deutlich schlimmeres als „nur" Wasser und Brot.

Mit angestrengter Miene wagt er einen kurzen Blick nach unten. Es scheint, als würde der Boden verschwimmen. Erschrocken sieht er zurück an die Mauer und hält in der Bewegung inne. Die Angst steigt in ihm auf, Schweißperlen glänzen auf seiner Stirn. Doch nun gibt es kein Zurück mehr. Charles schließt seine Augen und atmet einmal tief durch. „Ich werde nicht fallen!", spricht er zu sich selbst, bevor er seinen Weg langsam fortsetzt. Mit einem kleinen Sprung kommt er unversehrt auf dem festen Boden auf. Nur seine Hände sind etwas dreckig geworden, wie er in diesem Augenblick bemerkt. Schnell wischt er sie im saftig grünen Gras ab, bevor er gebückt an der Mauer entlang zum Vordereingang des Schlosses schleicht.

„Ich hörte, Charles Joseph sei nicht zum Militär erschienen?"

Erschrocken bleibt Charles stehen, stocksteif wagt er keine Bewegung, als würde er so unsichtbar werden. Wo kam das her? Er hörte plötzlich diese raue und zugleich weiche Stimme seiner Großmutter.

„Ganz recht. Sage mir, Mutter, was habe ich falsch gemacht? Der Junge scheint mir immer mehr zu entgleiten."

Erneut zuckt Charles zusammen, als er die harte Stimme des Kaisers erkennt. Ganz langsam dreht er sich um, aber er sieht ausschließlich die Wachen in der Ferne, die den Parkeingang bewachen und mit dem Rücken zum Schloss stehen. Sein Blick wandert nach oben. Der Prinz steht direkt unter einem geöffneten Fenster. Wie in Zeitlupe drückt er sich an die Mauer und tut etwas, was man eigentlich nicht tut, doch dies ist eindeutig ein Notfall. Er lauscht.

„Du hast nichts falsch gemacht, mein Sohn. Das ist der Einfluss seiner Mutter. Wo befindet er sich nun? Ich werde ihm ins Gewissen reden", hört Charles erneut die Stimme seiner strengen Großmutter. Plötzlich steigt ein beängstigendes Gefühl in Charles heiß auf, sein Herz schlägt schneller und seine Knie werden weich. Panik steigt in ihm auf. Er will nicht zurück zum Militär, die letzten Jahre waren schlimm genug. Er will nicht lernen, auf Menschen zu schießen!

„Ich ließ ihn in seinem Gemach einsperren, dort kann er bei Wasser und Brot über seine Untaten nachdenken."

„Hoffen wir, dass dies seine Wirkung erzielt. Sisi ist zu Kur aufgebrochen?"

„Ganz recht."

„Gut, dann haben wir genug Zeit, Charles Joseph auf den Boden der Tatsachen zurückzuholen."

„Keine Sorge, Mutter, ich werde alles tun, um meinen Sohn zu einem starken Soldaten auszubilden, der für sein Land in den Krieg zieht und eines Tages mit Würde über Österreich regiert!"

Bei diesen Worten hält es Charles nicht mehr aus. Mit großen Schritten marschiert er ums Schloss herum zum Eingang, wo nach wie vor zwei Soldaten stehen und die Tür bewachen, doch von Charles keine Notiz nehmen. Es ist das gute Recht des Prinzen, sich auf dem gesamten Gelände frei zu bewegen. Und solange sie nicht den Befehl bekommen, dürfen sie Charles nicht ansprechen.

Der Prinz weiß, dass es sich nur noch um wenige Minuten handeln kann, bis seine Großmutter bemerkt, dass er getürmt ist und vermutlich eine Hundertschaft losschickt, um ihn zu suchen.

Er rennt die letzten Meter zur Treppe, wo er das Tagebuch in einen kleinen Spalt fallen ließ. Rasch steckt er seinen dünnen Arm hinein, doch er greift ins Leere. Der Spalt zwischen Treppe und Schlossmauer ist nicht sehr tief. Schon als Kind hatte

Charles dort Süßigkeiten vor seiner Schwester Gisela versteckt. Blind tastet er erneut nach dem dünnen Heftchen. Dort ist rein gar nichts!

Leicht panisch blickt er sich um und zieht seinen Arm wieder aus dem Spalt, aber offenbar scheint ihn weiterhin niemand zu bemerken. Auf dem großen Vorplatz ist niemand unterwegs. Charles denkt fieberhaft nach. Was soll er nur tun?

Plötzlich ertönt ein lauter Böllerschuss aus dem hinteren Teil des Schlosses und Charles zuckt erschrocken zusammen. Auch die Soldaten sehen sich irritiert an, bevor sie ins Innere des Schlosses stürmen. Kurz entschlossen rennt Charles quer über den Hof in die Stallungen, wo die wertvollen Lipizzaner der Kaiserin untergebracht sind.

Er stürmt in die erstbeste Pferdebox und lässt sich in das frisch eingestreute Stroh fallen.

„Charles?", erklingt eine überraschte Männerstimme vor ihm. Der Prinz richtet sich auf, pustet sich einige Strohhalme aus dem Gesicht und sieht leicht pikiert in die Augen des Stallburschen. „Ist was passiert?"

Quenten Valentine ist, seit Charles denken kann, der Stallbursche und für die wertvollen Pferde der Kaiserin zuständig, doch für Charles ist er viel mehr als das. Er war stets ein guter Zuhörer, wenn Charles mal wieder Streit mit seinem Vater hatte und half ihm schon oft mit einem guten Rat. Als Kind verbrachte Charles viele Stunden im Stall und half Quenten bei seiner Arbeit, weil es ihm Spaß brachte, die Pferde zu pflegen, doch dies durfte der Kaiser niemals erfahren. Lediglich Sisi wusste davon.

„Vater hat mich eingesperrt", erklärt Charles.

Quenten stützt sich auf der Mistforke ab, die er in der Hand hält: „Warum dieses Mal?"

„Ich bin nicht zum Militär erschienen, doch Großmutter hat vermutlich schon bemerkt, dass ich getürmt bin und jetzt suchen sie nach mir."

„Verstehe. Du kannst erstmal hierbleiben, aber ewig kann ich dich nicht vor den Wachen verstecken."

„Danke!" Zerknirscht steht Charles auf und wischt sich das Stroh von der schwarzen Kaschmirhose, während Quenten wieder an seine Arbeit geht.

„Du arbeitest doch schon lange für meine Familie", beginnt Charles zögerlich, weil er sich nicht sicher ist, ob es eine kluge Entscheidung ist, mit jemand Außenstehendem zu sprechen.

„Seit vierzehn Jahren, um genau zu sein." Quenten nimmt einen Ballen Stroh aus einer Schubkarre und verteilt es in einer leeren Box.

Charles geht zu ihm: „Hast du die Zeit damals mitbekommen, als Sophie gestorben ist?"

Quenten, der mit dem Rücken zum Prinzen steht, hält in der Bewegung inne. „Wie kommst du denn da jetzt drauf?"

„Würdest du mich bitte ansehen, wenn ich mit dir rede, und auf meine Frage antworten!", befiehlt Charles in einem ungewohnt rauen Ton.

Quenten lässt das restliche Stroh fallen und dreht sich um. „Seit wann so bestimmt?" Locker steckt Quenten seine Hände in die graue Arbeitshose und lehnt sich an die Stallwand. Er kennt Charles schon lange genug, um zu verstehen, dass er sich nur im Ton vergreift, wenn es ihm wirklich wichtig ist.

„Ja, natürlich habe ich das damals mitbekommen. Ich war zwar noch nicht eingestellt, aber alle Zeitungen waren voll damit", antwortet er schließlich.

„Wie war das?", fragt Charles weiter.

„Natürlich sehr schlimm für die gesamte Kaiserliche Familie, aber am allermeisten hat deine Mutter gelitten. Zumindest sagte man sich dies in der Bevölkerung."

„Weißt du, woran Sophie gestorben ist?"

„Warum möchtest du das plötzlich so genau wissen?"

„Sophie war meine Zwillingsschwester. Ich möchte wissen, woran sie gestorben ist und Mutter spricht nicht darüber."

„Das verstehe ich." Quenten geht auf Charles zu und legt seine staubige Hand auf die Schulter des Prinzen. „Doch ich weiß auch nicht mehr als du. Ich bin ein einfacher Stallbursche."

Charles öffnet gerade seinen Mund, um etwas darauf zu erwidern, da erklingen von draußen aufgebrachte Stimmen: „Sucht ihn überall! Der Prinz ist verschwunden!"

Mit weit aufgerissenen Augen starrt Charles den Stallburschen an: „Bitte, du musst mir helfen! Ich will nicht wieder zum Militär!", fleht Charles. Mit einem raschen Blick sieht sich Quenten im geräumigen Pferdestall um. Schließlich nickt er und zeigt auf eine Holzleiter, die mittig im Raum steht. Wortlos eilt Charles die Leiter zum Heuboden hinauf. Gebückt krabbelt er auf den von Heu belegten Dielen ins Nichts.

Die Decke ist so tief, dass er sich nicht aufrichten kann. Erschöpft setzt er sich in die Ecke, wo ein riesiger Heuhaufen liegt, den er nun als Rückenlehne nutzt.

Quenten nimmt schnell einen Strigel in die Hand, womit er so unauffällig wie möglich ein Pferd striegelt, als die große Doppeltür aufgeht und drei Soldaten den Stall betreten.

„Ist der Prinz hier?", schreit der eine forsch, während die anderen beiden schon anfangen, den Stall abzusuchen.

„Hier?", fragt Quenten gespielt überrascht. „Die Herrschaften betreten niemals den Pferdestall, es könnte sie ja dreckig machen."

Der Soldat sieht seine Kollegen, die in diesem Augenblick wiederkommen, fragend an: „Und?"

Wortlos lässt der Soldat den Stallburschen stehen und beteiligt sich ebenfalls an der Suche nach Charles. Während sein Kollege die Pferdeboxen absucht, fällt sein Blick auf die Leiter, die mittig im Raum steht. Er zeigt darauf und ruft: „Wo geht die hin?"

Bei diesen Worten zuckt Charles ertappt in seinem Versteck zusammen. Vorsichtig drückt er sich noch tiefer in die Ecke hinein, als würde ihn dies unsichtbar machen. Wenn die Soldaten ihn erwischen, ist es für immer aus mit seiner Freiheit. „Wie?" Quenten lässt von dem Pferd ab und schaut so neutral wie möglich auf die Leiter, in der Hoffnung, man sieht ihm nicht an, wie panisch er gerade ist.

Der Soldat setzt bereits einen Fuß auf die erste Sprosse, da kommt Quenten herangeeilt: „Ach, da ist nur der Heuboden – klein, muffig und dunkel. Niemand der Herrschaften würde sich dort jemals freiwillig aufhalten."

Mit klopfendem Herzen beobachtet der Prinz, wie die Leiter ein bisschen wackelt, das leise Knacken der Sprossen ist in Charles Ohren viel zu laut zu hören. Aus Reflex hält er seine Ohren zu, während er angestrengt auf die Leiter blickt, die in der Lucke verdächtig wackelt, so als würde jemand diese hinaufsteigen. Er rutscht immer tiefer in das Stroh hinein, spürt das Kratzen an seinen Armen. Der Prinz ist sich sicher, dass man sein Herzklopfen bis zu den Soldaten hören kann. Er spürt Schweißperlen auf seiner blassen Stirn. Langsam nimmt er die kalten Hände von seinen Ohren. Sollte er sich vielleicht besser hinstellen? Hatte das Ganze überhaupt noch einen Sinn? Er kann niemals vor seinem Vater fliehen. Charles ist kurz davor, aus seinem Versteck zu treten, als er Quentens Stimme hört: „Ich sagte doch, da ist absolut nichts, außer Stroh und Dreck. Sie wollen sich doch sicherlich nicht schmutzig machen."

In dem Moment taucht ein Kopf in der Lucke zum Heuboden auf: ein Mann mit Vollbart und länglichen glatten Haaren. Er kneift seine Augen zusammen, um besser durch die Dunkelheit hindurchzusehen. Doch Charles steht zu weit entfernt, dass man ihn im Stockdunkeln hätte erblicken können.

„Ich brauche eine Fackel", schreit der Soldat runter zu seinen Kollegen. Panisch tritt Charles nun doch wieder einen Schritt zurück. Er konnte einfach nicht zulassen, dass man ihn findet. Er will sich nicht mal im Traum ausmalen, was sein Vater sonst mit ihm anstellt.

Da kommt ihm eine Idee: Leise nimmt er einen großen Strohballen beiseite und legt sich behutsam auf den morschen Dielenboden, in der Hoffnung, dass dieser nicht anfängt zu knatschen. Ganz vorsichtig, erst auf die Beine und dann auf den Bauch. Glück gehabt! So morsch scheinen die Dielen doch noch nicht zu sein.

Nun der nächste Schritt: Langsam nimmt er sich den beiseitegelegten Strohballen und legt sich diesen von hinten auf den Rücken, ein weiterer legt er sich an die Seite und etwas loses Stroh verteilt er über seinem Kopf.

„Na endlich!", hört er plötzlich die Stimme des Soldaten rufen, der in diesem Augenblick wohl eine Fackel gereicht bekam. Sehen kann Charles nichts mehr, doch hören tut er, wie schwere Schritte direkt auf ihn zukommen.

„Also ich weiß wirklich nicht, was das soll! Während Sie hier Ihre Zeit verschwenden, ist der Prinz vermutlich in Gefahr. Wenn das der Kaiser hört", ruft Quenten von unten rauf. Doch der Soldat reagiert nach wie vor nicht auf ihn, während Charles ganz andere Probleme bekommt. Das ganze Stroh an seiner Nase kribbelt, seine gesamte Konzentration ist darauf gelegt, nicht beherzt zu Niesen. Sein Gesicht verkrampft sich und die Nase hält er mit der Hand so doll zu, dass er kaum noch Luft bekommt.

„Hier scheint tatsächlich nichts zu sein", hört er den Mann sagen, als er direkt neben ihm steht.

Vor lauter Anspannung hält Charles die Luft an und atmet erleichtert auf, als sich die Schritte langsam wieder entfernen und er Quentens Stimme hört: „Ich sagte doch, da ist nichts!"

„Wenn Sie den Prinzen doch noch sehen, geben Sie unverzüglich Bescheid."

Der Lautstärke der Stimme zu urteilen, ist der Soldat nun auch wieder runtergegangen und Charles wagt es, sich kurz zu bewegen. Seine Arme waren schon dabei einzuschlafen.

Mit einem beherzten „Hatschiee" macht er die Soldaten unverzüglich wieder auf sich aufmerksam.

„Was war das?"

„Eine Maus?", versucht es Quenten, während der Soldat bereits wieder auf die Leiter zugeht. Er will gerade seinen Fuß auf die erste Sprosse setzen, als die Tür zum Pferdestall aufgerissen wird und zwei weitere Soldaten reinstürmen.

„Der Prinz hat vermutlich das Gelände verlassen! Er wurde in Wien gesichtet."

Wortlos verlassen sie den Stall und die schwere Tür fällt krachend ins Schloss. Erleichtert atmet Quenten auf.

***

„Und?" Zur gleichen Zeit sitzt der Kaiser hinter seinem ausladenden Schreibtisch und sieht den Soldaten vor sich fragend an.

„Nichts, eure Majestät. Der Prinz scheint wie vom Erdboden verschluckt."

„Habt ihr das gesamte Schloss abgesucht?"

„Selbstverständlich, ebenso den Park, die Ställe und alle anderen Gebäude."

Nachdenklich ziehen sich die buschigen Augenbrauen des Kaisers zusammen. Er lehnt sich in seinen mit Samt bezogenen Stuhl zurück und legt den Zeigefinger an sein spitzes Kinn: „Er kann unmöglich das Gelände verlassen haben."

Franz sieht zurück zum Soldaten, der aufrecht, den Hut in seiner rechten Hand, vor dem Schreibtisch steht.

„Hat ihn niemand gesehen?"

„Nur die Wachen am Eingang. Der Prinz befand sich laut dessen Aussage auf dem Vorplatz."

Franz richtet sich wieder auf und zieht die Augenbrauen hoch: „Und? Wo ist er hingegangen?"

„Die Wachen wissen es nicht, Majestät."

Mit geballten Fäusten schlägt Franz auf die massive Platte seines Schreibtisches: „Wie kann man so unachtsam sein? Das ist inakzeptabel!"

„Nein, Majestät. Wie der Schuss fiel, sind sie ins Schloss gelaufen und als sie zurückkamen, war der Prinz verschwunden."

Die große Flügeltür zum Arbeitszimmer des Kaisers öffnet sich und die Erzherzogin betritt den Raum.

„Gibt es etwas Neues von Charles?", fragt Franz hoffnungsvoll.

„Nein. Jedoch wurde der Grund des Schusses ausfindig gemacht."

Franz winkt ab: „Das ist nun irrelevant!"

Die Mutter des Kaisers geht auf den Schreibtisch zu und sieht ihren Sohn ernst an: „Ich glaube nicht."

Genervt stöhnt Franz auf: „Also gut, sprich!"

„Ein Fremder wurde in der Nähe von Charles Zimmer entdeckt. Er hatte eine Waffe bei sich, doch unsere Wachen konnten ihm diese abnehmen und haben ihn eingesperrt."

Erschrocken springt Franz von seinem Schreibtisch auf. So rasch, dass der schwere Stuhl aus Eichenholz hinter ihm krachend zu Boden fällt. Er sieht zum obersten Befehlshaber der Soldaten: „Bringt Gisela in Sicherheit!"

„Jawohl, Majestät!"

Dann wendet sich Franz an die Gräfin der Kaiserin, die stumm neben der Tür steht: „Lasst eine Kutsche anspannen und begleitet meine Tochter."

Die Gräfin tritt einen Schritt vor und macht einen Knicks: „Mit welchem Ziel, Majestät?"

„Possenhofen."

***

Nachdenklich starrt Charles in die Dunkelheit. Sollte er wieder runtergehen? Aber was ist dann? Der Pferdestall ist für jeden frei zugänglich. Es war nur eine Frage der Zeit, bis ihn jemand entdeckt. Er atmet einmal aus und lehnt seinen Kopf in den Nacken. Ungeduldig tippt er mit seinen Fingerspitzen auf den staubigen Dielenboden, bis er auf einmal etwas Viereckiges unter dem Heu spürt. Irritiert sieht er auf und legt die Stirn in Falten, während seine Hand nach dem harten Gegenstand greift. Blind ertastet er eine kleine Schachtel. Mit hochgezogenen Augenbrauen versucht er, diese zu öffnen, doch sie ist verschlossen.

Als sich seine Augen an die Dunkelheit gewöhnt haben, erkennt er, dass ein kleines, unscheinbares Schlüsselloch in der Vorderseite eingelassen ist. „So wertvoll sieht die gar nicht aus", wundert sich Charles murmelnd. Er hält die Schachtel an sein Ohr und schüttelt sie leicht. Ein leises Rascheln ist zu hören. „Was mag da wohl drin sein?"

Vielleicht sollte er Quenten fragen, ob es seine Schachtel ist? Schließlich lag sie über seinem Arbeitsplatz. Jedoch konnte sie jeder hier verstecken oder jemand hatte sie verloren. Vielleicht war sie versehentlich in einem Strohballen gelandet.

Er krabbelt zur offenen Lucke, um hinunterzuklettern, doch da geht die Stalltür erneut auf. Charles hält in der Bewegung inne. Er wagt es kaum zu atmen.

„Quenten?", hört er eine fremde Männerstimme, doch sehen kann er nichts. „Was tust du hier?"

Unsicherheit ist in Quentens Stimme zu hören, als er antwortet: „Bist du verrückt, hier aufzutauchen? Wenn dich jemand sieht!" Quentens Stimme klingt panisch.

„Glaub mir, wenn es sich vermeiden ließe, hätte ich dieses Schloss nie wieder betreten!" Die fremde Stimme klingt erschöpft.

Quenten hingegen spricht lauter als gewöhnlich. Charles ist sofort klar, dass der Stallbursche dies nur macht, damit er das Gespräch mitbekommt: „Fridwart, wir haben uns nichts mehr zu sagen! Du hast dich damals gegen uns entschieden!"

„Ich war nie auf eurer Seite. Linda brachte mich mit, doch denkst du, ich habe nicht gemerkt, wie ihr von Anfang an misstrauisch mir gegenüber wart?"

„Wundert dich das? Du hattest Sisi in deiner Gewalt! Sisi und ihre zwei ungeborenen Kinder. 16 Jahre ist es jetzt her –", spricht Quenten noch ein Ticken lauter und Charles zuckt erschrocken zusammen. Seine Gedanken fahren Achterbahn. Was wollte Quenten ihm damit sagen? Wer war dieser Mann? Und was hatte er mit seiner Mutter zu tun?

„Warum schreist du so?", wundert sich Fridwart.

„Ich schreie doch gar nicht", sagt der Stallbursche nun wieder in einer normalen Tonlage. „Was willst du nun hier?"

„Mein Sohn ist gestorben."

„Das tut mir leid – für Linda."

„Ich bin auf der Suche nach Charles. Du bist doch so dicke mit Sisi. Du musst mir helfen, an ihn ranzukommen."

„Niemals werde ich dir helfen, deinen albernen Wunsch nachzukommen"

„Sophie habe ich schon, doch allein bringt sie mir nichts."

„Sophie ist tot!"

„Das habe ich damals schon nicht geglaubt. Soll ich dich an dein Versprechen erinnern?" Fridwarts Stimme klingt bedrohlich.

„Das ist Jahre her!"

„Ich habe das Leben deiner Tochter gerettet und dafür hast du mir ewige Treue geschworen! Vergiss nicht, ich weiß wo sich Jala jetzt befindet."

„Das wagst du nicht!"

„Wenn ich den Prinzen kriege, siehst du mich nie wieder und deiner Tochter geschieht nichts!"

Leicht panisch krabbelt Charles zurück in die Ecke. Dort zieht er seine Beine eng an sich ran und vergräbt seinen Kopf ängstlich zwischen den Beinen.

„Charles ist nicht in Wien", lügt Quenten, was Charles zumindest ein bisschen Hoffnung wiedergibt.

„Erzähle keinen Unsinn!"

„Er ist auf Reisen. Charles entdeckte die Schatulle, in der ich meinen Ring aufbewahre."

Charles sieht auf und umklammert die kleine Holzschatulle in seiner Hand.

„Wie bitte? Wie konntest du das zulassen?"

„Ich dachte, der Heuboden wäre ein gutes Versteck, aber Sisi meinte auch, es sei an der Zeit, dass Charles die ganze Wahrheit erfährt."

Nachdenklich dreht Charles die Schachtel in seinen Händen. Wollte Quenten ihm zu verstehen geben, diese zu öffnen? Aber warum? Und wie? Ohne Schlüssel!

„Warum siehst du denn die ganze Zeit zu der Leiter?"

Bevor Quenten antworten kann, hört Charles schon Fridwarts schwere Schritte auf die Leiter zumarschieren. Die Leiter wackelt ein wenig, doch dann hört er Quenten rufen: „Fridwart, warte! Auf dem Heuboden befindet sich nur Heu."

Charles krabbelt blitzschnell hinter einen großen Berg Stroh. Im letzten Moment, denn nun erscheint ein blonder Wuschelkopf eines fremden Mannes in der Luke. Er schaut sich schnell um, aber klettert dann wieder herunter. Erleichtert atmet Quenten auf. Und auch Charles Herzschlag verlangsamt sich wieder.

„Ich sagte doch, da ist nur Heu."

„Gut, wenn sich Charles bei seiner Schwester aufhält, wird es für mich noch leichter sein, an ihn ranzukommen. Dann brauche ich dich ja nicht mehr."

„Ich dachte, du hättest Sophie."

„Und ich dachte, Sophie wäre tot." Mit diesen Worten verlässt Fridwart den Stall. Charles, der die schwere Holztür ins Schloss fallen hört, lehnt sich erleichtert zurück.

Doch hat er nun mehr Fragen als zuvor.

DREI

Flucht

„Wer hat dich geschickt?" Mit seiner starken Hand umgreift Franz den Nacken des Rebellen und funkelt ihn böse an.

Doch dieser antwortet nicht. Stur, mit einer blutig geschlagenen Nase, starrt er in die Augen des Kaisers.

Franz lässt den Rebellen los und tritt zurück: „Jemand wie du hätte nicht aus eigenen Stücken gehandelt!"

Der Junge, der von den Wachen im Schloss aufgegriffen wurde, scheint kaum älter als Charles. Doch sitzt er trotzdem im Kerker des Schlosses auf einem harten Holzbalken, weil er einen Anschlag auf den Kronprinzen vollziehen wollte. Verprügelt von Soldaten.

„Wo ist mein Sohn?", schreit der Kaiser den jungen Rebellen an.

„Ich habe mit dem Verschwinden des Prinzen nichts zu tun", beteuert der Unbekannte.

Franz gibt den Wachen mit einer Handbewegung zu verstehen, den Gefangenen erneut zu foltern und so vielleicht die benötigten Informationen aus ihm herauszuprügeln. Doch er selbst verlässt den Kerker durch die schwere Gittertür.

„Franz, was hast du nun vor?" Während sie das sagt, stürmt die Erzherzogin auf ihren Sohn zu, als dieser zurück in sein Arbeitszimmer kommt.

„Der Junge wird schon Antworten geben. Er braucht nur ein paar Prügeleinheiten, bis er einknickt. Der ist noch keine achtzehn."

Franz setzt sich an seinen Schreibtisch und blickt andächtig auf das Gemälde seiner Familie, welches an der Wand hängt.

„Genau deshalb bin ich mir nicht sicher, ob er wirklich etwas mit dem Verschwinden von Charles zu tun hat", gibt die Erzherzogin zu bedenken.

Franz sieht zu seiner Mutter. „Unsinn", schüttelt er seinen Kopf und steht wieder auf, als eine weitere Gräfin hineinkommt. Sie macht einen Knicks.

„Was gibt es?", fragt Franz genervt. „Majestät, ich wollte nur Bescheid geben, die Kutsche mit ihrer Tochter hat soeben Schönbrunn verlassen."

Franz nickt zufrieden: „Sehr gut!"

Doch anstatt den Raum wieder zu verlassen, bleibt die Gräfin stehen und sieht den Kaiser unsicher an.

„Gibt es noch was?"

„Sollen wir der Kaiserin nicht ein Telegramm schicken?"

„Ich wüsste nicht, wozu!"

„Ja, Majestät!" Die Gräfin macht erneut einen Knicks und geht rückwärts mit gesenktem Kopf aus dem Büro hinaus.

Franz geht zum Fenster und verschränkt seine Hände auf dem Rücken ineinander, während er auf den Hof hinausblickt.

„Ich bin nicht immer einer Meinung mit Sisi, doch ich muss der Gräfin Recht geben!" Die Erzherzogin geht zu ihrem Sohn ans Fenster. „Euer Sohn wurde vermutlich entführt. Sisi hat ein Recht darauf, es zu erfahren."

„Sie ist heute erst zur Kur aufgebrochen. Ich möchte sie nicht unnötig beunruhigen." Franz wendet sich vom Fenster ab und geht zur Tür.

Leise und nur für seine eigenen Ohren bestimmt, nuschelt er: „Sie wird sowieso nicht zurückkehren!"

„Majestät!" Als Franz durch den langen Flur zum Salon geht, kommt ihm ein Soldat entgegen. Er nimmt seinen Hut ab und verbeugt sich vor dem Kaiser. „Der Junge will nun reden!"

Zufrieden nickt Franz: „Geht doch" und folgt dem Soldaten in den Kerker.

Der junge Rebell sieht noch misshandelter aus als zuvor, mit gekrümmtem Rücken und zerfetzter Kleidung sitzt er an Handschellen auf dem harten Holzbalken.

Als die Gittertür hinter Franz ins Schloss fällt, sieht der Junge auf und der Kaiser starrt einen Moment in das blutige Gesicht.

„Was? Hat es dir die Sprache verschlagen?"

Die Wache, die in der Ecke steht, tritt bereits mit erhobenem Schlagstock näher, als Franz die Hand hebt, um ihn zu stoppen.

„Wie ist dein Name?", fragt Franz.

„Nickolas Andrassy."

Der Kaiser zieht überrascht seine Augenbrauen hoch. „Andrassy? Bist du verwandt mit dem ungarischen Grafen Andrassy?"

Nickolas schluckt einmal und nickt schließlich. „Er ist ein entfernter Cousin."

„Schickt er dich?"

„Nein. Er kennt mich nicht einmal."

„Was suchst du dann hier?"

„Ich habe das Gemach der Kaiserin gesucht", gesteht der Junge.

Entschieden tritt Franz auf ihn zu und zieht ihn am Hemdkragen ein Stück hoch. Wütend funkelt er ihn an. „Was willst du von meiner Familie?"

„Gar nichts", beteuert Nickolas erneut. „Ich habe nur etwas gesucht, was mir gehört."

Franz lässt den Jungen mit einem Ruck wieder los und dreht sich um. „Was sollte sich in Schönbrunn befinden, was dir gehören könnte!?"

Mit schmerzerfüllter Miene massiert Nickolas seinen Hals: „Das kann ich nicht sagen."

Franz dreht sich erneut zu ihm um und grinst hämisch: „Du machst deine Situation nicht gerade besser. Hast du es nicht gefunden und dafür meinen Sohn mitgenommen?"

„Nein! Ich würde Charles nie etwas tun!"

„Warum sollte ich dir das glauben?"

„Weil ich enger mit Euch verbunden bin, als Sie es sich vorstellen können."

„Was redest du für einen Unsinn? Man sagte mir, du willst sprechen, also rate ich dir, mich nicht länger zu verschaukeln. Das macht deine Situation nicht besser", wiederholt Franz bedrohlich.

Nickolas antwortet nicht. Mit starrer Miene senkt er seinen Blick auf den dreckigen Steinboden, als Franz wieder etwas nähertritt. Fast schon beschwichtigend geht er in die Knie und spricht dem Jungen ins Gewissen: „Wie alt bist du? Fünfzehn? Möchtest du wirklich dein restliches Leben in Gefangenschaft verbringen? Wenn du mir verrätst, wer dich geschickt hat, darfst du gehen."

Rasch sieht Nickolas hoch in die Augen des Kaisers: „Ich bin sechzehn und ich bin aus freien Stücken hier."

Franz stellt sich wieder aufrecht hin und dreht sich kopfschüttelnd um. Bevor er jedoch die Zelle verlässt, gibt er den Soldaten das erneute Zeichen, Nickolas zum Reden zu bringen. Koste es, was es wolle.

***

Vor Erschöpfung ist Charles mittlerweile in dem gemütlichen Heu eingeschlafen, doch fühlt er sich keineswegs wohl. Er träumt wirres Zeug von Soldaten, die hinter ihm her sind, und seiner Schwester, die ihm entrissen wird. Er ist einfach zu schwach, um sie zu halten.

Schweißgebadet fährt er hoch: „Sophie!"

„Deine Schwester ist tot!" Erschrocken schaut der Prinz neben sich.

Dort sitzt Quenten im Heu, eine Laterne in der Hand, die er nun neben sich abstellt.

„Wie lange habe ich geschlafen?"

„Es ist bereits Mitternacht. Die Soldaten haben die Suche eingestellt."

Charles richtet sich auf und lehnt sich mit dem Rücken an die Wand: „Wer war dieser Mann vorhin?"

Quenten setzt sich in den Schneidersitz und schiebt einen Teller, auf dem sich ein Wurstbrot befindet, zu Charles: „Ich habe dir etwas zu essen mitgebracht."

„Antworte bitte auf meine Frage."

„Ein alter Freund", winkt Quenten ab.

„Warum hast du so seltsame Sachen gesagt? Über Sophie und meiner Mutter –"

„Hast du die Schachtel gefunden?", stellt Quenten eine Gegenfrage.

Charles zieht die kleine Holzschatulle aus dem Heu heraus und hält sie hoch: „Meinst du diese hier?"

Quenten will gerade danach greifen, doch Charles ist schneller und zieht sie zurück. „Erst will ich Antworten!"

„Ich wollte dich nur beschützen, darum sagte ich diese Dinge. Wenn Fridwart dich gefunden hätte, hättest du so fliehen können", erklärt Quenten.

„Beschützen? Wovor? Und wie sollte ich hiermit fliehen?" Irritiert schüttelt Charles die kleine Holzschachtel. Das leise Rascheln von vorhin ist erneut zu hören.

„Das ist nun irrelevant! Du bist hier in Sicherheit und Fridwart –"

„Fridwart will Sophie holen", unterbricht Charles den Stallburschen.

„Sophie ist tot", beteuert Quenten erneut.

„Erzähle mir keinen Unsinn!" Mit diesen Worten springt Charles auf und stößt Quenten beiseite. Ehe der Stallbursche reagieren kann, rennt der Prinz die Leiter herunter und verlässt fluchtartig den Pferdestall. Ziellos rennt er in die Dunkelheit hinaus.

Nachts ist der Vorplatz des Schlosses nur wenig beleuchtet, lediglich die Eingänge sind von Laternen erhellt und die Soldaten können kaum in die Mitte des Hofes sehen.

Charles rennt quer über den Hof zum Schlosspark. Er wusste zwar noch nicht, was er dort tun sollte, doch eins wusste er: Nachts im dunklen Park konnte ihn definitiv niemand finden.

Als er sicher ist, tief genug im Park zu sein, verlangsamt er seinen Schritt. Neben seiner Mutter war Quenten der Einzige, der stets für ihn da war. Er weiß, wie Charles wirklich tickt, was er will und wovon er träumt. Trotz des Altersunterschiedes war er so etwas wie ein Freund für Charles – sein einziger Freund. Der Prinz dachte immer, es gäbe keine Geheimnisse zwischen den beiden, doch jetzt … Was wusste er schon?

Er wusste ja nicht mal, dass Quenten eine Tochter hat. Seit seiner Kindheit kannte er den Stallburschen. Wie konnte er das so lange vor ihm verheimlichen und warum?

Nach einiger Zeit kommt Charles am Rosengarten seiner Mutter an. Dieser ist mit weißen Zäunen eingekreist, die die geliebten Rosen der Kaiserin vor Wind und Wetter schützen sollen. Charles betritt den Garten durch die kleine Pforte und geht den schmalen Steinweg zwischen den Gärten entlang zum Pavillon, der sich in der Mitte des Rosengartens befindet. Dort setzt er sich auf eine Bank. Er wusste, wie wichtig seiner Mutter dieser Ort war. Wenn sie monatelang nicht aus Wien wegkam, verbrachte sie hier viel Zeit, um dem *Goldenen Käfig* zu entfliehen.

Auch Charles mochte es hier. Er kam gerne in den Garten, um die Ruhe und das bisschen Natur zu genießen. Außerdem war dies neben dem Stall der einzige Ort, wo er Ruhe vor seinem strengen Vater hatte, der die Natur nicht zu schätzen wusste und nur widerwillig dem Anliegen seiner Frau, einen Rosengarten anzulegen, zustimmte.

Erleichtert atmet Charles tief ein und aus. Er legt seinen Kopf in den Nacken und sieht einen Moment in den nächtlichen Sternenhimmel.

Ist Sophie wirklich tot? Sechzehn Jahre glaubte er daran, doch nun weiß er nicht mehr, wem er glauben soll oder wem er vertrauen kann.

Ein Lächeln erscheint auf seinen Lippen, als er eine Sternschnuppe entdeckt, die langsam in Richtung Erde zu fallen scheint. Wollte ihm seine tot geglaubte Schwester ein Zeichen geben, sie zu suchen?

Er sieht wieder auf. Noch immer hält er die kleine Schachtel fest in seinen Händen. Ein weiteres Mal dreht er diese zu allen Seiten. Im Licht des Mondes und der Sterne kann er zumindest schon einmal ein wenig mehr erkennen.

Quenten meinte, er könne damit fliehen. Wie hatte er das nur gemeint?

So sehr wünscht sich Charles in diesem Augenblick, hier wegzukommen – für immer weg von seinem Vater und diesem grässlichen Käfig. Er möchte zu Sophie! Er möchte endlich seine Schwester kennenlernen.

Sophie lebt, das spürt er ganz tief in seinem Herzen!

VIER

Fremde Welt
Wien, Österreich – 150 Jahre später

Müde richtet sich Charles auf und sieht sich halb benommen um. Wo befindet er sich? Seine Ohren vernehmen Vogelgezwitscher und in einiger Entfernung recht laute kreischende Geräusche, die er nicht zuordnen kann. Die Sonne scheint vom blauen Himmel auf ihn hinab.

Ein stechender Schmerz durchfährt seinen Rücken, der sich bis zum Nacken ausbreitet. Mit verzerrtem Gesicht massiert er seine Schläfen. Erst in diesem Augenblick bemerkt er, dass er wohl die ganze Nacht im Rosengarten des Schlosses verbracht hat. War er auf der Bank eingeschlafen? Das wäre zumindest eine Erklärung für seine Verspannungen.

Der Prinz setzt sich aufrecht hin und streckt sich einmal kräftig durch. Gerade will er aufstehen und sich auf den Weg machen, bevor ihn jemand findet – sicher haben die Soldaten bereits bei Tagesanbruch die Suche wieder aufgenommen –, da fällt sein Blick auf seine Hand, an deren Finger ein silberner Ring glänzt. Mit weit aufgerissenen Augen zieht Charles das Schmuckstück von seinem Finger und dreht diesen zu allen Seiten. Wo kam der denn plötzlich her? Charles hatte ihn noch nie zuvor gesehen.

Der Thronfolger lehnt sich auf der Bank zurück. Er denkt an den gestrigen Abend und an Quenten. Nachdem der Stallbursche noch immer darauf beharrte, Sophie sei tot, war er in den Park gelaufen. Doch das letzte, woran er sich erinnert, ist, dass er sich auf die Bank im Pavillon des Rosengartens gesetzt hat, wo er wohl eingeschlafen ist. Also wer hatte ihm diesen Ring an den Finger gesteckt? Und warum? Und …

Einen Moment hält Charles inne, dann sieht er sich rasch um. Neben sich auf der Bank, unter der Bank, hinter der Bank – nichts! Wo ist die Schatulle, die er ununterbrochen in der Hand gehalten hat?

Nachdenklich, den Ring wieder an seinem Finger, geht Charles einige Minuten später den Park entlang zum Schloss. Nach einer unbequemen Nacht auf der Holzbank unter freiem Himmel holt ihn doch seine Vernunft ein. Er muss sich seinem Vater stellen! Er kann ohnehin nicht ungesehen das Gelände verlassen. Dann geht er eben zurück zum Militär. Es ist nun einmal sein Schicksal, wovor er nicht weglaufen kann.

Charles setzt gerade seinen Fuß auf die erste Stufe der Treppe, die zum prunkvollen Eingang des Schloss Schönbrunn hinaufführt, da geht die Eingangstür auf: „Da bist du ja!"

Erschrocken bleibt Charles stehen, sieht hoch und blickt in die grünen Augen eines jungen Mannes. Er trägt eine grauweiße Hose und ein schwarzes T-Shirt.

„Wer seid Ihr?", fragt Charles unsicher.

Der Mann kommt die Treppe herunter und geht auf Charles zu: „Der, der gleich riesigen Ärger bekommt, weil er die Statisten nicht pünktlich an Ort und Stelle gebracht hat."

Der Mann packt Charles am Arm und will ihn gerade mitziehen, als eine weitere Stimme neben ihm erklingt: „Timo, wo steckst du? Wir sind schon 5 Minuten überfällig."

Leicht panisch blickt sich Charles um. Er sieht keinen weiteren Mann, aber woher kommt dann die Stimme?

Timo lässt den Prinzen los und legt seinen Finger ans rechte Ohr: „Wir kommen gleich. Ich habe noch einen Statisten gefunden."

Irritiert tritt Charles einen Schritt beiseite und wirft einen Blick auf das Ohr des Mannes, in dessen Muschel ein unscheinbarer schwarzer Knopf steckt. Mit zittriger Hand deutet Charles darauf: „Was ist das?"

Doch Timo achtet gar nicht auf ihn, greift erneut nach seinem Arm und zieht ihn mit sich.

„Lasst mich sofort los!", protestiert Charles und versucht erfolglos, sich zu befreien.

Timos tätowierte Arme sahen sehr muskulös aus. Dagegen war der schmächtige Prinz eine Bohnenstange.

„Mein Vater ist der Kaiser von Österreich! Er wird Euch töten lassen, wenn Ihr mir etwas antut!"

„Nicht schlecht! Leider ist die Rolle des Charles schon besetzt, aber sprich doch beim Casting für die vierte Staffel vor, dann brauchen wir einen 16-jährigen Charles. Das dürfte doch passen", sagt Timo lächelnd, während er den Prinzen die Treppe hochzieht.

„Was reden Sie da?" Verblüfft sieht sich Charles im Inneren des Schlosses um. „Wo sind die Wachen?" Aus großen Augen starrt der junge Prinz auf das große Wandgemälde, das noch aus der Zeit Maria Theresias stammt. Als kleines Kind konnte er Stunden vor diesen alten Kunstwerken verbringen und hat immer wieder etwas Neues entdeckt.

„Ich verstehe nicht, was du meinst." Verwundert kratzt sich Timo am Hinterkopf.

„Wir sind in Schönbrunn?", fragt Charles weiter.

„Ja natürlich! Dieser Bereich ist allerdings nur Museum und nicht für die Dreharbeiten freigegeben." Timo geht mit raschen Schritten die große Treppe – auch blaue Stiege genannt – hinauf. Einen Weg, den Charles seit Kindheitstagen kennt.

„Ich verstehe nicht, warum das Museum?" Charles kratzt sich mit dem Zeigefinger am Hinterkopf, wodurch die glatten Haare ein wenig verwuscheln.

„Die Dreharbeiten finden ausschließlich in drei Räumen des zweiten Stockwerks statt", spricht Timo unbeirrt weiter.

Charles folgt dem jungen Mann die Treppe hinauf. „Was sind *Dreharbeiten*?"

Timo bleibt stehen, dreht sich zu Charles um und weiß nicht so recht, ob er lachen oder weinen soll. Seine Mundwinkel wandern ein Stück nach oben, als er sagt: „Du bist lustig!" Grinsend zwinkert der sportliche Mann dem Prinzen zu. „Aber mal im Ernst: Wir sind schon zwanzig Minuten über der Zeit und sollten uns jetzt wirklich ranhalten, sonst habe ich morgen keinen Job mehr."

Ohne eine Antwort abzuwarten, steigt er die letzten Stufen hinauf. Kopfschüttelnd folgt Charles ihm, doch auf dem mittleren Plateau bleibt er erneut stehen und starrt auf ein ihm unbekanntes Bild – direkt neben dem Gemälde seiner Großmutter Sophie von Österreich. Es ist ein Viereck, in dem ein roter Kreis abgebildet ist, in dessen Mitte ein kleiner schwarzer Kasten gezeichnet wurde und quer darüber ist ein breiter roter Strich gezogen. Darunter steht in Druckbuchstaben: FOTOGRAFIEREN VERBOTEN!

„Welch ein eigenartiges Bild", murmelt Charles. Vor den Gemälden seiner Vorfahren, die an der gesamten Wand der Blauen Stiege zu sehen sind, hängen dicke blaue Bänder und daneben ist ebenfalls ein rundes Bild mit einer abgebildeten Hand, über der ein dicker breiter Strich gezogen ist. Charles kratzt sich nachdenklich am Kopf: „Was haben Sie mit meinem Zuhause gemacht?"

Timo legt einen Schritt zu, nimmt die letzten drei Stufen auf einmal. Erst jetzt bemerkt er, dass Charles ihm nicht mehr folgt. Er bleibt stehen und sieht die Treppe hinab, auf dessen mittlerem Plateau der Prinz steht und sich das Gemälde von Maria Theresia ansieht: „Beeil dich bitte, wir haben keine Zeit für Kultur."

Charles wendet sich von dem Porträt ab und folgt dem seltsamen Mann tonlos in den Vorsaal, der zu den

Privaträumen des Kaiserpaares führt. Doch wieder bleibt er zögerlich stehen.

Genervt verdreht Timo seine Augen und tritt ungeduldig von einem Fuß auf den anderen: „Was ist denn nun schon wieder?" Seine Stimme klingt leicht gereizt.

„Ich darf die Privatgemächer meiner Eltern nicht betreten. Das ist streng verboten!"

Timo zieht misstrauisch seine Augenbrauen hoch, öffnet seinen Mund, doch schließt ihn sogleich wieder. Ärgerlich schüttelt er seinen Kopf und packt Charles erneut am Arm, um ihn mit sich zu ziehen. „Ich habe keine Lust, wegen dir meinen Job zu verlieren."

Im Gardezimmer, wo sich zu Franz Joseph Zeiten die Wache befand, um die Räumlichkeiten des Kaisers zu bewachen, bleiben sie stehen. Der große Raum ist hell erleuchtet, überall stehen Stangen, an dessen Enden große runde Kugeln hängen, aus denen ein gleißend helles Licht hinausströmt.

Charles hält geblendet die Hand vor seine Augen und blinzelt in den Raum hinein: „Ist das hell hier!" Mit einem kurzen, zögerlichen Schritt geht er durch die Tür.

„Pass auf, wo du hintrittst", warnt Timo und hält ihn zurück.

Erschrocken starrt Charles auf schlangenartige Bänder, die kreuz und quer auf dem Holzboden verteilt liegen.

„Da bist du ja endlich!" Ein blonder Mann, ebenfalls in grauer Hose und schwarzem T-Shirt, kommt auf Timo zugelaufen. In der Hand hält er einen weißen Becher mit der Aufschrift: BOSS.

„Entschuldige, ich habe noch einen Statisten mitgebracht." Schief lächelnd deutet Timo auf Charles, der sich überfordert umsieht.

„Sehr schön, platziere ihn am besten neben Jarik."

Timo geht mit großen Schritten in Richtung eines etwa 30-jährigen Mannes, der direkt unter einer Lichtkugel steht und den obersten Knopf seiner Uniform öffnet. Er deutet Charles an, mitzukommen. Vorsichtig steigt der Prinz über die herumliegenden Schnüre und stellt sich kurzdarauf unsicher neben den braunhaarigen Mann mit Schnauzbart. Er weiß nicht, was hier geschieht, doch traut sich kaum, etwas dagegen zu tun.

Timo verabschiedet sich und verschwindet hinter einem großen viereckigen Kasten, an dem drei Männer auf Klappstühlen sitzen und sich angeregt unterhalten.

„Hey, ich bin Jarik", stellt sich der Mann freundlich vor und hält Charles die Hand hin. „Ist dir auch so warm? Ich frage mich, wie die Leute es damals in diesen Klamotten ausgehalten haben", beginnt Jarik fröhlich zu plaudern.

„Könnet Ihr mir verraten, was hier geschieht?", flüstert Charles.

Jarik zieht seine schmalen Augenbrauen hoch und mustert den Prinzen von Kopf bis Fuß.

„Seid Ihr auch gefangen?", fragt Charles weiter, auch wenn er gar nicht wirklich weiß, was er mit *gefangen* meint. Was geschieht hier?

„Übst du für eine andere Rolle? Du bist echt gut. Fast hätte ich es dir abgenommen. Wie ist dein Name?"

„Charles Joseph von Österreich!"

Jarik grinst: „Nicht schlecht und jetzt im Ernst?"

Bevor Charles erneut etwas sagen kann, ist die laute Stimme eines Mannes im gesamten Raum zu hören: „Ruhe bitte, wir drehen!"

Erschrocken zuckt Charles zusammen.

„Lass uns später plaudern. Wenn du willst, lade ich dich nach dem Dreh zum Essen ein."

Nach einem anstrengenden Tag, an dem Charles die meiste Zeit still sein musste und nur in der Ecke stand, tun dem

Prinzen mächtig die Füße weh. Doch er traute sich nicht zu widersprechen.

Nun sitzt Charles Joseph im Restaurant des Wiener Grand Hotels, auf einem orangefarbenen Samtstuhl. Vor sich auf der weißen Tischdecke steht ein Teller mit Shrimps, daneben ein Glas Orangensaft. Unsicher starrt er auf das Essen vor sich.

„Magst du keine Shrimps oder hast du keinen Hunger? Ich habe nach einem Dreh immer riesigen Hunger!"

Gegenüber des Prinzen sitzt Jarik, der hungrig eine Suppe löffelt. Da Charles nicht antwortet, scheint Jarik eine andere Idee zu haben. Er legt den Löffel beiseite und sieht den Jungen leicht erschrocken an: „Oder bist du Vegetarier? Oh, nein, bitte entschuldige, ich hätte dich fragen müssen vorm Bestellen, aber du sahst so hilflos aus, als du die Karte gelesen hast."

„Nein, ich weiß nicht." Charles räuspert sich. „Was ist Vegetarier?"

Aus großen Augen starrt Jarik den Prinzen an. „Du weißt nicht, was ein Vegetarier ist?"

Stumm schüttelt Charles seinen Kopf.

Jarik nimmt einen Schluck des Rotweins und lehnt sich entspannt zurück, als er zu erklären beginnt: „Vegetarier essen kein Fleisch oder Fisch. Dann gibt es noch Veganer. Die essen keine tierischen Produkte, also beispielsweise auch keine Milch und keine Eier."

„Interessant, diese Ernährungsweise war mir bisher nicht bekannt. Ich mag Tiere sehr und esse nicht gerne Fleisch, aber mein Vater sagt, ohne Fleisch kann man nicht überleben."

Amüsiert schüttelt Jarik seinen Kopf. „So ein Quatsch! Kommt dein Vater aus dem 19. Jahrhundert?"

Begeistert nickt Charles. „Ja, genau!" Endlich versteht ihn jemand.

Doch Jarik nimmt es nicht ernst. Stattdessen lacht er wieder. „Soll ich dir eine Veggie-Bowl bestellen? Die ist hier echt gut."

„Bitte?"

Jarik winkt den Kellner heran, „Lass dich überraschen!" und bestellt eine vegetarische Bowl.

„Warum hast du dich eigentlich nicht umgezogen?" Jarik deutet auf den Anzug des Prinzen, der mittlerweile nicht mehr ganz so akkurat aussieht. An einigen Stellen ist er verknittert und an den Hosenbeinen hängt noch ein bisschen Staub von seiner Nacht auf der Gartenbank.

„Ich verstehe nicht, was du meinst." Neugierig begutachtet Charles die Veggie-Bowl vor sich und nimmt die einzelnen Komponenten mit der Gabel auseinander, um jede einzelne Zutat genau zu betrachten. Die meisten jedoch kennt er nicht.

„Erstaunlich, dass du die Sachen anlassen durftest", wundert sich Jarik.

„Wer hat mir das zu sagen?" Charles hält seine Gabel hoch, auf der sich eine kleine braune Kugel befindet: „Kann man das essen?"

Jarik muss sich ein Grinsen verkneifen. „Alles in dieser Bowl kann man essen. Das sind Kichererbsen."

„Kichert man von diesen Erbsen?" Vor Lachen hätte sich Jarik beinahe an seinem Rotwein verschluckt. Er stellt das Weinglas rasch ab und hält seine Hand vor den Mund, bis er runtergeschluckt hat.

„Ach, das wirkt auf andere?", fragt Charles erstaunt und steckt die Gabel mit der einzelnen Kichererbse drauf in den Mund.

„Die heißen nur so", erklärt Jarik und nimmt noch einen großen Schluck des Weins, während Charles langsam auf der einzelnen Kichererbse kaut. „Schmeckt's?

„Ausgezeichnet", antwortet Charles, nachdem er runtergeschluckt hat. Dann nimmt er einen kleinen Schluck Orangensaft. „Dermaßen leckeres Essen war mir bisher nicht bekannt."

Aus großen Augen starrt Jarik den Jungen an. „Das ist ja furchtbar. Wo kommst du denn her?"

Charles steckt gerade die Gabel in ein Stück Avocado, als er antwortet: „Aus Wien."

„Wohnst du noch bei deinen Eltern?", fragt Jarik weiter.

Charles kaut genüsslich auf der Avocado. „Selbstverständlich", antwortet er, nachdem er die Avocado runtergeschluckt hat.

„Naja, du bist ja auch erst sechzehn. Wie sind denn deine Eltern so?", fragt der Schauspieler vorsichtig.

„Mutter ist fast nie zuhause, sie ist viel auf Reisen, aber wenn sie da ist, machen wir manchmal was zusammen. Vater hingegen ist stets zuhause, aber er ist sehr streng und zwingt mich, Dinge zu tun, die ich nicht möchte. Neulich habe ich zum ersten Mal meinen Mut gefasst und bin weggelaufen, weil ich nicht zurück zum Militär wollte, aber dann bin ich hier gelandet", plaudert Charles ausgelassen zwischen den einzelnen Bissen. Er wird von Minute zu Minute lockerer. Es tut gut, endlich mal jemanden zum Reden zu haben.

Der Schauspieler hingegen scheint von Minute zu Minute blasser zu werden. „Das ist ja schrecklich", stammelt er. „Du brauchst dringend Hilfe!"

„Keine Sorge. Vater will nur das Beste für mich."

Jarik öffnet seinen Mund, als es plötzlich schwarz vor seinen Augen wird.

Überrascht sieht Charles auf den jungen Mann in T-Shirt und kurzer Hose, der sich von hinten angeschlichen hat und Jarik seine Hände auf die Augen legt.

Ein Lächeln erscheint auf den Lippen des Schauspielers, als der scheinbar Fremde seine Hände zurückzieht und sich über Jariks rechte Schulter beugt: „Überraschung!"

„Jonas", freut sich Jarik und begrüßt den Mann mit einem überschwänglichen Kuss.

In dem Moment, als sich die Lippen der Männer berühren, lässt Charles vor Schreck seine Gabel fallen und starrt die zwei aus großen Augen und mit offenem Mund an.

Erschrocken zucken die zwei bei dem Geplärre der Gabel auseinander und sehen Charles fragend an. „Alles in Ordnung?", fragt Jarik beunruhigt.

„Ach, entschuldige!" Er deutet mit seiner Hand auf Jonas, der nach wie vor neben ihm steht und charmant lächelt. „Das ist Jonas, mein Freund. Offenbar besucht er mich überraschend."

„Das ist, das ist –", stottert Charles, während er sich leicht panisch mit der Hand durch die braunen Haare streicht. Ihm fehlen jedoch die Worte.

„Alles gut bei dir?", fragt dieses Mal Jonas besorgt. Charles vergisst jegliche Manieren, springt mit einem Ruck vom Tisch auf, dass der Stuhl, auf dem er saß, nach hinten umfällt und verlässt fluchtartig das Restaurant des Wiener Grand Hotels.

FÜNF

Abschied

„Ich will nur noch schreien und trampeln, jetzt, wo Till nicht mehr da ist. *Alles wird gut, wenn wir uns haben,* hat er zu mir gesagt. Doch jetzt habe ich ihn verloren, für immer und das, obwohl er mich niemals allein lassen wollte. Wird denn trotzdem alles gut?"

Alice hält einen Moment inne. Sie schaut in die volle Kirche. Alle Sitzreihen sind belegt, kein Platz ist frei. Jeder ist gekommen, um sich von Till zu verabschieden. Freunde, Familie, Nachbarn, Klassenkameraden, sogar seine Lehrer haben ihren Urlaub unterbrochen, um Till die letzte Ehre zu erweisen.

Mit zittrigen Händen umklammert der Teenager das Rednerpult, an dem sie steht und in ein angeschlossenes Mikrofon spricht. „Alle sagen zu mir, der Schmerz wird vergehen, irgendwann werde ich wieder lachen können. Die Zeit heilt alle Wunden. Was für ein schwachsinniger Spruch. Okay, vielleicht wird es mit der Zeit wirklich besser, doch diese Wunde wird niemals ganz verschwinden, sie wird bleiben. Als hässliche Narbe auf meiner Haut. Ich bin wütend. Ich bin so unfassbar wütend. Wütend darauf, dass er gegangen ist und mich im Stich gelassen hat. Ohne Abschied."

Langsam sieht das junge Mädchen von dem handgeschriebenen Zettel mit der Beerdigungsrede auf. Unsicher guckt sie zu ihrer Schwester Lisha, die in der zweiten Reihe am Gang sitzt. Sie nickt ihr aufmunternd zu und hält beide Daumen nach oben. Alice lässt von ihrem Zettel, an dem sie die halbe Nacht geschrieben hat, ab und geht mit kurzen

Schritten auf den braun verschnörkelten Sarg zu, der mit weißen Blumen verziert ist. Das Mädchen legt ihre sonnengebräunte Hand auf der Oberfläche nieder.

„In jedem Augenblick wünsche ich mir dich zurück. Ich will nicht, dass du gehst. Noch nicht. Ich hatte so viel mit dir vor. Wir wollten gemeinsam um die Welt reisen, jede coole Stadt mitnehmen, die Ferien in London verbringen, heiraten in Las Vegas, irgendwann ein Haus bauen und mindestens drei Kinder bekommen. Das waren unsere Pläne, die wir bereits mit 13 geschmiedet haben, doch jetzt fehlt etwas Entscheidendes, um diese Pläne zu vervollständigen und das bist du. Was mache ich nur ohne dich? Wie soll ich jemals wieder glücklich werden? Du fehlst mir so. Das, was bleibt, sind die Erinnerungen und dein Bild in meinen Herzen für alle Ewigkeit. Denn wenn ich tief in mich hineinsehe, bist du noch hier bei mir. Für immer."

Nachdem Alice zum Sarg gesprochen hatte, dreht sie sich um und schaut in die traurigen Gesichter der Beerdigungsgesellschaft.

Alice sieht, dass einige weinen und Taschentücher in den Händen halten. Ihre fünf Geschwister, die neben ihren Eltern auf der harten Kirchenbank sitzen und auf den ersten Blick gar nicht wie eine Familie aussehen, können ihre Tränen nicht zurückhalten.

Ihr bester Freund Simba nahm in der letzten Reihe Platz, wo er von niemandem gesehen wurde.

Schnell wendet sie ihren Blick ab. Sie will nicht auch noch weinen, nicht hier, nicht in der Öffentlichkeit. Keiner darf ihre Trauer sehen.

Da sie nun nicht mehr in die Menschenmenge schaut, erblicken ihre grünen Augen das Bild von Till, welches das Bestattungsunternehmen im Auftrag von Tills Mutter neben der Kanzel aufgestellt hat. Es ist eine Aufnahme in Lebensgröße und erinnert ein wenig an einen Star aus einer Jugendzeitung.

Till tat das, was er Zeit seines Lebens am liebsten machte. Er ist an einer Kletterwand zu sehen, seine struppigen blonden Haare versteckt unter einem knallroten Helm. Lässig lehnt er sich in dem Klettergeschirr zurück und sieht lachend nach unten in die Kamera. Auf der rechten oberen Seite des Bildes ist ein breiter schwarzer Strich gezogen.

Alice zuckt erschrocken zusammen, als sie eine fremde Hand an ihrer Schulter spürt. Sie weicht zurück und sieht erschöpft in die Augen ihrer Mutter.

„Alice, Maus, du weinst", stellt sie wenig überrascht fest und hält ihrer Tochter ein Papiertaschentuch hin.

Das Mädchen steht erschöpft auf der Kanzel des Wiener Stephansdom, ihre pinken hüftlangen Haare hat sie zu einem braven Knoten auf dem Kopf zusammengebunden. Unter ihren smaragdgrünen Augen sind dicke Ringe zu erkennen. Die halbe Nacht lag sie wach. Es ist erstaunlich, wie viel ein Mensch weinen kann – irgendwann müssen die Tränen doch mal aufgebraucht sein.

Das sonst so farbenfrohe Mädchen trägt eine schwarze Bluse, die sie in ihre schwarze Jeans gesteckt hat, wodurch die schlanke Figur gut zur Geltung kommt. Aber das könnte ihr heute nicht unwichtiger sein.

Sie hatte gar nicht bemerkt, dass ihr Tränen über die Wangen laufen, vorbei an ihrem Piercing, das in ihrem rechten Nasenflügel steckt. Den schlanken Hals entlang tropfen sie nun langsam auf ihre weißen Sneakers.

Doch anstatt das Taschentuch zu nehmen und sich von Natalia zurück auf ihren Platz führen zu lassen, damit der Pastor fortsetzen kann, reißt sie sich los und verlässt fluchtartig die Kirche. Alle sehen ihr verdattert nach, bis auf Lisha – die guckt nicht nur, die handelt auch! Sie springt auf, um Alice zu folgen. Ihre jüngste Schwester Jala muss ihre Beine hochziehen, um Lisha den Weg freizumachen. Mo, der mit seinen zehn Jahren das kleinste Kind der Familie ist, scheint von all dem gar nichts mitzubekommen. Er starrt wie gebannt auf die Spielzeuglokomotive, die er ununterbrochen in seiner Hand hält. Sie war ein Geschenk von Till.

„Ja, ich denke, wir werden am besten ohne Alice fortfahren", spricht der Pastor ins Mikrofon, nachdem er auf die Kanzel gestiegen ist.

Natalia, die immer noch neben dem Sarg des verstorbenen Jungen steht, nickt und geht zurück auf ihren Platz. Lisha wird sich schon um Alice kümmern, so wie immer.

***

„Wir sagen heute Lebewohl. Lebewohl zu einem Menschen, der geliebt wurde – von seiner Mutter, wie von seinen Freunden. Ein Mensch, der viel zu früh aus dem Leben gerissen wurde", beginnt der Gläubige. „Wir verabschieden uns von Till, der sechzehn Jahre seines Lebens in vollen Zügen genoss. *Lebe jeden Tag, als wäre es dein letzter*, war sein Motto, erzählte mir seine Mutter. Dies war nicht nur so dahingesagt. Er hielt sich täglich an diesen Spruch. Bis zum Schluss tat er das, was er liebte. Klettern war seine große Leidenschaft. Diese Liebe teilte er mit seiner Freundin Alice. Wofür die zwei, so oft es ging, in die Berge fuhren, denn in der Natur fühlten sich beide frei und lebendig. Till hatte eine schöne Kindheit. Er ging gerne zur Schule, war aktiv in Sportvereinen, tierlieb und hatte viele Freunde. Ich fragte seine Mutter, was denn das Wichtigste für ihn gewesen ist. Diese Frage ist leicht zu beantworten, begann Linda, jeder, der Till halbwegs kannte, wusste, dass das Allerwichtigste in seinem Leben Alice war. Seine Freundin kam vor allem anderen, selbst vor seinem heißgeliebten Sport. Ununterbrochen sprach er von seiner ersten Liebe, die er bereits seit der Vorschule kannte. Lange Zeit waren sie eng miteinander befreundet. Es verband sie eine Dreierfreundschaft. Es gab Till, Alice und Simba – die drei waren wie die drei Musketiere, nichts kam zwischen sie. Im vergangenen Jahr wurde aus Till und Alice ein Paar. Till war so verliebt in Alice, erzählte mir seine Mutter, dass sie mitunter ein kleines bisschen eifersüchtig wurde. Leider habe ich nie die Ehre gehabt, Till kennenzulernen –"

Während der Pastor spricht, schweifen Jalas Gedanken ab. Sie denkt an den letzten Moment mit Till, an sein Lachen, an seine tiefblauen Augen, seine zerzausten Haare, die nie ordentlich saßen, seine Stimme und seinen Blick, wenn er sie ansah.

„Du bist verliebt!"

Jala sieht erschrocken in die Augen ihres älteren Bruders.

„Ich wusste gar nicht, dass Autisten so was können."

„Unsinn", antwortet sie so lässig wie möglich.

„Klar bist du verliebt. Das sieht jeder und ich weiß auch, in wen."

„Gar nichts weißt du!", schreit sie ihren Bruder wütend an.

„Was ist denn hier los?" Till erscheint in der Küche und sieht misstrauisch von Marlec zu Jala und wieder zurück. „Habe ich was verpasst?"

„Nein", lenkt Marlec schnell ein. Seine Schwester aufziehen, klar, das geht immer, aber sie anschwärzen – niemals! In dieser Familie hält man zusammen. „Ich, lass euch dann mal allein", sagt er mit einem unübersehbaren Augenzwinkern zu der 14-Jährigen.

Nachdem Marlec die Küche verlassen hat, wendet sich Till an die Schwester seiner Freundin und fragt im Flüsterton: „Weiß er etwa Bescheid?"

Jala schüttelt ihren Kopf. So heftig, dass ihr langer schwarzer Pferdeschwanz von einer Seite zur anderen weht. Das schüchterne Mädchen trägt für ihr Leben gerne bunte Leggings, die hauteng an ihren Beinen sitzen – so auch an diesem warmen Sommertag.

Till atmet erleichtert auf: „Ein Glück. Das, was geschehen ist, wird hoffentlich unter uns bleiben."

„Keine Sorge, ich verrate niemanden etwas!"

Till geht auf Jala zu und legt seine Hände auf ihre zartbraunen Schultern. „Ich liebe Alice und ich werde dafür sorgen, dass sich nichts und niemand zwischen uns stellt."

„Ich weiß."

***

„Wir lebten ein glückliches Leben – Till und ich. Mein Junge, das Wichtigste in meinem Leben. Doch dann passierte etwas, womit ich niemals gerechnet hätte, auch wenn er sich täglich in Lebensgefahr brachte, mit seiner ständigen Kletterei. Für mich war dieser Zeitpunkt ganz weit weg. Nie habe ich über so etwas nachgedacht und Angst davor schon gar nicht. Kein Mensch lebt ewig, das weiß jedes Kind. Doch wenn dieser Mensch erst sechzehn Jahre alt ist, noch dazu das eigene Kind, ist es unfassbar schrecklich. Die Kinder sollten nicht vor den Eltern gehen. Das, was ich erleben musste, wünsche ich keiner Mutter."

Während Linda, die Mutter von Till, vorne auf der Kanzel steht und ihre Rede hält, driften Simbas Gedanken ab. Seine tiefbraunen Augen starren beinahe hypnotisch auf das alte Wandgemälde des erhängten Jesus. Mit der christlichen Glaubensweise kennt sich Simba nicht sonderlich aus, doch da der im Sudan geborene Junge in Wien zur Schule ging, kennt er zumindest Jesus und weiß, dass dieser unschuldig erhängt wurde. Unschuldig gestorben, so wie sein bester Freund.

Nur mit Mühe schleppte er sich am Morgen in die Kirche. Am liebsten wollte er sich wie ein kleines Kind zuhause unter seiner Decke verstecken und warten, bis dieser Alptraum endlich aufhört. Er will seinen Freund zurück, mit dem er bereits im Sandkasten gespielt hat. Plötzlich spürt er, wie jemand seine Hand nimmt. Erschrocken sieht er neben sich. Dort sitzt eine etwa 30-jährige Frau mit blonden, schulterlangen Haaren und einem langen schwarzen Kleid.

Liebevoll lächelt sie ihn an. Entsetzt zieht er seine Hand zurück. Gerade will er seinen Mund öffnen, um die scheinbar Fremde zurechtzuweisen, da fällt sein Blick auf den Finger der Frau. Ein großer goldener Ring blitzt im Licht der Kirche.

Sein Gesicht hellt sich auf. Er sieht eindringlich in die blauen Augen der Frau. Beinahe unscheinbar nickt diese. Nun, wo er sich sicher ist, wer neben ihm sitzt, fühlt er sich beinahe glücklich am schwärzesten Tag seines Lebens. Dankbar nimmt er die Hand der Frau.

„Schick siehst du aus", flüstert sie mit zarter Stimme. Simba schaut an sich hinab, normalerweise läuft er stets sportlich durch die Gegend. Eine kurze Shorts, Turnschuhe, Tanktop – das ist sein Stil. Ob alles zusammenpasst, völlig egal! Bequem muss es sein.

Doch heute hat er sich in einen schwarzen Anzug gezwängt, um seiner Trauer Ausdruck zu verleihen, auch wenn Till es so ganz und gar nicht gewollt hätte, da ist sich Simba sicher. Ungewollt muss auch er an die letzte Begegnung mit Till denken, doch es zerreißt ihm beinahe das Herz.

„Till! Warte doch!", ruft Simba quer über den Vorplatz des Wiener Safariparks, wo er arbeitet. Er steht in der Tür der offenen Scheune, aus der sein bester Freund gerade rausrennt.

„Du kannst mich mal!", ruft Till, ohne sich dabei umzudrehen, doch Simba lässt sich das nicht gefallen. Er läuft seinem Freund nach. Als er auf der gleichen Höhe ist, packt er nach seiner Schulter und versucht, ihn zu stoppen.

Till bleibt stehen. Er funkelt Simba wütend an, dem die schwarzen Strähnen ungestüm über die braunen Augen fallen.

„Du wirst Alice das Herz brechen!", wirft Simba seinem Freund vor.

„Sie wird es nie erfahren."

„Ich werde sie nicht belügen. Sie ist meine beste Freundin, wir haben keine Geheimnisse voreinander."

„Na, das sagt der Richtige. Du lügst sie seit fünf Jahren tagtäglich an, wenn du ihr nur in die Augen siehst. Das ist schlimmer als jegliche Notlüge."

***

„Es war an Alices 16. Geburtstag. Der schrecklichste Moment meines Lebens. Das Telefon klingelte und ich wusste sofort, was los war. Ich habe es gespürt. Wie ein stechender Schmerz, der mir die wichtigste Person in meinem Leben nahm! Ich habe mich so leer und allein gefühlt. Ich konnte nichts mehr spüren – weder meine Arme noch meine Beine oder sonst irgendetwas an meinen Körper – bis auf mein Herz, denn das rief nach Hilfe."

Marlec, der gleichaltrige Adoptivbruder von Alice, beobachtet die Mutter seines verstorbenen Freundes genau. Die zierliche, fast zerbrechliche Brünette trägt ein langes schwarzes Kleid, das keinerlei Haut zeigt. Die schulterlangen Haare hat sie hochgesteckt, ihre blauen Augen sind nicht zu sehen, denn auf ihrer Nase thront eine große schwarze Sonnenbrille, die ihre rotgeweinten Augen verstecken soll.

Auch Marlec ist die Trauer und der Verlust eines unersetzbaren Freundes deutlich anzusehen. Unter seinen normalerweise träumerischen Augen, in die sich schon so manches Mädchen verguckt hat, sind dicke Augenringe zu erkennen. Er hat die letzten Nächte kaum geschlafen. Die schwarze Kurzhaarfrisur ist wie jeden Tag perfekt gestylt, doch seine dunkle Haut wirkt blass und erschöpft. Auch er zog nur äußerst ungern einen Anzug an, doch um seiner Mutter zu widersprechen, war er zu schwach. Gerade als er ihren erleichterten Ausdruck gesehen hat, dass der Anzug seiner Konfirmation noch passte.

Nach dem Zusammentreffen mit Till und Jala in der Küche hatte Marlec seinen Freund noch einmal gesehen. Er war einer der letzten. Es war kurz vor dem Unglück.

„Na, was ist? Bock auf ein Match?" Marlec sieht Till erwartungsvoll an, doch der schüttelt bedauernd seinen Kopf.

„Sorry, Marlec. Keine Zeit. Ich muss nur schnell die Überraschung für deine Schwester von zu Hause holen, bevor die Party losgeht."

Mit diesen Worten verlässt Till den Garten und steuert geradewegs die Fahrradständer neben dem Eingang an.

Marlec wirft den Basketball, den er in der Hand hält, beiseite und folgt Till: „Aber das hat doch noch Zeit. Wenn du es ihr heute nicht gibst, dann halt morgen oder übermorgen. Du siehst Alice täglich, von morgens bis abends. Wann ist da Platz für deine Freunde? Wir haben ewig nichts mehr zusammen unternommen."

Till bleibt in der Mitte des gepflasterten Hofes stehen: „Vielleicht morgen, aber heute kann ich wirklich nicht. Alice hat Geburtstag und man wird nur einmal 16."

Marlec seufzt tief.

„Tut mir leid. Ich hab's Alice versprochen." Till dreht sich um und geht weiter. „Lass uns morgen was machen", ruft er Marlec noch über die Schulter zu, bevor er sich auf sein Mountainbike schwingt und vom Hof fährt.

Was Marlec in diesem Moment nicht weiß: Ein Morgen wird es für Till nicht geben.

„Manchmal frage ich mich, was wohl seine letzten Gedanken gewesen sind. Hatte er Angst vor dem, was kommt? Denn eins ist klar: Dass er schon bald sterben wird, wusste er. Ich kannte mein Kind sehr gut. Till war immer ein so lebensfroher Mensch. Ich denke nicht, dass er Angst vor dem Sterben hatte. Er sagte immer: *Lebe so, als wäre es dein letzter Tag.* Und genau das tat er – Tag für Tag tat er das, was er liebte, mit den Personen, die er für immer in sein Herz schloss. Doch hat er auch an die gedacht, die er zurücklässt? Seine Familie, seine Mutter, seine Freundinnen und Freunde? Hat er darüber nachgedacht, dass sie furchtbar traurig sein und ihn vermissen werden?"

***

Die große Eingangstür des Doms öffnet sich und Lisha kommt rein. Alice hatte sie bereits nach wenigen Metern abgehängt. Auf den hochhackigen Schuhen hatte Lisha einfach keine Chance – schon gar nicht, weil sie es nicht gewohnt ist, solche Schuhe zu tragen. Alice ist ihre beste Freundin und Till … Till war etwas Besonderes. Er hat es verdient, dass sich seine Freunde zum Abschied noch einmal hübsch für ihn machen, wenn sie schon sonst nichts mehr für ihn tun konnten. Darum zog Lisha ein kurzes schwarzes Kleid mit Spitze an, um die Taille band ihr Alice noch einen ebenso schwarzen Gürtel mit silbernen Strasssteinen. Dieses Kleid hatte sich Lisha erst vor einem halben Jahr anlässlich des Schulfestes gekauft.

Schüchtern bleibt sie einen Moment stehen, um kein Aufsehen zu erregen. Eine Strähne, die sich aus ihrem geflochtenen Zopf löst, streicht sie hinters Ohr. Obwohl sich das kluge Mädchen nur äußerst ungern schminkt, hatte sie am Morgen schwarzen Lidschatten aufgetragen, der jedoch auf ihrer dunklen Haut kaum zur Geltung kommt. Der Mascara sorgt für zart geschwungene Wimpern. Und obwohl sie die letzten Tage kaum etwas anderes getan hat als weinen, sieht man es ihren Augen nicht an.

Die 15-Jährige denkt noch einmal an Alice, die gerannt ist, als sei sie auf der Flucht. Vermutlich will sie einfach nur alleine sein.

Schließlich fällt ihr Blick auf Simba, der neben einer fremden Frau sitzt und lächelt. Irritiert schüttelt Lisha ihren Kopf, als könnte sie ihrem eigenen Blick nicht glauben. Dann setzt sie sich zu ihren vier anderen Geschwistern, die nach wie vor neben ihren Eltern sitzen.

Malaika, die älteste der sechs Kinder, streichelt die Schulter ihrer jüngeren Schwester und legt dann beschützend ihren Arm um das zarte Mädchen.

Lishas Blick fällt auf das Bild von Till. Sie mochte ihn wirklich sehr. Jeder mochte Till.

„Was stehst du hier wie bestellt und nicht abgeholt?"

Lisha dreht sich schwungvoll um, sodass ihre schwarzen, hüftlangen Haare im Wind flattern. „Ich warte auf eine Freundin."

Till sieht sie tadelnd an. „Mir kannst du nichts vormachen."

„Klassenkameradin", verbessert sich Lisha.

„Schon besser." Till grinst zufrieden. „Was hast du denn für sie gemacht? Mathe oder Geschichte?"

Lisha verschränkt ihre schlanken Arme vor der Brust und lässt sich auf der Mauer nieder, die das Schulgelände der Teenager von der Straße trennt. „Ist doch egal, oder?"

„Du sollst dich nicht immer so ausnutzen lassen, Lisha!"

„Ich lasse mich nicht ausnutzen! Ich helfe lediglich einer Freundin."

„Doch, du lässt dich ausnutzen! Das sind keine Freunde. Die kennen nicht mal deine Adresse. Alles, was sie von dir wollen, sind die Hausaufgaben. Halte dich lieber an echte Freunde, die dich zu schätzen wissen", spricht Till dem dunkelhäutigen Mädchen ins Gewissen.

„Wer soll denn das sein?", fragt Lisha traurig und sieht dabei mit hängenden Schultern auf die Pflastersteine des Schulhofes.

„Na, ich natürlich und Alice. Wir wissen, was für ein kluges und nettes Mädchen du bist und schätzen deine Freundschaft."

„Wenn ich eins aus dieser schrecklichen Geschichte gelernt habe, ist es: Der Tod kommt schneller, als man denkt, also nutzt jede einzelne Sekunde mit den Menschen, die ihr liebt und nie verlieren wollt", beendet Tills Mutter ihre Rede.

Natalia sieht zu ihrem Mann, der ebenfalls in ihre Augen schaut. Als hätten sie die gleichen Gedanken, berühren sich ihre Hände. All ihre Kinder schließen sich an, bis die ganze Familie sich durch ihre verbundenen Hände Kraft spenden kann. Natalias Blick kreuzt sich mit dem von Lisha: „Was ist mit Alice?", erkundigt sie sich flüsternd bei ihrer Tochter.

Die zuckt ihre Schultern: „Sie hat mich abgehängt. Keine Ahnung, wo sie steckt."

Die Kirchenglocken beginnen zu läuten.

SECHS

Herzschmerz

Alice rennt, als ginge es um ihr Leben, durch die viel befahrenen Straßen von Wien. Die Sonne steht am höchsten Punkt der Mittagszeit und brennt wie Feuer auf ihrer Haut. Dank des Klimawandels ist es mal wieder einer dieser unglaublich heißen Sommertage.

Ihre Kehle fühlt sich wie ausgetrocknet an. Aus ihrer Frisur, die Natalia am Morgen mühevoll frisiert hat, lösen sich einige Strähnen, die ihr nun immer wieder ins Gesicht fallen. Die Kleidung klebt an ihrem Körper wie Kaugummi.

Auf Passanten kann sie keine Rücksicht nehmen, sodass einige Leute schon erschrocken beiseite gesprungen sind, als Alice wie aus dem Nichts auftauchte. Sie rennt ihren Schmerz von der Seele bis auch die Kräfte des sportlichen Teenagers an ihre Grenzen kommen. Natürlich hat sie dank ihrer Hobbys eine gute Kondition, doch bei diesen tropischen Temperaturen nützt das auch nicht mehr viel.

Erschöpft bleibt sie stehen und geht keuchend in die Knie, bevor sie einen erstickten Schrei von sich lässt.

„Kann ich dir helfen?", ertönt plötzlich eine Stimme neben ihr.

Erschrocken zuckt das Mädchen zusammen und kommt mit einem Ruck wieder hoch – wohl ein bisschen zu schnell. Alices Kopf fühlt sich an, als würde er jeden Augenblick platzen. Alles dreht sich und ihre Beine zittern. Verschwommen nimmt sie die vorbeifahrenden Autos wahr, bevor es schwarz vor ihren Augen wird und sie in sich zusammensackt.

Langsam öffnen sich Alices Augen. Das Erste, was sie wahrnimmt, ist die pralle Sonne am wolkenfreien Himmel, die direkt auf ihre Haut scheint.

„Hey, alles gut bei dir?", erklingt plötzlich eine unbekannte Männerstimme neben ihr.

„Glaub schon", haucht Alice mit belegter Stimme und versucht, sich langsam aufzurichten.

„Warte, ich helfe dir!" Neben ihr kniet ein junger Mann, der ihr nun die Hand reicht und sie mit einem Ruck hochzieht.

„Ein Glück, ich dachte schon, ich muss einen Arzt holen", meint der Mann erleichtert, als Alice wieder auf ihren Beinen steht.

Ungewohnt unsicher sieht Alice stumm in die dunklen Augen des Mannes, der nun mit der Hand verlegen durch seine schwarzen Locken fährt.

„Wie ist dein Name?"

„Alice."

„Na dann, Alice, ist es deine Art, in Ohnmacht zu fallen, wenn dich fremde Männer ansprechen?"

Ein kurzes Lächeln huscht über Alice Lippen: „Nein, eigentlich nicht. Ich denke, ich habe nur zu wenig getrunken", erklärt sie schnell.

„Dann kann ich dich jetzt also unbesorgt wieder allein lassen oder brauchst du Geleitschutz für den Heimweg?"

„Ja, also ich meine, nein. Ich denke, den Heimweg schaffe ich alleine."

Zufrieden lächelt der unbekannte Mann sie an und nimmt ihre Hand. „Alice, es war mir eine Ehre." Wie in Zeitlupe küsst er zärtlich ihre Hand.

All das scheint wie ein Film an Alice vorbeizuziehen. Sprachlos starrt sie auf ihre Hand und das auch noch Minuten, nachdem sich der Mann wortlos umdrehte und hinter der nächsten Ecke verschwunden ist.

Kopfschüttelnd geht sie den breiten Bürgersteig entlang zur nächsten Bushaltestelle. Während sie gedankenverloren mit der Kette spielt, die sie um den Hals trägt – ein silberner Vogel, den sie von Till geschenkt bekommen hat, als Zeichen ihrer Freiheit.

Für einen Augenblick hatte sie tatsächlich ihre Trauer vergessen. Doch nun ist es wieder da, dieses schreckliche Gefühl der Leere. Es ist normal, dass man mit sechzehn Liebeskummer hat, weil die erste feste Beziehung auseinandergeht, aber Liebeskummer, durch Trauer verursacht – das sollte man mit sechzehn noch lange nicht erleben.

***

„Ihr Handy ist aus!" Frustriert steckt Lisha ihr Smartphone zurück in die kleine unscheinbare Umhängetasche, in die lediglich ein Handy und vielleicht ein bisschen Kleingeld passt.

Malaika legt ihre Hand auf Lishas Schulter. Die 18-Jährige trägt ein weißes Top, welches sie in ihren schwarzen knielangen Rock gesteckt hat. Über dem Top trägt sie einen schwarzen Blazer. Doch nun, wo sie am Rande des Friedhofs stehen, merkt Malaika, dass es trotz der Spitzenärmel doch ein wenig zu heiß für lange Kleidung ist. Sie zieht den Blazer aus und legt diesen sorgsam über ihren rechten Arm.

„Ich mache mir echt Sorgen!" Lisha streicht unsicher ihr Kleid glatt.

Ein zartes Lächeln erscheint auf Malaikas Lippen: „Brauchst du nicht. Alice ist stark, sicher braucht sie nur etwas Zeit für sich und will alleine sein."

„Aber wir sind doch ihre Familie!"

Malaika nimmt ihre Schwester zärtlich in den Arm: „Natürlich sind wir das, aber manchmal will man eben niemanden sehen."

***

Nachdem Alice in den Bus gestiegen ist und sich dieser in den Stadtverkehr eingereiht hat, setzt sich Alice ganz nach hinten ans Fenster und schließt ihre Augen, um nicht weinen zu müssen. Wenn sie das tut, ist sie ihm wieder ganz nah, als würde er direkt vor ihr sitzen: sein charmantes Lächeln, die meeresblauen Augen, die ihr nach wie vor Herzrasen bescherten, diese blonden Locken und die leicht raue und doch zugleich liebevolle Stimme.

Bereits nach wenigen Stationen verlässt Alice den Bus. Am Rand von Wien steigt sie aus und sieht dem Bus nach, bis dieser hinter der nächsten Kurve verschwunden ist.

Sie geht über eine um diese Uhrzeit wenig befahrene Landstraße und biegt auf einen Wanderweg ab, der für Autos gesperrt ist. Dieser führt direkt zum Hintereingang des Grundstücks ihrer Familie.

Alice war noch ein Baby, als ihre leiblichen Eltern starben und sie von Tajo und Natalia adoptiert wurde. Damals war ihr Adoptivvater gerade dabei *Safari Paradise* aufzubauen – ein Safaripark, in dem man nicht nur Tiere aus Tajos Heimat Afrika aus nächster Nähe beobachten kann, sondern auch viel über die afrikanische Geschichte, deren Bräuche und die wilde Natur lernen kann.

Das zweistöckige Einfamilienhaus, in dem sie mit ihrer Familie lebt, steht ebenfalls auf dem Gelände des Safariparks.

Nachdem Alice die verriegelte Pforte hinter sich ins Schloss fallen ließ, rennt sie erneut los, auf direktem Weg zu ihrem Lieblingsplatz.

Dort, wo sie und Till sich zum ersten Mal geküsst haben.

Sie will frei sein – frei und lebendig. Und genau so fühlt sie sich nur an einem einzigen Ort auf der Welt: Zwischen all den gefährlich aussehenden Tieren, die sicher hinter dicken Gitterstäben auf weitläufigem Gelände leben.

Alice kennt sie in- und auswendig. Die meisten dieser Tiere wurden hier geboren und einige, die von ihrer Mutter verstoßen wurden, zog Alice mit der Hand auf – so auch ihren zahmen Löwen Hektor. Schon als kleines Mädchen brachte ihr Adoptivvater ihr alles Wissenswerte über sein Heimatland und dessen Tiere bei.

Im Schatten einer Palme, die zu Dekorationszwecken hier gepflanzt wurde, klettert Alice die Sprossen einer Strickleiter hinauf, die zum Baumhaus führt, welches ihr Vater für Alice und ihre Geschwister gebaut hat, als sie noch in den Kindergarten gingen. Von dort oben hat man den besten Blick über die Tiere des Parks.

„Du fehlst mir", flüstert sie in den leichten Wind hinein, der ihr um die Nase weht. Ihre kalten Hände berühren den Holzboden des Baumhauses. Sie setzt sich und lässt die Beine baumeln. In der Ferne galoppiert ein Gepard vorbei.

„Was mir am meisten fehlt, ist deine Stimme, die mir ins Ohr flüstert: *Ich bin immer da, schau in dein Herz und ich werde immer da sein.*" Regungslos schaut sie in die Landschaft des Safari-Parks. Ihre Eltern haben sich die größte Mühe gemacht, um diesen Park so realistisch wie möglich der afrikanischen Savanne nachzuahmen.

„Wieso nur hast du mich verlassen?"

So als würde er direkt neben ihr sitzen, spricht Alice mit Till und das hilft ihr dabei, die Einsamkeit zu vertreiben.

„Nichts ist mehr so, wie es mal war. Egal, wohin ich gehe, ich sehe nur dich. Selbst hier an unserem Ort, wo ich mich immer frei und lebendig gefühlt habe, schmerzt mein Herz so sehr, dass es fast zerbricht."

SIEBEN

Jeder trauert anders!

Die Sonne geht gerade auf, als Jala am nächsten Morgen am Küchentisch ihrer Familie sitzt – die Arme auf der Tischplatte liegend, starrt sie durch die gläserne Terrassentür, in der sich die ersten Sonnenstrahlen spiegeln. Als würde er außen vor der Tür stehen, meint sie, Till zu sehen, der sich wie in Zeitlupe immer wieder umdreht und geht, bis plötzlich die hölzerne Küchentür aufspringt und das Bild des Jungen erlischt.

Erschrocken zuckt Jala zusammen. Als Natalia hineinkommt, richtet sie sich auf.

Ihre Mutter bindet den Gürtel ihres grauen Morgenmantels fester zu und stellt sich hinter ihre Tochter. Sie gibt ihr einen dicken Kuss auf die Wange.

Angewidert wischt sich Jala über die betroffene Stelle: „Du weißt doch, dass ich das nicht mag."

Ein Lächeln huscht über die Lippen der hübschen Frau, während sie zur Theke geht und die Kaffeemaschine bedient.

Nachdem auch Jalas leibliche Eltern starben, als sie noch klein war, hatten Natalia und Tajo sie im Alter von fünf Monaten adoptiert. Jalas leiblicher Vater war Tajos bester Freund gewesen.

„Du bist ja früh wach", stellt Natalia überrascht fest. „Es sind doch Ferien."

„Konnte nicht schlafen", antwortet der Teenager schulterzuckend.

Auch Natalia hat in der vergangenen Nacht wenig Schlaf bekommen, weshalb sie aus müden Augen die Kaffeemaschine verfehlt und ihre Tasse fallen lässt.

Erschrocken fährt Jala herum.

Angelockt von dem klirrenden Geräusch betritt eine grauhaarige, rundliche Dame die Küche, die eben zur Haustür hereinkam. Auf der schwarzen Haut sind ihre Lebensfalten – wie sie diese immer nennt – zu lesen. Sie trägt ein langes geblümtes Sommerkleid.

„Ist was passiert?", fragt sie erschrocken. Mit ihr tapst auch Tinka, die getigerte Katze der Familie, auf ihren weißen Samtpfoten in die Küche, um zu sehen, was geschehen ist.

Stocksteif steht Natalia immer noch an der Theke und starrt auf den Scherbenhaufen hinab. „Zola", flüstert sie tonlos.

Natalias Schwiegermutter handelt sofort und hebt vorsichtig Tinka hoch, die bereits durch die Scherben gehen wollte, und setzt sie zu Jala auf den Schoß: „Liebes, bringst du Tinka raus in den Garten, damit sie nicht durch die Scherben läuft?"

Während Jala aufsteht und die Katze raus in den Garten bringt, kniet sich Zola zum Scherbenhaufen, um diesen aufzufegen. Sie hält ein besonders großes Stück in der Hand, auf dem ein roter Strich auf weißem Untergrund zu erkennen ist. Ohne aufzustehen, sieht sie Natalia blass an: „Natalia, das ist doch –"

Natalia nickt stumm. Krampfhaft hält sie sich an der Küchenzeile fest.

„Tills Tasse!", führt Zola ihren Satz fort.

„Das ist ein Zeichen!", flüstert Natalia mit belegter Stimme.

Zola schüttelt entschieden ihren Kopf und kehrt die Scherben zusammen: „Unsinn!"

„Was ist denn hier los?" Tajo taucht ebenfalls in der Küche auf und sieht besorgt zu seiner Frau.

„Ist was passiert?", hakt er nochmals nach, als niemand antwortet.

„Nicht der Rede wert. Natalia ist bloß eine Tasse runtergefallen, aber von denen habt ihr ja Gott sei Dank mehr als genug", winkt Zola dieses Thema ab. „Wenn ihr mich jetzt entschuldigt? Ich wollte mit den Hunden spazieren gehen. Soll ich auf dem Rückweg Brötchen mitbringen?"

Den Blick noch auf seine Frau gerichtet, nickt Tajo: „Das wäre klasse, danke!"

Nachdem Zola gemeinsam mit Fee und Happy – den Hunden der Familie – das Haus verlassen hat, geht Tajo auf seine Frau zu und nimmt diese zärtlich in den Arm.

„Ich habe ihn gesehen", flüstert sie ihrem Mann ins Ohr.

Verwundert sieht sich Tajo um. „Wen?"

„Fridwart", haucht Natalia mit belegter Stimme. „Deshalb habe ich die Tasse fallen gelassen. Vor Schreck."

„Wo?"

Natalia deutet auf die Terrassentür: „Er stand im Garten."

Tajo geht geradewegs auf die Tür zu und schaut sich um: „Da ist niemand, nur Jala sitzt auf dem Rasen und spielt mit Tinka."

Er dreht sich um und sieht seine Frau liebevoll an. „Du musst dich getäuscht haben."

Erschöpft lehnt sich Natalia an die Küchentheke und starrt nachdenklich auf den Fußboden.

***

Die Sonne scheint durch die zugezogenen Gardinen ins Zimmer der ungleichen Schwestern, wo die zwei Mädchen stumm auf dem Hochbett von Alice liegen. Ihre Augen sind ununterbrochen auf die weiße Decke fixiert, an der rein gar nichts passiert.

„Was machen wir jetzt?", fragt Lisha nach einer Weile, doch ihre Schwester antwortet nicht. Lautlos kullert eine Träne aus ihrem rechten Augenwinkel und landet langsam auf dem grasgrünen Kopfkissen. „Alice?"

Doch ihre Schwester kann in diesem Moment nicht sprechen, zu sehr schmerzt ihr Herz.

Zur gleichen Zeit sitzt Marlec allein auf seinem ungemachten Bett, direkt gegenüber des Mädchenzimmers, und starrt ununterbrochen auf die grauen Hanteln vor seinen Füßen. Im Hintergrund laufen in einer unüberhörbaren Lautstärke die aktuellen Charts. Seine Tür wird aufgerissen. Malaika stürmt auf die Anlage gegenüber der Tür zu und schaltet diese aus. Endlich schaut er auf. Wütend funkelt er seine Schwester an. „Was soll das?", fragt er ungewöhnlich ruhig.

„Das frage ich dich! Es ist Sonntag und du beschallst uns schon vor dem Frühstück mit so lauter Musik, dass man sein eigenes Wort nicht versteht. Ey, das geht gar nicht. Und sei froh, dass du nur mit mir vorlieb nehmen musst. Wenn Mom und Dad sich raufbemüht hätten, würde es richtig Ärger geben!"

„Ach, lass mich doch in Ruhe, ist eh alles egal."

Malaika geht in Zick-Zack-Linien durch das unverkennbare Jungenzimmer, vorsichtig, um nicht auf das herumliegende Spielzeug von Mo zu treten, der sich mit Marlec ein Zimmer teilt. Zuletzt steigt sie mit einem großen Schritt über die grüne Fitnessmatte ihres jüngeren Bruders und setzt sich letztendlich neben ihn aufs Bett. Sie legt ihren Arm behutsam um seine Schultern. Gerade will sie zu reden ansetzen, doch in dem Moment springt Marlec auf und verlässt wortlos sein Zimmer.

Malaika legt ihr Gesicht schützend in ihre Hände und schluckt einige Tränen herunter.

***

„Musst du jetzt Sport machen?", fragt Mo, als er Jala dabei beobachtet, wie diese in ihren verwaschenen grünen Leggings und einem bauchfreien Top auf dem Hometrainer sitzt und kräftig in die Pedale tritt.

„Ja", antwortet sie knapp, während ihre schokoladenbraunen Augen angestrengt auf das Display mit der Zeitangabe sehen: 15 Minuten, 30 Sekunden.

„Und warum?" Mo sitzt im Schneidersitz und mit verstrubbelten Haaren, als wäre er gerade eben aus dem Bett gefallen, auf dem runden Plüschteppich in der Mitte des Zimmers seiner großen Schwester.

„Entweder du hältst jetzt deine Klappe oder verschwindest aus meinem Zimmer", giftet Jala den 10-Jährigen an, ohne den Blick von der Zeitangabe abzuwenden.

„Ich will aber nicht allein sein."

„Halte endlich deine Klappe!"

„Aber dann ist alles so still. Ich will nicht, dass es still ist. Da habe ich Angst vor!"

Ohne nachzudenken haut Jala vor Wut mit ihrer rechten Faust auf den schwarzen Lenker ihres Hometrainers und stoppt ungeplant bei Minute 17. Ihre Füße rutschen von den Pedalen auf den dunkelbraunen Laminatboden. Sie versucht, gerade auf dem Sattel zu sitzen, doch es geht nicht! Alles zieht sich in ihr zusammen, als ob es kein Oben und kein Unten gibt. Ihre Atmung wird immer schneller, ihr Zimmer, in dem sie sich eigentlich so wohl fühlt, fängt beunruhigend an zu wackeln. Verkrampft umklammert sie den Lenker des Bikes.

Mo bemerkt, dass etwas nicht stimmt. Er steht auf und sieht seine Schwester unsicher an: „Ist alles in Ordnung?"

Mit einem Ruck dreht Jala ihren Kopf zu Mo. So schnell, dass ihr schwarzer Pferdeschwanz von einer Seite zur anderen weht. „Hau endlich ab!", schreit sie unüberhörbar.

Wie angewurzelt bleibt Mo in seinem Lokomotiv-Schlafanzug in der Mitte des Mädchenzimmers stehen. Es dauert nicht lange, bis die Tür aufgerissen wird und Malaika auftaucht. Schnell wischt sie sich die Tränen aus ihren Augen, bevor sie fragt: „Was ist denn hier los?"

„Jala hasst mich!", sagt Mo mit hängenden Schultern. Traurig schaut er auf seine nackten Füße.

„Unsinn!" Malaika kommt etwas näher heran und legt ihre Hand auf die Schulter ihres jüngsten Bruders. „Jala hasst dich nicht. Sie kann ihre Liebe nur nicht so zeigen."

Erst in diesem Augenblick bemerkt die 18-Jährige das unnatürliche Verhalten ihrer Schwester. Jala sitzt nach wie vor verkrampft auf ihrem Hometrainer, die Füße steif auf dem Fußboden, die Hände umklammern den Lenker. Ihr Blick ist ununterbrochen auf ihre Füße fixiert.

„Geh doch schon mal runter, Mo. Es gibt gleich Frühstück." Wortlos verlässt er das Zimmer seiner Schwester.

***

Beruhigend streicht Malaika mit der Hand über den Arm ihrer jüngeren Schwester, die nach wie vor verkrampft auf dem harten Boden ihres Zimmers liegt.

„Ich hole dir die Decke, bin gleich wieder da", verspricht Malaika.

Aus dem großen Kleiderschrank nimmt sie eine schwarze Gewichtsdecke und schleppt sie sichtlich angestrengt zu ihrer Schwester. Behutsam platziert sie die Decke auf Jalas Beinen.

„Gleich wird's besser", verspricht Malaika und streicht einige Strähnen aus dem Gesicht ihrer 14-jährigen Schwester, die sich aus deren Pferdeschwanz gelöst haben.

Sagen tut Jala nichts, doch gedanklich holt sie gar keine Luft mehr beim Reden: *Die hat doch keine Ahnung, wovon sie spricht. Nie wieder wird es besser. Wie auch, ohne Till? Er fehlt mir so! NEIN! HILFE! ICH WILL HIER RAUS! Hört mich denn keiner? Ich will in mein altes Leben zurück! Ich will zu Till! Ich will, dass er mich in den Arm nimmt. Ich will, dass er hier sitzt und meine Hand hält und nicht*

Malaika, die kein Plan hat! Ich hasse den Tod! NEIN, hör auf damit! Den Tod gibt es nicht! Sprich es nie wieder aus! Das ist alles nicht wahr! Nur ein furchtbarer Albtraum! Mir ist so schlecht! Ich will endlich aufwachen! Hört mich denn niemand? HILFE! Wieso versteht mich keiner? Bin ich die Einzige, die nicht will, dass er geht? NEIN! Er ist doch noch da, bei mir! Denk nicht dran! Sprich es niemals aus! Er hatte versprochen, mich nie alleinzulassen! Immer für mich da zu sein! Ich bin so wütend! ICH HASSE IHN! ICH HASSE TILL SCHMITT! ICH HASSE DIESEN AUTISMUS!

***

Natalia ist gerade dabei, den Frühstückstisch zu decken, als Zola in die Küche kommt.

„Da bin ich wieder!"

Die alte Dame legt die Tüte mit Brötchen auf dem Esstisch ab und sieht Natalia besorgt an. „Geht es dir inzwischen etwas besser?"

Bedrückt zuckt Natalia mit ihren Schultern. „Naja, Till ist tot. Es wird nie wieder, wie es war, aber irgendwann leichter. Wir müssen jetzt für die Kinder da sein."

Liebevoll streichelt Zola den Arm der schlanken Frau. „Das bedeutet nicht, dass du nicht auch deine Trauer zeigen darfst."

Natalia setzt sich auf die Eckbank der gemütlichen Wohnküche und gießt sich ein Glas Wasser ein. „Das weiß ich doch. Würdest du bitte die Hunde füttern?"

Natalia nimmt das Glas in die Hand und deutet dabei auf Fee und Happy, die geduldig neben ihren Fressnäpfen sitzen und auf ihr Frühstück warten.

Zola gibt den Hunden gerade das Zeichen, Sitz zu machen, als Mo in die Wohnküche stürmt: „Hunger!"

Laut bellend springen die Hunde wieder auf und laufen aufgeregt um Mo herum.

„Aus!", befiehlt Zola streng, während Natalia mit geschlossenen Augen ihre Schläfen massiert. Nach dem dritten „Aus!" hat Zola die zwei Hunde wieder im Griff und sie stürzen sich gierig auf das Fressen.

„Ich habe riesigen Hunger!" Mo setzt sich an den Esstisch und schnappt sich ein Laugenbrötchen aus der Tüte.

„Wo sind denn alle?", fragt Marlec überrascht, als er kurz darauf zusammen mit Alice die Küche betritt.

Natalia angelt sich ein Croissant aus dem Brötchenkorb. „Tajo ist schon arbeiten und Jala geht's nicht gut. Malaika ist bei ihr", erklärt sie ihren Kindern und rührt Milch in ihren Kaffee.

„Lisha hat keinen Hunger", erklärt Alice und setzt sich „und ich eigentlich auch nicht."

Ein wenig angewidert sieht sie auf den Teller mit Wurst und Käse.

„Setz dich zu uns, Marlec." Zola deutet lächelnd auf die Eckbank, wo es sich bereits Katze Tinka auf dem Schoß von Natalia gemütlich gemacht hat und eine ausgiebige Streicheleinheit genießt.

Marlec lässt sich das nicht zweimal sagen. Hungrig greift er in den Brötchenkorb.

Nur Alice starrt nach wie vor anteilslos auf den gedeckten Tisch.

Dies bemerkt auch Zola. Besorgt sieht sie ihre Enkelin an: „Hast du keinen Hunger, Maus?"

Wortlos schüttelt Alice ihren Kopf.

„Du musst doch was essen. Du hattest gestern schon kein Abendbrot."

Mit verschränkten Armen lehnt sich Alice in ihren Stuhl zurück, während Zola ihr heißen Kakao eingießt. „Wenn du schon nicht essen willst, trink wenigstens etwas."

In diesem Augenblick öffnet sich die Küchentür und Malaika betritt den Raum. Ihre Augen sind leicht rot, die schwarzen Haare sehen zerzaust aus. Gedankenverloren streicht sie ihre Bluse glatt, die sie in ihre Jeans gesteckt hat, wodurch ihre schlanke Figur besser zur Geltung kommt. „Jala schläft jetzt. Ich habe ihr eine Beruhigungstablette gegeben."

„Danke, mein Schatz!" Natalia lächelt müde und nippt an ihrem Kaffee.

Malaika setzt sich zu ihren Geschwistern an den Esstisch.

„Sag mal, hatten wir nicht eine Abmachung?", sagt Natalia streng in Marlecs Richtung. Der zuckt gelangweilt mit seinen Schultern, ohne auf die Frage seiner Mutter zu antworten.

Natalia verschränkt die schlanken Arme ineinander. Auf ihrer sonst so makellosen Stirn erscheint eine Sorgenfalte: „Marlec, du hast gestern versprochen, nach der Beerdigung den Rasen zu mähen. Nun ist schon ein neuer Tag und der Rasen ist immer noch viel zu hoch. Was sollen denn unsere Kunden denken? Wir müssen repräsentieren, das weißt du doch!"

„Ich hatte halt noch keine Zeit."

„Du hängst den ganzen lieben langen Tag hier rum."

„Freuen sich die Karnickel."

Natalia löst ihre Arme. Gerade will sie zu einer Antwort ansetzen, da kommt ihr Alice jedoch zuvor. Sie steht auf und haut ihren Bruder leicht gegen die Stirn: „Man, du bist so ein Idiot! Ich mach das schon."

„Nicht so schnell, Madame."

Alice, die gerade im Flur verschwunden ist, kommt rückwärts zurück in die Küche. Unschuldig schaut sie ihre Mutter an: „Was gibt's denn?"

„Du hast noch immer nichts gegessen."

Gelangweilt zuckt Alice mit den Schultern. „Habe halt keinen Hunger."

„So geht das nicht", stöhnt Natalia.

„Deine Mutter hat recht, Alice. Du hast seit der Beerdigung nichts mehr gegessen. Wenn das so weitergeht, fällst du uns noch vom Fleisch", bestätigt Zola, während sie sich ein halbes Brötchen mit selbstgemachter Marmelade schmiert.

Natalia sieht stirnrunzelnd zu ihrer Tochter. „Du siehst blass aus. Komm, setz dich wieder und ich schmiere dir ein Brötchen."

„Aber –", beginnt Alice, doch sie wird von Natalia unterbrochen.

„Kein Aber! Solange du nicht gefrühstückt hast, verlässt du diesen Raum nicht und schon gar nicht, um körperliche Arbeiten zu übernehmen, für die dein Bruder zuständig ist", bestimmt Natalia, während sie bereits ein Vollkornbrötchen aufschneidet. „Du brauchst jetzt viele Ballaststoffe."

„Und Vitamine!" Zola nimmt sich eine saftige Nektarine vom Obstteller und legt sie Natalia hin.

Selbst Alice merkt nun, dass sie da nicht wieder rauskommt. Genervt verdreht sie ihre Augen und lässt sich stöhnend zurück auf den Stuhl fallen.

***

Lisha hat an diesem Morgen keinen Appetit, wie so oft seit Tills Unfall, und Alice Trauermiene erträgt sie auch nicht mehr. Kaum kam Zola mit den Hunden zurück, schnappte sich Lisha die Leinen und ging wortlos raus, um den beiden eine erneute Runde zu schenken. Etwas verwirrt, aber freudig, laufen die zwei nun schwanzwedelnd neben dem Mädchen her.

Ihr kommt Simba auf seinem Mountainbike entgegen. Er entdeckt das hübsche Mädchen und hält mit quietschenden Reifen vor ihr. Schief grinsend sieht er auf die Hunde: „Übernimmst du Alices Job?"

Lisha beißt sich auf die Unterlippe. „Nein, ich musste da einfach mal raus."

„Verstehe!"

„Schon klar, Alice geht es total dreckig und sie ist meine beste Freundin, aber wie es mir geht, scheint allen egal zu sein. Till war auch mein Freund", redet sich Lisha unüberlegt ihren Frust von der Seele.

„Also, mir ist es nicht egal, wie es dir geht, und Alice ganz sicher auch nicht. Jeder trauert nun einmal anders. Ich hänge ja auch nicht zuhause rum und heule. Das Leben geht weiter."

Lisha sieht betroffen zu Boden. „Sehr hilfreich", nuschelt sie enttäuscht. In dem Moment fällt Lisha was ein. Sie blickt auf und fragt neugierig: „Sag mal, wer war eigentlich die Frau, die gestern neben dir in der Kirche saß?"

Unmerklich zuckt Simba zusammen, doch hat sich schnell wieder im Griff, sodass Lisha dies gar nicht richtig mitbekommt. „Keine Ahnung, irgendeine Frau halt", antwortet er schulterzuckend.

„Ach komm, ihr habt Händchen gehalten. Ist sie etwa deine Freundin? Warum hast du noch nichts von ihr erzählt?"

Mit starrer Miene schüttelt Simba seinen Kopf. „So ein Quatsch, du musst dich verguckt haben." Der junge Mann setzt einen Fuß auf die Pedale seines roten Mountainbikes. „Wie auch immer, ich muss zur Arbeit. Mein Dienst beginnt in einer halben Stunde und vorher muss ich noch etwas mit deinem Vater besprechen. Ist er zuhause?"

Er schwingt sein anderes Bein über den Sattel und ehe Lisha „Glaube schon" antworten kann, fährt Simba weiter zum Safari-Park, wo er seit seinem Schulabschluss als Tierpfleger arbeitet.

Irritiert sieht Lisha ihm nach.

ACHT

Rätselhafte Begegnung

Du gingst viel zu früh, es zerbrach uns das Herz.
In ewiger Liebe, deine Mama.

So steht es auf einem grauen Stein geschrieben, der oval in Richtung Himmel ragt. Davor ein bunt bepflanztes Blumenbeet. Ewige Lichter, die ein Herz bilden. In der Mitte ein Skateboard. Tills Skateboard. Daran hängen weiße Schleifen, auf denen in schwarzer Druckschrift geschrieben steht:

Aus dem Leben gerissen, doch niemals aus unseren Herzen. Wir vermissen dich an jedem einzelnen Tag und werden dich nie vergessen!
Natalia, Tajo, Malika, Alice, Marlec, Lisha, Jala und Mojo Guamba

Direkt neben dem Grabstein sitzt ein kleiner Engel, der ein großes Herz in den Händen hält. *I love you,* steht darauf.

Vor genau diesem Grab, welches so liebevoll geschmückt wurde, steht nun ein sportlicher Mann mit blonden Locken und Vollbart. Mit hochgezogenen Augenbrauen starrt er auf die Inschrift des Grabsteins. Die von Dreck bestäubten Hände ballt er zu Fäusten.

Von hinten nähert sich eine Frau. Die braunen Haare hat sie hochgesteckt, auf ihrer Nase thront eine große schwarze Sonnenbrille, die ihre roten Augen verdecken soll. Ihre zarte Figur steckt in einem schwarzen langen Kleid. Selbst die

Fingernägel sind makellos schwarz lackiert. In der rechten Hand hält sie einen kleinen Blumenstrauß.

„Kann ich Ihnen helfen?", fragt sie den Unbekannten, der vor Schreck zusammenzuckt. Langsam dreht er sich um und blickt die Frau direkt aus seinen grasgrünen Augen an. Er bemüht sich um ein Lächeln.

Tills Mutter ist wie erstarrt, als sie ihrem Gegenüber in die Augen sieht: „Du?"

„Hallo, Linda. Lange nicht gesehen." Der Unbekannte deutet mit dem Kopf auf das Grab hinter sich. „Mein Beileid!"

Linda ist sichtlich bemüht, ruhig zu bleiben. „Was willst du hier?"

„Ich dachte, ich schau mal nach dem Rechten."

„Woher weißt du, wo wir wohnen?"

„Es hat 16 Jahre gedauert, doch ich habe nie aufgegeben."

„Hau ab!"

„Ich wollte sowieso gerade gehen, die Pflicht ruft im Namen der Prinzessin." Mit diesen Worten macht der Unbekannte auf dem Absatz kehrt und verlässt den großen Friedhof am Rande von Wien.

Ehe Linda reagieren kann, ist der Mann schon verschwunden. Verblüfft sieht sie ihm nach, doch nach einer kurzen Sekunde der Nachdenklichkeit wendet sie sich dem Grab zu. Sie kniet sich zu Boden und legt den Blumenstrauß vorsichtig zu den anderen Gestecken, die noch von der Beerdigung dort liegen.

***

Nach dem Frühstück hat sich Marlec auf sein Rennrad geschwungen und ist nun unterwegs zum Skatepark, um den Pflichten und Erinnerungen zu entkommen. Wie im Rausch rast er durch die Straßen von Wien, er hatte in der vergangenen Nacht kaum geschlafen, zu sehr schmerzte der Verlust seines

Freundes, doch zugeben, dass er vor Trauer in sein Kissen weint, würde er niemals. Lieber spielt er den starken Bruder, den dies alles kalt lässt.

Marlec hat den Skatepark fast erreicht, als plötzlich jemand – ohne zu gucken – vor ihm auf die Straße tritt. „Vorsichtig!" Gerade noch rechtzeitig kann er den Lenker umreißen, streift dabei jedoch den Jungen, der erschrocken zur Seite springt. Dabei verliert Marlec die Kontrolle, er versucht noch zu bremsen, doch landet kurz darauf in den Mülltonnen, die vor einem Restaurant an der Straße stehen. „So ein verdammter Mist," flucht Marlec, als er angewidert eine Bananenschale von seinem Arm nimmt und wegwirft.

„Verzeihung!" Der andere Junge kommt aufgeregt angelaufen.

„Spinnst du?" Marlec tippt sich mit dem Zeigefinger an die Stirn „Du kannst Doch nicht blind auf die Straße laufen!"

„Oh nein, ich bin keineswegs blind, da muss ein Missverständnis vorliegen."

Marlec rappelt sich aus den umgefallenen Mülltonnen auf und starrt den Jungen ärgerlich an: „Das ist mir auch klar, hat dir denn niemand beigebracht, dass man nach rechts und links sieht, wenn man eine Straße überquert?" Marlec mustert den Jungen nun etwas genauer. „Wie siehst du eigentlich aus? Bist du irgendwo ausgebrochen?"

Die braunen Haare des Jungen stehen in alle Richtungen zu Berge, die altmodisch wirkende Kleidung ist zerknittert und seine Augen sehen müde aus. Noch dazu hat er Rückenschmerzen. Die Nacht auf einer Straßenbank hat seine Spuren hinterlassen. Als Marlec in schwarzem T-Shirt und einer löchrigen Hose, gezeichnet von Müll, vor ihm steht, tritt der Junge erschrocken zwei Schritte zurück. „Ihre Haut ist so ganz anders als die meine", stottert er und zeigt mit zittriger Hand auf Marlecs schwarzes Gesicht. Marlec sieht ihn mit großen Augen an, für einen Moment scheint er seinen Ärger vergessen zu haben. „Wäre ja auch langweilig, wenn jeder gleich aussieht, oder?", antwortet er lässig. Er kennt solche dummen Kommentare, auch wenn sie meistens anders ausgedrückt werden.

„Kommen Sie mir nicht zu nah", fleht der Junge panisch und tritt noch einen großen Schritt zurück. Dabei sieht er nicht, dass sich von hinten eine ältere Frau, mit einem Hund an der Leine in der einen Hand und einer großen Einkaufstüte in der anderen Hand, nähert. Er stolpert rückwärts in sie rein. „Hoppla. Pass auf, wo du hintrittst, mein Junge", lacht die Frau, während sie den seltsam gekleideten Jungen mit ihren Händen aufhält.

Erschrocken dreht er sich um und befreit sich aus dem Griff der Frau. „Was wollen Sie von mir? Lassen Sie mich in Frieden!"

Besorgt sieht die ältere Dame den Jungen an: „Geht's dir nicht gut? Brauchst du vielleicht einen Arzt?"

„Ist schon gut", mischt sich Marlec ein. „Entschuldigen Sie bitte, er ist nur etwas verwirrt."

Die Frau schüttelt ärgerlich ihren Kopf und nuschelt im Weggehen: „Die Jugend von heute …"

Als sie außer Hörweite ist, wendet sich Marlec wieder an den seltsamen Jungen. „Und nun zu dir …"

Hektisch schaut sich der Braunhaarige in der näheren Umgebung um. Die zweispurige Straße ist von hohen Häusern gesäumt, die dicht an dicht stehen. Am Rand der Straße parken vereinzelte Autos und auf der Terrasse einiger Cafés, die im Untergeschoss der Mehrfamilienhäuser untergebracht sind, sitzen Leute, genießen die Morgensonne und frühstücken. „Wo sind die Wachen? Sklaven dürfen niemals in meine Nähe kommen! Ist das eure Rache an meinem Vater? Nehmt ihr dreckigen Leute mich jetzt gefangen?"

Marlec, der dies für einen Scherz hält, lacht: „Probst du für ein Theaterstück? Mit dem Thema wäre ich vorsichtig."

78

Als der Junge nicht antwortet, schaut Marlec noch einmal zu ihm und mustert ihn von Kopf bis Fuß. „Sag mal, wo genau kommst du eigentlich her, Alter?"

„Als ob Sie das nicht wüssten, Sie haben mich doch hergebracht."

„Ich habe dich doch eben erst getroffen und höre endlich auf mit diesen albernen Sie. Ich bin Marlec."

Kurz zögert der Junge, doch dann richtet er sich auf und sagt mit erhobener Stimme: „Charles Joseph von Österreich, mein Name. Eben war ich noch in unserem Schloss und dann hier, das heißt eigentlich war es gestern, doch da war mit einmal alles so anders."

„Im Ernst?" Marlec lacht amüsiert. *Was ist das für ein komischer Vogel?* „Welches Schloss?"

„Das Schloss meiner Familie in Wien, wo ich lebe."

Kurz denkt Marlec nach. „Du meinst Schönbrunn?" Aufgeregt nickt Charles: „Genau, du kennst es? Weißt du auch, wo wir uns befinden?"

„In Wien." Nachdenklich kratzt sich Marlec am Hinterkopf. „Vielleicht brauchst du doch einen Arzt."

„Ich bin Prinz Charles Joseph von Österreich", sagt der Junge bestimmt.

„Der ist seit über hundert Jahren tot", antwortet Marlec daraufhin und weiß nicht so recht, ob Charles dies ernst meint, oder ob er ihn verschaukelt.

„Aber, das kann nicht sein", stottert Charles ängstlich.

„Die Geschichte der Habsburger hatten wir vor den Ferien erst in Geschichte", erklärt Marlec.

„Wo bin ich hier? Und was wollt ihr von mir?", fragt Charles verzweifelt.

„Wie ich schon sagte, in Wien", antwortet Marlec verunsichert. „Genauer, im 18. Bezirk. Ungefähr zwei Stunden zu Fuß von Schönbrunn entfernt."

„Ich wünschte, ich könnte all das verstehen und wüsste, was es zu bedeuten hat." Charles lässt die Schultern hängen und sieht mit trauriger Miene auf die Straße. Marlec sieht den verwirrten Jungen an. „Du meinst das wirklich ernst? Keine ausgedachte Geschichte, von wegen: *Wie verarsche ich am besten den blöden Marlec, der auf alles reinfällt?*"

Wortlos nickt der Junge. „Vielleicht ist es doch ganz gut, wenn dich mal ein Arzt durchcheckt. Vielleicht hattest du ja einen Unfall", überlegt Marlec laut. „Du hast wirklich Glück, dass du ausgerechnet mir begegnet bist. Mein Großvater ist Arzt und wie es der Zufall so will, ist er heute bei uns, um auf meinen kleinen Bruder aufzupassen."

Charles rang mit sich und seinen Gefühlen. Sollte er den eigenartig aussehenden Jungen wirklich vertrauen? Was, wenn dies nur eine Falle ist und er ihm etwas antut? Schließlich ist er der Thronfolger seines Landes und lange nicht bei jedem beliebt. Doch auch wenn Charles nicht nett zu Marlec gewesen ist, scheint er ihm dies überhaupt nicht übel zu nehmen. Vielleicht ein weiteres Zeichen dafür, dass er etwas im Schilde führt oder dass er einfach furchtbar nett ist. Es nützt nichts, er wird es nur herausfinden, indem er den Jungen begleitet.

***

„Ich hole dich hier raus!" Sprachlos sieht Alice ihren Freund an. Soeben stürmte Simba in ihr Zimmer und hat die laute Musik ausgeschaltet. .

„Spinnst du?"

„Ich nicht, aber du", antwortet Simba locker.

Verdutzt schüttelt Alice ihren Kopf, als könne sie ihren eigenen Ohren nicht glauben. „Wie redest du denn mit mir?"

Simba steckt seine Hände in die Hosentaschen und geht zum Fenster, durch das man einen perfekten Blick auf den Vorplatz des Parks hat und in der Ferne die wilden Tiere in ihrem sicheren Gehege sieht. Malika steigt gerade in ihr Auto und fährt vom Hof. Jo Green, der Großvater von Alice und ihren Geschwistern, mäht den Rasen am Rande des Sanitärgebäudes und Tajo unterhält sich am Büro mit einem Angestellten.

„Glaubst du wirklich, Till hätte es gewollt, dass du nur noch im Bett liegst und den Spaß am Leben verlierst?"

Alice sitzt im Schneidersitz auf ihrem ungemachten Hochbett und sieht aus roten Augen auf ihren Freund hinab.

„Was willst du mir damit sagen?", fragt sie tonlos.

Immer noch den Blick aus dem Fenster gerichtet, antwortet Simba: „Ich habe Lisha getroffen. Während du hier liegst und dich selbst bejammerst. Du bist nicht die einzige, der es schlecht geht. Deine sogenannte Freundin flieht vor dir, weil sie es nicht mehr erträgt, dich so zu sehen, doch damit ist jetzt Schluss!"

„Was willst du tun? Mich an Händen und Füßen hier rausziehen?"

Schwungvoll dreht sich Simba um, sein Gesicht glüht vor Wut.

„Man, Alice! Du bist sechzehn, dein Leben beginnt gerade erst. Im Herbst beginnst du deine Ausbildung, geh raus und genieße den Sommer. So hätte es auch Till gewollt."

„Was weißt du denn schon?"

„Eine Menge! Till war mein bester Freund. Denkst du wirklich ich bin glücklich? Weil der einzige Mensch, der immer für mich da war, tot ist! Nein verdammt, aber ich gehe raus und lebe!"

„Ist aber nicht jeder so kalt wie du."

Eine Weile sehen sich die beiden schweigend an, beide kämpfen mit ihren Tränen.

„Denkst du das wirklich?" Wortlos, um nicht vor Simba zu weinen, zuckt das Mädchen mit den pinken Haaren ihre Schultern.

Simba nickt, ohne jegliches Gefühl zu zeigen. „Verstehe", murmelt er und verlässt das Zimmer seiner Freundin.

Die Tür fällt mit einem lauten Knall ins Schloss.

Vor Wut wirft Alice ihr Kuscheltier in Gestalt eines Löwen gegen die verschlossene Tür. „Idiot!", schreit sie ihm nach, bevor sie sich weinend aufs Bett fallen lässt.

Laut fluchend lässt Simba kurz darauf die Haustür ebenfalls hinter sich zuknallen und steuert direkt auf seinen Chef zu, der nach wie vor neben der Tür des Büros steht und sich gerade von seinem Angestellten verabschiedet. „Solltest du nicht längst bei der Arbeit sein?", fragt Tajo, als er Simba erblickt, und deutet dabei auf eine Schubkarre voll Tierfutter, die Simba am Eingang abgestellt hatte, bevor er zu Alice ging. „Die Tiere haben Hunger."

„Sorry, Tajo! Aber ich mach da nicht mehr mit", schreit Simba gegen den Lärm des Rasenmähers an. Verwirrt schaut Tajo in die Augen seines Angestellten.

„Bitte?"

„Entweder Alice kommt aus ihrem Loch raus und lacht wieder oder du musst dir einen neuen Tierpfleger suchen."

„Simba. Was ist denn los mit dir?"

„Was soll denn los sein? Ich habe nur schlicht und ergreifend keinen Bock mehr, dabei zuzusehen, wie meine beste Freundin leidet."

Jo, der ein paar Meter entfernt den Rasen mäht, scheint nun auf Simba und seinen Schwiegersohn aufmerksam geworden zu sein. Er schaltet den Rasenmäher ab und geht zu ihnen rüber. „Stimmt was nicht?", fragt er unsicher.

„Ich kündige!" Nach diesen unerwarteten Worten geht Simba mit großen Schritten auf den Fahrradunterstand zu. Dort schwingt er sich auf sein Mountainbike und fährt vom Hof. Sprachlos sehen Tajo und sein Schwiegervater ihm nach. Jo ist der erste, der seine Worte wiederfindet. „Habe ich das gerade geträumt?"

„Ich wünschte, es wäre so." Tajo lässt seinen Schwiegervater stehen und geht wütend auf das Wohngebäude zu.

„Was hast du vor?", ruft Jo ihm nach, doch da ist Tajo schon im Haus verschwunden.

***

Alice liegt nach wie vor auf dem Bett. Die Haare sind ihr ins Gesicht gefallen und kleben an ihren von Tränen feuchten Wangen. Die Tür wird aufgerissen. Tajo steht wütend in der Mitte des Zimmers und brüllt: „Schluss jetzt!"

Erschrocken schreckt Alice hoch. Sie hatte gar nicht mitbekommen, dass ihr Vater hereingekommen war.

„Dass du trauerst, ist normal. Dass deine Geschwister deine Arbeit im Haus übernehmen, ist kein Problem. Was aber ein Problem ist: Wenn mein bester Mitarbeiter wegen dir kündigt!"

„Simba hat gekündigt?", fragt Alice entsetzt. Ehe ihr Vater noch etwas sagen kann, klettert sie die schmalen Holzstufen runter und verlässt, so schnell es geht, ihr Zimmer.

NEUN

Ein Rätsel nach dem anderen

Als die Musik aus Alices Zimmer verstummte, freute sich Jala. Endlich Ruhe. Sie steht von ihrem Bett auf und geht zum Fenster. Dort atmet sie tief durch. Wie gern würde sie jetzt auch dort unten stehen. In der Mitte des Hofes, ganz allein. Doch es geht nicht. Die 14-Jährige pustet sich eine Haarsträhne aus ihrem Mundwinkel, als jemand zaghaft an ihre Tür klopft.

„Ja", bittet sie diesen Jemand herein – die Tür öffnet sich und Zola erscheint im Rahmen.

„Hallo, mein Schatz", begrüßt sie ihre Enkelin mit einem Lächeln.

„Was gibt es?", fragt diese trocken.

„Wollen wir was unternehmen? Wir könnten in die Stadt fahren oder mit Mo ins Freibad, er würde sich bestimmt freuen", schlägt die rundliche Dame vor, doch Jala ist alles andere als begeistert.

„Nein", antwortet sie schroff.

Zola nickt. „Ich verstehe, wenn du allein sein möchtest, aber glaube mir, das ist in deiner Situation alles andere als eine gute Idee. Du brauchst nun Ablenkung", versucht Zola ihre Enkelin zu überzeugen.

„In meiner Situation? Ich bin nicht krank! Mein bester Freund ist gestorben!" In Jalas dunklen Augen glänzen Tränen.

„Ich weiß, mein Schatz, aber auch wenn du das jetzt nicht hören möchtest: Das Leben geht weiter." Zola geht auf das Mädchen zu und legt liebevoll ihre warme Hand an dessen kalte Wange. „Sicher hätte es Till gewollt, dass du den Sommer genießt." Jala tritt entschieden einen Schritt zurück und verschränkt ihre schlanken Arme vor der Brust. „Raus!" Zola nickt verständnisvoll. „Na gut, aber bitte vergiss nicht, ich liebe dich und werde stets für dich da sein." Mit diesen Worten verlässt Zola das Zimmer ihrer Enkelin.

Zurück bleibt ein autistisches Mädchen, das die wichtigste Person ihres Lebens verloren hat. Die sich allein gelassen fühlt und daran ändert sich auch nichts, wenn ihr immer wieder alle sagen, dass sie für sie da sind und dass sie geliebt wird. Was bringt das schon, wenn sie sich selbst schon lange nicht mehr liebt und mit vierzehn Jahren ist sie dem Wunsch, ihrem Leben ein Ende zu setzen, näher, als der Zukunft. *Wozu noch leben?* Um eingesperrt in ihrem Zimmer zu hocken, um täglich mindestens drei Panikattacken zu erleben, um nicht mal allein duschen zu können? *Was ist das noch für ein Leben?* Sie fühlt sich sehr einsam, so einsam wie noch nie zuvor, seitdem Till nicht mehr lebt. Till war zwar der Freund ihrer großen Schwester, doch Till war noch viel mehr als dies. Vom ersten Moment an verstand er Jala. Als einzige Person auf der Welt hat er sie nicht für bekloppt gehalten, er war für sie da, hat ihr geholfen, mit ihr gelacht und geweint.

Er ist ein richtig guter Freund geworden, ein Freund, den sie nun verloren hat. Für immer. Nun ist sie wieder allein. Ganz allein auf der Welt und ihre Eltern, die nicht mal ihre Eltern sind, kümmern sich nur um die arme Alice, wie es Jala geht, ist allen egal. So denkt das Mädchen, denn auch wenn ihre Familie es stets versucht, lässt sie niemanden an sich ran.

Mit wackligen Beinen rennt Alice die Wendeltreppe runter und wäre dabei beinahe über ihre eigenen Füße gestolpert – gerade noch kann sie sich am Geländer festhalten. Tinka kommt angelaufen, die kleine Katze schleicht um ihre Beine, während sie noch im Flur steht. Blass sieht sie auf das süße Gesicht hinab, welches erwartungsvoll zu ihr hoch blickt, als die Haustür aufgeht und Jo den Flur betritt. „Na, da hast du ja einen Bock geschossen", sagt er mit leicht ironischem Unterton, als er seine Enkelin erblickt. „Tajo ist ganz schön sauer auf dich."

Jo geht zu Alice, die noch immer am Fuße der Treppe steht und steckt seine Hände in die Taschen der blauen Jeanshose. „Alice", beginnt er vorsichtig. „Du siehst ganz schön fertig aus", stellt er unnötigerweise fest. Alice ist blass und zittert am ganzen Leib, als sie mit erstaunlich ruhiger Stimme sagt: „Ich kann doch nichts dafür, dass Simba gekündigt hat." „Warum bist du dann wie von der Tarantel gestochen losgerannt?", ist plötzlich Tajos Stimme zu hören. Alice dreht sich um – erschrocken sieht sie ihren Vater an, der zwei Stufen über ihr steht. „Ich dachte wirklich, du willst mit Simba reden."

„Nein! Ich habe es nur nicht mehr ausgehalten, ständig von allen Seiten Vorwürfe zu bekommen! Ich will endlich meine Ruhe haben!", schreit sie sichtlich verzweifelt, während die Tränen an ihren Wangen hinunterlaufen und auf dem getigerten Fell der Katze landen, die sich mittlerweile neben Alice Füße gesetzt hat und ihre Pfote putzt. „Alice, Schatz", beginnt Tajo und geht eine Treppenstufe runter, doch Alice weicht entschieden zurück. „Till ist gestorben, vor nicht mal zwei Wochen und ich soll so tun, als wäre all dies nie passiert?"

Nun wirkt Tajo doch etwas verunsichert. Nervös spielt er mit dem Schlüsselbund in seiner Hand. „Ich weiß, das ist grad alles ein bisschen viel für dich, aber bitte glaube mir: Es war nie unsere Absicht, dir Vorwürfe zu machen. Du hast jedes Recht der Welt, dich zu verkriechen, wir machen uns nur Sorgen um dich." Tinka, die von dem Geklimper des Schlüsselbundes angelockt wurde, steht nun vor Tajo und versucht, sich an seinen Beinen hochzuziehen, doch dies scheint er gar nicht mitzubekommen. Liebevoll blickt er zu Alice.

„Ähm, ich gehe dann mal", mischt sich Jo plötzlich in das Schweigen ein. „Ich sehe mal nach Mo." Vorsichtig drängelt er sich an seiner Enkelin vorbei, geht die Treppe hoch. „Glaube mir, Alice: Es tut mir sehr leid, wenn ich gerade ein wenig ruppig war, das kam nur alles so plötzlich und –" Doch weiter lässt Alice ihren Vater nicht reden, sie dreht sich um und geht raus.

Auf dem mit Kies belegten Hof fällt sie kurzerhand in die Knie und lässt einen erstickten Schrei von sich. Es tut gut, einmal alles loszulassen. Die Wut über ihre Eltern, die sich ständig Sorgen machen und nur das Beste wollen. Die Trauer um ihre erste große Liebe. Die Erkenntnis, dass ihr bester Freund offenbar wegen ihr gekündigt hat. Warum auch immer …Sie versteht die Welt nicht mehr.

***

Marlec, der kurz darauf mit einem fremden Jungen im Schlepptau den Hof, durch das große Eingangstor betrat, hebt kurz seine Hand zum Gruß, doch ignoriert seine Schwester dann, die den beiden irritiert nachsieht, als Marlec sein Rennrad an den Gartenzaun lehnt und den Garten durch die kleine Pforte betritt. Jo sitzt inzwischen auf der Veranda. In der Hand hält er einen Becher dampfenden Kaffee. Auf seiner Nase thront eine zierliche Lesebrille, mit deren Hilfe er in der Zeitung liest. Während Mo bäuchlings auf dem saftig grünen Rasen liegt und an einem Laptop spielt. Auf seinem schwarzen Wuschelkopf thront ein großer Kopfhörer, der an das Gerät angeschlossen ist. „Hey, Grandpa!", begrüßt Marlec seinen Großvater. Der schaut von seiner Zeitung auf und erblickt erst in dem Moment die zwei Jungen. „Na, Marlec. Was kann ich für euch tun?"

Der Teenager zeigt auf den verwirrten Jungen, der wiederum staunend auf den BBQ-Gasgrill blickt, der an der Hauswand steht. Er geht darauf zu und begutachtet ihn. „Was ist das?", fragt er fasziniert.

„Er braucht dringend deine Hilfe", erklärt Marlec und holt den Jungen vom Grill weg.

„Das scheint mir auch so", stimmt Jo zu, der ebenso sprachlos den Jungen mustert wie Marlec zuvor. „Wo genau liegt das Problem? Also, wenn man mal von seiner Aufmachung und seinem eigenartigen Verhalten absieht", erkundigt sich der Vater von Natalia.

„Na, genau darum geht's doch." Mit einer Hand auf der Schulter des Jungen – um aufzupassen, dass er nicht wegläuft – beginnt Marlec, seinem Großvater zu erklären, wie es zu der Begegnung mit Charles kam und was sein eigenartiges Verhalten bedeutet. Als er fertig mit seinem Bericht ist, schaut Jo noch besorgter drein als zuvor. Er stellt seinen Kaffeebecher ab. „Und er ist wirklich der Meinung, Charles Joseph von Österreich zu sein?", vergewissert er sich noch einmal bei seinem Enkel. Dieser nickt stumm. Jo steht von der Gartenbank auf. „Na, dann komme mal mit!"

„Wohin, werter Herr? Mögt Ihr mir dies verraten?"

Jo hält einen Moment in der Bewegung inne und schaut Charles aus großen Augen an. Doch dann fasst er sich relativ schnell wieder und schiebt den Jungen in Richtung der Terrassentür. „Wir gehen ins Wohnzimmer. Dort kann ich dich ungestört untersuchen. Marlec, sei doch bitte so nett und hole meinen Arztkoffer aus dem Auto. Der Schlüssel liegt im Flur auf der Kommode." Marlec will gerade durch die Terrassentür das Haus betreten, da stößt er beinahe mit Natalia zusammen, die wiederum in den Garten gehen will. „Hoppla, Augen auf im Straßenverkehr, mein Sohn."

Marlec verdreht genervt seine Augen. „Sehr witzig", sagt er und verschränkt seine Arme ineinander.

„Nun schmoll mal nicht. Marlec, mein Arztkoffer", mischt sich Jo ein. Doch genau in dem Moment erblicken die meeresblauen Augen von Natalia den Jungen auf der Veranda. „Charles."

***

Eine gefühlte Ewigkeit steht Alice im Hof des Safari Parks und lässt ihren Gefühlen freien Lauf. Man sieht ihr deutlich an, dass sie eigentlich nicht das Haus verlassen wollte. Eine knielange pinke Schlabberhose, ein viel zu weites T-Shirt und zerzauste Haaren. Sie ist wirklich froh, dass sie so niemand gesehen hat, denn wie sollte sie dies erklären? Sie trocknet ihre Tränen und beruhigt sich. Doch zurück ins Haus gehen mag sie noch nicht. Mit hängenden Schultern und den Händen in den Hosentaschen vergraben schießt sie Gedankenverloren einen Kieselstein vor sich her. Nur aus diesem Grund merkt sie erst viel zu spät, wie ein offenes Cabrio ihren Weg kreuzt, in dessen schwarzer Lackierung der Kieselstein landet, und eine für dessen Größe unübersehbare Delle hinterlässt. Der Fahrer tritt auf die Bremse, öffnet die Tür und steigt aus. Während er noch die Delle untersucht, läuft Alice aufgeregt zu ihm hin. „Oh nein, das tut mir ja so leid. Ehrlich, ich war in Gedanken, das war keine Absicht, aber wir kommen natürlich für den Schaden auf, wir sind versichert". Der junge Mann stellt sich wieder aufrecht hin, dreht sich zu Alice um und nimmt grinsend die Sonnenbrille ab. „Nun mach mal kein Drama. Ist doch nur ein Auto." Leicht erschrocken tritt Alice zwei Schritte zurück. Der junge Mann scheint nur ein paar Jahre älter zu sein als sie.

„Sie sind nicht wütend?", fragt sie verdutzt.

„Nein."

„Komisch, als ich vor zwei Monaten versehentlich mit meinem Skateboard einen Kratzer in das Auto von Larissas Vater gehauen habe, wollte er mich anzeigen – wegen Sachbeschädigung."

Der Mann zuckt gelassen seine Schultern. „Ich komme aus Ungarn, da sieht man sowas nicht so eng."

Ein breites Lächeln erscheint auf Alice Lippen. „Sie kommen aus Ungarn, wie cool. Meine Abschlussfahrt ging nach Budapest."

„Nun lass mal das *Sie* stecken, ich bin Gyula und du?" „Alice", lächelt das Mädchen ungewohnt schüchtern und wird ein wenig rot an den Wangen. „Haben wir uns nicht schonmal gesehen?", fragt sie schließlich, denn die Stimme kommt ihr sehr vertraut vor.

„Keine Ahnung", lacht Gyula so herzlich, dass es Alice leicht fällt, in das Lachen mit einzustimmen.

Einen Moment sehen sich beide schweigend in die Augen. Alice Herz schlägt gleich doppelt so schnell und in ihrem Bauch flattern tausende Schmetterlinge. Ein Gefühl, das sie nur von Till kennt. Gyula scheint auf den ersten Blick so anders zu sein als die Jungs aus ihrem Umfeld. So erwachsen. Irgendetwas an ihm zieht sie magisch an. Diese schokoladenbraunen Augen, die sie ununterbrochen ansehen und sie von Sekunde zu Sekunde unsicherer machen. Die ungewohnt blasse Haut, die kurzen schwarzen Haare, deren struppiger Pony lässig über sein rechtes Auge fällt, der Drei-Tage-Bart. Die muskulösen Oberarme, die große Figur. Er ist zwar überhaupt nicht ihr Typ, dennoch kann sie nicht aufhören ihn anzusehen.

„Wohnst du hier?", unterbricht Gyula schließlich das Schweigen.

„Ja. Der Park gehört meinen Eltern, ich bin hier zwischen Löwen und Elefanten aufgewachsen", erklärt Alice. Erneut muss Gyula lachen.

„Was ist daran so witzig?", fragt Alice irritiert.

„So weit weg von Afrika und doch den wilden Tieren so nah", meint der junge Mann schulterzuckend, doch Alice versteht den Witz nicht so recht. Verlegen streicht sie ihre Haare hinters Ohr und fragt: „Von wo aus Ungarn kommst du?"

„Ach!", winkt Gyula ab. „Ich war schon an vielen Orten. Ich wurde in der Slowakei geboren, habe die Hälfte meines Lebens in Ungarn verbracht und lebe seit ein paar Jahren in Wien."

„Dann hast du schon deutlich mehr gesehen als ich. Die einzigen Urlaube, die ich mal gemacht habe, waren irgendwelche Ferienlager an der Ostsee."

„Ich dachte, deine Abschlussfahrt ging nach Budapest?" wundert sich Gyula.

„Schon, aber ich war nicht mit." Alice sieht mit hängenden Schultern auf den Boden. Gyula merkt, dass sie nicht darüber reden möchte, also fragt er nicht weiter nach. „Ferienlager an der Ostsee klingt auf jeden Fall entspannt. Glaube mir, mein Leben war bisher eher stressig und meine derzeitigen Probleme willst du auch nicht haben." Bedrückt steckt Gyula seine Hände in die Taschen der grauen Hose und starrt auf seine Füße. „Du kennst meine Probleme nicht. Ich würde wirklich gerne tauschen", meint Alice schulterzuckend und pustet sich den lästigen Pony aus ihrem Gesicht. Gyula schaut wieder hoch, zum ersten Mal richtig ernst in Alice Augen. „Bist du auch vor dem Tod geflohen? Darfst du nie wieder zurück in deine Heimat und musst jemanden heiraten, den du nicht liebst?" fragt er schließlich geradeheraus. Erschrocken starrt Alice den jungen Mann an, damit hatte sie nicht gerechnet. Sie weiß nicht, was sie sagen soll. Gyula hingegen schon. „Glaube mir, Alice: Dass dein Freund gestorben ist, ist dein geringstes Problem." Mit diesen Worten dreht sich Gyula um und geht geradewegs auf das Bürogebäude zu. Alice sieht ihm perplex nach; sie kann nicht reagieren. Was hatte das zu bedeuten? Wer war dieser Gyula? Und was wusste er über sie?

ZEHN

Wie aus einer anderen Zeit

Entsetzt starrt Natalia auf den zeitreisenden Prinzen.

„Ihr kennt euch?", fragt Marlec überrascht.

„Nicht, dass ich wüsste", antwortet Charles und schüttelt seinen Kopf.

„Nein, ich … ich habe mich wohl vertan", stottert Natalia gereizt. Sie streicht sich mit zittriger Hand durch die blonden kurzen Haare, ihr Gesicht ist ganz blass. „Wie … ähm … wie auch immer, ich wollte nur, nein, ich meine, ich muss zurück an die Arbeit", sagt sie mit Blick auf den Steinboden der Veranda. Sie wagt es nicht, Charles erneut in die Augen zu sehen, auch dem Blick ihres Sohnes weicht sie aus.

„Wenn ich mich kurz einmischen dürfte", beginnt Jo zu reden. „Mich und sicher auch Marlec würde es interessieren, woher ihr euch kennt. Natalia, weißt du nun wirklich, wer das ist? Das würde uns enorm helfen." Natalia antwortet nicht, sie presst ihre Lippen aufeinander und starrt ununterbrochen auf ihre Füße, die in grauen Sandalen stecken.

„Mama", beginnt Marlec vorsichtig und tritt einen Schritt näher an Natalia ran.

„Du bist ihr Sohn?", fragt Charles verwundert.

„Allerdings", antwortet Marlec.

„Aber ihr seht so unterschiedlich aus, das ist unmöglich."

„Natalia, ist wirklich alles in Ordnung? Kennst du den Jungen?", fragt Jo erneut mit besorgter Miene. Schnell schüttelt Natalia ihren Kopf und blickt dabei auf „Nein, tut mir leid", sagt sie, bevor sie zurück ins Haus geht.

„Das war jetzt irgendwie schräg", murmelt Marlec noch, bevor er sich aufmacht, um den Arztkoffer zu holen.

Bereits fünf Minuten später sitzt Charles mit freiem Oberkörper anteilslos auf dem geräumigen Ledersofa im Wohnzimmer. Jo sitzt vor ihm auf dem schmalen Couchtisch, er trägt ein Stethoskop um Hals und lächelt ihn zuversichtlich an: „Du kannst dein Hemd wieder zuknöpfen, ich bin soweit fertig mit den Untersuchungen."

„Könnt Ihr mir mitteilen, was mit mir geschehen ist?" fragt dieser, während er sein mittlerweile recht schmutziges weißes Hemd zuknöpft.

„Tja, so einfach ist das leider nicht, ich bin kein Hellseher, weißt du, nur Arzt. Und auf den ersten Blick kann ich nichts feststellen."

Charles sitzt so gerade, als hätte er einen Stock im Rücken, legt seine Hände flach auf die Oberschenkel, die in einer schwarzen Kaschmir-Hose stecken und schaut fast ein wenig ängstlich drein.

„Also, äußere Verletzungen hast du schon mal nicht, was gegen einen Unfall spricht, kein blauer Fleck, kein Kratzer oder sonstiges. Allerdings redest du wirres Zeug und dafür muss es eine Ursache geben, deshalb würde ich dich gerne mit in die Klinik nehmen, wo ich arbeite, um dich einmal von Kopf bis Fuß durchzuchecken."

„Wohin?"

„Ins Krankenhaus."

Erschrocken schaut der Junge seinen Arzt an, der beruhigend die Hand auf den Arm seines Patienten legt: „Du musst keine Angst haben. Ich will nur ganz sichergehen und irgendwie müssen wir doch herausfinden, was dir fehlt."

„Ich weiß nicht, ist es sehr weit von hier?"

„Die Klinik liegt in Wien, wir fahren mit dem Auto dort hin, dann sind wir in spätestens einer Stunde vor Ort."

Es scheint so, als würde der Junge angestrengt nachdenken.

„Du bist dort wirklich in den besten Händen", versucht Jo ihn zu beruhigen, woraufhin Charles langsam nickt.

„Wenn sie mir noch verraten mögen: Was sind diese sogenannten *Autos*? Ihr Enkel sprach auch schon von so etwas."

Mit großen Augen sieht Jo den Jungen an.

„Ich mache mir ernsthafte Sorgen", nuschelt er, dann steht er auf und geht zum Wohnzimmerfenster, wodurch man einen freien Blick auf den großen Vorplatz des Safariparks hat. Jo bedeutet den Jungen ebenfalls zum Fenster zu kommen.

„Sieh mal", beginnt der ältere Herr zu erklären, als der Junge neben ihm steht. „Die Gefährte mit den vier Reifen, die du draußen siehst, das sind Autos."

„Diese Ungetüme?", fragt der Junge verblüfft.

„Diese Ungetüme, wie du sie nennst, sind sehr praktisch. Man kann mit ihnen schnell von einem Ort zum anderen kommen, nur leider nicht sehr umweltfreundlich, aber es gibt inzwischen auch schon viele Elektroautos, die ganz ohne Benzin fahren."

Jo sieht den Jungen an, dass dieser ganz schön überfordert ist.

„Na, ist auch egal, jedenfalls kommen wir damit ganz schnell zum Krankenhaus", kürzt er seine Erklärung ab.

„Das sind also Fortbewegungsmittel? Sowas wie Kutschen und Pferde?"

***

Kurz nachdem Alice wieder im Haus verschwand, betritt Linda Schmitt das Grundstück und steht nun nachdenklich vor der Haustür ihrer besten Freundin, als hinter ihr eine Stimme erklingt. „Hallo Linda."

Die Frau dreht sich um und erblickt Lisha, die mit Fee und Happy an der Leine zu ihr läuft. Schwanzwedelnd begrüßen die Hunde Linda. „Hallo Lisha, ich wollte gerade klingeln", erklärt sie leicht stotternd und streichelt die Hunde liebevoll. „Du willst sicher zu Natalia."

Stumm nickt die Mutter des Verstorbenen.

„Ich glaube, sie müsste im Büro sein, sie wollte heute noch einige Abrechnungen fertig machen."

Linda nickt und marschiert geradewegs auf das große Bürogebäude gegenüber dem Wohnhaus zu.

Schnell hat Linda das kleine Holzhaus erreicht, in dem sich zum einen das Büro der Geschäftsführung befindet und zum anderen ein Aufenthaltsraum sowie die Umkleide der Mitarbeiter, ebenso ein Besprechungsraum für Versammlungen. Kräftig klopft sie an die Tür mit der Aufschrift „Geschäftsführung". Doch nichts tut sich. Linda versucht es erneut. Wieder nichts. Vorsichtig drückt sie die Türklinke runter. Zu ihrer Überraschung lässt sich die Tür des Büros öffnen. Langsam steckt sie ihren Kopf durch den schmalen Spalt und erspäht einen Blick in das helle Büro. Natalia sitzt hinter einem ausladenden Schreibtisch und starrt wie hypnotisiert auf die weiße Wand.

„Ist was passiert?", fragt Linda erschrocken. Sie öffnet die Tür nun ganz und geht zu ihrer Freundin. Natalia zuckt erschrocken zusammen, es scheint, als wäre nur ihr Körper anwesend. Linda schiebt ihre Sonnenbrille in die braunen Haare.

Behutsam kniet sich Linda zu ihrer Freundin und legt die Hand an ihren Arm. „Was ist los?"

„Charles", flüstert Natalia mit belegter Stimme und tupft sich eine Träne aus dem Augenwinkel. Linda hingegen scheint nicht so recht zu verstehen, irritiert schüttelt sie ihren Kopf. „Charles ist hier", wiederholt Natalia. Wie elektrisiert springt Linda in die Höhe. Ihr Herz schlägt einen Takt zu schnell, als sie daraufhin erwidert: „Genau wie Fridwart."

Erschrocken starrt Natalia in die Augen ihrer Freundin. „Ich hab's geahnt", stammelt sie unsicher.

„Was?" Lindas Beine werden mit einmal ganz wacklig. Sie setzt sich auf einen der schwarzen Loungesessel, die in der Ecke des Büros, zwischen zwei Palmenpflanzen stehen. „Ich hatte heute Morgen das Gefühl, ihn bei uns im Garten gesehen zu haben", erklärt Natalia schnell und zieht bereits ihr Handy aus der Hosentasche. „Ich muss Tajo anrufen, wir müssen sie in Sicherheit bringen."

„Nein!", ertönt plötzlich eine raue Stimme aus der offenstehenden Tür. Mit einem Ruck dreht Linda ihren Kopf zur Tür und wird schneeweiß im Gesicht. Auch Natalia lässt langsam ihr Handy sinken.

***

„Bin zurück!", ruft Lisha ins Innere des Hauses. Als sie die Hunde von der Leine lässt, laufen sie schwanzwedelnd in die Küche. Lisha folgt den beiden. „Was ist denn mit Simba los?", begrüßt die 15-Jährige ihren Vater, der sich gerade ein Apfel schneidet. Lisha geht zum Waschbecken, um ihre Hände zu waschen.

„Was meinst du?", fragt er.

Zola, die zum Rauchen auf der Veranda war, betritt die Küche durch die Terrassentür und sieht ihre Enkelin ebenfalls fragend an.

„Erst treffe ich Simba, der auf dem Weg zur Arbeit ist und keine 20 Minuten später fährt er wortlos an mir vorbei in Richtung Stadt. Er sah ziemlich wütend aus, wie er in die Pedale trat", erzählt Lisha, während sie die Kühlschranktür öffnet und sich nach kurzem Zögern für einen Fruchtjoghurt entscheidet. Tajo verdreht genervt seine Augen. Zola zieht sich derweil einen Kaffee und lehnt sich entspannt an die Küchenfront.

„Was ist?", fragt Lisha irritiert.

„Simba hat gekündigt", beginnt Zola schließlich.

„Was?" Lisha hätte sich beinahe an ihrem Joghurt verschluckt.

„Wir sind gerade alle ein wenig neben der Spur. Das renkt sich sicher wieder ein", beruhigt Zola ihre Enkelin und nippt an ihrem Kaffee. Lisha schiebt den silbernen Teelöffel zurück in den rosafarbenen Joghurt und sieht fragend zu ihrem Vater. „Dad, was ist denn los?"

Wütend rammt Tajo das scharfe Schneidmesser, womit er den Apfel geschnitten hat, ins Holzbrett und sieht wie hypnotisiert auf das klein geschnittene Obst. Ängstlich tritt Lisha einen Schritt zurück und Zola legt beruhigend ihre Hand auf den Rücken ihres Sohnes, bis sich Tajo von der Küchenzeile abstößt und wortlos die Küche verlässt.

„Habe ich was verpasst?" Lisha setzt sich auf einen Stuhl und löffelt hungrig den Fruchtjoghurt.

„Sprich deinen Vater besser nicht auf Simba an, das nimmt ihn alles mehr mit als er zugibt. Noch dazu mag er Alice nicht mehr leiden sehen. Es zerreißt ihm das Herz, ihr den Schmerz nicht nehmen zu können."

„Da ist er nicht der einzige", murmelt Lisha in sich hinein und schiebt den letzten Löffel Joghurt in ihren Mund. Aufmunternd lächelnd richtet sich Zola auf. „Das wird schon wieder", sagt sie und geht zu ihrer Enkelin und legt ihr liebevoll die Hand auf ihre Schulter. „Ich muss jetzt los, ich habe gleich noch einen Termin", sagt Zola und mit diesen Worten rauscht die ältere Dame aus der Küche. Kaum hat sie diese verlassen, stürmt Marlec herein. „Weißt du, wo Mum ist?" Stumm schüttelt Lisha ihren Kopf und stellt den leeren Joghurtbecher auf dem Tisch ab. „Ich habe sie heute noch nicht gesehen."

„Sie war gerade noch da, aber hat sich seltsam benommen, und dann wollte sie angeblich an die Arbeit, aber im Büro ist sie nicht und ihr Auto ist auch weg. Ich rufe sie mal an", erwähnt Marlec und nimmt sein Handy von der Theke.

Lisha sieht durch die Terrassentür nach draußen, wo Mo nach wie vor auf dem Rasen liegt und an seinem Laptop spielt. „Wo ist Opa? Wollte er nicht heute auf Mo aufpassen?" fragt sie.

„Der ist mit diesem schrägen Typen im Wohnzimmer", erklärt Marlec, während er die Nummer seiner Mutter wählt.

„Sie geht nicht ran", verkündet Marlec, als er das Handy vom Ohr nimmt.

„Mach dir doch keinen Stress. Mum ist erwachsen. Erzähle lieber, was für einen schrägen Typen du meinst?", versucht Lisha ihren Bruder zu beruhigen.

Marlec nickt zustimmend und legt sein Handy weg. „Ja, vermutlich hast du recht."

Er setzt sich neben Lisha auf den Küchenstuhl, als die Tür aufgeht und Jo mit Charles zurückkommt. Auch Mo kommt in diesem Moment in die Küche. „Heyjo", ruft Mo fröhlich und blickt erstaunt auf Charles. „Wer bist du?"

Auch Lisha dreht sich nun um und traut ihren Augen kaum. „Du darfst mich Charles nennen", sagt Charles zu Mo, der zögerlich etwas näher kommt.

„Woher kommst du?"

„Aus Österreich."

„Ich bin Mojo, aber du kannst mich Mo nennen, das tun alle." Mo geht zum Küchenschrank und nimmt sich eine Flasche Orangensaft, den er kurz darauf in sein angetrunkenes Glas vom Frühstück gießt. „Bist du ein Freund von Marlec?", fragt er weiter und nimmt einen großen Schluck des O-Saftes. Doch ehe Charles antworten kann, kommt ihm Marlec zuvor, der entschieden „Nein!" ruft. Mo schlingt seine kurzen Arme um den fremden Jungen und drückt sich ganz fest an ihn ran. Der ist von so viel Herzlichkeit eines Fremden Kindes völlig überfordert und ist regelrecht froh, als Jo das Kind zurückzieht.

„Mo, was machst du denn da? Man umarmt fremde Leute nicht einfach so, das weißt du doch." Kleinlaut schaut der Junge auf seine nackten Füße. „Tschuldigung."

„Wo sind eure Eltern?", fragt Jo schließlich in die Runde. „Dad ist vermutlich arbeiten und Mum ist irgendwie verschwunden", antwortet Marlec schulterzuckend.

„Ich gehe mal nach Alice sehen", erklärt Lisha. „Bin gleich wieder da." Als sie sich an Charles vorbei durch die Tür drängt, nimmt sie einen leicht muffigen Geruch wahr und schielt so unauffällig wie möglich auf das Schild seines Hemdes, welches am Kragen herausguckt. „1870" steht darauf. Lisha stockt der Atem.

ELF

Neuankömmling

Lisha geht im obersten Stockwerk geradewegs auf ihre Zimmertür zu, als Jala aufgebracht auf sie zugelaufen kommt.

„Wo ist Mum?", fragt sie ärgerlich.

Lisha stoppt ihren Gang kurz vor der Tür mit der Aufschrift: *Lisha und Alice, betreten auf eigene Gefahr!* und dreht sich zu Jala um. „Im Büro nehme ich an. Sie muss doch arbeiten."

„Denkst du, ich bin blöd? Da komme ich doch gerade her!"

Genervt verdreht Lisha ihre Augen. „Ach ja." Ihr scheinen Marlecs Worte wieder einzufallen. „Dann vielleicht im Park irgendwo, was ist denn so wichtig?" Jala streicht unsicher über ihre hautenge Leggings. „Ihr Auto ist nicht da und sie sagt doch immer Bescheid, wenn sie wegfährt."

Lisha zuckt mit ihren Schultern. „Vielleicht ist sie mit Linda weggefahren, sie kam vorhin. Mach dir keine Sorgen." Liebevoll lächelnd legt Lisha ihren Arm an die Schulter ihrer jüngeren Schwester. Durch ihren Autismus macht sich Jala schnell unnötige Sorgen, und seitdem Till gestorben ist, hat sie panische Angst, noch jemand Geliebtes für immer zu verlieren. Sie braucht stets Sicherheit und kommt nur selten damit klar, wenn ihre Eltern ungeplant wegfahren und dann nicht mal Bescheid sagen. „Aber sie sagt doch immer Bescheid, wenn sie spontan wegfährt." Lisha zieht ein großes Zopfgummi aus Stoff von ihrem Handgelenk und bindet ihre lockigen Haare, die ihr immer wieder ins Gesicht fallen, zusammen.

„Ich weiß, aber momentan ist eben alles ein bisschen anders. Weißt du, wir trauern alle, aber den Schmerz von Linda kann niemand übertreffen. Und Natalia als ihre beste Freundin lässt sie damit nicht allein."

„Das verstehe ich nicht." Nachdenklich dreht sich Jala um und geht zurück in ihr Zimmer, während Lisha ihren Gang fortsetzt.

***

In ihrem Zimmer sieht sie Alice, die mit gesenktem Kopf auf ihrem Schreibtischstuhl sitzt und auf etwas kleines Goldenes blickt, das sie in der Hand hält. „Hey du." Lisha geht etwas näher an ihre Schwester ran und erkennt nun, dass es sich hierbei um einen Ring handelt. „Seit wann interessierst du dich für Schmuck?" fragt Lisha verwundert. „Du trägst doch nie Ringe."

Alice zuckt ihre Schultern. „Den habe ich gefunden." Irritiert zieht Lisha ihre Augenbrauen hoch. „Wo?"

„Der lag hier auf meinem Schreibtisch", erklärt Alice.

„Zeig mal." Lisha nimmt ihr den Ring aus der Hand und betrachtet ihn genauer. „Da ist ein Schriftzug in den Ring graviert", stellt Lisha auf einmal fest, als sie den Ring ins Licht der Sonne hält, die durch das große Fenster den Raum hell erleuchtet.

„Was denn?", fragt Alice neugierig.

Lisha kneift ihre Augen zusammen, um die kleine Schrift zu entziffern, nur mit Mühe schafft sie es zu lesen, was Alice unbedingt wissen will.

„E… Nein, oder doch? Ich glaube, das ist ein E. Elisabeth Herzogin in Bayern."

Langsam lässt Lisha den Ring sinken. „Was hat das zu bedeuten?", fragt Alice verunsichert.

„Ich wünschte, ich könnte es dir sagen, aber zumindest habe ich den Namen schon mehr als einmal gehört."

Interessiert horcht Alice auf. „Ach ja? Wer ist das denn?" Lisha lässt den Ring sinken und sieht ihre Schwester stirnrunzelnd an. „Alice, also wirklich. Herzogin Elisabeth ist eine Adelige aus dem 19. Jahrhundert. Sie lebte von 1837 bis 1898 und war die schönste Frau des Landes. Geboren und aufgewachsen ist sie in Bayern. Sie war eine Prinzessin und wurde im Jahr 1854 durch die Heirat mit ihrem Cousin Franz Joseph zur Kaiserin von Österreich. Gestorben ist sie am 10. September 1898 in der Schweiz, durch einen Messerstich direkt in die Brust", doziert Lisha.

„Ach, du meinst Sisi, sag das doch gleich." Alice lässt sich zurückfallen und fährt den Bürostuhl gelangweilt rauf und runter. Natürlich kennt sie die berühmte Kaiserin Sisi. Schließlich sah sie jedes Jahr zu Weihnachten mit ihrer Oma die Filme aus den 50ern.

„Woher weißt du das alles eigentlich?", fragt Alice erstaunt, die ihre Schwester eigentlich besser kennen müsste.

„Allgemeinbildung", erklärt Lisha schulterzuckend. Sie legt den Ring auf ihren Schreibtisch und setzt sich an den Computer. „Außerdem ist Elisabeth bis heute weltberühmt. Allerdings verstehe ich nicht, wieso der Name einer vor über hundert Jahren gestorbenen Kaiserin ins Innere des Ringes graviert ist."

Wie der Blitz huschen die Finger des Mädchens über die Tastatur. Alice steht auf und tritt neben ihre Schwester, sie nimmt den Ring wieder an sich. „Vielleicht war es ja ihrer, immerhin lebte sie auch in Wien. Nur: Wer hat ihn auf meinen Schreibtisch gelegt?", überlegt Alice laut.

„Schon gut, schon gut", winkt Lisha ab. „Lass mich nur machen."

Alice verdreht die Augen und verlässt ihr Zimmer. Draußen auf dem Flur schiebt sie den Ring, den sie nach wie vor in den Händen hält, tief in die Tasche der schwarzen Jeans.

***

„Hallo, meine Lieben", begrüßt Natalia am Abend ihre Kinder ein wenig zu fröhlich. Alice, Lisha, Marlec, Jala und Mo sitzen am Esstisch und genießen ein ausgiebiges Abendessen, das Zola ihnen zubereitet hat, nachdem Natalia und Tajo den restlichen Tag unauffindbar waren. Als Natalia nun gefolgt von einem fremden jungen Mann, die Küche betrat, hielten die Geschwister inne und sahen alle zu Gyula. „Was ist denn heute los?", wundert sich Marlec.

„Ich möchte euch gerne Gyula vorstellen. Er arbeitet seit heute hier."

Alice blickt von ihrem leeren Teller auf, wie so oft hat sie mal wieder keinen Appetit. „Gyula." Fast schon erschrocken starrt sie den Mann, der ihr erst am Morgen Kopfzerbrechen verursacht hat, an. Etwas schüchtern hebt Gyula seine Hand zum Gruß.

„Ihr kennt euch?", fragt Lisha.

„Flüchtig", weicht Alice diesem Thema aus und nimmt noch einen großen Schluck ihres Kakaos.

„Ich habe Gyula zum Abendbrot eingeladen, bevor er Morgen seine Arbeit beginnt", sagt Natalia.

„Wo ist Dad und dieser … dieser Junge? Der von heute Mittag", fragt sie, als sie am Esstisch Platz nimmt. „Setz dich gerne zu uns", sagt sie dann zu Gyula der sich prompt neben Alice auf die Eckbank setzt, die ihn jedoch stirnrunzelnd ansieht.

„Das ist Tills Platz."

„Verzeihung", murmelt Gyula und steht wieder auf.

„Alice. Das kann Gyula doch nicht wissen", mischt sich Natalia ein.

„Warum? Er wusste doch auch, dass Till gestorben ist." Genervt stellt Alice ihren mittlerweile leeren Becher ab und steht auf, während sich Gyula auf den einzig freien Stuhl setzt.

„Opa ist mit diesem Typen ins Krankenhaus gefahren", erklärt Marlec, als Alice mit schlurfenden Schritten die Küche verlässt und Gyula ihr geknickt nachschaut.

„Oh, warum?", fragt Natalia und nimmt sich eine Scheibe frisch gebackenes Haferbrot aus dem Brotkorb. Marlec zuckt mit seinen Schultern. „Wahrscheinlich, um ihn zu untersuchen. Bei dem Verhalten kein Wunder. Der ist echt schräg, stellt euch vor, er dachte doch tatsächlich, er sei der Sohn von Sisi", lacht Marlec. Lisha, die auf einem Stück Apfel kaut, verschluckt sich bei diesen Worten. Hustend greift sie nach dem Glas Orangensaft und spült den Apfel mit einem großen Schluck herunter. „Alles klar bei dir?", fragt Jala besorgt. Stumm nickt ihre Schwester und wischt sich eine Träne aus dem Augenwinkel.

***

„Wer stört?", ist die gereizte Stimme von Alice durch die verschlossene Zimmertür zu hören. Grinsend blickt Gyula auf den selbst gestalteten Zettel aus Kindheitstagen, der noch immer an der Tür klebt. Er öffnet langsam die Tür und steckt seinen Kopf mit den schwarzen Locken hinein. „Du?", ruft Alice und springt aus dem Sitzsack auf. „Woher weißt du, wo mein Zimmer ist?"

„War nicht zu übersehen." Gyula öffnet die Tür nun ganz und deutet auf den Warnhinweis. Alice verschränkt ihre Arme vor der Brust und pustet sich eine pinke Haarsträhne aus dem Gesicht. „Was willst du hier? Musst du nicht arbeiten? Im Übrigen hättest du mir ruhig sagen können, dass du im Safaripark anfängst."

Gyula schließt die Tür hinter sich, er tritt einen Schritt auf Alice zu, doch diese weicht entschieden zurück. „Ich wollte nur mal nach dir sehen und mich entschuldigen. Ich wusste nicht, dass Till hier einen festen Sitzplatz hatte", erklärt Gyula. „Du wusstest aber, dass Till mein Freund ist und dass er gestorben ist, warum?"

„Aus der Zeitung."

Alice nimmt nun ihre Arme wieder auseinander und reißt erschrocken ihre Augen auf. „Das stand in der Zeitung?" „Dein Vater hatte eine Traueranzeige im Namen eurer Familie aufgegeben", meint Gyula schulterzuckend.

„Oh." Alice lässt sich zurück in ihren Sitzsack fallen. „Wer liest eigentlich noch Zeitung?", wundert sie sich.

„Online", erklärt Gyula augenzwinkernd.

„Ich weiß jetzt übrigens, warum du mir so bekannt vorgekommen bist."

Kurz zuckt Gyula zusammen. „Ach ja?", fragt er beinahe misstrauisch.

„Du hast mir doch geholfen, nach der Beerdigung, als ich den kleinen Zusammenbruch hatte."

Erleichtert atmet Gyula auf. „Ja, das kann sein." Ungefragt setzt er sich auf Lishas Schreibtischstuhl und rollt damit etwas weiter in die Mitte des Raums. „Bist du denn noch heil nach Hause gekommen?"

Lächelnd deutet Alice auf sich. „Offensichtlich."

Grinsend nickt Gyula. „Entschuldige, ich wollte dich heute Morgen nicht verunsichern."

Großzügig winkt Alice ab. „Schon vergessen."

„Wie geht's dir?", fragt Gyula, nachdem sie sich einige Sekunden angeschwiegen haben. Alice zuckt wortlos mit ihren Schultern.

„Verstehe", nickt Gyula.

„Stimmt es, dass du jemanden heiraten musst, den du nicht liebst?", fragt Alice, die sich das gestrige Gespräch in Erinnerung ruft. Diesmal ist es Gyula, der wortlos nickt.

„Aber man kann doch niemanden heiraten, ohne Gefühle für die Person zu haben."

„Was meinst du, warum ich hier bin?"

„Du bist geflohen?"

„So kann man es auch nennen."

„Willkommen in der Familie", sagt Alice plötzlich und steht wieder auf.

„Bitte?" Irritiert blickt Gyula drein.

„Wir sind hier eine riesengroße Familie und du gehörst jetzt dazu", erklärt Alice.

„Ich denke, ich sollte jetzt besser gehen, wir sehen uns in Zukunft sicher öfter." Verlegen weicht Gyula dem Blick des Mädchens aus. „Ja, das lässt sich wohl nicht vermeiden", lacht Alice. Sie beginnt, sich in Gyulas Nähe wohlzufühlen. Als er nun beinahe fluchtartig ihr Zimmer verlässt, lässt sie sich geknickt zurück in ihren Sitzsack fallen.

***

„Er hat eine Persönlichkeitsstörung?", fragt Natalia ihren Vater überrascht.

„Laut meines Kollegen, ja."

Natalia setzt sich wie in Zeitlupe auf die erste Stufe der Wendeltreppe, die hinauf in die zweite Etage ihres Hauses führt.

„Kann er erstmal hierbleiben, bis geklärt ist, woher er kommt?", fragt Jo Green, der vor seiner Tochter steht und nachdenklich Charles beobachtet, wie dieser lächelnd ein Familienfoto begutachtet, das an der hellen Wand über der Kommode hängt.

„Natürlich." Natalia streicht sich mit zittriger Hand eine Strähne ihrer blonden Kurzhaarfrisur hinters Ohr. Dies bemerkt ihr Vater. „Alles in Ordnung?", fragt er besorgt.

„Ist nur alles ein bisschen viel gerade", sagt Natalia und nickt. Jo geht in die Knie und legt seine Hände beruhigend auf die Oberschenkel seiner Tochter. „Ich kann auch schauen, ob der Junge vorübergehend im Krankenhaus unterkommt, wenn dir das zu viel wird."

Schnell schüttelt Natalia ihren Kopf. „Nein, nein, ist schon gut. Das lenkt mich vielleicht etwas ab."

Jo steht wieder auf, er streckt sich einmal kräftig durch. „Das ist gut, habt mal lieber ein Auge auf ihn und wenn es ihm schlechter geht, ruft mich an, ich werde dann sofort kommen."

Jo zieht seinen Autoschlüssel aus der Jackentasche. „Tut mir übrigens leid, dass ich mich deshalb heute nicht um Mo kümmern konnte." Müde nickt Natalia.

Jo verabschiedet sich noch schnell von Charles und verlässt dann zügig das Haus. Kaum ist Jo verschwunden, kommt Jala mit langsamen Schritten die Treppe herunter. Verblüfft sieht sie erst zu Natalia, die noch immer erschöpft auf der Treppenstufe sitzt, dann zu dem unbekannten Jungen im Anzug und mit gescheiteltem Haar, der sich den geräumigen Flur genau ansieht. Ob es die Bilder an der Wand sind, das Schuhregal, die Garderobe, das Skateboard von Alice, das mitten im Flur liegt, oder die tropischen Zimmerpflanzen – er findet alles faszinierend.

„Was ist denn hier los? Fasching-Party im August?", fragt Jala, nachdem sie sich einen ersten Eindruck verschafft hat. Natalia steht auf und verzieht ihre Mundwinkel zu einem gequälten Lächeln. Erst in diesem Moment sieht Charles das Mädchen. Er lässt vom Skateboard ab und tritt etwas näher. „Gnädige Dame, es ist mir eine Ehre."

Jala traut ihren Ohren kaum. Als der fremde Junge sich dann auch noch verbeugt, zweifelt sie endgültig an ihrem Verstand. „Träume ich?"

Natalia will gerade die absurde Situation erklären, als die Haustür erneut aufgeht und Tajo den Flur betritt. In roter Arbeitshose und einem karierten Hemd bekleidet, streift er seine Turnschuhe ab. „Wie viele Personen wohnen in diesem

Haushalt?", fragt Charles erstaunt, während er Tajo beobachtet.

„Sieben", antwortet Natalia. „Ich mit meinem Mann und fünf Kindern. Malika, meine älteste Tochter, ist vor einem halben Jahr ausgezogen und wohnt nun mit Freundinnen in einer WG, sie kommt nur noch zu Besuch."

„Hallo", grüßt Tajo müde.

„Verstehe, und die Dreckigen sind ihre Bediensteten."

Tajo geht auf die drei zu, der Spruch scheint ihn auf Charles aufmerksam gemacht zu haben.

Schnell schüttelt Natalia ihren Kopf, um dieses Missverständnis aus dem Weg zu räumen. „Nein. Wir sind eine ganz normale Familie, ohne Diener."

„Aber Ihr wohnt in einem so großen Haus."

„Ja und? Ist das neuerdings verboten?", mischt sich Jala wieder ein, sie verschränkt ihre Arme vor der Brust. „Im Übrigen heißt das, wenn schon, Farbige. Rassismus dulden wir hier nicht!", giftet sie den Jungen an.

„Schon gut, Jala", versucht Natalia, ihre Tochter zu beruhigen, als Alice hinter Jala die Treppe herunterkommt. „Was ist denn hier für eine Versammlung?", fragt das Mädchen und blickt einen nacheinander an. Bei Charles bleibt ihr Blick hängen. „Du bist also Charles. Marlec hat mir schon von dir erzählt." Freundlich lächelnd geht sie auf den Jungen zu und hält ihm die Hand hin. Charles nimmt diese und deutet einen Handkuss an. Irritiert von Alice und Jala beobachtet. Fragend sieht Alice ihre Schwester an. Doch diese zuckt ebenso irritiert mit ihren Schultern.

„Ganz recht, freut mich, Eure Bekanntschaft zu machen." Als er Alices Hand wieder loslässt, fällt sein Blick erneut auf Tajo, der Mann betrachtet den Prinzen stirnrunzelnd, es scheint, als würde er nachdenken. Ein wenig ängstlich sieht Charles zurück zu Natalia.

„In Eurem Haus sind so viele Sklaven, das macht mir Angst, ich kenne das nicht. Da, wo ich herkomme, dürfen solche nicht in meine Nähe, es droht die Todesstrafe." Erschrocken schauen Jala und Alice den Jungen an. In seinen blauen Augen glänzen Tränen. Doch sie wissen erst nicht, wie sie reagieren sollen. Tajo könnte keiner Fliege was zuleide tun, schon gar nicht, weil er seit zehn Jahren strikter Vegetarier ist. In Alice macht sich Wut breit. Die Fäuste in die Seiten gestemmt, baut sie sich mit erhobenem Haupte vor Charles auf. „Hast du etwa was gegen Schwarze? Wenn ja, kannst du gleich wieder gehen!", sagt sie bestimmt. Ehe Charles antworten kann, mischt sich Natalia ein. „Lass mal gut sein, Alice." Sie legt ihre Hand auf die Schulter des Mädchens und lächelt es beruhigend an, dann wendet sie sich an Charles. „Weißt du, Charles, bei uns in Österreich leben so viele verschiedene Menschen, mit unterschiedlicher Herkunft und verschiedenen Hautfarben. Doch es sind alles Menschen mit den gleichen Rechten und Gefühlen. Niemand möchte aufgrund seines Aussehens verletzt werden. Ich komme auch aus einem anderen Land, mir sieht man es nur nicht an, höchstens vielleicht an meinem Akzent, wenn ich spreche. Tajos Familie kommt ursprünglich aus Afrika, doch er selbst wurde hier in Wien geboren, dies steht auch in seinem Ausweis. Er spricht Deutsch, er hat österreichische Freunde und er hat ein erfolgreiches Unternehmen aufgebaut, er hat die gleichen Rechte wie du und ich." Natalia geht die Treppe zu Jala hoch und legt liebevoll ihren Arm um das Mädchen, das mit hängenden Schultern auf ihre Füße blickt. „Und Jalas leibliche Mutter ist als Kind aus Afghanistan geflohen, ihr Vater war Österreicher und Jala wurde in Wien geboren, sie kann nicht mal die Sprache ihrer Mutter." Noch etwas schüchtern nickt Charles, dann sieht er zu Tajo, der ihn trotz der Anfeindung anlächelt.

„Er will dir bestimmt nichts Böses, glaube mir, Tajo ist der liebste Mensch, den ich kenne", versichert Natalia.

„Warum hast du Angst, nur weil jemand nicht die gleiche Hautfarbe hat wie du?", mischt sich Alice wieder ein.

„Ich weiß nicht", Charles zuckt mit seinen Schultern. „Es wurde mir so beigebracht."

Erschrocken sieht Natalia zu ihrem Mann, dann zurück zu Charles. „Etwa von deiner Mutter?"

„Nein", Charles schüttelt seinen Kopf. „Im Gegenteil."

„Im Gegenteil?", hakt Jala nach.

„Mutter sagte immer: Jedes Lebewesen hat Respekt verdient. Kümmere dich nicht darum, wie einer aussieht. Die inneren Werte zählen."

„Na, siehst du", freut sich Natalia. „Höre auf deine Mutter."

„Aber Vater sagte: Ich soll mich von solchen, die anders aussehen, fernhalten, sie führen nichts Gutes im Schilde und werden als Sklaven gehalten."

„Sklaven. Das Wort ist widerlich", beschwert sich Alice.

„Wie auch immer, Charles wird erst einmal bei uns wohnen", wechselt Natalia schnell das Thema. Alice scheint erst etwas irritiert, doch antwortet sie: „Warum? Hat er keine Familie?" Schnell schüttelt Natalia ihren Kopf und erzählt, was Jo berichtet hat. „Dad wollte zur Polizei, vielleicht liegt eine Vermisstenmeldung vor", beendet Natalia den Bericht.

„Oh, er will das der Polizei melden?", fragt Tajo erschrocken. Natalia sieht blass zu ihrem Mann und nickt stumm. „Das geht aber nicht", sagt Tajo unüberlegt.

„Warum? Ist doch logisch, oder? Schließlich wissen wir nicht, wer er ist", mischt sich Jala wieder ein.

„Ich sagte doch, mein Name ist Prinz Charles Joseph und ich wohne in Schönbrunn, warum glaubt mir das keiner?"

„Genau", nickt Natalia unüberlegt, durch ein Räuspern ihres Mannes wird ihr dieser Fehler bewusst. Doch Alice sieht sie schon verwundert an. „Also, ich meine, wenn er das sagt."

„Du glaubst ihm diesen Schwachsinn?" Aus aufgerissenen Augen starrt Alice ihre Mutter ungläubig an.

„Ich muss mal kurz raus", sagt Natalia, die Frage ihrer Tochter ignorierend, und verlässt den Raum.

Tajo zieht einen Schlüsselbund mit einem kleinen Stofflöwen als Anhänger aus der Innentasche seiner grauen Weste und hängt diesen an das Schlüsselbrett neben der Garderobe. Jala merkt, wie ihre Kräfte sie verlassen, und sie setzt sich niedergeschlagen auf die Treppenstufe, abwartend, was wohl als Nächstes geschieht.

„Kennt ihr Charles etwa?", fragt Alice nach einer Weile des Schweigens an ihren Vater gewandt. Er verschluckt sich vor Schreck an seiner eigenen Spucke, klopft sich auf die Brust und trinkt einen großen Schluck aus der Pfandflasche, die angebrochen auf der Kommode steht. Misstrauisch beäugt ihn Alice.

„Wie kommst du denn darauf?", fragt Tajo noch leicht heiser und mit Tränen in den Augen.

„Ich meine nur, ihr wart nicht sonderlich überrascht über sein schräges Verhalten", wundert sich Alice und beobachtet das Verhalten ihres Vaters genau. Tajo winkt dies mit einer einfachen Handbewegung weg. Die Stimme des rundlichen Mannes zittert leicht: „Das musst du falsch verstanden haben." Nervös spielt er mit dem Reißverschluss seiner grauen Stepp-Weste.

„Wenn du meinst."

„So, da bin ich wieder." Alice sieht lächelnd zu ihrer Mutter, die in diesem Moment zurückkommt.

„Charles schläft im Gästezimmer. Alice, magst du ihn bitte das Bett frisch beziehen?"

„Da schläft doch Malika", wundert sich Alice.

„Malika ist zurück in ihrer WG. Dann heiße ich dich herzlich willkommen in unserer Familie!" Natalia geht auf Charles zu, um ihn in den Arm zu nehmen. „Fühle dich wie Zuhause."

Dieser ist sehr überrascht. Als Natalia ihn loslässt, hält er ihr etwas verlegen die Hand hin.

„Vielen Dank für Eure Gastfreundschaft." Zuerst sieht Natalia verwirrt auf die Hand des Jungen, doch nimmt sie freundlich lächelnd an.

„Willkommen in unserem Reich", sagt Alice.

Charles sieht sich stirnrunzelnd um. „Unser Reich?"

„Naja, das von mir und meinen Geschwistern", lenkt Alice ein und schiebt Charles in den Flur. „Hier oben haben Eltern nichts zu sagen. Also, da wohnen Marlec und Mo."

Alice zeigt auf die geschlossene Zimmertür ihrer Brüder, auf der ein großes Blatt Papier klebt, mit den Worten: *Mädchen draußen bleiben!*

Sie geht weiter und zeigt auf die Zimmertür ihrer autistischen Schwester. „Das ist Jalas Zimmer, aber da gehst du besser nicht rein. Jala hasst es, wenn Fremde ihre heiligen vier Wände betreten. Hier ist das Badezimmer und zuletzt kommen wir zu den zwei einzig normalen Personen dieser Familie."

Alice öffnet die Tür ihres Zimmers und gibt Charles mit einer Handbewegung zu verstehen, ihr zu folgen.

„Mein Zimmer teile ich mir mit meiner BF Lisha", erklärt Alice, als sie die Tür hinter den beiden schließt. Lisha, die auf ihrem Bett liegt und in ein Buch vertieft ist, sieht verwundert auf.

„Was ist ein BF?", fragt Charles.

Alice sieht ihn nachdenklich an. „Mann, du lebst echt voll auf einem anderen Planeten."

Lisha legt ihr Buch beiseite und steht auf.

„Was macht der denn hier?", fragt sie erschrocken, als sie Charles von Kopf bis Fuß mustert.

Alice erklärt Lisha in den folgenden Minuten, warum Charles vorübergehend bei ihnen wohnt.

Nachdem sie berichtet hat, legt sie liebevoll ihren Arm um Lisha.

„Darf ich vorstellen, meine beste Sis Lisha."

„Die sieht ja auch so aus." Lisha löst sich aus der Umarmung ihrer Schwester und verschränkt ihre Arme ineinander. Mit grimmigen Falten an der Stirn sieht sie den Jungen an. „Hast du was gegen mein Aussehen?"

„Aber nein, ganz und gar nicht. Die inneren Werte zählen, nicht wahr?" Lisha scheint noch nicht zufrieden. Gehemmt sieht sie zu ihrer Schwester.

„Charles meint es nicht so, er ist nur etwas speziell", beruhigt Alice das schwarze Mädchen mit den lockigen Haaren. Zaghaft nimmt Lisha ihre Arme wieder auseinander und mustert den Jungen erneut. „Du siehst aus wie vor 200 Jahren."

Charles nimmt die Hand seines Gegenübers und deutet einen Handkuss an. „Es ist mir eine Ehre, Ihre Bekanntschaft zu machen."

Rot wie eine Tomate sieht Lisha diesen ein wenig zu netten Jungen sprachlos an.

ZWÖLF

Zurück im Leben

„Ja", ertönt eine noch recht verschlafene Stimme aus der Gegensprechanlage des Wohnhauses, in dem Simba vor einem Jahr eine kleine Wohnung bezogen hat.

„Die Post", meldet sich eine raue Stimme.

Ohne sich darüber zu wundern, dass die Post schon um acht Uhr morgens kommt, öffnet Simba die Haustür und kurz darauf auch seine Wohnungstür. Dort steht er nun in Boxershorts und mit freiem Oberkörper, als ein maskierter Mann auf dem oberen Treppenabsatz erscheint. Von einer Sekunde auf die andere ist er hellwach – gerade will der 18-Jährige seine Tür wieder schließen, um daraufhin sofort die Polizei zu rufen, doch der Fremde ist schneller, er tritt mit seinem Fuß in den Türrahmen, sodass diese nicht mehr geschlossen werden kann.

„Was wollen Sie von mir?", fragt Simba erschrocken. Er sieht sich den Maskierten genauer an. Schwarze Kleidung, eine Schirmmütze, die er tief ins Gesicht gezogen hat und ein schwarzer Stoffschal, der seinen Mund sowie die Nasenpartie verdeckt. Ein Bankräuber, wie er im Buche steht.

„Lass mich rein!", raunt er durch den dicken Stoff des Schals hindurch.

„Bei mir gibt es nichts zu holen! Ehrlich! Ich habe kein Geld, noch dazu bin ich seit gestern arbeitslos!", beteuert Simba die Wahrheit.

„Ich will kein Geld!"

„Was dann? Ich habe doch nie etwas falsch gemacht. Was wollen Sie von mir?"

„Jetzt lass mich endlich rein, du Idiot! Bevor uns noch jemand sieht."

Gezwungenermaßen hält Simba seine Wohnungstür auf und tritt einen Schritt zurück.

Als er die Tür hinter sich schließt, nimmt der Junge seine Tarnung ab und dreht sich um. Simba ist erschrocken und schockiert zugleich. Sein Herz rast, es wird ganz warm und im nächsten Moment eiskalt. „Du?"

***

Alice ist an diesem Morgen schon früh wach, sie steht im oberen Flur ihres Elternhauses. An ihrem Körper trägt sie ein bauchfreies, tausendmal gewaschenes T-Shirt und eine kurze Schlafhose mit AnimalPrint.

Auf Zehnspitzen schleicht sie auf die blau angestrichene Tür des Gästezimmers zu, welches das Jugendzimmer ihrer älteren Schwester Malika war.

Vorsichtig öffnet sie die Tür einen Spalt und schielt ins Innere. Zwar sind die rot gemusterten Gardinen vor dem großen Fenster zugezogen, dennoch scheint die Sonne einen hellen Strahl durch den dünnen Stoff hindurch auf das große Doppelbett eines bekannten Möbelhauses.

Dort liegt er. Still und friedlich. Als wäre er schon immer Teil dieser Familie gewesen.

Leise schließt Alice die Tür wieder und geht weniger rücksichtsvoll auf die Tür ihrer Brüder zu. Diese reißt sie unbedacht auf und knipst das Licht an.

Der eben noch stockdunkle Raum leuchtet nun in einem hellen Gelbton – ein so heller Ton, der in den Augen schmerzen kann, zumindest, wenn man gerade erst aufwacht.

So wie es bei Marlec und Mo der Fall ist, die in diesem Augenblick aus ihrem festen Schlaf gerissen werden.

„Ey", beschwert sich Marlec und hält sich dabei die Hände vor seine Augen.

Mo hingegen brummt nur etwas Unverständliches und zieht seine Decke mit dem Lokomotivendruck über seinen Kopf.

Alice lässt sich daran nicht stören. Sie hat ein genaues Ziel vor Augen. So steigt sie über Spielzeug hinweg und läuft zum Kleiderschrank von Marlec. Diesen öffnet sie und sogleich fehlt ihr ein ganzer Berg Klamotten entgegen, der sie nahezu unter sich begräbt.

Sie gibt einen erschrockenen Laut von sich, der wiederum dafür sorgt, dass nun auch Marlec seine Hände von den Augen nimmt und sich verschlafen im Raum umsieht.

„Sag mal, hackt es bei dir?", schreit Marlec, als er sieht, wie seine Schwester versucht, sich aus dem Klamottenberg aufzurappeln.

„Das sollte ich wohl eher dich fragen. Weiß Mum, dass du die frisch gebügelte Wäsche achtlos in deinen Schrank stopfst?"

„Mum geht mein Kleiderschrank genauso wenig an wie dich, also Finger weg!"

„Ich brauche aber was zum Anziehen", protestiert Alice, während sie in dem Berg aus etlichen T-Shirts, Tank-Tops und Jeanshosen wühlt.

„Ich glaube nicht, dass wir den gleichen Stil haben."

Alice stoppt und dreht sich zu ihrem Bruder um. „Doch nicht für mich!"

„Für wen dann? Für Lisha?", lacht Marlec.

Alice legt ihre Hände in die Hüften. „Sag mal, machst du dich über mich lustig?"

Marlec zuckt mit seinen Schultern. „Vielleicht ein bisschen."

Alice schüttelt ihren Kopf, doch sagt nichts, stattdessen führt sie die Suche nach etwas Passendem zum Anziehen fort.

„Alice. Es ist acht Uhr morgens. Wir haben Ferien, ich will ausschlafen. Was soll denn das?", beklagt sich Marlec erneut.

„Charles braucht was Vernünftiges zum Anziehen, er kann doch nicht weiter in diesen alten Fetzen rumlaufen", erklärt Alice, ohne dabei aufzusehen, doch ihr Bruder versteht immer noch nur Bahnhof.

„Was?"

„Ach, das weiß du ja noch gar nicht. Charles wohnt jetzt hier!", erklärt Alice locker und schnappt sich einen Arm voller Klamotten.

„Habe was gefunden. Danke für deine Spende."

Vollgepackt mit Klamotten verlässt Alice das Zimmer der Jungs.

„Licht aus!", ruft Marlec seiner Schwester nach. Sie legt den Klamottenberg mitten im Flur auf den Laminatboden und geht zurück, um das Licht auszuknipsen.

Sie will die Klamotten gerade wieder aufheben, da hört sie erneut die genervte Stimme ihres Bruders.

„Tür zu!"

Kurz darauf steht sie voller Tatendrang im Gästezimmer und knipst auch dort das Licht an.

„Aufstehen!" ruft sie. Langsam öffnen sich die Augen des Prinzen.

„Wo bin ich?", fragt er noch recht verschlafen, da erblicken seine Augen Alice, die fröhlich grinsend an der Tür steht.

„Ich erinnere mich. Die sehr zuvorkommende Dame. Einen wunderschönen guten Morgen wünsche ich. Habt Ihr gut geruht?"

Langsam hat sich Alice an diese eigenartige Sprache gewöhnt und es ist ihr allemal lieber, als dass man sie blöd anmacht, wie Marlec zuvor. Darum nickt sie und deutet dabei auf den Wäscheberg, den sie aufs Bett gelegt hat.

„Ich habe dir was zum Anziehen mitgebracht. Such dir was Schickes aus. Ist alles von meinem Bruder, ihr müsstet fast die gleiche Größe haben. Ich warte draußen auf dich."

Ohne eine Antwort abzuwarten, verlässt Alice den Raum und geht eine Tür weiter in ihr Zimmer, um sich selbst anzuziehen. Leise schleicht sie auf ihren Schreibtisch zu, wo die Klamotten vom Vortag liegen. Sie will ihre Schwester nicht wecken, denn sie schläft noch tief und fest.

Zusammen mit Fee, dem fünfjährigen Australian Shepherd der Familie, sitzt das 16-Jährige Mädchen 15 Minuten später auf der ersten von drei Stufen, die zur Haustür hinaufführen und beobachtet das Geschehen auf dem Hof. Da kommt Gyula in voller Arbeitsmontur aus dem Büro. Als er Alice erblickt, kommt er lächelnd auf sie zugelaufen. „Guten Morgen. So früh schon auf den Beinen?"

„Konnte nicht mehr schlafen", gibt Alice zu. Die vergangene Nacht lag Alice wieder lange wach und dachte an Till. Sie vermisste ihn. Tag und Nacht.

„Verstehe. Kann ich dir vielleicht irgendetwas Gutes tun?" Alice lächelt verschmitzt, während sie Fee gleichmäßig streichelt. „Nur wenn du Tote wieder lebendig machen kannst."

Gyula setzt sich neben Alice auf die Steintreppe. „Die Auferstehung wurde leider noch nicht erfunden."

Alice beobachtet, wie ein Tierpfleger mit einem großen Futtersack die Scheune an der Seite des Geländes verlässt und den Parkeingang ansteuert. „Hat bei Jesus doch auch geklappt."

Gyula lehnt sich entspannt zurück und stützt sich mit dem Ellbogen auf dem harten Stein ab. „Das ist eine Geschichte." Schwungvoll dreht das Mädchen ihren Kopf, sodass ihre pinken, rückenlangen Haare vom Windzug einmal aufwehen. „Glaubst du?" Der junge Mann sieht nun direkt in ihre saphirblauen Augen. „Wer weiß schon, was vor Zeitrechnung war, aber dass es damals einen Mann gab, der über Wasser laufen konnte und nach seinem Tod wieder auferstanden ist? Nein, das glaube ich nicht, denn das ist physikalisch unmöglich." Auf Alices Gesicht erscheint ein breites Grinsen. „Jetzt klingst du wie meine Schwester."

„Ich habe gehört, ihr habt Besuch", wechselt Gyula das Thema. Während sich Fee hinlegt und sich die angenehme Morgensonne auf den weißen Bauch scheinen lässt, erzählt Alice von Charles.

„Und glaubst du ihm die Geschichte?" fragt Gyula, nachdem er aufmerksam zugehört hatte. Sofort schüttelt Alice ihren Kopf. „Opa sagt, er hat eine Persönlichkeitsstörung, keine Ahnung, was genau das heißt, aber als Arzt wird er schon wissen, was zu tun ist und bis geklärt ist, was ihm passiert ist und wer er wirklich ist, nenne ich ihn Charles."

„Magst du ihn?"

„Er ist ganz okay."

In dem Moment öffnet sich die Haustür hinter den beiden. Alice dreht sich um und staunt nicht schlecht. Vor ihr steht ein vollkommen neuer Charles. Knielange Jeans mit Löchern, weit sitzendes Tank-Top in der Farbe Grau, Flip-Flops. Nur seine Haare, die gar nicht gehen, sind brav gescheitelt.

Alice muss sich ein Grinsen verkneifen, sie steht auf und wuschelt mit ihrer Hand durch die braunen Haare des Jungen, danach geht sie drei Schritte zurück und begutachtet ihr Werk.

„Schon besser", stellt sie zufrieden fest.

„Ich werde dann mal an meine Arbeit gehen", sagt Gyula an Alice gewandt und steht ebenfalls wieder auf. Das Mädchen nickt und will die beiden gerade einander vorstellen, als Gyula bereits in Richtung Parkeingang verschwunden ist, ohne Charles Beachtung zu schenken. Alice sieht ihm verwundert nach.

Doch Charles holt sie schnell in die Realität zurück, indem er sich höflich räuspert. Unsicher steht er da und starrt an sich herunter, als sich Alice wieder umdreht und ihn lächelnd ansieht.

„Bist du dir sicher?", fragt Charles und verzieht sein Gesicht, während er versucht, das Top, welches ihm mindestens drei Nummern zu groß ist, in die Hose zu stecken, doch diese sitzt auch so locker, dass das Top noch immer zu weit sitzt.

Ohne nachzudenken nickt Alice. „Na klar."

„Ich fühle mich wirklich sehr unwohl in dieser Kleidung."

„Wieso das?"

„Die Hose hat Löcher. Ich wollte eine andere anziehen, doch alle Hosen, die du mir gebracht hast, haben Löcher. Mir ist das jetzt etwas unangenehm, aber, ähm …" Charles tritt von einem Fuß auf den anderen, während Alice ihn fragend ansieht: „Habt ihr Geldnöte? Euer Haus sieht sehr vermögend aus. Ich verstehe das alles nicht."

Erst ist sich Alice nicht sicher, ob er diese Frage ernst meint oder ob es ein Scherz sein soll, doch dann beginnt sie sehr laut und sehr herzlich zu lachen.

„Hat jemand einen Witz gemacht?" fragt Charles irritiert. Bei dieser Frage stoppt Alice das Gelächter, sie hält ihren Bauch und sieht den Jungen verdutzt an.

„Wie? Du meinst das ernst?"

Zögerlich nickt der Prinz, auch er ist sich nicht sicher, wie Alice dies meint.

Das Mädchen atmet einmal tief durch. „Okay, pass auf, du musst echt noch eine Menge lernen. Diese Hosen mit den Löchern sind modern, ich glaube, Marlec hat gar keine ohne, er liebt diesen Stil. Das hat nichts mit unserem Kontostand zu tun."

„Das ist eigenartig. Dort, wo ich herkomme, tragen die Menschen löchrige Kleidung, wenn sie arm sind."

„Wirklich? Hmm, ich dachte, diese Mode trägt man auf der ganzen Welt", wundert sich Alice.

„Und dieses Hemd ist mir zu groß." Charles deutet auf das graue Top an seinen Körper.

Alice lächelt. „Das ist kein Hemd. Das ist ein Tank-Top. Vor einem freien Oberkörper das Freizügigste, was Jungs bei dieser Hitze tragen. Wir Mädels haben es da schon etwas leichter mit bauchfreier Kleidung und übrigens – das ist dir nicht zu groß. Das gehört so weit, wobei …" Alice legt nachdenklich ihren Zeigefinger an die Lippen und begutachtet den Jungen noch einmal. „Ich gebe zu, vielleicht ist Marlec doch ein bisschen größer und breiter als du, aber Mos Klamotten wären dir eindeutig zu klein, ach …" Als wolle sie einen Gedanken verstreichen schüttelt das Mädchen ihren Kopf. „Das geht schon, du siehst toll aus."

„Wenn du das sagst. Ich vertraue dir, aber was ist mit diesen Schuhen? Die drücken an meinen Zeh, das ist wahrlich sehr unbequem."

Alice starrt auf die einfach gehaltenen Flip-Flops ihres Bruders in der Farbe Schwarz. „Du spinnst. Flip-Flops sind die bequemsten Schuhe, die es gibt. Die trägt heutzutage wirklich jeder."

„Sitzen tun sie auch nicht richtig, ich rutsche da immer raus."

„Mein Gott, du hast aber auch wirklich an allem was auszusetzen. Vertraue mir doch einfach. So wie du jetzt aussiehst, bist du modern gekleidet."

„Welches Jahr haben wir eigentlich?", fragt Charles wie aus dem Nichts. Alice ist verwundert über diese eigenartige Frage, doch bevor sie dies laut aussprechen kann, fällt ihr wieder ein, was ihre Mutter über Persönlichkeitswandlungen sagte.

„2025. August. Wir haben Sommerferien."

Langsam nickt Charles, als würde diese Information Stück für Stück in seinem Gehirn ankommen.

„2025", wiederholt er. „Aber das würde ja bedeuten …", spricht er weiter.

„Was?", fragt Alice neugierig.

„Bin ich etwa durch die Zeit gereist? In die Zukunft?"

„Wie kommst du denn auf diesen Schwachsinn?", lacht Alice.

„Eben hatten wir noch das Jahr 1873."

„Natürlich", nickt Alice. „Das ist 200 Jahre her."

„Ich weiß nicht."

„Du scheinst wohl keine Leuchte in Mathe zu sein."

„Bitte?"

„Weißt du, was das hier ist?" Alice zückt ihr blaues Smartphone, das sich in ihrer Hosentasche befindet.

Neugierig begutachtet Charles dies.

„Was ist das?", fragt er.

„Mein Handy", erklärt Alice geduldig. Charles nimmt das Handy des Mädchens in die Hände und sieht es sich von allen Seiten an.

„So etwas habe ich noch nie gesehen." Versehentlich berührt sein Daumen das Touch Display: Ein bekannter Song, der aktuell die Charts stürmt, ertönt aus den kleinen Lautsprechern. Erschrocken lässt Charles daraufhin das Smartphone fallen, mit der Seite des Bildschirms landet es vor seinen Füßen auf dem staubigen Boden.

„Nein!", schreit Alice und kniet sich sogleich zu ihrem Handy. Laut bellend vor Schreck springt Fee auf.

„Mein Baby", schluchzt Alice übertrieben theatralisch, während sie ihr Handy nach Kratzern untersucht.

Verdutzt blickt sich Charles um. „Wo befindet sich ein Baby?"

Alice ignoriert diese Frage, sie wischt den Staub von der Bildfläche. „Ein Glück, kein Kratzer zu sehen. Es hat den Sturz überlebt."

Alice stellt sich wieder aufrecht hin und drückt das Handy ganz fest an ihre Brust, während sich Fee wieder beruhigt und schwanzwedelnd zwischen den Jugendlichen umherläuft.

„Was ist das?", wiederholt Charles seine Frage.

„Du weiß nicht, was ein Handy ist?" Alice hält ihn das Handy erneut hin, doch diesmal nimmt Charles ihr das Smartphone nicht aus der Hand.

„Das hier ist ein Handy, auch Smartphone genannt. Damit kannst du telefonieren, Nachrichten schreiben, ins Internet gehen, Spiele spielen, Musik hören, Videos ansehen, Fotos machen."

„Stopp!" Charles hält sich beide Hände an die Ohren, als wolle er dies nicht hören.

„Was ist denn los?", fragt Alice besorgt und steckt ihr Handy zurück in die sichere Hosentasche.

Charles nimmt seine Hände von den Ohren und schaut das Mädchen verunsichert an.

„Hier ist alles so fremd. Als wäre es ein Traum. Telefone, die man mit sich rumtragen kann, so etwas gibt es nicht!"

Alice nickt verständnisvoll.

„Ich denke, du bist gerade ganz schön überfordert. Lassen wir das erstmal und genießen den Tag." Alice dreht sich schwungvoll um. „Komm mit, ich habe eine Überraschung für dich."

Aus den Flip-Flops rutschend folgt Charles dem Mädchen.

DREIZEHN

Ausflug mit Hindernissen

„Warum nur holt mich die Vergangenheit ein?"

Natalia steht im Büro ihres Mannes und schaut durch das geschlossene Fenster und beobachtet, wie Alice und Charles, begleitet von Fee, über den Hof laufen. Tajo steht von seinem Schreibtisch auf und stellt sich hinter seine Frau. Auch er sieht nun, wie die zwei am kleinen Schuppen ankommen, wo sich die Fahrräder der Familie befinden. Entschieden sagt er: „Mache dir keine Sorgen. Niemand wird je etwas erfahren!" Tajo legt seine Hand auf den Rücken von Natalia. „Wie stellst du dir das vor? Jetzt, wo Charles hier ist." Natalia beißt sich nachdenklich auf die Unterlippe. „Meinst du, wir sollten den Kindern endlich die Wahrheit sagen?" fragt sie zögerlich.

„Auf gar keinen Fall!", antwortet Tajo bestimmt. Natalia dreht sich schwungvoll um, dabei lässt Tajo sie erschrocken los.

„Aber wir können sie nicht ewig anlügen, irgendwann wird es rauskommen und ich möchte es ihnen gerne ersparen, dass sie es durch einen dummen Zufall erfahren", beharrt Natalia.

„Wie soll das denn rauskommen?" Belustig schüttelt Tajo seinen Kopf, als sei alles ein dummer Scherz.

„Tajo! Willst du es nicht sehen oder tust du nur so? Charles ist hier! Er spricht ständig von seinem Zuhause, es ist nur noch eine Frage der Zeit, bis alles rauskommt."

„Ach Natalia, das ist absurd. Diesen Schwachsinn glaubt ihm doch keiner, Du machst dir zu viele Gedanken." Tajo trägt an diesem Tag eine knielange schwarze Jeans und ein grünes T-Shirt mit dem Aufdruck einer bekannten Band aus den 90ern, welches schon hundertmal gewaschen wurde – der Schriftzug blättert an einigen Stellen bereits ab. Tajo will die Wahrheit einfach nicht sehen, denkt Natalia. Oder hat er Angst?

„Zu viele Gedanken? Ist das dein Ernst? Wir haben vor 16 Jahren einen großen Fehler begangen, Tajo. Niemals hätten wir sie mit zu uns nehmen dürfen. Zeitreisen sind gefährlich, ich dachte, ich hätte das alles hinter mir."

Natalia, die ihre Tränen nicht länger zurückhalten kann, bricht in sich zusammen, ihr Mann nimmt sie sanft in den Arm.

„Sie ist ein tolles Mädchen. Sie ist und bleibt unsere Tochter, es war kein Fehler, ihr ein besseres Leben zu ermöglichen", versichert er seiner Frau.

Natalia nimmt ihren Kopf von der Brust ihres Mannes und sieht ihn in die Augen. „Dein Wort in Gottes Ohren."

***

„Was ist das nun wieder?" Charles hält den Lenker des Mountainbikes, das vor ihm steht, in den Händen und sieht Alice fragend an.

„Ein Fahrrad, genauer ein Mountainbike, noch genauer: mein Mountainbike", erklärt sie lässig, als sie ihr Skateboard aus der Wandhalterung nimmt. „Wir machen jetzt einen Ausflug, du nimmst mein Rad und ich das Skateboard."

„Ich weiß nicht, wie man so etwas bedient."

Alice winkt ab. „Kein Ding. Fahrradfahren ist kinderleicht, ich bringe es dir bei."

Charles sieht zweifelnd auf das Gefährt. „Ich weiß nicht."

„Keine Panik. Mit mir an deiner Seite wird dir schon nichts passieren." Alice sieht ihr Gegenüber aufmunternd an. „Zuerst mal müssen wir hier weg, ich kenne einen super Ort, an dem wir ungestört üben können."

„Also gut, ich vertraue dir."

„Du wirst es nicht bereuen."

Freundschaftlich klopft Alice den Jungen auf die Schulter, worauf dieser erschrocken einen Schritt zurücktritt.

„Was ist?", fragt Alice.

„Habe ich was falsch gemacht? Wieso haust du mich?"

„Oh. Nein, entschuldige, das war nicht böse gemeint. Das macht man so unter Freunden."

„Sind wir denn Freunde?"

Ein breites Grinsen erscheint auf Alices zartem Gesicht. „Na, klar."

„Dann soll es mir recht sein."

Lachend schüttelt Alice ihren Kopf. „Du bist echt crazy. Till hätte sich schiefgelacht."

„Wer ist Till?"

Mit einem Schlag erlischt das glückliche Lachen des Mädchens. Starr sieht sie den Jungen vor sich an. Für einen kurzen Moment steigt das schlechte Gewissen in Alice auf. Sie hat doch tatsächlich in den letzten Minuten Tills Tod vergessen.

„Denn lass uns mal los", sagt sie nach einiger Zeit des Schweigens, legt ihr Skateboard auf den Boden, legt sich die Hundeleine um den Nacken, stellt sich aufs Skateboard und fährt los, während Fee schwanzwedelnd neben ihr herläuft. Erst am Hoftor fällt Alice auf, dass Charles ihr nicht gefolgt ist, sie hält an und dreht sich um. Der fremde Junge steht nach wie vor neben ihrem Fahrrad. Alice lässt ihr Skateboard liegen und läuft zurück.

„Was ist? Worauf wartest du?", fragt sie verwundert.

„Ich wusste nicht, wie man dieses Gefährt startet."

Mittlerweile wundert Alice gar nichts mehr, deshalb zuckt sie nur mit ihren Schultern und entsperrt das Bike, sie drückt es Charles in die Hand.

„Hier. Schieben kannst du doch wohl, oder?"

Es sieht schon ein wenig komisch aus, wie Alice auf der Landstraße, die vom Safaripark in die Stadt führt, skatet. Vor ihr Fee, die freudig voranrennt, hinter ihr mit einigem Abstand ein Junge, der modern aussieht, doch redet als wäre aus dem vorletzten Jahrhundert. Das Mountainbike des Mädchens schiebt er neben sich her, ab und an fährt er sich mit dem Hinterrad über die Füße. Wie er dies anstellt, kann sich Alice auch nicht erklären.

***

Nachdem ihre Tochter gemeinsam mit Charles das Gelände verlassen hat, ging Natalia rüber ins Haus, um für die anderen Frühstück zu machen, so sagte sie es zumindest ihrem Mann. Doch jetzt geht sie Zielgerichtet ins Wohnzimmer auf das große Wandregal zu, welches die gesamte Tapete verdeckt, vom Boden bis unter die Decke. Darin befinden sich unter anderem Bücher, Brettspiele und Foto-Alben. Die Pflegemutter greift nach einem sehr dicken, alt aussehenden Buch, als die Tür aufgeht und Tajo den Raum betritt.

„Ich dachte, du wolltest Frühstück machen? Ich fahre gleich in die Stadt zum Termin mit der Bank und …"

Tajo sieht seine Frau verwundert an.

„Was machst du denn da?"

Diese hat den alten Schinken in ihren Händen mittlerweile aufgeschlagen und blättert eilig einige Seiten um, ihren Mann ignorierend.

„Natalia. Was ist nun schon wieder?" Tajo geht auf sie zu und nimmt der Frau das Buch aus der Hand, er schlägt es zu und sieht auf das Cover, seine Augen werden immer größer.

Vorwurfsvoll hält er dies seiner Frau vor die Augen.

„*Sisi. Tod einer Kaiserin*"

In Natalias Augen glänzen Tränen, als ihr Mann den Titel des Buches vorliest.

„Was soll das? Natalia. Wir hatten doch gerade darüber gesprochen, es bleibt alles so, wie es ist. Wir verlieren kein Wort darüber!"

„Es tut mir leid, aber Charles ist nur mal hier, vielleicht durch Zufall, denn Sisi wollte nie, dass ihre Kinder etwas erfahren. Wir sollten sie kontaktieren. Sicher macht sie sich Sorgen, wenn Charles plötzlich verschwunden ist."

Tajo steckt das Buch zurück ins Regal. „Nein, das werden wir nicht! Wir haben vor 16 Jahren mit dem Thema abgeschlossen!"

„Wir sollten es Simba sagen und mit den Kindern reden, bevor sie es selbst rauskriegen", versucht es Natalia erneut.

„Unsinn. Wir lassen alles, so wie es ist."

„Wie stellst du dir das vor? Tajo, du kannst nicht ewig vor der Vergangenheit weglaufen!"

„Ich laufe nicht weg! Ich lebe in der Gegenwart und glaube mir eins, wenn ich die Chance hätte noch einmal durch die Zeit zu reisen, dann würde ich diese sofort ergreifen um Tills Unfall ungeschehen zu machen!" Mit diesen Worten dreht sich der Mann um und geht zur offenstehenden Tür.

„Tajo!", ruft Natalia ihren Mann verärgert nach, der sich daraufhin wutentbrannt umdreht.

„Schluss jetzt! Ich habe wirklich keine Zeit für diese alberne Diskussion. Ich muss jetzt los, sonst komme ich zu spät zum Termin und was ich eigentlich sagen wollte, auf dem Rückweg kaufe ich noch ein. Brauchst du was bestimmtes?"

Stumm schüttelt Natalia ihren Kopf und nachdem ihr Mann fluchtartig das Wohnzimmer verlassen hat, lässt sie sich mit Tränen in den Augen langsam aufs Sofa fallen. Tajo rennt währenddessen geradewegs auf die Haustür zu, er ist so wütend, dass er um sich herum nichts wahrnimmt. Weder Happy, die schwanzwedelnd neben ihm her läuft, noch Lisha, die in ihrem Nachtkleid und mit zerzausten Haaren hinter der offenen Wohnzimmertür steht. Es ist fast so, als wolle er vor etwas fliehen. Etwa vor seiner Frau? Vor dem, was sie sagt? Oder vor der Vergangenheit, die ihn Stück für Stück einholt?

Nachdem die Haustür krachend ins Schloss fiel, direkt vor Happys Schnauze, wagt sich Lisha langsam aus ihrer Deckung. Sie hatte das gesamte Gespräch ihrer Eltern mitangehört. Zitternd streicht sie durch ihre schwarzen Locken, denen man deutlich ansieht, dass das Mädchen gerade erst aufgestanden ist. Barfuß schleicht sie zum Türrahmen und lehnt sich dagegen, ihre Mutter sitzt noch immer auf dem schwarzen Ledersofa, das blasse Gesicht in den Händen vergraben. Unsicher räuspert sich Lisha einmal. „Mama." Erschrocken sieht Natalia auf, schnell wischt sie sich die Tränen von den Wangen, als würde Lisha so nicht sehen, dass ihre Mutter geweint hat. „Guten Morgen, mein Schatz." Natalias sonst so fröhliche, liebevolle Stimme klingt heiser und erschöpft. Lisha richtet sich auf, langsam geht sie in ihrem grauen Nachtkleid mit einem Eulenaufdruck, die auf der Nase eine große Brille trägt und in den Flügeln ein aufgeschlagenes Buch hält, auf ihre Mutter zu. „Ist alles in Ordnung?", fragt sie zögerlich. Natalia nickt und springt auf. „Natürlich, hast du Hunger?" Sie legt ihren Arm um die Schultern des schwarzen Mädchens. „Komm, ich mache uns jetzt Frühstück."

***

Während sich die Familie langsam am Frühstückstisch versammelt, kommen Alice und Charles an einem nahegelegenen Fabrikgelände an, das auf halber Strecke nach Wien liegt und schon seit Jahren verlassen ist. Alice springt von ihrem Skateboard und macht eine ausladende Geste.

„Na, habe ich zu viel versprochen?" Sie beugt sich nach unten, um einen großen Stock aufzuheben.

„Wo sind wir?", fragt Charles erstaunt.

Alice holt aus und wirft den Stock in Richtung des verfallenen Gebäudes. Fee läuft freudig hinterher. „Das war mal eine Textilfabrik, die ist aber seit Ewigkeiten geschlossen und verrottet still und leise vor sich hin."

„Ist still und leise nicht das gleiche?"

Alice lacht. „Ja, das ist das Gleiche, hast recht. Jedenfalls kommt hier nie jemand hin, wir können also tun und lassen was wir wollen. Und Platz genug zum Biken ist auch."

Alice geht auf ihren neuen Kumpel zu und nimmt das Mountainbike an sich. Mit einem festen Griff hält sie in der einen Hand das Lenkrad und in der anderen den Sattel als Fee, mit dem Stock im Maul, wieder angelaufen kommt. Das Lenkrad in der einen Hand, nimmt Alice mit der anderen Hand den nun feuchten Stock aus dem Maul des Hundes und wirft ihn erneut.

„Sollten wir nicht ein Auge auf den Hund haben?", fragt Charles unsicher, als Fee hinter dem Gebäude verschwindet.

„Nö. Die kennt sich hier bestens aus und jetzt zu dir. Dann steig mal auf."

Unschlüssig sieht Charles auf das Fahrrad. „Jetzt?"

„Na klar. Was hast du denn gedacht? In einer Woche?"

„Kannst du mir nicht vielleicht erst mal zeigen, wie das geht?"

Alice setzt sich auf den Sattel ihres Mountainbikes, die Füße steif auf den Boden anliegend, umklammert sie das Lenkrad. „Wichtig ist, dass du die Hände immer in Anschlag an der Handbremse hast. So kannst du im Notfall schnell bremsen."

„Notfall? Ich dachte, es sei ungefährlich."

„Ist es auch, siehe mal: Das hier sind die Handbremsen Die drückst du mit der Hand zurück und schon hältst du an. Ganz einfach. Und wenn du losfahren willst, musst du einfach in die Pedale treten. Die Pedalen sind die schwarzen Dinger, auf denen deine Füße liegen. Eigentlich ganz leicht, ich zeig's dir."

Ohne eine Antwort abzuwarten, fährt Alice los, ein paar Runden über den Vorplatz des ehemaligen Fabrikgeländes. Dies wird staunend von Charles beobachtet. Als sie zwei Minuten später wieder vor ihn hält springt sie von Sattel und drückt ihn das Bike in die Hand „und jetzt bist du dran"

Immer noch zweifelnd sieht Charles auf das Bike in seinen Händen.

„Na komm, ich halte dich auch erst noch fest. Hab keine Angst."

Alice nimmt ihm das Rad ab, sodass sie nun wieder den Lenker und den Sattel in den Händen hält.

„Soll ich jetzt einfach mein Bein darüber tun? Als ob ich auf ein Pferd steige?"

Alice nickt. „Genau wie ich eben, dann setzt du dich und hältst dich mit deinen Händen am Lenkrad fest."

Gesagt, getan. Kurze Zeit später sitzt Charles erstaunlich sicher im Sattel.

„Klasse", freut sich Alice „Und jetzt, langsam in die Pedale treten."

„Aber du lässt nicht los?", fragt Charles ängstlich und Alice hat kurzzeitig das Gefühl, einem Kind das Fahrradfahren zu lehren. Diesen Gedanken streicht sie schnell und nickt lächelnd.

Vorsichtig tritt Charles in die schwarzen Pedalen an seinen Füßen, während Alice nebenher läuft, das Bike die ganze Zeit an ihren Händen.

„Das fühlt sich richtig gut an", freut sich Charles und wird von Sekunde zu Sekunde sicherer.

„Ich sagte doch. Fahrradfahren ist das Leichteste der Welt." Ohne es zu wollen, macht Alice Herz einen kleinen Freudenhüpfer. Davon ist sie selbst so überrascht, dass sie vor Schreck das Mountainbike loslässt – dies bemerkt Charles erst gar nicht, er strampelt fröhlich weiter und wird immer schneller. So kommt eins zum anderen.

Fee springt durchs eingeschlagene Fenster aus der Fabrik, direkt in Fahrt Richtung des Jungen, doch anstatt schnell aus dem Weg zu rennen, kommt sie freudig auf ihn zugelaufen.

„Alice!", schreit Charles, der nun bemerkt, dass er auf sich allein gestellt ist. Dadurch wird auch Alice auf das nahende Unglück aufmerksam.

„Nein! Fee, aus dem Weg!", schreit sie den Hund zu, doch dieser hört nicht. Das Mädchen rennt auf die beiden zu, in der Hoffnung, das Mountainbike zum Stehen zu bringen, dabei ruft sie ihren Kumpel immer wieder zu: „Bremsen. Charles, du musst bremsen!"

„Wie denn?" kommt es zurück.

„So wie ich es dir gezeigt habe, mit der Hand und dem rechten Fuß, drücke den rechten Fuß zurück!" Doch als sie dies ausgesprochen hat, ist es schon zu spät. Charles konnte noch rechtzeitig ausweichen, ehe er Fee getroffen hätte, doch statt des Australian Shepherds fährt er gegen eine Straßenlaterne, in hohem Bogen fliegt er vom Sattel direkt in eine Schlammpfütze, dort liegt er nun regungslos.

Vor Schreck bleibt Alice einen Moment stehen, doch dann kann sie sich nicht mehr halten. „Charles", ruft sie, doch es kommt keine Reaktion von Seiten des Jungen.

Sie rennt zur Unglücksstelle. „Charles. Kannst du mich hören?"

Vorsichtig dreht sie den Jungen auf die Seite. Fee, die inzwischen dazu gestoßen ist, leckt Charles mit der rauen Zunge über die verschmutzte Wange, wodurch er die Augen öffnet.

Alice ist sichtlich erleichtert.

„Ein Glück. Alles gut? Wie geht's dir? Hast du dir was gebrochen?"

„Ich weiß nicht." Langsam richtet sich Charles auf.

„Der Hund hat mich abgeschleckt."

Alice nickt grinsend. „Das ist ein Zeichen dafür, dass sie dich mag."

„Muss ich ihn jetzt streicheln?"

Lachend schüttelt Alice ihren Kopf. „Aber nein. Du musst gar nichts. Nur, vielleicht kannst du ihr ein Leckerli geben, die liebt sie besonders"

Charles sieht sich suchend um. „Hier ist aber kein Leckerli, was ist das eigentlich?"

„Kein Problem. Da kann ich aushelfen." Alice nimmt ihren Rucksack vom Rücken und öffnet diesen. „Ich habe alles für ein Picknick eingepackt und natürlich Snacks für Fee."

Der Teenager hält Charles eine geöffnete Dose hin, die randvoll mit Hundeleckerlis in den Formen von kleinen Knochen ist. „Und die soll ich ihm jetzt einfach geben?"

„Natürlich nicht alle, aber zwei oder drei kann sie gerne haben." Ehe Charles nach den Leckerlis greifen kann, steckt Fee ihr Maul in die Dose und Charles weicht erschrocken zurück. Alice hält sich vor Lachen den Bauch.

„Ich sagte doch, sie liebt diese Leckerlies." Alice klappt die Dose zu und steckt sie zurück in ihren Rucksack. „Du weißt nicht viel von Hunden, oder?"

„Nein. Ich kenne Hunde nur aus Büchern."

Alice zieht den Reißverschluss des Rucksacks zu und sieht erstaunt zu Charles. „Dein Ernst? Du hast noch nie einen Hund gesehen?" Verwundert sieht Alice von Charles zu Fee, die mittlerweile in unmittelbarer Nähe den Boden erschnüffelt und zurück zu Charles, dann muss sie erneut lachen. „Hast du eigentlich eine Ahnung, wie du aussiehst?", fragt sie mit Blick auf Charles, der von Kopf bis Fuß mit Schlamm beschmiert ist. Sie nimmt ihr Handy aus der Hosentasche und schaltet die Kamera auf den Selfie-Modus. Dies hält sie ihren Kumpel nun hin, der sich erschrickt.

„Ist das ein kleiner Spiegel?", fragt er, statt über sich selbst zu lachen.

„Nein. Meine Handykamera", antwortet Alice locker. Kurz entschlossen setzt sie sich neben Charles, legt ihren Arm um seine Schultern und hält das Handy hoch, bevor sie auf den Auslöser klickt.

Charles, der nicht weiß, dass soeben ein Foto gemacht wurde, sieht sie verdattert an. „Was sollte das?", fragt er.

„Unser erstes Selfie." Alice betrachtet ihn noch einmal von Kopf bis Fuß. „Sorry, aber das musste ich einfach festhalten. Du siehst zu komisch aus, was dagegen, wenn ich es auf Insta poste?"

„Was ist Insta?"

„Instagram. Eine Plattform im Internet."

„Was ist das Internet?"

Alice winkt ab. „Egal", murmelt sie und postet das Bild auf ihrem Account mit der Bildunterschrift „Crazy Ausflug. Danke, dass ich dich kennenlernen durfte! #neuefreundschaft". Das Smartphone wandert zurück in ihre Hosentasche, bevor sie aufsteht und Charles die Hand reicht. „Ich glaube, wir lassen das erstmal mit dem Fahrradfahren, und den Ausflug verschieben wir besser. Du brauchst dringend ein Bad und musst dich umziehen".

VIERZEHN

Schicksal?!

Tajo klingelt energisch an der Wohnungstür seines Mitarbeiters.

„Tajo. Was machst du denn hier?" Ein sichtlich überraschter Simba taucht kurz darauf im Türrahmen auf; er trägt noch immer die Boxershorts, hat mittlerweile allerdings ein graues T-Shirt seiner Lieblingsband übergezogen, welches ihm mindestens drei Nummern zu groß ist.

„Dich fragen, was das alles soll? Glaubst du wirklich, ich lass dich so einfach gehen? Du bist mein bester Mitarbeiter, ohne dich sind wir doch komplett aufgeschmissen und du ohne uns. Du bist doch nicht nur ein Mitarbeiter von vielen, du bist Familie."

Simba schnaubt verächtlich auf, während er seine muskulösen Arme ineinander verschränkt. „Ach was? Davon habe ich in letzter Zeit aber nicht viel gemerkt."

Tajo lächelt entschuldigend.

„Wir sind zurzeit alle ein wenig in unsere eigenen Gedanken verstrickt. Natalia und ich mussten uns in erster Linie um unsere Kinder kümmern. Das verstehst du doch, oder?" Simba betrachtet den Mann einen Augenblick lang aus seinen recht müden Augen, auch die angeschwollenen Ringe darunter zeigen, dass der Teenager in der vergangenen Nacht nicht viel Schlaf bekommen hatte. Er nimmt seine Arme auseinander und lehnt sich lässig gegen den Türrahmen.

„Ich dachte, ich gehöre zur Familie." Betreten kratzt sich Tajo am Hinterkopf, er wagt es nicht, den Jungen in die Augen zu sehen.

„Ja, aber …", stottert er mit Blick auf die weißen Fliesen des Flures. „Jetzt bin ich hier, obwohl ich eigentlich arbeiten müsste. Das zeigt doch, wie viel du mir bedeutest." Tajo sieht wieder hoch in Simbas Augen und wagt noch ein versöhnliches Lächeln. Energisch stößt sich Simba vom Türrahmen ab und fährt sich verärgert durch seine schwarzen Haare, die heute zu allen Seiten abzustehen scheinen.

„Weißt du was, spar es dir einfach. Ich konnte nicht mehr mit ansehen, wie meine beste Freundin leidet, deshalb habe ich gekündigt."

Nach diesen Worten knallt Simba die Wohnungstür direkt vor Tajos Augen zu. Unverrichteter Dinge geht Alices Adoptivvater die Treppe runter.

Während sich oben in der Wohnung eine Gestalt aus ihrer Deckung wagt: „Meinst du, er hat was gemerkt?"

Simba schüttelt seinen Kopf: „Warum sollte er? Du bist der Letzte, den er hier erwartet."

***

„Das sieht widerlich aus." Lisha deutet auf die grüne Flüssigkeit, die sich im Kühlschrank zu einer dickflüssigen Masse verwandelt hat und nun im Becher eines bekannten Popsängers darauf wartet, getrunken zu werden. Jala entnimmt einen länglichen Silberlöffel aus der Küchenschublade und rührt damit die Brühe zu einem flüssigen Getränk.

„Das sind alles wertvolle Stoffe, die dem Körper nur guttun."

Lisha wirft noch einen skeptischen Blick ins Innere des Bechers. „Was ist denn da alles drin?", fragt sie ihre Schwester unsicher.

Sie legt den Löffel ins Waschbecken und setzt den bereitliegenden Papierstrohhalm in ihr Getränk. Freudig über das Interesse an ihrer Ernährung antwortet sie: „Eine halbe Gurke, zwei Handvoll Eisbergsalat, eine kleine Banane, 50 Gramm frische Ananas, zwei Esslöffel Eiweißpulver Vanille Geschmack und 250 Milliliter Mandelmilch. Genau das Richtige nach einem harten Workout."

Jala nimmt den Becher ihres Lieblingssängers in die Hand und gönnt sich einen großen Schluck.

„Und das schmeckt?" Lisha sieht sie aus großen Augen an.

Jala leckt sich genießerisch über die Oberlippe, bevor sie antwortet: „Ausgezeichnet!"

„Warum muss gesund eigentlich immer so eklig aussehen?" Kopfschüttelnd geht Lisha zum Kühlschrank und holt sich dort eine eisgekühlte Cola raus, die schon eher ihrem Geschmack entspricht.

Nach dem Frühstück, das Jala für ein Morgenworkout ausfallen ließ, verabschiedete sich Natalia und bat ihre Kinder, die Küche aufzuräumen. Daraufhin machte sich auch Marlec schnell aus dem Staub und Mo wurde von der Mutter seines besten Freunds zum Fußball abgeholt. Also blieb Lisha zurück, die gerade den Tisch fertig abgeräumt hatte, als Jala im verschwitzten Sportoutfit, die Küche betritt.

„Was macht der denn noch hier?", hört Lisha ihre Schwester fragen. Die Cola in der Hand dreht sie sich um und sieht nun das, was Jala sieht, die sich zuvor an den großen Esstisch gesetzt hat, um ihren Shake in Ruhe zu trinken.

„Charles wohnt vorübergehend hier", beginnt Lisha, als sie ebenfalls sieht, wie Alice, Charles und Fee durch den weitläufigen Garten auf die Terrassentür zugehen.

„Warum?", hakt Jala nach.

Lisha stellt ihre Cola auf dem Tresen ab. „So genau habe ich das auch nicht verstanden", nuschelt sie und geht zur Tür, um diese von innen zu öffnen.

Jala schlürft den letzten Rest ihres Power Smoothies aus, als Alice mitsamt der Hündin und ihrer Begleitung die Küche betritt.

„Wo wart ihr denn?", fragt Lisha grinsend mit Blick auf den von Matsch beschmutzten Charles. Alice folgt dem Blick ihrer Schwester und prustet los.

„Ich habe Charles das Fahrradfahren beigebracht und festgestellt, er ist kein Naturtalent."

„Kann mich vielleicht mal jemand aufklären?", mischt sich Jala ein, worauf sich Alice schwungvoll zu ihrer jüngeren Schwester umdreht. Bei dieser Bewegung fällt ihr eine pinke Haarsträhne über das rechte Auge, die sie sich genervt wegpustet. „Das ist Charles, aber ihr habt euch doch gestern Abend schon gesehen", sie deutet auf den Prinzen, der sich verlegen an der Stirn kratzt, wobei sich einige Dreckbrocken lösen, die langsam auf den sauberen Küchenboden rieseln. „Schon, aber da wusste ich noch nicht, dass er jetzt bei uns wohnt. Wer ist das denn und wo kommt der her?"

„Verzeiht meine Aufmachung." Charles tritt neben Alice und sieht nun direkt in Jalas Augen. Dieses makellose Gesicht, die perfekt geschwungenen Augenbrauen, der helle Lidschatten, die schwarzen Wimpern, die rosanen Lippen, diese dunkle Haut. Dazu der schwarze Zopf, der ihr über die Schulter fällt, das pinke bauchfreie Shirt und diese hauteng Trainingshose. Sie sieht so fremd aus. Dort, wo Charles herkommt, würde es keine Dame wagen, sich so zu kleiden, doch in dieser Welt sieht alles anders aus, wie Charles es von Zuhause kennt. Dennoch scheint ihm dieses Mädchen vertrauter denn je, als würden sie sich seit langem kennen.

Er bemüht sich um ein Lächeln, was gar nicht so leicht ist, denn der mittlerweile getrocknete Dreck an seiner Haut verhärtet jegliche Gesichtszüge. Auch Jala fällt das unübliche Verhalten des Jungen ins Auge.

„Was stimmt denn mit dir nicht?", fragt sie, während Charles eine Verbeugung andeutet.

„Ja, er ist etwas merkwürdig", sagt Alice.

Doch bevor jemand etwas erwidern kann, ertönt eine raue Männerstimme im Raum. „Da seid ihr ja."

Erschrocken sehen die vier zur offenen Terrassentür, in der ein unbekannter Mann steht.

„Hallo, kann ich Ihnen helfen?", fragt Lisha höflich.

„Das ist privat, der Park ist auf der anderen Seite", mischt sich Alice ein und deutet dabei in die Richtung, wo der Safaripark liegt.

„Eigentlich ist das auch alles sehr gut ausgeschildert", sagt nun Lisha.

„Ich will nicht zum Park." Der Mann mit blonden Locken und Vollbart tritt energisch einen Schritt näher auf Alice zu, sie geht instinktiv zwei Schritte zurück und sieht unsicher zu Lisha, die wortlos ihre Schultern zuckt.

„Fridwart!", kommt es plötzlich von Charles, der den Mann erst in diesem Augenblick erkennt. Lächelnd sieht Fridwart zum Prinzen: „Charles Joseph, wie ich sehe, geht es dir gut." Stirnrunzelnd deutet Fridwart auf den leicht bröseligen Dreck an Charles Wangen, der langsam auf den Küchenboden rieselt. „Jedoch war mir nicht bekannt, dass du mich kennst."

„Charles, wer ist das?", mischt sich Alice erneut ein.

„Ich kenne ihn nicht direkt, ich habe nur mal seine Stimme gehört, als er bei Quenten im Stall war", erklärt Charles wie selbstverständlich.

Grinsend nickt Fridwart. „Also doch, ich habe es geahnt" murmelt er in sich hinein.

„Ich kapiere nur Bahnhof, wer ist Quenten und welcher Stall?", fragt Alice. Doch ehe jemand antworten kann, steht Jala mit einem Satz auf. Die letzten Minuten ratterte es in ihrem Kopf. „Mein Vater", kommt es tonlos von ihren Lippen. Alle

Anwesenden sehen sie an, als hätte sie soeben den Weltuntergang verkündet.

Charles ist der Erste, der reagiert, entschieden schüttelt er seinen Kopf. „Nein. Quenten ist, seit ich denken kann, unser Stallbursche in Schönbrunn", erklärt er, während er die drei Mädchen nacheinander ansieht.

„Was?", fragt Alice aus großen Augen. „Was redest du denn da? Das wird ja immer bekloppter."

„Du bist Charles Joseph von Österreich. Geboren 1853. Der Sohn von Sisi und Franz", spricht Lisha in den Raum hinein. Aufgeregt nickt Charles. „Endlich glaubt mir jemand."

Alice sieht ihre Schwester fragend an: „Jetzt fängst du auch noch an!"

Jala lässt sich langsam zurück auf den Stuhl fallen. Entschieden schiebt sie ihren leeren Becher beiseite und legt ihren Kopf auf der Tischplatte ab. „Ich kann nicht mehr!", schluchzt sie.

„Schluss jetzt mit diesem Quatsch", ruft Fridwart in die Runde. Erschrocken zuckt Alice zusammen. Beinahe hätte sie den Mann schon wieder vergessen. Dieser greift nun jedoch nach Alice Arm. „Ey, was soll das?", beschwert sie sich und versucht sich zu befreien. Während Fee, die bis eben in der Ecke lag und das Geschehen im Raum beobachtet hat, bellend aufspringt. „Fee, Fass!", ruft Lisha der Hündin zu. Fee ist ein liebenswerter Australian Shepherd, die noch nie einen Menschen gebissen hat, doch wenn ihre Familie bedroht wird, zögert sie keine Sekunde. Noch während Lisha den Befehl ausspricht, springt Fee den Mann von hinten an und beißt ihn kräftig ins Bein. Vor Schmerzen lässt Fridwart das Mädchen sofort los und ehe ihm bewusst wird, was gerade geschieht, schlägt ihn von hinten jemand mit einem Besenstiel nieder.

***

Um der Hausarbeit zu entfliehen, verlässt Marlec gleich nach dem Frühstück, welches lediglich aus einer Banane und einem Kakao bestand, das Grundstück. Nun sitzt er am Grab seines besten Freundes, das Handy in der Hosentasche vibriert, doch er ignoriert dieses. Er hat einfach keine Lust auf Gesellschaft oder irgendwelche Gespräche.

Neben dem zurechtgemachten Beet sitzt er im saftig grünen Gras und starrt ununterbrochen auf die Inschrift des Steins. „Ich weiß nicht, was ich sagen soll. Das ist irgendwie schräg, mit einem Stein zu reden." Marlec legt seinen Kopf in den Nacken und blinzelt in den wolkenfreien Sommerhimmel. „Sitzt du gerade irgendwo da oben? Kannst du mich sehen?" Entschieden sieht er zurück zum buntbepflanzten Grab und schüttelt seinen Kopf. „Unsinn", murmelt er in sich hinein. Genervt reißt er einen Grasbüschel raus und wirft es weg, als er in der Ferne etwas sieht, was ihn stutzig macht. Marlec steht auf und hält seine Hand zum Schutz über die Augen, um einen besseren Blick durch die blendende Sonne zu haben. Am Rande des Friedhofs befindet sich eine kleine Kirche, unter der eine Gruft liegt, eine Gruft, die jedes Jahr zahlreiche Touristen zum Friedhof lockt. Denn dort liegt das berühmteste Kaiserpaar der Welt, ebenso gibt es viele andere prominente Gräber auf diesem Friedhof. Es war nicht leicht, durchzubekommen, dass Till hier begraben wird, doch aus einem für Marlec unbekannten Grund bestand Linda darauf.

Die Tür der Gruft steht sperrangelweit offen, eigentlich ist sie außerhalb der Öffnungszeiten stets geschlossen und verriegelt, um ungebetene Besucher oder Obdachlose fernzuhalten. Noch dazu kostet es Eintritt, diese Gruft zu besichtigen. Doch die Tür ist nicht nur offen, auch ist dort niemand zu sehen, keine schaulustigen Touristen, kein Sicherheitspersonal, kein Pfarrer oder sonst irgendwer. „Das ist ja schräg." Marlec muss an sein Referat denken, das er vor den Ferien hielt. Es handelte von Sisi. Und natürlich wusste er, dass

Sisi genau dort begraben liegt, aber bisher interessierte ihn dies nicht sonderlich, war sie doch nur irgendeine Berühmtheit aus dem vorletzten Jahrhundert, welche jede achte Klasse in Wien über kurz oder lang in Heimatkunde behandelt. Doch dass die Tür der Gruft nun unüblicherweise offen steht, findet er schon merkwürdig. Kurz entschlossen geht der Junge quer über den Friedhof zur Gruft.

„Hallo, ist da jemand?", ruft er in die Dunkelheit hinein, doch außer seiner eigenen, hallenden Stimme kommt nichts zurück. Marlec blickt sich einmal um, es war nach wie vor niemand zu sehen. An der Mauer hängt ein Schild mit den Öffnungszeiten: Täglich zwischen 10 und 18 Uhr geöffnet. Bitte beachten Sie: Letzter Einlass ist um 17:30 Uhr. Er zieht sein Handy aus der Hosentasche und wirft einen raschen Blick darauf: 10:45 Uhr. Direkt hinter der Tür ist ein kleines Kassenhäuschen eingebaut, das jedoch leer ist. „Komisch, sollte nicht schon jemand hier sein", wundert sich Marlec. Den Anruf in Abwesenheit ignorierend, schaltet er die Taschenlampen-funktion seines Handys ein. „Da hat man schon das neuste iPhone und dann funktioniert nicht mal die Taschenlampe richtig", ärgert sich Marlec leise.

Ein leicht muffiger Geruch kommt ihm entgegen, an den kalten Mauern hängen Spinnweben. Eine Gänsehaut überkommt Marlec, fröstelnd zieht er die Schultern hoch. Trotz der beinahe 30° am Morgen ist es hier recht frisch. Marlec schleicht beinahe einen dunklen Gang entlang, es kommt ihm wie Stunden vor, bis er einen hell erleuchteten Raum erreicht. Erleichtert atmet er auf und schaltet die Taschenlampe aus. Zu Beginn des Themas *Die Habsburger* machte Marlecs Klasse einen Ausflug in diese Gruft – sie hatten damals eine genaue Führung. Da dies erst ein paar Wochen her ist, kennt sich Marlec einigermaßen aus. Hier befindet er sich in der Garderobe, einem Raum, der extra für die Besucher eingebaut wurde, ebenso wie die WCs oder das kleine Café, welches

Marlec schon etwas schräg findet. Wer will denn neben Verstorbenen sitzen und gemütlich sein Café trinken?! „Hallo?", ruft Marlec erneut, er nimmt an, dass sich der Portier irgendwo in der Gruft befinden muss. „Brauchen Sie Hilfe?", ruft er so laut, dass seine Stimme von den Mauern wiedergegeben wird. Er lauscht einen Moment, doch es herrscht absolute Stille. Sollte er umdrehen? Oder die Polizei rufen?

FÜNFZEHN

In letzter Sekunde

Entgeistert starren die Jugendlichen in die dunklen Augen von Gyula, der in seiner rechten Hand einen Besen hält. „Wo kommst du denn plötzlich her?", stammelt Alice.

„Ist er tot?" Blass starrt Lisha auf Fridwart, der regungslos am Küchenboden liegt. Alice kniet sich zu ihm und fühlt seinen Puls. „Nein."

„Ich hatte dich rufen gehört und das Bellen des Hundes, da bin ich gekommen, um nachzusehen, ob alles in Ordnung ist. Und als ich gesehen habe, dass dich dieser Mann bedroht, habe ich nach der nächstbesten Waffe gegriffen", erklärt Gyula. Er stellt den Besen neben die Tür und geht auf Alice zu, die in diesem Moment wieder hochkommt. „Alles in Ordnung bei dir?", fragt er besorgt und legt seine Hand auf Alices Schulter. Sie nickt stumm.

„Was wollte der von Alice?", fragt Jala, die noch immer wie festgenagelt am Küchentisch sitzt und starr auf Fridwart sieht. „Ich rufe wohl besser mal die Polizei", kündigt Lisha an, während sie bereits ihr Handy zückt.

„Nein!", schreit Gyula jedoch und lässt von Alice ab, er geht zu Lisha und reißt ihr rasch das Handy aus der Hand. Erschrocken blickt sie den Mann an. „Ey, was soll das?" Auch Alice und Jala sehen den Mann verwirrt an. Charles hingegen, der noch nichts gesagt hatte, seitdem Gyula den Raum betrat, denkt angestrengt nach. Dieser seltsame Mann in der grünen Latzhose und dem grauen T-Shirt darunter kam ihm bekannt vor. Diese schwarzen Locken, der knappe Bart, die Stimme. „Entschuldige, aber vielleicht ist es besser, die Polizei da rauszuhalten." Nervös spielt Gyula mit dem schwarzen iPhone in seiner Hand.

„Warum?", fragt Alice gereizt und zieht das Handy ihrer Schwester aus Gyulas Hand. „Dieser Mann hat mich bedroht und ist unerlaubterweise hier eingedrungen."

„Hausfriedensbruch, Bedrängung einer Minderjährigen", zählt Lisha auf.

„Ein Fall für die Polizei", beendet Jala dies. „Ich verspreche euch, dieser Mann wird nie wieder in Alices Nähe kommen." Zu sehr sind die drei Mädchen auf Gyula konzentriert, der zwischen Alice und Lisha steht und verzweifelt nach absurden Ausreden sucht. Charles hingegen ist in seiner ganz eigenen Welt, wie er nach wie vor am Küchentisch steht und sich den Dreck von der Stirn kratzt. Darum merken sie auch nicht, wie Fridwart wieder zu sich kommt und sich langsam aufrappelt.

„Kennst du diesen Typen etwa?", fragt Alice nun, sie starrt den Mann ununterbrochen an. Das freudige Kribbeln in ihrem Bauch vom Vortag war mit einmal verschwunden, nun spürte sie nur noch endlose Wut – hatte Gyula etwa was mit diesem Mann zu tun? „Nein", redet sich Gyula schnell raus, doch Alice glaubt ihm kein Wort. Erst durch Fees Bellen werden die Mädchen auf Fridwart aufmerksam, der in diesem Augenblick aus der Küche in den Garten humpelt.

„Er flieht", ruft Lisha, doch bleibt wie angewurzelt stehen. „Na warte, du Schwein!", ruft Alice verärgert, sie will gerade ansetzen, um Fridwart zu folgen, der mit seinem verletzten Bein nicht sonderlich schnell ist.

„Nein!" Gyula hält Alice am Arm zurück und läuft selbst hinter Fridwart her.

„Was war das denn?" Verdattert blickt Alice zu Lisha, doch ehe sie antworten kann, rennt auch Alice hinter den beiden Männern her. Die den Garten bereits verlassen haben. Am Gartentor angelangt ist jedoch niemand mehr zu sehen. Alice Blick durchkreuzt einmal den gesamten Hof, doch außer ein paar Touristen, die an der Kasse des Safariparks anstehen, ist niemand zu sehen.

**

Nach kurzer Überlegung entscheidet sich Marlec dafür, weiterzugehen – wann bekam man schon mal die Gelegenheit einer Privatführung, ohne Führer, durch die Kapuzinergruft? Außerdem war er neugierig. Irgendetwas stimmte hier nicht. Als er erneut durch dunkle Gänge ging, fühlte sich Marlec wie vor hundert Jahren. Es gab kein elektrisches Licht. An den Wänden hängen Kerzen, die jedoch nicht brennen. Marlec vermutet, dass der Portier noch nicht dazu gekommen ist, diese an zu zünden, bevor die Gruft offiziell eröffnet wird, doch eigentlich sollte sie ja schon seit gut einer Stunde offen sein. Nach unendlichen Minuten ist er in der Kaisergruft angelangt. Vor Schreck stockt ihm der Atem, beinahe lässt er sein Handy fallen. Vor zwei Särgen, die mit Blumenkränzen geschmückt sind und auf einer Erhöhung stehen, liegt ein Mann bewusstlos. Augenblicklich stürmt Marlec auf ihn zu. „Hallo, können Sie mich hören?" Er hält seine Hand vor die Nase des korpulenten Mannes. „Er atmet", stellt Marlec erleichtert fest und legt den etwa 50-Jährigen Mann in die stabile Seitenlage. Zum ersten Mal ist er wirklich dankbar, dass ihn sein Vater vor einem Jahr zu einem Erste-Hilfe-Kurs verdonnert hat. „Okay und jetzt die Notrufnummer." Marlec schnappt sich sein Handy, das er achtlos neben sich auf den Steinboden gelegt hat. „Mist, kein Empfang!" Er springt wieder auf. „Keine Sorge, ich hole Hilfe, halten Sie durch!", ruft er und rennt, das Handy fest umklammert, durch die dunklen Gänge zurück ans Tageslicht.

„Du hast alles richtig gemacht." Ein Notarzt steht in der Gruft vor Marlec und lächelt ihn anerkennend zu, während der Portier auf einer Trage herausgebracht wird. „Der Mann hatte wahrscheinlich einen Schwächeanfall." Der Notarzt räumt die letzten Sachen in seinen Koffer. „Aber wir werden auch noch die Polizei informieren. Sicher wird die Gruft erstmal schließen, bis geklärt ist, ob es vielleicht ein Überfall war." Stumm nickt Marlec, während er nachdenklich zwischen den Särgen des Kaiserpaars hin und her sieht. „Für den Fall, dass die Polizei noch Fragen an dich hat, habe ich ja deine Daten." Der Notarzt klappt seinen Koffer zu und steht wieder auf „Hörst du mir überhaupt zu?" Ärgerlich sieht er zu Marlec, der mit dem Rücken zu ihn steht. „Ja, ich bin nur etwas irritiert." Der Junge dreht sich um. „Hier standen doch mal drei Särge. Als ich vor ein paar Wochen mit meiner Klasse hier war, stand neben dem von Sisi und Franz auch noch der Sarg des Kronprinzen." Der Notarzt schüttelt seinen Kopf. „Das kann nicht sein, hast du in der Schule nicht richtig aufgepasst?" Amüsiert sieht der braunhaarige, etwa 30-Jährige Mann den Jungen an. „Der Kronprinz verschwand als Jugendlicher und tauchte nie wieder auf. Das weiß doch wirklich jeder in Wien."

***

„Was war das?" Jala sieht ihre Schwestern nacheinander an. Lisha zuckt ratlos ihre Schultern und Alice läuft nachdenklich in ihrem Zimmer auf und ab. Nachdem Fridwart und Gyula wie vom Erdboden verschluckt waren, sind die vier rauf gegangen, wo die Schwestern nun auf Charles warten, der im Badezimmer ist, um sich den Dreck abzuwaschen.

„Also, dieser neue Tierpfleger ist wirklich seltsam", spricht Jala weiter, die auf dem Sitzsack sitzt. „Auch, dass Mum ihn neulich eingeladen hat. Noch nie hat ein Angestellter von Park bei uns gegessen, also abgesehen von Simba." Jala löst das Zopfgummi aus ihrem Pferdeschwanz und schüttelt ihre langen schwarzen Haare kopfüber aus.

„Hmmm", murmelt Lisha, während sie gedankenverloren auf die Tastatur ihres Computers tippt.

„Hast du was gefunden?" Alice ist hinter Lisha stehen geblieben und sieht ihrer Schwester über die Schulter.

„Nicht wirklich. Fridwarts gibt es viele und wir haben ja nur seinen Vornamen." Alice beugt sich dichter an den Computerbildschirm und runzelt ihre Stirn. „Eine US-Serie aus den 70ern, Stellenangebote von Pflegediensten, ein Hund." Alice grinst in sich hinein. „Wer nennt denn seinen Hund Fridwart?"

Kopfschüttelnd klickt Lisha den Internetaufruf weg. „Das hilft uns jedenfalls nicht weiter."

„Versuche es mal mit Gyula. Der Name ist ja eher selten." Wortlos tippt Lisha den kurzen Namen in die Suchmaschine ein. „Gyula ist eine Stadt in Ungarn", liest Lisha als ersten Eintrag.

„Na, das ist er ja wohl eher nicht", antwortet Alice lachend und lässt sich schwungvoll auf das Bett ihrer Schwester fallen. Lisha scrollt weiter und liest: „Eine Festung, eine Wassersportanlage, ein Hotel. Alles mit dem Namen Gyula und alles in Ungarn."

„Ist Gyula überhaupt ein Name?", mischt sich Jala wieder ein.

„Ja, hier steht zum einen: Die Beschreibung der Stadt und weiter unten: Gyula (Vorname): Gyula ist ein männlicher ungarischer Vorname. Der Name ist vermutlich türkischen Ursprungs."

„Das hilft uns aber auch nicht wirklich." Genervt pustet sich Alice eine Haarsträhne aus dem Gesicht, als die Tür aufgeht und Charles reinkommt. Um die Hüften trägt er ein weißes Duschhandtuch und die Haare sind noch voller weißem Schaum. Entgeistert sehen die drei Mädchen ihn einen Moment sprachlos an, bis Alice in schallenden Gelächtern ausbricht.

„Verzeihung. Mir ist es sehr unangenehm, so freizügig vor Damen in Erscheinung zu treten." Vor Scham nehmen die Wangen des Prinzen eine leicht rötliche Farbe an. Lisha tritt Alice mit dem Fuß gegen das Schienbein, da sie noch immer lacht und wirft ihr einen vorwurfsvollen Blick zu. Augenblicklich verstummt das Lachen. Alice hebt beschwichtigend ihre Hände. „Sorry."

„Was ist denn passiert?", fragt Lisha höflich.

„Ich habe diese eigenartige Seife benutzt, die Alice mir gab, aber das Waschbecken war zu klein für meinen ganzen Körper. Auf der Suche nach einer Wanne sah ich dieses Ding, das von der Decke hängt, hinter der durchsichtigen Wand. Aus Neugier sah ich mir dies genauer an und dann kam da plötzlich Wasser raus. Ich habe mich so erschrocken, dass ich schnell ein Handtuch genommen habe."

„Zum Glück", murmelt Jala kopfschüttelnd.

„Du hast ernsthaft versucht, dich im Waschbecken zu waschen?" Alice kann das Lachen in ihrer Stimme nicht unterdrücken. Auch Lisha scheint einen Moment perplex von dieser Erklärung, dann räuspert sie sich kurz und sagt: „Wir haben keine Badewanne, nur eine Dusche."

„Dusche?", wiederholt Charles nachdenklich.

„Das ist das Ding, wo Wasser rauskommt", erklärt Jala lächelnd.

„Faszinierend." Als könne er es nicht glauben, schüttelt Charles seinen Kopf. Lisha steht auf und zieht Charles am Arm raus auf den Flur. „Komm, ich zeige dir, wie die Dusche funktioniert und was du für Shampoo wozu benutzen musst." In der offenstehenden Badezimmertür bleibt Lisha jedoch einen Moment erschrocken stehen. „Wie sieht es denn hier aus?" Der Wasserhahn des Waschbeckens läuft noch, auf den weißen Fliesen sind viele kleine und größere Pfützen, gezeichnet mit Schaumblasen. Neben der Dusche liegen drei offene Shampooflaschen, wo der blaue und durchsichtige Inhalt langsam hinausfließt, auch die Dusche läuft noch. Dies hört Lisha nur, denn die Glaswand ist beschlagen. Schnell schnappt sich Lisha ein Handtuch aus dem offenen Schrank neben der Tür und legt es auf den Boden. Sofort saugt sich dieses mit Wasser und Schaum voll. Rasch watet Lisha mitsamt des Handtuchs unter ihren Füßen zum Waschbecken und stellt den Wasserhahn ab. „Mama und Papa kriegen die Krise, wenn sie das sehen."

„Das werden sie schon nicht." Alice ist hinter Charles in der Tür aufgetaucht und nimmt sich direkt drei große Handtücher und verteilt sie auf dem Badezimmerboden. Vorsorglich hat sie ihre Socken ausgezogen und steht nun barfuß in einer der vielen Wasserpfützen. „Mama arbeitet den restlichen Tag und Papa hat einen wichtigen Termin in der Stadt. Vor heute Abend sind sie nicht zurück und bis dahin haben wir das längst wieder sauber." Alice scheint das ganze Desaster etwas lockerer zu sehen, als ihre Schwester. Doch dann erblickt sie die offenen Shampooflaschen. „Das war die letzte Flasche von Marlecs Lieblings-Duschgel!" Sie hebt die klebrige Flasche auf und schließt diese. „Und das ist mein Haarshampoo!" Erneut geht sie in die Knie und schnappt sich die beiden anderen Flaschen.

„Eigentlich machen mir Diener alles zurecht. Da jedoch niemand aufzufinden war, musste ich mich selbst bedienen. Dort im Regal", erklärt Charles entschuldigend.

„Aber ich habe dir doch extra das Duschgel von Marlec gegeben", wendet Alice ein.

„Mir gefiel der Geruch nicht." Schuldbewusst schaut Charles auf seine nackten Füße.

„Aber das hier ist für Jungs." Anklagend hält Alice die schwarze Flasche mit dem Aufdruck eines Wasserfalls hoch. „Und das hier für Mädchen, noch dazu für gefärbte Haare." Mit der anderen Hand hält sie die zwei pinken Flaschen hoch, mit dem Aufdruck einer Frau, die eindeutig gefärbte Haare hat. „Alice", beruhigt Lisha ihre Schwester. „Ist doch nicht so schlimm, wir haben gerade echt andere Probleme und Duschgel kriegen wir in jeder Drogerie. Außerdem hast du doch noch fünf Flaschen."

„Aber Marlec nicht."

„Als ob Marlec sowas stören würde. Papa ist doch in der Stadt. Schreib ihm schnell eine Nachricht, dass er etwas mitbringen soll."

Genervt verdreht Alice ihre Augen und wirft die halbleeren Flaschen achtlos in die Ecke.

SECHZEHN

Durch Raum und Zeit

„Wirklich seltsam, was hier gerade geschieht", murmelt Lisha, die zurückgelehnt auf ihrem Bürostuhl sitzt und nachdenklich an die weiße Decke starrt.

„Ich kann einfach nicht glauben, dass Charles von vor 200 Jahren kommt. Ich meine – Zeitreisen – sowas gibt es doch nur im Film, oder?" Alice steht vor ihrem Spiegel und bindet ihre Haare zu einem Pferdeschwanz zusammen.

„Du siehst doch wie er sich benimmt", entgegnet Lisha und deutet auf Charles, der frisch geduscht in sauberen Klamotten im Sitzsack sitzt. Gerade sitzend und mit übereinander geschlagenen Beinen klappt er immer wieder Alice Laptop auf und zu. „So benimmt sich keiner, der eine Persönlichkeitsstörung hat. Fahrräder, Computer, Handys, Duschen, Autos, all das gab es zu Zeiten von Sisi noch nicht", erklärt Lisha mit ruhiger Stimme. Kurz blickt sie zu Jala, die mit dem Rücken auf ihrem Bett liegt und stumm an die Decke starrt, dann sieht sie zurück zu Alice, die sich vom Spiegel abwendet und sich zu Jala aufs Bett setzt. „Hast du den Ring noch?"

„Klar." Alice zieht den gefundenen Ring aus ihrer Hosentasche und überreicht ihn an ihre Schwester. Sie hält ihn unter ihre hell erleuchtete Schreibtischlampe; ihr Zeigefinger gleitet langsam über die Gravur der Innenseite.

„Kannst du mir mal sagen, was du da tust?", fragt Jala, die in diesen Moment aus ihrem Tagtraum zu erwachen scheint und von der Seite ihrer Schwester beobachtet. Statt zu antworten, schaut Lisha nun vom Ring auf ihren Computer

Bildschirm und gibt etwas in die Suchleiste des Internets ein. Kurz darauf erscheint ein Bild, sie vergrößert es und zoomt die rechte Hand der Kaiserin ran.

„Ich wusste es", kommt es plötzlich von dem Teenager.

„Was wusstest du?"

Lisha dreht sich zu Jala und Alice, sie hält den Ring triumphierend in die Höhe. „Dieser Ring ist der gleiche, wie dort auf dem Bildschirm."

Alice schüttelt verständnislos ihren Kopf, dann geht sie so dicht an den Bildschirm ran, dass ihre Nasenspitze ihn fast berührt.

„Ausgeschlossen", sagt sie schließlich, als sie zurückkommt.

„Das ist ein Ring, der vielleicht ähnlich aussieht."

„Und warum steht dann der Name der Kaiserin auf der Innenseite?"

Alice zuckt ihre Schultern. „Keine Ahnung, vielleicht war der Vorbesitzer ein Fan oder es ist eine Fälschung, aber es ist unmöglich, dass dieser Ring dort in deiner Hand einmal der Kaiserin von Österreich gehörte."

Lisha legt den Ring zurück auf ihren Schreibtisch, dann steht sie auf und beginnt, nervös im Raum auf- und abzumarschieren.

Alice lässt sich derweil wieder auf das gemachte Bett ihrer Schwester fallen und Jala richtet sich auf. „Habe ich was verpasst?"

„Ich habe diesen Ring gefunden", winkt Alice ab.

„Okay ...", beginnt Lisha. „Lass uns das ganze mal logisch betrachten. Nehmen wir an, dieser Ring gehörte tatsächlich Sisi im 19. Jahrhundert, vielleicht war es ihr Ehering, vielleicht aber auch ein vollkommen langweiliger Freundschaftsring, wir wissen es nicht. Fakt ist aber, gehörte dieser Ring tatsächlich Sisi, kann es durchaus sein, dass er es zu uns ins Hier und Jetzt geschafft hat."

Jala pustet sich genervt eine Haarsträhne aus dem Gesicht. „Ich verstehe nur Bahnhof. Hörst du dich eigentlich reden?" Lisha bleibt stehen und sieht ihre Schwestern ernst an.

„Gut, es kann durchaus sein, dass man ihr den Ring nach dem Tod am Finger gelassen hat. Dies ist sogar sehr wahrscheinlich, wenn dies aber nicht der Fall war, müsste dieser Ring ja heute immer noch existieren, denn ein Ring ist ein Gegenstand und Gegenstände sterben nicht, im Gegensatz zu ihren Besitzern."

Alice lehnt sich gemütlich zurück, sie streicht ihre kurze Stoffhose mit afrikanischem Print glatt. „Bestimmt liegt der Ring heute in irgendein Museum oder ein Nachkomme hat ihn geerbt."

Lisha nickt zustimmend. „Möglich. Möglich ist aber auch, dass er hier bei mir auf dem Schreibtisch liegt."

„Selbst, wenn? Beantwortet das auch nur irgendeine der tausend Fragen, die im Raum stehen? Im Gegenteil, es wirft nur noch viel mehr Fragen auf." Verzweifelt haut Alice ihre flachen Hände auf die Matratze.

„Na immerhin wissen wir jetzt, woher der Ring stammt." Alice stößt sich von der Rückwand des Bettes ab. „Und was um alles in der Welt haben wir mit einer hundert Jahre alten Kaiserin zu tun?"

„213 Jahre, um genau zu sein. Es ist 213 Jahre her, dass Sisi geboren wurde und 121 Jahre, dass sie ermordet wurde", nuschelt Lisha kleinlaut und lässt sich zurück auf den Stuhl fallen.

„Irgendwas haben wir übersehen", überlegt sie laut. „Das ergibt einfach keinen Sinn."

„Ach was", spottet Alice und lehnt sich erneut zurück. Sie krault Tinka an Bauch, die dies nur allzu gern mit sich machen lässt. Genießerisch beginnt sie zu schnurren und breitet die getigerten Beine auseinander.

Nachdenklich knetet Lisha ihre Unterlippe.

„Darf ich den Ring mal sehen?", mischt sich Jala ein. Schulterzuckend überreicht Lisha ihrer Schwester den Ring. Diese hält ihn dicht ans Auge und betrachtet die Gravur „Warum *Elisabeth in Bayern*? War sie nicht die Kaiserin von Österreich?"

„Mutter wuchs in Bayern auf und als sie Vater heiratete, ging sie nach Wien", sagt Charles, der nun den Laptop beiseitelegt und aufsteht. Er schien das Gespräch doch ein wenig mitbekommen zu haben.

„Vermutlich bekam Sisi den Ring, als sie noch Kind war", überlegt Lisha, als Jala plötzlich verschwindet – von einer Sekunde auf die andere löst sich das Mädchen in Luft auf. Einfach verschwunden. Dies geschieht so schnell, dass weder Lisha noch Alice, die direkt neben ihr saß, und schon gar nicht Charles, eine Chance bleibt, zu reagieren. Wie von der Tarantel gestochen springt Lisha auf. Auch Alice sieht leichenblass auf die Stelle, wo noch eben ihre Schwester saß. Doch Jala ist nirgends zu sehen. Erschrocken stürmt Charles auf die Tür zu und reißt diese auf, sieht in den Flur – auch dort ist keine Menschenseele, lediglich Fee liegt in ihrem Hundekorb und pennt. Zitternd steht Alice auf, sie klammert sich fest an die Rückwand des Bettes. „JALA!", ruft sie hilflos, aber es kommt keine Antwort. Was war geschehen?

Drei Wochen Zuvor

„Lisha, Alice", ruft Jala verängstigt, doch ihre Schwestern sind nicht mehr da. Panisch schaut sich die Autistin im Zimmer ihrer Schwestern um. Alles sieht wie immer aus, die eine Seite chaotisch, die andere Seite super ordentlich, doch irgendetwas stimmt hier nicht. Das spürt Jala ganz deutlich.

Und wo sind Lisha, Alice und Charles auf einmal hin? Gerade eben waren sie doch noch hier. Jala hatte den Ring in der Hand und wollte ihn gerade zurücklegen, aber es fühlte sich an, als wäre sie von etwas Mächtigem mitgezogen worden. Aus Angst schloss sie kurzzeitig ihre Augen. Als sie diese wieder öffnete, waren ihre Schwestern und Charles verschwunden. Wie kann das sein? Regungslos sitzt Jala auf dem Fußboden und traut sich kaum zu atmen. Was war hier vorgefallen? Plötzlich hört sie Stimmen von draußen, sie will aufstehen und zur Tür gehen, doch es gelingt ihr nicht, zu schwach ist sie in diesem Augenblick.

Geistesgegenwärtig krabbelt sie in die Ecke und quetscht sich auf allen Vieren zwischen dem Bett ihrer Schwester und der Wand, was dann jedoch passiert, lässt sie beinahe aufschreien. Gerade noch rechtzeitig gelingt es ihr, sich selbst zu stoppen, indem sie die Hand auf ihren Mund legt.

Krampfhaft hält sie sich an dem Fuß des Bettes fest, als sie das Geschehen im Raum beobachtet.

Soeben hat Till das Zimmer von Alice und Lisha betreten. Allein. Er schließt die Tür hinter sich und hält ein Handy ans Ohr. Er scheint zu telefonieren, während er im Raum auf und ab läuft.

„Gib mir noch einen Tag", spricht er ins Telefon. „Ich mache alles, wirklich alles, was du willst. Aber vergiss nicht unsere Abmachung; sie ist glücklich. Noch. Schon morgen wird sich alles ändern. Verlass dich auf mich, ich weiß schon, was ich tue."

Wovon zur Hölle spricht er da?, denkt sich Jala, die immer noch in der Ecke hockt und verängstigt beobachtet, wie ihr toter Freund im Zimmer ihrer Schwester steht und telefoniert.

„Versprich mir, dass du Alice in Ruhe lässt. Ich komme mit dir, für immer, aber dafür wirst auch du dem 21. Jahrhundert für immer den Rücken kehren und Alice ihr Leben in unserer Zeit leben lassen. Tschüss."

Till legt auf und wirft das Handy unbeachtet rücklings auf Lishas Bett, ehe Jala auch nur einen klaren Gedanken fassen kann, geht die Tür erneut auf. Alice betritt den Raum

„Hier steckst du. Kommst du? Wir wollen gleich frühstücken", begrüßt sie ihren Freund.

„Klar", antwortet dieser müde, doch dies beachtet Alice gar nicht. Sie greift nach der Hand des Jungen und zieht ihn raus auf den Flur. Erst als die Tür mit einem lauten Krach ins Schloss fällt, atmet Jala erleichtert auf. Sie wartet noch eine Weile, dann traut sie sich aus ihrem Versteck. Aus einer Eingebung heraus zieht sie Tills Handy vom Bett und berührt das Touchscreen, ihr stockt der Atem, als sie das liest, was sie befürchtet hat und ist regelrecht froh, bereits zu sitzen, denn sonst wäre sie vermutlich zusammengebrochen. Es ist Alices Geburtstag, der Tag von Tills Unfall. Oder war es vielleicht gar kein Unfall?

„O mein Gott, ich bin durch die Zeit gereist. Drei Wochen zurück", stellt Jala schockiert fest. „Das ist unmöglich. Das würde Lisha jetzt sagen. Oh verdammt, wie ist das möglich?"

Bevor Jala endlos in Panik verfällt, beginnt ihr Gehirn, auf Hochtouren zu arbeiten.

„Till ist noch am Leben, das heißt, ich kann ihn davon abhalten, dass er heute Nachmittag mit dem Fahrrad wegfährt, um dieses blöde Geschenk zu holen, und somit wird er nie sterben. Das ist das Beste, was mir je passiert ist", spricht Jala mit sich selbst. „Aber mit wem hat er denn telefoniert?"

Jala versucht, das Handy ihres Freundes zu entsperren, doch scheitert. Wütend wirft sie das Handy zurück aufs Bett. „Oh, verflucht sei die Gesichtserkennung." Jala lehnt sich mit dem Rücken an das Bett und zieht ihre Beine ganz dicht an die Brust. „Was mache ich jetzt nur? Mich darf auf gar keinen Fall jemand sehen. Wie sollte ich das erklären?"

Lisha läuft unruhig in ihrem Zimmer auf und ab. Blass wie eine Leiche ist ihr Gesicht, während Alice stocksteif an der Seite steht und ununterbrochen aufs Bett starrt, wo sich Jala in Luft aufgelöst hat. Nur Tinka liegt noch dort zusammengerollt und schläft, als wäre nichts passiert.

„Was machen wir nur?", spricht Alice. „Wie ist das passiert? Was ist passiert?"

„Jala ist durch die Zeit gereist", sagt Charles, als wäre es das normalste der Welt.

Lisha stoppt ihren Gang und starrt Charles an. „Du meinst, der Ring ist die Zeitmaschine?"

Stumm nickt Charles.

„Wie kommst du darauf?", fragt Alice. Charles, der am Fenster steht, tritt etwas näher an die Mädchen heran und hält seine rechte Hand hoch, an deren Ringfinger ein silberner Ring glänzt. „Du hast auch so einen?", fragt Lisha verblüfft. „Ich wusste nicht, dass dies die Zeitmaschine ist", erklärt Charles entschuldigend.

„Darf ich den mal sehen?" Lisha hält ihre Hand auf und Charles reicht ihr den Ring, dann setzt sie sich an ihren Schreibtisch und hält auch diesen unter die hell erleuchtete Lampe.

„Warum hast du uns denn nicht früher was von dem Ring erzählt?", fragt Alice ein wenig vorwurfsvoll.

„Ihr habt mir doch auch nicht geglaubt, dass ich Charles Joseph von Österreich bin."

Genervt verdreht Alice ihre Augen und setzt sich zurück aufs Bett. „Und, ist da auch was eingraviert?", fragt sie an Lisha gewandt.

„Ja." Lisha legt den Ring auf ihren Schreibtisch. „Sophie von Österreich."

„Wer ist das schon wieder?"

„Meine Schwester." Charles setzt sich zu Alice aufs Bett. Lisha nickt bestätigend. „Sophie von Österreich ist die Zwillingsschwester von Charles, doch sie starb kurz nach der Geburt." Schwungvoll dreht sie sich zum Bildschirm ihres Computers und hämmert schnell in die Tasten. „Elisabeth von Österreich, Ring", gibt sie in die Suchleiste des Internets ein. „Wo hast du den Ring denn her?", fragt Alice derweil an Charles gewandt, der daraufhin erzählt, wie er hier auftauchte und dass er plötzlich diesen Ring an Finger hatte, dass er aber vermutet hatte, diesen von Quenten aus der Schatulle zu haben. Da fällt ihm plötzlich wieder was ein. „Warum sprach Jala davon, dass Quenten ihr Vater sei?"

„Jalas Vater hieß auch Quenten, aber er und ihre Mutter starben vor 14 Jahren." Einen Moment sieht Charles nachdenklich auf seine Füße „Als ich das Gespräch von Quenten und Fridwart mitanhörte, sprachen sie unter anderem davon, dass Quenten eine Tochter hätte. Ich war sehr überrascht. Ich kenne Quenten seit ich klein war, und er hatte nie eine Tochter erwähnt."

Interessiert horcht Alice auf, sie will gerade ihren Mund öffnen, um etwas zu erwidern, doch da erklingt Lishas aufgebrachte Stimme: „Das gibt es ja nicht."

„Hast du was gefunden?", fragt Alice. Lisha nickt nur und liest schließlich vor: „Der Ring der Kaiserin, eine unüberbrückbare Verbindung", lautet die Überschrift. Daneben ist ein Bild des besagten Ringes zu sehen. „Es ist eine wunderbare Erinnerung. Das soll die Kaiserin Elisabeth von Österreich über diesen Ring aus echtem Gold gesagt haben. Sie bekam ihn als Kind geschenkt, von wem, verriet sie nie. In der Innenseite ist der Name eingraviert, und ziert den schmalen Ringfinger der Kaiserin. Es war ihr Glücksbringer, ihr Schatz, ihr ein und alles. Doch nach der Geburt ihres dritten Kindes legte sie ihn aus unerklärlichen Gründen für immer ab. Fortan wurde er nie wiedergesehen. Bereits einige Jahre vor ihrem Tod verfügte sie testamentarisch, dass dieser Ring nach ihrem Ableben an ihren Sohn Charles Joseph von Österreich vermacht wird. Dieser sollte ihn mit dem Namen Alice beschützen, als ginge es um sein Leben."

An dieser Stelle stoppt Lisha, den letzten Satz liest sie erneut. Hatte sie sich verlesen? War sie zu müde? *Dieser sollte ihn mit dem Namen Alice beschützen.*

Ihre Hand lässt die Maus los, sie lehnt sich schwungvoll zurück und atmet einmal tief durch. „Okay, Lisha. Alles ist gut, du bist sicher nur übermüdet, bleibe jetzt ganz ruhig", spricht sie zu sich selbst, während Alice aufsteht und neugierig auf den Bildschirm blickt, doch auch sie liest das gleiche wie Lisha. „Was hat das zu bedeuten?" Alices Herz schlägt plötzlich doppelt so schnell wie zuvor, ihr wird heiß und kalt zugleich. Zitternd lehnt sie sich an die Wand. Lisha lehnt sich wieder vor und liest langsam weiter. „Keiner wusste zur damaligen Zeit, was dies zu bedeuten hatte. Als der Kronprinz sich jedoch im Jahre 1873 das Leben nahm, traf dieses Schicksal die Kaiserin sehr. Sie änderte sogleich ihr Testament, in dem sie ihre ältere Tochter Gisela damit beauftragte, diesen Ring nach ihrem Tod an einer bestimmten Stelle im Schlosspark zu vergraben. Keiner wusste, was die Kaiserin damit bezweckte, doch man fragte nicht nach. Ihr letzter Wunsch wurde erfüllt. Im Jahre 1898 starb Elisabeth von Österreich auf grausame Weise, eine Woche später vergrub ihre Tochter, die zu dem Zeitpunkt 42 Jahre alt war, den Ring an besagter Stelle. Seither wurde er nie wiedergesehen. Nun könnte man meinen, er wird nach wie vor dort liegen. Doch vor einigen Jahren haben sich Historiker auf die Suche nach ihm gemacht, sie haben gegraben, doch nichts gefunden. Wir wissen nicht, was mit diesem Ring geschehen ist. Wurde er bereits zu der damaligen Zeit wieder ausgegraben? Oder war es ein Zufallsfund von einem Ahnungslosen? Wir wissen es nicht."

Stöhnend lässt sich Lisha zurückfallen. „Der Ring gehörte also tatsächlich Sisi und es war nicht ihr Ehering, sondern eine Zeitmaschine, doch wo hatte sie den her und was zur Hölle haben wir damit zu tun?" Doch Charles scheint im Augenblick etwas ganz anderes zu beschäftigen. „Ich werde mir das Leben nehmen, in zwei Jahren." Blass starrt er in Lishas Gesicht. „Warum?"

SIEBZEHN

Der Ring der Kaiserin

Drei Wochen zuvor

Was tun, wenn man die Chance bekommt, der Person, die man verloren glaubte, noch ein letztes Mal gegenüberzustehen? Die letzten Tage wünschte sich Jala nichts sehnlicher, als dass sie nur noch ein einziges Mal in Tills Nähe sein könnte. Und nun ist es tatsächlich passiert.

Sie hat keine Ahnung, warum, aber wichtig ist doch, dass es so ist, wie es ist. Einige Zeit hatte das Mädchen noch in der Ecke gewartet, bis sie sich aus ihrem sicheren Versteck traute. Nun schleicht sie sich runter in den Flur, als ihre Familie am Frühstückstisch sitzt und fröhlich Pläne fürs Wochenende schmiedet. Sie denkt fieberhaft darüber nach, wie sie Till davon abhalten kann, dass er am Nachmittag mit dem Fahrrad wegfährt, ohne dass dieser etwas merkt.

Plötzlich öffnet sich die Haustür und Till steht direkt vor Jala. Ihr Herz macht einen unerklärlichen Hüpfer, als sie sein vertrautes Lächeln sieht. Stocksteif bleibt sie stehen und wagt es nicht zu atmen. Ob er sie sehen kann? Zumindest kommt er geradewegs auf sie zu und begrüßt sie.

„Guten Morgen, auch schon wach?"

Jala ist sich unsicher: Meint er sie oder steht vielleicht jemand hinter ihr? Möglicherweise ist sie unsichtbar. Wäre zwar unlogisch, aber immerhin hatte sie es bis vor 24 Stunden auch noch als unlogisch betrachtet, durch die Zeit zu reisen.

„Jala. Alles in Ordnung?"

Nein. Er meinte offensichtlich sie. Oder stand ihr anderes Ich hinter ihr? Also eines, das nicht durch die Zeit gereist ist. Immerhin gibt es sie aktuell zweimal, also muss sie sich hüten.

Jala versucht krampfhaft daran zu denken, was sie am Tag von Tills Unfall morgens um neun Uhr gemacht hat, doch so sehr sie sich auch bemüht, sie kann sich einfach nicht erinnern.

Schnell dreht sie sich um, doch hinter ihr steht niemand. Lediglich sie und Till stehen im Flur ihres Elternhauses, während hinter der angelehnten Küchentür das Lachen von Alice zu hören ist.

Vorsichtig berührt Till seine beste Freundin an der Schulter. Dem Mädchen wird zugleich heiß und kalt. Sie spürt seine sanfte Hand ganz deutlich, das heißt, er ist wirklich echt. Das ist alles kein Traum. Eine Träne der Freude verlässt ihr rechtes Auge und tropft langsam auf ihr pinkes Sportshirt. „Jetzt mache ich mir aber wirklich Sorgen. Ist was passiert?"

Stumm schüttelt sie ihren Kopf.

„Bist du dir sicher?" Till nimmt seine Hand von ihrer Schulter, während Jala eifrig nickt.

„Jetzt ist alles in bester Ordnung", haucht sie leise.

Till zuckt seine Schultern, dreht sich um und geht auf die Küchentür zu.

Als wäre sie festgeklebt, bleibt Jala an ein und derselben Stelle stehen und schaut ihn fassungslos nach. Noch immer kann sie es nicht glauben.

Till hat die Küche derweil erreicht und ist ebenso wie Jala fassungslos. Er steht mitten im Raum, traut sich keinen Schritt vor und keinen Schritt zurück. Ausdruckslos schaut er in die fröhliche Runde, die ihn nun auch bemerkt. Jala! Sie sitzt am Tisch und unterhält sich mit Mo. Till blickt panisch zu der Jala, die noch im Flur steht.

Alice ist die erste, die etwas sagt. „Ist was passiert? Du guckst, als hättest du ein Gespenst gesehen."

Till hat in dieser Ausnahmesituation keine Worte übrig, mit weit aufgerissenen Augen schaut er auf den voll gedeckten Frühstückstisch, an dem Natalia, Alice, Lisha, Mo und Jala sitzen. Es braucht einen Moment, bis sich Till gesammelt hat und sich eine leise Ahnung in ihm breitmacht. Schnell schüttelt er seinen Kopf.

„Nein, ich meine ja, also nein eigentlich nicht", stottert er. „Mir fällt gerade nur ein, dass ich was vergessen habe und nochmal weg muss. Ich bin gleich zurück."

Ohne eine Antwort abzuwarten, dreht er sich um und stürmt aus der Küche in den geräumigen Flur, wo Jala noch immer steht und ihr Glück nicht fassen kann.

Mit einem lauten Knall schließt Till die schwere Holztür und rennt schnellen Schrittes auf seine Freundin zu. „Du musst hier sofort weg. Wenn dich jemand sieht", stammelt er. „Niemand darf etwas davon erfahren."

Noch bevor Jala widersprechen kann, öffnet Till die Tür zum nahegelegenen Schlafzimmer ihrer Eltern und stupst sie unsanft darein. Gerade noch rechtzeitig schließt er die Tür wieder, im selben Moment taucht ein recht müde aussehender Marlec am Fuße der Treppe auf. Er trägt noch seinen Schlafanzug, als er verdutzt seinen Freund erblickt, der noch den Griff der Schlafzimmertür festhält.

„Was wolltest du denn im Schlafzimmer meiner Eltern?", fragt er überrascht.

„Ich?", fragt Till gespielt erstaunt. „Nichts. Also nichts Bestimmtes, ich sollte nur was für Natalia holen."

„Wo ist es?"

Mit großen Augen schaut Till auf Marlec. „Bitte?"

„Na, das, was du für Mum holen solltest."

Till lässt den Griff der Tür los und geht nun direkt zu Marlec, der immer noch auf der letzten Stufe der Wendeltreppe steht.

„Ich habe es nicht gefunden, ist auch egal. Ich weiß ja nicht, wie es dir geht, aber ich habe einen riesigen Hunger, lass uns frühstücken gehen."

Marlec kommt dies zwar etwas seltsam vor, doch neun Uhr am Morgen ist ihm eindeutig zu früh, um über so etwas nachzudenken, also geht er mit schlurfenden Schritten zusammen mit Till in die Küche, wo nach wie vor alle am gedeckten Tisch sitzen und ein ausgiebiges Sonntagsfrühstück genießen.

„Das ging aber schnell", wundert sich Lisha.

„Was hattest du denn vergessen?", will Jala wissen

„Ich dachte, du solltest was für Mum holen", wundert sich Marlec.

„Ja, ähm, nein."

Auch Natalia horcht nun auf. „Bitte? Wann soll das denn gewesen sein?"

Angestrengt denkt Till darüber nach, wie er aus dieser aussichtslosen Situation rauskommt, während Alice aufsteht und zu ihrem Freund geht.

„Was ist denn los?", fragt sie besorgt und nimmt seine Hand.

Er zuckt allerdings erschrocken zurück, was Alice noch mehr Sorgen bereitet.

„Gar nichts", erklärt er schnell. „Alles nur ein Missverständnis. Wisst ihr was, frühstückt ihr mal schön, ich habe ganz vergessen, dass ich noch mit Simba verabredet bin, also wir sehen uns später!"

Till ist froh, dass ihm noch eine logische Ausrede eingefallen ist, und ist gerade im Begriff, die Küche erneut zu verlassen, als Natalia ihn mit einem Satz erneut in Erklärungsnöte katapultiert.

„Simba liegt mit einer Sommergrippe im Bett. Ich habe selbst vor einer Stunde mit ihm telefoniert, als er sich krankgemeldet hat."

Langsam, ganz langsam, dreht sich Till wieder um.

„Du sagtest doch, dass du einen Bärenhunger hast", wundert sich Marlec.

„Ja. Richtig, das war auch so, doch jetzt ist er weg. Ehrlich ich fühle mich, als hätte ich gerade ein Fünf-Gänge-Menü hinter mir. Weiß auch nicht, woran das liegt, vielleicht die Vorfreude auf die Ferien", erklärt er schnell.

„Und was ist mit Simba?", fragt Alice ungeduldig.

„Simba?", fragt Till verwundert.

„Na, du sagtest doch, du bist mit Simba verabredet, aber der ist doch krank."

„Sagte ich Simba? Ich meinte Tajo, ich bin mit Tajo verabredet, er muss mir dringend helfen. Ist er im Büro?"

Wortlos nickt Natalia.

„Super!" Wieder ist Till im Begriff, die Küche zu verlassen, doch wieder kommt er nicht weit, diesmal hält ihn Alice auf.

„Aber an meine Geburtstagsparty heute Abend denkst du?"

Till dreht sich lächelnd um und gibt Alice einen schnellen Kuss auf die Wange.

„Klar", sagt er, bevor er die Küche endgültig verlässt und schnell zum Schlafzimmer läuft.

Till reißt die Tür auf und knipst das Licht im fensterlosen Raum an. Jala sitzt mit verschränkten Armen auf dem gemachten Bett ihrer Eltern.

„Ein Glück, du bist noch da", stellt er erleichtert fest.

„Wo sollte ich denn sonst sein? Wie du weißt, bin ich in meinem Bewegungsradius deutlich eingeschränkt", gibt Jala zickig zurück.

Till lächelt. „Und du scheinst auch wieder ganz die Alte zu sein."

Jala nimmt ihre Arme auseinander und stöhnt genervt auf. „Kannst du mir sagen, was passiert ist?", fragt sie Till. „Du weißt, dass Zeitreisen möglich sind, oder? Sonst hättest du eben nicht so eigenartig reagiert, als du mein zweites Ich gesehen hast." Jala fiel ein, dass sie sich am Morgen des Unfalls mit einem Teil ihrer Familie am Frühstückstisch befand und auf Till gewartet hat, der, als er dann kam, sich eigenartig benahm, doch keiner kümmerte sich damals weiter drum. Jala fragte sich, was mit ihrem besten Freund los sei. Heute, drei Wochen später, weiß sie es.

Till schließt die Tür leise hinter sich und setzt sich zu ihr aufs Bett. „Ich weiß es nicht."

„Was weißt du nicht?", fragt sie gereizt und wippt ungeduldig mit ihren Füßen hin und her.

„Wie es möglich ist, durch die Zeit zu reisen, aber ja, es stimmt, es ist möglich und ich weiß davon."

„Seit wann?", fragt Jala tonlos, ohne ihren Freund dabei anzusehen.

„Noch nicht so lange", weicht dieser aus, doch Jala kennt ihn zu gut, um zu wissen, dass dies nicht stimmt.

„Seit wann?", wiederholt sie ihre Frage.

„Seit ungefähr einem halben Jahr."

Jala dreht erschrocken ihren Kopf zu Till und sieht ihn scharf an. „Das ist nicht dein Ernst!"

„Es tut mir leid, Jala, ehrlich. Es fällt mir wirklich schwer, nicht darüber zu sprechen, aber es war nur zu eurem Besten, wenn ihr nichts davon wisst."

„Warum? Und was hat Alice damit zu tun?" Jala blitzt ihren Freund scharf an, auf ihrer Stirn kräuseln sich ärgerliche Falten. „Ich habe dich gehört", erklärt sie, nachdem Till nicht antwortet. Erst scheint er erschrocken zu sein, doch fängt sich relativ schnell wieder. Er streicht sich eine Locke aus der Stirn und sagt: „Das kann ich nicht sagen." Schnell weicht Till dem Blick des Mädchens aus. Zu gern würde er ihr alles erzählen, doch es würde sie in Gefahr bringen. Niemals dürfte Jala etwas passieren, das würde er sich nie verzeihen.

„Wieso nicht?"

„Hör mal, ich habe geschworen, nicht mit Außenstehenden darüber zu sprechen. Eigentlich habe ich schon viel zu viel gesagt", erklärt Till ausweichend.

„Außenstehende? Ich bin doch keine Außenstehende! Ich bin gerade selbst durch die Zeit gereist und will einfach nur noch zurück." Tränen glänzen in den braunen Augen der 14-jährigen Autistin. Mitfühlend nickt Till, er legt seine Hand beruhigend auf den Oberarm des Mädchens und streicht mit seinem Zeigefinger eine Träne unter ihrem Auge weg. Ein Lächeln huscht über Jalas Lippen, als sie den vertrauten Geruch des Jungen wahrnimmt; dieses Lachen sieht und die unverkennbare Stimme hört, als wäre es ein wundervoller Traum, aus dem sie nie wieder aufwachen will.

„Wie ist das eigentlich passiert?", will Till wissen.

Jala zuckt mit ihren Schultern. „Keine Ahnung, da war dieser Ring und schon war ich hier", antwortet sie knapp. „Was für ein Ring? Ich verstehe gerade nur Bahnhof." Nachdenklich kratzt sich Till an der Stirn.

„Willkommen im Club." Jala zieht den goldenen Ring von ihrem Finger und gibt ihm Till.

„Den hat Alice in ihrem Zimmer gefunden, da ist wohl der Name von Sisi eingraviert. Ach ja, und ihr Sohn Charles ist anscheinend auch durch die Zeit gereist." Till lässt fast den Ring fallen. Erschrocken sieht er seine Freundin an.

„Du weißt ja viel mehr als ich dachte." Daraufhin starrt Jala ihren Freund einen Augenblick lang unsicher an. Wusste er, was hier geschieht?

„Was ist los? Till, sag mir endlich, was du weißt – und zwar alles! Ich halte das nicht mehr aus!", fleht sie ihn schließlich an. Gehetzt fährt sie sich mit beiden Händen durch die schwarzen Haare.

Noch einmal fällt der Blick des Jungen auf den Ring, er nickt und schaut Jala wieder direkt in die Augen. „Dein Vater wollte nie, dass du etwas von alldem erfährst oder dass du jemals in deinem Leben durch die Zeit reist, aber da du nun offensichtlich selbst die Zeitmaschine besitzt, muss ich dich wohl oder übel einweihen." Fassungslos sieht Jala zu Till.

„Du kanntest meinen Vater? Das ist unmöglich, als er starb, warst du gerade mal zwei Jahre alt und: Was für eine Zeitmaschine?"

Grinsend hält Till den Ring in die Luft. „Glaube mir, Jala, es gibt mehr Dinge zwischen Himmel und Erde, als wir in der Schule lernen."

„Das ist die Zeitmaschine?", fragt Jala mit Blick auf den goldenen Ring.

Till nickt und gibt ihn seiner Freundin zurück.

„Es gibt genau drei Ringe. Keiner weiß, wo sich diese heute befinden, doch einer scheint ja nun wieder aufgetaucht zu sein, und deinen Vater kenne ich nicht persönlich, ich hörte nur von ihm." Hoffnungsvoll sieht Jala den Jungen an, kalter Schweiß glänzt an ihrer Stirn. Verkrampft hält sie sich an der Bettkante fest, als sie fragt: „Lebt er etwa noch? Und konnte er auch durch die Zeit reisen?"

Schnell schüttelt Till seinen Kopf. „Nicht wirklich", antwortet er zähneknirschend. Jala sieht ausdruckslos in Tills smaragdgrüne Augen. „Was soll das heißen? Entweder man ist tot oder man lebt, etwas dazwischen gibt es nicht!"

„Du meinst, wie durch die Zeit zu reisen?"

„Du willst mir jetzt aber nicht sagen, dass mein Vater ein Geist ist."

„Nein", antwortet Till so rasch, dass Jala ihm dies glaubt, wobei alles andere auch wirklich seltsam gewesen wäre. „Quenten ist bereits seit vielen Jahren tot, das ist die Wahrheit. Aber er kam nicht vor 14 Jahren bei einem Autounfall ums Leben." Den letzten Satz sprach Till nur zögerlich aus, war es richtig, Jala auch diese Wahrheit zu sagen? Nun ist es zu spät. Geschockt blickt Jala auf ihre nackten Füße, unter denen sie den flauschigen Teppichboden spürt.

„Aber warum haben Natalia und Tajo mir das immer erzählt?", beginnt sie stotternd. „Wurden meine Eltern umgebracht? Waren sie selbst Gangster? Oder haben sie Selbstmord begangen, und sie wollten mich vor dieser Wahrheit schützen?" Mit jedem Wort, das sie sprach, wurde sie etwas lauter, die Verzweiflung in ihrer Stimme war dabei deutlich herauszuhören. „Glaube mir, Jala, es ist besser, wenn du nicht alles weißt, zu deinem eigenen Schutz, aber eins kann ich dir sagen: Deine Eltern wurden nicht umgebracht!", versucht Till seine Freundin zu beruhigen, die ihre Tränen nun nicht mehr zurückhalten kann.

„Wie meinst du das?"

Till hält ihr lächelnd ein Papiertaschentuch hin, welches Jala dankbar annimmt. Zitternd tupft sie damit ihre Tränen von den Wangen.

„Denk mal drüber nach." Till steht auf und sieht seine Freundin auffordernd an.

„Na los, lass uns dich jetzt zurückbringen, bevor dich doch noch jemand sieht", beschließt er.

„Aber das geht nicht." Jala knäuelt nervös das Taschentuch in ihrer Hand zu einer Kugel.

„Warum nicht? Wir haben den Ring, mehr brauchen wir nicht."

„Aber ich habe doch noch so viele Fragen, du hast mir längst nicht alles erzählt", ruft sie verzweifelt, sie wollte sich noch nicht von Till verabschieden. Sie wollte sich nie wieder von Till verabschieden.

„Ich habe dir schon mehr als genug erzählt. Glaube mir. Du wirst deine Antworten noch erhalten, wenn du nur etwas Geduld hast."

„Leichter gesagt als getan. Warum kannst du mir nicht alles erzählen? Wenn ich doch sowieso irgendwann Antworten bekomme." Unsicher reibt Jala ihre Füße mit den blau lackierten Nägeln aneinander, während sich ihre Hände verkrampft umklammern. Till legt seine Hand an Jalas kalte Hände und stoppt somit das Zittern des Mädchens. „Weil ich nicht derjenige bin, der dir alle Antworten geben kann. Was ich dir jedoch schon sagen kann, dein Vater ist verdammt stolz auf dich."

Ein Lächeln taucht auf Jalas Lippen auf. „Aber woher kennt er mich?" Till nimmt Jala den Ring erneut aus der Hand und hält ihn ins Licht „Dieser Ring ist die Tür zu unfassbar tollen aber auch unfassbar schrecklichen Orten. Dein Vater konnte durch die Zeit reisen, natürlich nutzte er dies auch, um zu sehen, wie es dir geht." Verblüfft sieht Jala den Jungen an. „Unfassbar, er war immer da? Wie ist das möglich?"

„An der Stelle waren wir doch schon, oder?", lacht Till.

„Du meinst, ich kann mit diesem Ring überall hin? Nicht nur ein paar Wochen zurück? Auch zehn oder 15 Jahre?", fragt Jala hoffnungsvoll. Sie sieht sich gedanklich bereits bei ihren verstorbenen Eltern.

„Sogar 10.000 Jahre. Aber sei vorsichtig. Die Welt war nicht immer so frei, wie sie heute ist."

„Wahnsinn." Jala gefällt der Gedanke, nun eine Zeitreisende zu sein, von Minute zu Minute besser. „Und wie funktioniert das?"

„Du musst den Ring nur an deinem Körper tragen. Dabei ist es egal, ob du ihn am Finger hast, in der Hosentasche oder einfach nur in der Hand hältst. Dann schließt du deine Augen und konzentrierst dich. Du musst ganz fest an den Ort denken, an dem du rauskommen willst und natürlich an welchem Datum. Dabei ist es völlig egal, welche Zeit oder welches Jahrhundert es ist. Du kannst Tage, Wochen, Monate und sogar Jahre, wenn nicht Jahrhunderte, zurückreisen, aber genauso gut kannst du auch in die Zukunft reisen. Doch du darfst niemals vergessen: Ändere nie etwas, denn sonst kann sich alles verändern. Alles, was du bist. Es können Gegenstände verschwunden sein, wenn du zurückkommst, ganze Häuser, es kann sein, dass Erfindungen nie gemacht wurden und auch Menschen kann es plötzlich nicht mehr geben und niemand der anderen kann sich an dich erinnern. Weil es sie ja offiziell nie gegeben hat, wenn du in der Vergangenheit etwas veränderst."

Langsam nickt Jala, dann kommen ihr doch Zweifel. „Meinst du, ich kann das wirklich schaffen?"

„Wie meinst du das?"

„Als Autistin. Ich meine, ich schaffe es ja nicht mal allein, das Haus zu verlassen, wie soll ich da durch die Zeit reisen?"

Till geht mit kurzen Schritten auf seine Freundin zu und nimmt ihre Hand. Dort legt er behutsam den Ring hinein und schließt diese.

„Ich wüsste keinen Besseren, der dieses Abenteuer meistert. Vergiss nicht, an dich zu glauben, dann kannst du alles schaffen, was du schaffen willst."

Vorsichtig steht Jala vom Bett auf, sie ist etwas wackelig auf den Beinen. Till merkt dieses und hält ihre Hand.

Unsicher lächelt sie ihn an. „Ich weiß nicht."

„Ich aber! Ich glaube an dich und das musst du auch tun."

Till denkt einen Moment nach, dann sagt er noch: „Und du musst ja nicht allein dadurch. Es können bis zu drei Personen mitreisen. Außerdem brauchst du Unterstützung, denn allein kann das eigentlich niemand schaffen."

„Eben hast du noch gesagt, dass ich es schaffe." Jala pustet sich frustriert eine Haarsträhne aus dem Gesicht.

„Das tust du auch, aber du brauchst Freunde an deiner Seite, die dir helfen, dich unterstützen und immer für dich da sind. Du bist doch diejenige von uns, die sich dutzende Serien ansieht, in denen es um Geister, Kobolde oder Zeitreisen geht."

„Und?"

„Na, kämpft in irgendeiner dieser Serien jemand allein gegen das Böse?"

„Nein", gibt sie kleinlaut zu.

„Siehst du. Es ist ja kein Zeichen der Schwäche, im Gegenteil, es ist das Zeichen der Stärke, nicht allein zu sein. Jeder von euch ist so verschieden, mit unterschiedlichen Stärken und Schwächen, doch zusammen seid ihr ein Ganzes. Es gibt die schlaue Streberin, die alles weiß, das ganze versucht logisch anzugehen, und oftmals zwischen den Stühlen steht, weil sie zu nett ist, selbst zu denen, die es gar nicht verdienen", erklärt Till. Jala muss sofort an Lisha denken. Sie kennt niemanden, der so viel weiß wie ihre Schwester. „Dann gibt es die coole Freundin, die sportliche, die jeden Ganoven in die Flucht schlägt; diejenige, die zwar eine raue Schale hat, doch einen weichen Kern." Ganz klar: Till spricht von seiner ersten Liebe; er kennt Alice wie sonst niemand und er hat recht. Auch wenn Jalas Schwester rau rüberkommt, ist sie doch die liebste Person, die sie kennt. „Den gutaussehenden Jungen, der sich in so manches Herz schleicht." Ohne es zu wollen taucht das Gesicht von Marlec vor Jalas innerem Auge auf. Ihr Bruder ist wirklich ein Herzensbrecher, wie er im Buche steht und das, obwohl er eigentlich noch nie eine feste Freundin hatte. Aber er flirtet leidenschaftlich gerne. „Und zuletzt gibt es das schüchterne Mädchen, das oft unscheinbar wirkt, aber mehr drauf hat als sie sich selbst zutraut." Till nimmt Jalas Hand und sieht ihr zuversichtlich in die Augen. „Das war schon immer so und das wird sich auch in der neuen Generation nicht ändern."

„Kannst du mir bitte mal erzählen, wovon du gerade gesprochen hast?"

„Finde es selbst heraus, indem du zurückkehrst." Entschieden schüttelt sie ihren Kopf.

„Aber das geht nicht."

„Das hatten wir doch schon, deine Fragen werden sich noch beantworten, habe Geduld."

„Das meinte ich nicht."

„Was denn dann?"

Jala hält Tills Hand ganz fest und schaut ihm dabei tief in die Augen. Wie sollte sie ihm nur erklären, dass er in wenigen Stunden einen furchtbaren Unfall haben wird, an dessen Folgen er stirbt?

„Du darfst mich nicht allein lassen!", sagt sie unüberlegt. Till löst sich aus Jalas festen Handgriff und fährt sich verlegen durch den blonden Wuschelkopf.

„Jala. Ich weiß, dass ich sterben werde."

ACHTZEHN

Toastbrot-Debakel

Gegenwart

Nachdem Jala fast eine Stunde spurlos verschwunden ist und auch Alice es mit diesen neuen Informationen nicht mehr länger aushielt, beschließt Lisha, nicht mehr länger zu warten. Sie prägt Alice zwar ein, erstmal nichts von dieser Geschichte zu erzählen, als sie zum Joggen aufbrach, um den Kopf freizubekommen, doch vom Rumsitzen und Warten wurde es auch nicht besser. Lisha war gerade im Begriff, ihr Zimmer zu verlassen, als Jala wie von Geisterhand vor ihr auftaucht. Vor Schreck schreit Lisha einmal kurz auf, doch fällt ihrer Schwester sogleich erleichtert in die Arme. „Gott sei Dank, ich habe mir schon die größten Sorgen gemacht, erzähl, wo warst du? Was ist passiert? Geht es dir gut?", prasselt Lisha mit ihren Fragen auf die Autistin ein. Etwas verdattert blickt Jala in Lishas braune Augen.

„Glaube schon", stößt sie hervor und bricht in sich zusammen.

Lisha kann sie gerade noch halten, bevor sie den Boden erreicht. Langsam führt sie das Mädchen zum Sitzsack, in dem Jala Platz nimmt, während Lisha schnellen Schrittes zu ihrem Schreibtisch eilt und dort eine Wasserflasche holt, die sie ihrer Schwester kurz darauf überreicht.

„Hier. Trink erst mal was, du bist ja käseweiß im Gesicht."

Mit einem Schluck trinkt Jala den Rest der Flasche aus, danach bekommt sie schon wieder etwas Farbe. Zufrieden nimmt Lisha ihr die Flasche aus der Hand.

„Ich habe ihn gesehen", sagt Jala tonlos und blickt dabei geradeaus auf die Wand, während sie ihre Hände ineinander verkrampft.

„Wen?", fragt Lisha verwundert.

„Till", haucht Jala leise.

„Was?"

„Ich habe Till gesehen."

„Wie ist das möglich?", fragt Lisha verblüfft.

„Ich bin durch die Zeit gereist." Verzweifelt blickt sich Jala im Zimmer ihrer Schwestern um. „Ich habe das hier gesehen, vor drei Wochen", stottert sie.

„Jala, du bist wieder da", stellt Charles erleichtert fest, wie er soeben von der Toilette zurückkommt und das Mädchen erblickt. Doch ehe dieses antworten kann, ist von unten Natalias Stimme zu hören: „Essen ist fertig!"

Kurz darauf sitzt die Familie gemeinsam am Abendbrot-Tisch, doch es scheint, als wäre jeder in seine eigenen Gedanken versunken. Natalia kaut stumm auf ihrem Käsebrot herum, sie sieht erschöpft und blass aus, als hätte sie die letzten Tage durchgemacht. Tajo scheint auch nicht viel besser drauf zu sein, während er an seinem Früchtetee nippt, sieht er ununterbrochen zu Charles. Es scheint, als würde er versuchen, ihn zu hypnotisieren, doch der Junge bekommt davon nichts mit. Charles ist fasziniert von dem grauen Toaster, der an einem Verlängerungskabel angeschlossen auf dem Tisch steht. Er toastet einen Toast nach dem anderen und stapelt diese neben sich auf einen Teller. Neben dem Prinzen sitzt Alice und scheint zum ersten Mal seit Wochen wieder lachen zu können. Amüsiert beobachtet sie Charles, während sie genüsslich ein Wurstbrot nach dem anderen verputzt. Als sie vom Joggen zurückkam und erleichtert feststellte, dass Jala unbeschadet wieder da war, fiel ihr ein ganzer Berg vom Herzen. In Lishas Kopf rattern die Ereignisse der letzten Stunden; sie dachte über Charles nach, an Gyula, Jalas Zeitreise, was sie davon erzählte und an diesen Fridwart. War es wirklich richtig, ihren Eltern nichts von dem Mann zu erzählen? Alice meinte, es sei besser so. Sie würden sich sonst nur noch mehr Sorgen machen. Lustlos rührt Lisha Zucker unter ihren Tee. Natalia greift plötzlich neben sich, wo das Kabel des Toasters am Tisch runterhängt und zieht den Stecker aus dem Verlängerungskabel. Verwirrt blickt der Junge in den Toaster, als kein Toast mehr rausspringt.

„Was ist geschehen?", fragt er. „Der Zauberapparat funktioniert nicht mehr." Natalia hält den Stecker samt Kabel in die Luft. „Ich gebe dir mal einen Tipp, ohne Strom funktioniert so ziemlich gar nichts in diesen vier Wänden."

Erstaunt sieht Charles auf den Stecker in Natalias Hand.

„Dadurch funktioniert das Zaubergerät?"

Natalia muss sich ein breites Grinsen verkneifen. „Das Zaubergerät heißt Toaster und ja, damit funktioniert es."

Die Mutter legt den Stecker zur Seite auf die Tischplatte und deutet auf den Teller mit gestapelten Toastbroten.

„Ich glaube, wir haben jetzt genug Toast für die nächsten zwei Jahre." Auch Marlec scheint an diesem Abend sehr nachdenklich. Er hatte nichts von dem Vorfall auf dem Friedhof erzählt, jedoch hatte er am Nachmittag noch den Kronprinzen in die Suchmaschine eingegeben. Es scheint, als wäre er als Jugendlicher wirklich verschwunden. Konnte sich Marlec so getäuscht haben? Sie hatten das Thema doch erst vor den Ferien. Hatte der Tod von Till ihn so durcheinandergebracht? Oder war doch etwas dran an dem Gerede von Charles? Als wolle er diesen Gedanken wegwischen, schüttelt Marlec direkt seinen Kopf und konzentriert sich lieber auf Mo, der neben ihm einen Turm aus Gurkenscheiben baut.

Höflich räuspert sich Charles und sieht zu Natalia und Tajo. „Ich weiß, es ist sehr unhöflich aufzustehen, wenn noch alle am Speisen sind, doch gestattet ihr mir, für fünf Minuten vor die

Tür zu treten?", fragt Charles an Natalia gewandt, die verzückt lächelt.

„Weißt du eigentlich, dass du mich wahnsinnig an jemanden erinnerst?"

Unüberhörbar räuspert sich Tajo, als wolle er Natalia damit etwas sagen, sie zuckt erschrocken zusammen und schüttelt ihren Kopf.

„Egal. Vergiss es einfach", nuschelt sie.

„Natürlich darfst du aufstehen und du kannst uns gerne duzen. Ich bin Tajo und meine Frau heißt Natalia", wendet sich Tajo an Charles.

„Verzeihung, aber es schien mir nicht besonders höflich, Respektspersonen mit Namen anzureden."

Marlec, der gerade auf ein Stück Gurke kaut, spuckt dieses vor Lachen aus. Ihm gegenüber sitzt Alice, die nun kleine Stücke dieser zerkauten Gurke an ihren Wangen kleben hat. Angewidert legt sie ihr Wurstbrot, in das sie gerade beißen wollte, zurück auf den Teller.

„Marlec, das ist widerlich", beschwert sie sich und greift nach der Packung Taschentücher neben sich.

„Das ist nett von dir, aber wir sind hier eine Familie und in einer Familie spricht man sich nicht mit *Euer* an", erklärt Tajo, seine Kinder ignorierend.

Charles nickt langsam. „Wenn es Euer Wunsch ist, werde ich Euch in Zukunft per Du ansprechen, aber es scheint mir nicht gerade höflich zu sein."

Tajo verzichtet darauf, das vorübergehende Familienmitglied darauf hinzuweisen, dass er ihn soeben erneut mit *Euer* ansprach und nickt stattdessen lächelnd.

„Du bist wirklich genau wie …", rutscht es Natalia plötzlich raus, als sie fasziniert Charles beobachtet.

„Natalia!", zischt Tajo zwischen den Zähnen.

„Wie wer?", fragt Lisha, der das Verhalten ihrer Mutter keineswegs entgangen ist.

„Niemand. Ich habe nur laut gedacht", entschuldigt sich Natalia.

Tajo atmet erleichtert aus, während Lisha ihre Schultern zuckt und so etwas wie „dann eben nicht" nuschelt.

***

Charles hatte ein genaues Ziel vor Augen, denn Jala kam an diesem Abend nicht zum Essen. *Sie habe keinen Hunger,* sagt Alice. Schon eine Minute später steht Charles vor Jalas Zimmer und klopft höfflich gegen die Tür.

Jala sitzt auf ihrem Bett und sieht aus dem Fenster in den dunklen Nachthimmel, als es sanft an die Tür klopft, sie ruft genervt: „Wer stört?"

Vorsichtig öffnet sich die Tür einen Spalt und Charles schielt herein.

Jala sieht den Fremden unsicher an, sie weiß nicht, was sie sagen soll. Was wollte er von ihr?

„Verzeihung, darf ich den Raum betreten?"

Stumm nickt Jala. Die Tür öffnet sich nun ganz und Charles kommt herein, in der Hand hält er einen Teller mit den aufgestapelten Toastbroten. Leise schließt er die Tür hinter sich und hält kurz darauf Jala den Teller hin, doch da er sich bei dieser Aktion gleichzeitig verbeugt, nimmt der Teller in seiner Hand eine leicht senkrechte Position ein. Die leichten Brotscheiben verlieren das Gleichgewicht und fallen nacheinander in Jalas Schoß.

Erschrocken weicht das Mädchen zurück, der Junge stellt den Teller schnell beiseite und kniet sich zu ihr runter, um die Brotscheiben aufzuheben.

„Ich bitte um Verzeihung. Das ist mir sehr unangenehm."

Schweigend beobachtet sie Charles, wie er die Toastbrote auf den bereitliegenden Teller legt, diesmal allerdings wild durcheinander. Nachdem er auch die letzte Scheibe aus ihrem Bett verbannt hat, sieht er ihr entschuldigend in die Augen.

„Ich bitte nochmals um Verzeihung."

Schweigend nickt Jala.

Charles stellt sich aufrecht hin und lächelt etwas verlegen. „Es scheint, als wären unsere ersten Zusammentreffen nicht sonderlich vorteilhaft, meinerseits gewesen. Darum bitte ich dich, dies zu vergessen."

Aus großen Augen starrt Jala den Jungen, sie versteht kein Wort.

Charles hält ihr lächelnd die Hand hin: „Wenn ich mich vorstellen darf. Charles Joseph mein Name. Mit wem habe ich die Ehre?"

Jetzt versteht sie, ein leichtes Lächeln erscheint auf ihren zarten Lippen. „Jala", piepst das Mädchen, davon ist sie selbst so überrascht, dass sie sich gleich verbessert, indem sie erneut sagt: „Jala." Langsam schüttelt sie die Hand des Jungen. Ihr wird heiß und kalt zugleich, es scheint, als würde ihr Magen Achterbahn fahren. Diese Gefühle sind ihr neu. Wird sie etwa krank?

Charles nickt lächelnd. „Ein wunderschöner Name. Es ist, als hätte ich diesen schon einmal gehört."

Jala befreit ihre Hand aus dem zarten Griff des Jungen. „Was willst du eigentlich?"

Charles deutet auf den Teller mit Toastbroten, der nach wie vor auf ihrem Bett steht.

„Dir etwas zu Essen bringen. Dieses Brot ist wahrlich eine wunderbare Erfindung. Das kann ich nur empfehlen, es springt aus viereckigen Kästen raus und wird mit etwas, das man Strom nennt, bedient."

Mit offenem Mund starrt Jala den Jungen vor sich an.

„Du meinst einen Toaster?"

„Warum magst du nicht mit uns speisen?", stellt Charles eine Gegenfrage.

Jala zuckt ihre Schultern. „Darum", murrt sie und lehnt sich mit verschränkten Armen zurück. Mit ihrem Kopf deutet sie auf den Teller neben sich.

„Die kann ich nicht essen. Da ist Weizenmehl drin und ich esse kein Weizenmehl."

„Oh, Verzeihung, das hätte ich fragen müssen. Hast du einen besonderen Wunsch? Ich gebe in der Küche Bescheid."

Jala ist so verdattert über diese Aussage, dass sie kurz ihre schroffe Art vergisst und fragt: „Ist das dein Ernst?"

„Aber selbstverständlich. Einem so hübschen Fräulein kann ich doch keinen Wunsch abschlagen."

Mit einem Schlag wird Jala knallrot. Sie schüttelt ihren Kopf und deutet mit dem Zeigefinger auf den Schreibtisch.

„In der Schublade ist eine Tüte mit Cashewkernen, die kannst du mir rüberwerfen."

Charles nickt zufrieden und öffnet die Schublade des weißen Schreibtisches, die Tüte wirft er allerdings nicht, er überreicht sie Jala mit einer Verbeugung.

Die Augen des Mädchens werden immer größer. Wortlos nimmt sie ihm die Tüte aus der Hand, reißt diese auf und steckt sich die Nüsse gierig in den Mund.

Charles beobachtet sie dabei.

„Was sind Cashewkerne?", fragt er nach einer Weile.

Jala hält in der Bewegung inne und sieht Charles erstaunt an. „Du kennst keine Cashewkerne, die beste Erfindung der Menschheit?"

Wortlos schüttelt der Junge seinen Kopf,

Kurzum hält Jala ihm die offene Tüte hin. „Probiere mal, kann ich nur empfehlen. Außerdem sind sie sehr gesund."

Charles greift in die Tüte und steckt sich kurz darauf eine kleine Cashewnuss in den Mund. Langsam kaut er und seine Gesichtszüge wandern vom Nachdenklich ins Glückliche.

„Ausgezeichnet", sagt er schließlich, nachdem er runtergeschluckt hat. Er schaut sich ein wenig im Raum um.

„Ein eigenartiges Zimmer."

Jala legt die halb leere Tüte mit Cashewkernen beiseite und sieht ihn fragend an: „Wieso?"

„Hier ist alles so …. so bunt, aber nein, das ist es nicht, überall in dieser Welt ist es bunt. Vielmehr meine ich diese … eigenartigen Dinge."

NEUNZEHN

Annäherung

Fasziniert geht Charles durch das pinke Mädchenzimmer. Er betrachtet alles ganz genau. Irritiert beobachtet von Jala, die sich in ihrem Kopf noch immer nicht vorstellen kann, dass Charles aus dem vorletzten Jahrhundert kommt. Oder will sie es nicht glauben?

„Ich kapier nur Bahnhof! Hörst du dich eigentlich reden?" Kurz bleibt er stehen und sieht sie lächelnd an.

„Selbstverständlich, ich habe zwei gesunde Ohren."

„Das ist mir klar."

„Warum fragst du dann?"

„Das ist eine Redensart", erklärt Jala ungeduldig. „Was meinst du mit *eigenartigen Dingen*?", fragt sie dann.

Charles geht auf den Hometrainer zu, der am Fenster steht. „Das sieht aus wie ein Fahrrad, aber ohne Räder."

Jala setzt sich auf und greift nach der Haarbürste auf ihren Nachttisch. „Das ist sowas ähnliches. Ein Hometrainer zum Sport machen", erklärt sie.

„Hometrainer", wiederholt Charles. „Bei euch gibt es Worte, die ich noch nie gehört habe."

„Kannst du nicht so gut Englisch?"

„Englisch?" Fragend sieht Charles das Mädchen an.

„Macht nichts, wir sind alle zweisprachig aufgewachsen. Sonst wäre ich wahrscheinlich auch keine Leuchte in Englisch", erklärt die Autistin und legt die Bürste beiseite. „Doch ein wenig. Meiner Mutter war es wichtiger, dass ich Ungarisch spreche. Englisch sei nicht wichtig, meinte sie." Verlegen fährt sich Charles mit der Hand durch die braunen Haare, die er inzwischen wieder flach gescheitelt trägt. Alles andere schien ihm unangenehm zu sein.

„Ist ja auch nur die Weltsprache", lacht Jala ironisch, doch Charles scheint die Ironie nicht zu verstehen – er hat währenddessen schon wieder etwas Neues entdeckt. Begeistert betrachtet er das Bild von Jala und Till, die Arm in Arm auf dem Bildschirm des aufgeklappten Laptops zu sehen sind, der auf ihrem Schreibtisch steht. „Wie ist so etwas möglich? Dieses Ding von Alice machte kein Bild." Vorsichtig klappt er erneut einen Laptop auf und zu, bis Jala dies zu blöd wird. Sie steht auf und geht langsam an der Wand entlang auf Charles zu. Energisch klappt sie den Laptop zu. „Lass das mal", sagt sie gereizt. Einen Moment lang sieht Charles das Mädchen stumm in die schokoladenbraunen Augen, auch Jala kann dem Blick des Prinzen nicht ausweichen. „Warum sprichst du so viele Sprachen?", fragt er plötzlich, damit hatte Jala nicht gerechnet. „Na ja. Natalia kommt aus Neuseeland, Tajo aus Südafrika und hier spricht man Deutsch – beantwortet das deine Frage?" Jala nimmt ihre taillenlangen Haare zusammen und legt sie schwungvoll über ihre Schulter. Verträumt schaut der Junge ihr in das dunkle Gesicht, es scheint, als würde die Zeit stillstehen. Charles, der in seinen 16 Jahren noch nie Kontakt zu gleichaltrigen Mädchen hatte, scheint auf einmal sehr unsicher, es fehlen ihm die Worte. Doch er fühlt sich magisch angezogen von dem Mädchen das er gerade mal ein paar Stunden kennt, er ist gefesselt von dieser dunklen Haut, die aussieht, als hätte sie sich angemalt. Die zarte Figur, die so zerbrechlich wirkt und zugleich verdammt stark, stark, weil sie schon so vieles durchmachen musste, in ihren jungen Leben. Zärtlich berührt er ihre Wange. Jala, die Berührungen sämtlicher Art und Weise gerne vermeidet, lässt dies zu, noch nie zuvor fühlte sie sich so geborgen und sicher. Für einen kurzen Moment vergisst sie sogar Till. Bis ihr ihre Situation wieder bewusst wird. Erschrocken tritt sie einen Schritt zurück und dreht ihren Kopf weg. Auch Charles scheint dies etwas unangenehm zu sein; verlegen kratzt er sich am Hinterkopf. Dabei fällt sein Blick auf das Keyboard, das neben dem Schreibtisch steht. Kurzum geht er interessiert darauf zu und streicht mit seiner flachen Hand sanft über die Tasten, ohne dass er etwas sagen muss, erklärt Jala: „Das ist ein Keyboard, es stammt von einem Klavier ab und ist zum Musik machen da."

Jala stellt sich neben den Jungen und beginnt eine Melodie zu spielen.

Fasziniert beobachtet der Prinz das Geschehen, doch er ist weniger auf das Keyboard konzentriert als auf Jala. Lächelnd sieht er ihr von der Seite dabei zu, wie sie sich voll und ganz auf ihre Musik konzentriert, es ist eine langsame Ballade, die Jala spielt, als sie fertig ist, steht sie einen Moment stumm da und schaut auf das Poster über dem Keyboard. Charles folgt dem Blick des Mädchens und fragt neugierig: „Was sind das für Menschen? Freunde von dir?"

Jala weiß nicht, wann sie zum letzten Mal so herzlich gelacht hat wie in diesem Moment.

„Schön wär's, nein. Das ist nur ein Poster meiner Lieblings-Film-Reihe", erklärt sie, nachdem sie sich beruhigt.

Charles schaut bedacht auf das Poster des amerikanischen Jugendfilms.

„Ich dachte, es sei ein Porträt. So etwas nennst du Poster?"

„Ein Porträt? Heute macht man echte Fotos mit Farbe und so, aber Porträts gibt es kaum noch."

„Was sind diese Filmreihen?"

„Na, Filme halt. *American High-School* ist eine Musical-Film-Reihe. Letztes Jahr ist der letzte Teil erschienen. Für mich gibt es keine besseren Filme, keine besseren Schauspieler und keine bessere Musik. Ich will auch mal so berühmt werden wie Valerie Shanzes."

Charles sieht sie fragend an: „Valerie Shanzes?"

Jala nickt und deutet mit dem Finger auf ein schwarzhaariges Mädchen, welches eng umschlungen mit einem Jungen tanzt, im Hintergrund sind vier weitere Teenager.

„Die Hauptdarstellerin in *American High-School*. Sie ist erst 18 Jahre alt und bereits ein Weltstar. Wenn ich 18 bin, will ich auch in der ganzen Welt bekannt sein."

„Ein schöner Plan."

Überrascht sieht Jala den Jungen neben sich an. „Ehrlich?"

„Aber ja. Es ist wichtig, früh Zukunftspläne zu machen."

„Du bist der Erste, der mich nicht auslacht, wenn ich davon erzähle."

„Nun, ich weiß zwar nicht, weshalb die Menschen über dich lachen, doch ich weiß eines: Wer auch immer dir in Zukunft Schaden zufügt, wird es bitter bereuen."

Stirnrunzelnd sieht Jala zu Charles. „Danke, schätze ich." Dann fügt sie noch hinzu „Wir können den Film ja mal zusammen gucken."

Sie hat dies ausgesprochen und schon bereut, was ist nur in sie gefahren, einen wildfremden Jungen aus dem vorletzten Jahrhundert, so etwas zu fragen?

Doch Charles reagiert ganz anders als sie erwartet hat. „Sehr gerne."

Den Blick auf Valerie Shanzes gerichtet, sieht sie augenblicklich zu Charles.

„Auch wenn ich nicht weiß, was das heißt, aber solange ich mit dir zusammen bin, ist mir alles recht."

Jala kann nicht anders als zu lachen, ihre Gesichtsfarbe nimmt erneut einen rötlichen Ton an.

„Was war das vorhin für eine wunderschöne Melodie?", fragt Charles in Jalas Gedanken hinein, die ausnahmsweise mal keine Panik schieben, sondern sich rundum wohl fühlen. So etwas geht? Jala ist selbst ganz überrascht.

„*The Last Song*."

„Ein trauriger Titel, gibt es dazu auch Gesang?"

„Ja, aber ich singe dir hier jetzt bestimmt nichts vor. Das kannst du echt vergessen."

„Es wäre mir eine Ehre, deinen Gesang zu hören, aber dies bleibt dir ganz allein überlassen."

Jala sieht zurück auf die Tasten des Keyboards, an dem sie nach wie vor steht.

„Ich habe den Song selbst geschrieben. Es ist ein Lied für eine ganz besondere Person. Das kann ich dir nicht so einfach vorsingen. Tut mir leid", entscheidet sie schließlich.

ZWANZIG

Zwischen den Stühlen

„Alice ...", beginnt Lisha. Nervös beißt sie sich auf die Unterlippe. „Ich muss mal mit dir reden."

„Worum geht's?" Alice sitzt noch in ihren Schlafsachen auf ihrem Hochbett, die Decke über den Beinen, lehnt sie gemütlich an der Wand und spielt an ihrem Handy. „Findest du nicht auch, dass sich Mama und Papa, seit Charles hier ist, seltsam benehmen?" Auch Lisha sitzt in ihrem Bett, unter die Decke gekuschelt und ein aufgeschlagenes Buch auf ihrem Schoß.

„Nö", ist Alice knappe Antwort.

„Okay, dann anders: Machst du dir keine Gedanken darüber, dass Zeitreisen offenbar möglich sind?"

Stirnrunzelnd sieht Alice vom Hochbett hinab zu ihrer Schwester. „Schon ein bisschen, aber ist doch auch cool, oder? Vielleicht werden wir ja berühmt als erste Menschen, die durch die Zeit gereist sind."

„Wenn, dann eher Jala", murmelt Lisha. „Zeitreisen sind gefährlich", sagt sie dann etwas lauter zu Alice. „Jala hat es nur mit viel Glück zurückgeschafft, und Charles ist hier falsch, er gehört zurück in seine Zeit. Es kann sich so viel verändern in der Weltgeschichte."

„Übertreibst du da nicht ein bisschen?"

„Verunsichert dich der Vorfall von gestern denn kein Stück?" Ungläubig starrt Lisha hoch zu Alice.

„Was meinst du?"

„Ähm, dieser schräge Fridwart." Genervt stöhnend knallt Alice ihr Handy beiseite. „Mann, Lisha, mach dir nicht immer so viele Gedanken. Genieße lieber das Leben."

Lisha atmet einmal tief durch, schließt ihre Augen, um sie kurz darauf wieder zu öffnen. „Jala hat Till getroffen."

Mit einem Ruck schlägt Alice die Bettdecke beiseite und klettert eilig die Sprossen der Leiter runter. Bei ihrer Schwester angekommen, legt sie ärgerlich ihre Fäuste in die Hüften: „Warum sagst du mir das erst jetzt?"

„Ehrlich gesagt, war ich mir nicht mal sicher, ob ich es dir überhaupt sage." Lisha rückt ein Stück in die Ecke und legt ihre Hand neben sich auf die Matratze. Alice setzt sich und kuschelt sich ebenfalls unter die gestreifte Decke ihrer Schwester.

„Ich habe Angst", gibt Lisha ehrlich zu. Am Abend sprach Jala noch länger mit Lisha und erzählte ihr, was sie von Till erfahren hatte. Liebevoll nimmt Lisha die Hand ihrer Schwester und sieht ihr tief in die Augen. „Jala war bei Till und er hat ihr eine Menge erzählt", beginnt Lisha vorsichtig. „Ich glaube, Till war nicht der, für den wir ihn alle gehalten haben", spricht sie weiter, doch Alice scheint ihr gar nicht richtig zuzuhören. „Jala war bei Till am Tag des Unfalls und hat ihn nicht davon abgehalten?" Das ist das Einzige, was ihr durch den Kopf geht. Mit einem Ruck springt sie auf und rennt geradeweg in Jalas Zimmer. Ihre jüngere Schwester liegt noch im Bett und scheint tief zu schlafen. Energisch reißt ihr Alice die Bettdecke weg. „Du hast Till sterben lassen!" Langsam öffnen sich Jalas Augen. Verschlafen dreht sie sich zu Alice um und blinzelt irritiert. „Brennt das Haus?" Sie scheint den ersten Satz ihrer Schwester nicht gehört zu haben.

„Du hast Till sterben lassen!", wiederholt Alice und funkelt Jala wütend an. Mit einem Schlag scheint die Autistin hellwach zu sein. Sie richtet sich auf und schlägt sich die zerzausten Haare aus dem Gesicht „Was?"

„Sorry" Alice merkte nicht, dass ihr Lisha gefolgt war und nun ebenfalls bei Jala am Bett steht. „Ich habe Alice erzählt, dass du Till getroffen hast", sagt sie knapp.

189

„Warum hast du den Unfall nicht verhindert?", ruft Alice verzweifelt und wischt sich die Tränen aus ihren Augen.

Mit Tränen in den Augen starrt Jala zu ihren Schwestern hoch „Glaubst du, ich hätte es nicht versucht?"

„Gib mir den Ring!" Auffordernd hält Alice ihre Hand auf. „Nein!" Wie ein beleidigtes Kind verschränkt Jala ihre Arme vor der Brust und verzieht ihren Mund zu einem Schmollmund.

„Wo ist er?" Ohne auf eine Antwort zu warten, beginnt Alice, das Zimmer ihrer Schwester abzusuchen.

„Spinnst du?" Jala springt aus ihrem Bett und versucht, Alice davon abzuhalten. „Hör auf, meine Sachen zu durchsuchen!" Jala packt Alice, die gerade ihren Kleiderschrank öffnet und zwischen etlichen Leggings nach dem besagten Ring sucht, am Arm. Doch die reißt sich sofort wieder los, auch Lisha wird das nun zu viel. „Alice, das geht zu weit." Sie zieht ihre Schwester zurück und schließt die Doppeltür des weißen Kleiderschrankes. Gehetzt streicht sich Alice den pinken Pony aus ihrem Gesicht. „Ich will zu Till!", ruft sie in einem herzzerreißenden Ton. Das Mädchen spürt, wie sich Tränen ihren Augen nähern.

Lisha nimmt Alice fest in den Arm: „Ich weiß", schluchzt sie ebenfalls unter Tränen.

„Das ist mein Ring, ich habe ihn gefunden", versucht es Alice noch einmal.

„Was ist denn hier für ein Krach, da kann ja keiner schlafen." Mo steht plötzlich in seinen Lokomotiven-Schlafanzug in Jalas Zimmer. Lisha lässt ihre Schwester los und wischt sich schnell die Tränen weg. „Ist schon gut, sorry, dass wir dich geweckt haben, Mo." Der Junge verdreht genervt seine Augen. „Mädchen", murmelt er und verlässt das Zimmer wieder.

Nachdenklich starrt Jala auf die weißen Sterne ihrer violetten Schlafhose. „Till ist nicht der, für den wir ihn halten", spricht sie plötzlich das aus, was ihr seit ihrer Zeitreise durch den Kopf geht, doch sie konnte es sich einfach nicht erklären. „Was?" Alice dreht sich zu Jala. „Das komische Telefonat, die Tatsache, dass er uns allen etwas vorgemacht hat und er wusste, dass er sterben wird."

Alice zieht ihre Augenbrauen hoch und stemmt ärgerlich die Fäuste in die Seiten. „Das ist doch Quatsch!"

„Alice, das hat er mir selbst gesagt!" Ausdruckslos sieht Alice ihre jüngere Schwester einfach nur an. „Ach, hat Lisha dir das nicht erzählt?" Nun sieht Alice augenblicklich zu Lisha, die neben ihr steht. „Wir wissen doch selbst nicht, was das alles zu bedeuten hat. Ich wollte dir keine Angst machen", erklärt Lisha schulterzuckend.

***

Charles war schon früh wach, er konnte nicht gut schlafen in der vergangenen Nacht. Er musste noch lange an sein Zuhause denken. Als er in die Küche kam, lag dort zwar der Geruch von Kaffee in der Luft, jedoch war niemand zu sehen. Nun schlendert er über den saftig grünen Rasen des Gartens und beobachtet lächelnd die Hunde Fee und Happy, wie sie kläffend mit einem Ball spielen. Als er Geräusche vom nahe liegenden Basketballplatz hört, beschließt er, nachzuschauen.

Marlec steht auf dem gepflasterten Platz und wirft ein paar Körbe, als er Charles sieht, wirft er ihm den Ball entgegen.

Erstaunlicherweise hat dieser gute Reflexe und fängt ihn auf Anhieb.

„Wo ist denn deine Aufpasserin?", fragt Marlec grinsend.

„Bitte? Ich verstehe nicht." Ohne hinzusehen, dreht Charles den Ball in seinen Händen wie ein Profi. Verwundert blickt er dabei zu Marlec, der sich daraufhin erklärt: „Alice. Die lässt dich ja keine Sekunde aus den Augen, wenn es nicht so abwegig wäre, könnte man meinen, sie steht auf dich." Überrascht betrachtet Marlec, wie Charles den Ball nun auch noch auf seiner Fingerspitze balanciert. Das hätte er ihm gar nicht zugetraut.

„Ich weiß nicht, mir ist niemand begegnet."

Marlec nickt zögernd. „Und warum bist du schon auf den Beinen?"

„Das gleiche könnte ich dich fragen", kontert Charles. Marlec jedoch grinst.

„Lust auf ein Match? Du scheinst ja ganz gut mit dem Ball klarzukommen." Unüberlegt spricht Marlec dies aus, doch als ihm bewusst wird, was er da gerade gefragt hat, zuckt er leicht zusammen. „Sag jetzt nicht, du bist mit meiner Schwester verabredet und nein, wir verschieben das nicht auf morgen! Denn morgen bist du tot! Verdammt noch mal, wieso hast du dich nicht einmal gegen Alice entschieden und für deinen Freund? Dann würdest du heute noch hier sein und mit mir zusammen Körbe werfen!", platzt es plötzlich aus Marlec raus.

Charles lässt vor Schreck den Ball fallen und sieht ihn unsicher an. „Ich … äh … Ich weiß nicht, wovon du sprichst. Was ist ein Match?"

Leichenblass sieht Marlec von Charles auf den Ball, zum Gartentor und wieder zurück. „Was? Wo ist Till?"

„Wer ist Till?"

Marlec geht auf Charles zu und schnappt sich den orangenen Ball, der vor den Füßen des Prinzen liegt.

„Versuche gar nicht erst, Tills Platz einzunehmen! Niemand kann ihn ersetzen!", schreit er sein Gegenüber an.

„Es tut mir leid, wenn ich dich verärgert habe. Ich weiß nicht, wer dieser Till ist und glaube mir, nichts läge mir ferner, als den Platz von jemandem einzunehmen."

Marlec nickt. Wütend funkelt er den Jungen an: „Erst Alice, dann Jala und jetzt bin ich dran, oder wie? Aber mich wickelst du nicht mit deiner Masche ein! Vergiss es!"

„Ich weiß wirklich nicht, wovon du sprichst", beteuert Charles.

„Ach nein? Ich habe doch genau gesehen, wie du Jala angeguckt hast und ständig hinter Alice herläufst!" Wütend funkelt Marlec den Jungen, der schon wieder ungefragt seine Klamotten trägt, an. „Und warum trägst du schon wieder meine Klamotten? Das habe ich dir nicht erlaubt", spricht Marlec aufgebracht weiter.

„Verzeihung", murmelt Charles eingeschüchtert. „Ich dachte, es sei dir recht. Alice gab mir die Kleidung." Mit einem Ruck zieht Charles das T-Shirt über seinen Kopf und hält es Marlec hin. Verdutzt blickt dieser nun von dem T-Shirt in Charles Hand zum freien Oberkörper des seltsamen Jungen und wieder zurück. „Ziehe das bitte wieder an." Marlec hebt abwehrend seine Hände.

Stirnrunzelnd blickt Charles zum T-Shirt. „Ich dachte, du wolltest nicht, dass ich deine Kleidung trage." Charles zieht das T-Shirt wieder über den Kopf, wodurch seine brav gescheitelten Haare durcheinandergeraten.

„Ach, das habe ich bestimmt ein Jahr nicht mehr getragen", lenkt Marlec ein.

„Ich verstehe dich nicht."

„Denn lass es halt", zischt Marlec und verschränkt seine Arme vor der Brust. Wie ein beleidigtes Kind kickt er einige Kieselsteine vor seinen Füßen weg.

„Was ist denn hier los?"

Erschrocken drehen sich die zwei Jungs um und sehen in die ruhigen Augen von Zola. Marlecs Großmutter steht am Basketballplatz und kommt nun auf die zwei zugelaufen. Ihre Augen erblicken Charles, sie hält ihm lächelnd die Hand hin.

„Du bist also Charles. Mein Sohn hat schon von dir erzählt, ich bin Zola, die Großmutter dieser bezaubernden Kinder und Mutter von Tajo."

Charles schüttelt eifrig die Hand der alten Dame. „Freut mich, Ihre Bekanntschaft zu machen und bitte verzeiht meine

Aufmachung – ich habe derzeit keine andere Kleidung zur Verfügung."

Verzückt lächelt die alte Dame den Prinzen an. „Du bist noch freundlicher, als Tajo dich beschrieben hat. Das macht doch nichts. Und was war hier eben los? Das Geschrei ist bis auf den Hof zu hören gewesen." Mit strenger Miene sieht die sonst so gelassene alte Dame zu Marlec, der nach wie vor den Basketball in den Händen hält und zurückhaltend auf seine schwarzen Turnschuhe sieht.

„Offenbar verwechselt Marlec mich mit einem gewissen Till", erklärt Charles. „Und eben war er nicht gut darauf zu sprechen, dass ich seine Kleidung trage."

Zola sieht verwundert zu ihrem Enkel, der beschämt ihrem Blick ausweicht. „Was? Ist das wahr?"

Marlec antwortet nicht

„Marlec! Sieh mir gefälligst in die Augen, wenn ich mit dir rede!"

Wütend prallt der Teenager den Ball gegen die Mauer, die den Platz einzäunt und rennt weg. Nur durch Charles scharfen Blick kann ihn der Ball, der von der Mauer zurückspringt, nicht am Kopf treffen. Schnell springt er zur Seite.

Zola seufzt tief. „Ich entschuldige mich für meinen Enkel. Er meint es nicht so. Weißt du, die Kinder haben es alle nicht leicht momentan. Besonders Alice, aber auch Marlec. Er hat sowieso eine schwere Vergangenheit. Till war der einzige, den er je an sich ranließ. Sein einziger Freund und jetzt, na ja, du hast es ja selbst erlebt."

„Wer ist dieser Till, von dem alle sprechen?"

Zola schaut den Jungen vor sich einen Augenblick lang nachdenklich an, doch dann entscheidet sie sich dafür, ihm alles zu erzählen. Irgendeiner muss es ja tun. Damit er Bescheid weiß, warum Marlec so ist wie er ist oder warum Alice plötzlich wie aus dem Nichts weinen muss. Sie legt ihre Hand an die Schulter des Teenagers und bedeutet ihm mitzukommen.

„Lass uns mal einen Moment auf die Terrasse setzen."

EINUNDZWANZIG

Autismus ist keine Krankheit!

Wie in Zeitlupe bindet sich Alice ihre Haare auf dem Kopf zu einem Knoten zusammen. „Alice", beginnt Lisha vorsichtig zu sprechen. „Vielleicht hat sich Jala ja verhört."

Stumm entfernt sich Alice vom Wandspiegel, wo sie sich ihre Haare zurechtmachte, schnappt sich ihren Rucksack, der vor dem Schreibtisch liegt und verlässt ebenso wortlos das Zimmer. Lisha, die sich inzwischen ein knielanges Sommerkleid in hellblau anzog und die dicken schwarzen Locken zu einem strengen Dutt trägt, betrachtet nachdenklich ihr Spiegelbild. Sie macht sich Sorgen um Alice. Seit dem Vorfall bei Jala hatte ihre Schwester keinen Ton mehr gesagt. Kurz entschlossen verlässt sie ebenfalls das Zimmer und geht zurück zu Jala, die auch vor ihrem Spiegel steht und sich schminkt. „Na, was machst du so?", fragt Lisha unbefangen.

Jala hält in der Bewegung inne und sieht ihre Schwester stirnrunzelnd an: „Das siehst du doch." Zum Beweis hält Jala die Mascara in ihrer Hand hoch. „Ich schminke mich. Was ist los? Wobei brauchst du meine Hilfe?"

Lisha macht ein erstauntes Gesicht und fragt scheinheilig: „Wie kommst du denn darauf?"

„Ich kenne dich", lacht Jala.

Lisha tritt unsicher von einem Fuß auf den anderen, als sie zerknirscht antwortet: „Dürfte ich mir den Ring vielleicht mal ausleihen?"

Schweigsam sieht Jala ihre Schwester an.

„Ich weiß, ich weiß, Alice durfte ihn auch nicht haben, obwohl sie ihn zuerst fand, aber wir brauchen doch

Antworten." Lisha streicht ihr gerafftes Kleid glatt; sie mag Jala in diesem Augenblick nicht in die Augen sehen.

„Was willst du denn damit?", fragt die Autistin mit fester Stimme. Erstaunt sieht Lisha auf, mit dieser Antwort hatte sie nicht gerechnet.

„Nun ja, eventuell etwas ausprobieren", stottert sie noch etwas unsicher.

„Was?" Mit weit aufgerissenen Augen starrt Jala ihre Schwester an. So kannte sie Lisha ja gar nicht.

„Wir wollen doch wissen, was hinter allem steckt und ich bin nach reiflicher Überlegung zu dem Entschluss gekommen, dass wir dies nur erfahren werden, wenn wir ihn ausprobieren –" Da stoppt Lisha, sie sieht ihre Schwester an.

„Und?", fragt diese nach.

„Ich will ihn nur noch ein einziges Mal sehen."

Jala nickt, ohne etwas zu sagen. Sie weiß, von wem ihre Schwester spricht.

„Ich muss auch nicht mit ihm sprechen, ich will ihn einfach nur sehen."

Jala stellt sich aufrecht hin und strafft ihre Schultern. Voller Zuversicht sagt sie dann: „Okay. Lass es uns machen."

Lisha sieht ihre sonst so zurückhaltende Schwester erstaunt an: „Wie?"

„Durch die Zeit reisen. Das ist es doch, was du meinst. Und zwar jetzt sofort, nicht dass du es dir doch nochmal anders überlegst."

„Gut, aber nur unter einer Bedingung"

Jala verdreht genervt ihre Augen. „Und die wäre?"

„Du musst mir versprechen, dass Alice nichts davon erfährt. Sie würde nie wieder ein Wort mit mir sprechen."

Kurz zögert Jala, doch dann nickt sie. „Einverstanden." Das Mädchen geht zu ihrem Schreibtisch und nimmt den Ring aus der untersten Schublade.

„Und wie funktioniert das?", fragt Lisha zögerlich, die keine Ahnung hat, worauf sie sich da einlässt und insgeheim eine riesige Panik bekommt. Was, wenn etwas schief geht?

„Also, laut Till müssen wir uns an den Händen halten und das Datum sowie den Ort, wo wir rauskommen wollen, vor Augen halten", erklärt Jala, während sie sich den goldenen Ring an den zierlichen Finger der rechten Hand steckt.

Lisha geht auf ihre Schwester zu und nimmt ihre Hand.

„Wir müssen es uns von ganzem Herzen wünschen", flüstert diese, während sie ihre Augen schließt.

***

„Weißt du, Till war ein herzensguter Mensch …", beginnt Zola, als die beiden auf der Gartenbank Platz genommen haben und in den blühenden Garten sehen, wo die Katze Tinka versucht, auf einen Baum zu klettern.

Zola hält einen Moment inne und sieht Charles tief in die blauen Augen, die Hände auf ihrem Schoß ineinander gefaltet, als würde sie beten.

„War?", fragt der Junge unsicher, als Zola nicht weiterspricht.

Die alte Dame nickt „Er ist gestorben. Vor drei Wochen. Es war ein Unfall."

„Mein herzliches Beileid."

Die Großmutter von Alice schluckt einige Tränen runter. Ein zaghaftes Lächeln verdrängt die Trauer auf ihrem Gesicht.

„Ich kannte Till, seitdem er ein kleiner Junge war, er war immer so fröhlich und zu jedem Lebewesen nett, egal ob Mensch oder Tier. Jeder mochte ihn. Du hättest dich bestimmt gut mit ihm verstanden, ganz bestimmt. Jeder, der Till kennenlernte, schloss ihn sogleich ins Herz. Ja, und Alice hatte für alle Zeiten einen reservierten Platz in seinem Herzen."

„Ich verstehe nicht, waren Alice und Till sehr gute Freunde?"

Zola nickt lächelnd, während sie zu Fee sieht, die sich mittlerweile unter einen schattigen Baum zusammengerollt hat. „Die beiden waren mehr als einfach nur Freunde, viel mehr. Till war Alice erste große Liebe. Ein Jahr waren sie zusammen, als dieser schreckliche Unfall passierte. Es zerriss Alice das Herz."

„Waren die beiden einander versprochen? Sollten sie heiraten?"

Überrascht sieht Zola den Jungen an. „Wie kommst du denn auf so einen Unsinn, mein Junge? Die beiden haben sich ineinander verliebt und heiraten … Ja, heiraten wollten sie bestimmt irgendwann, so unzertrennlich wie sie waren. Wäre dieser Unfall nicht geschehen, wären sie garantiert ein Leben lang zusammengeblieben, aber zum Heiraten waren sie ja noch viel zu jung." Zola merkt, dass ihre geblümte Bluse an diesem sonnigen Vormittag, wohl doch etwas zu warm ist, und zieht diese aus.

„Marlec sagte, ich hätte Tills Platz eingenommen, weil ich Jala ansehe und hinter Alice hergelaufen bin, was nicht stimmt. Das scheint ihn sehr wütend gemacht zu haben", erklärt Charles nach einer kurzen Pause des Schweigens.

Kurzzeitig scheint Zola überrascht, doch dann nickt sie verständnisvoll und erklärt geduldig: „Das hat Marlec nicht so gemeint. Weißt du, jeder von uns trauert anders. Und das ist Marlecs Art, mit dem Verlust eines unersetzbaren Freundes klarzukommen." Zola faltet ihre Bluse zusammen und legt diese auf ihren Schoß.

„Und was ist mit Jala? Ich vernahm, sie hätte eine Krankheit", fragt Charles besorgt.

„Eigentlich ist Jala ein wirklich liebes, talentiertes Mädchen, auch wenn sie nach außen hin sehr zickig wirkt, aber so benimmt sie sich nur, weil sie sich sehr unsicher fühlt und so viel allein ist, es ist wie eine Maske, weißt du?", erklärt Zola.

„Ich verstehe. Gerne würde ich etwas dagegen tun, es zerbricht mir das Herz, wenn ein so hübsches Fräulein leidet."

Erneut taucht auf Zolas Lippen ein Lächeln auf, sie legt ihre Hand an Charles Wange: „Das ist wirklich sehr lieb von dir. Es gab nur einen, den Jala neben sich duldete und das war Till. Als sie von Tills Tod erfuhr, brach sie in sich zusammen, körperlich und geistig. Seither kann sie nicht mehr lachen. Ich würde so gern mal wieder ein Lächeln von meiner Kleinen sehen. Jala hatte immer ein bezauberndes Lachen."

Charles nickt bestätigend. „Das stimmt."

Zola zieht ihre Hand zurück und sieht Charles überrascht an. „Woher weißt du das?"

„Gestern haben wir uns ein wenig unterhalten, da lachte sie wohl über etwas, was ich sagte", erklärt der Junge mit einem Lächeln auf den Lippen.

„Tatsächlich? Das ist ja wunderbar und sie hat dich wirklich in ihr Zimmer gelassen? Ungewöhnlich. Normalerweise lässt sie keine fremden Personen in ihre vier Wände, selbst uns sieht sie nicht gerne dort", wundert sich Zola.

„Wir sprachen über etwas, das sich Film nennt, und sie spielte mir eine wunderbare Melodie auf ihrem Instrument vor."

Zolas Gesicht wird immer überraschter. „Das gibt es ja nicht. Ist dir eigentlich bewusst, was das für eine Ehre ist? Jala hat noch nie jemanden eines ihrer Lieder vorgespielt, noch nicht mal Till."

„Ich würde sie gern aufmuntern, damit sie nicht mehr so traurig ist, vielleicht, wenn ich mit ihr in die Oper gehe –" Etwas unsicher sieht der Junge in die ruhigen Augen der alten Dame, nervös reibt er seine kurzgeschnittenen Fingernägel aneinander.

„Wie um alles in der Welt kommst du denn ausgerechnet auf eine Oper?", unterbricht ihn Zola lachend.

Das blasse Gesicht des jungen Prinzen verfärbt sich leicht ins rötliche. Peinlich gerührt weicht er dem Blick der Frau aus und sieht auf die gepflasterten Steine unter seinen Füßen, die in schwarzen Lederschuhen stecken. „Ich dachte, da Jala die Musik doch so gern hat", erklärt er stotternd.

Zola stoppt ihr Lachen augenblicklich, als sie merkt, dass Charles es ernst meinte.

„Verstehe, aber ich denke, das ist nichts für Jala."

Charles schöpft neue Hoffnung, wie Zola ihm entschuldigend über den Arm streicht. Er sieht wieder auf, direkt in ihre Augen.

„Schade, und was ist mit einem Konzert?", versucht er es weiter.

Unschlüssig blickt Zola zu den Kaninchen ihres Enkelkindes, die in einem geräumigen Gehege das saftig grüne Gras fressen.

„Ich fürchte, das wird nicht gehen, auch wenn sie sich über Konzertkarten ihres Lieblingssängers sicher freuen würde."

„Versteh ich nicht." Verwundert kratzt sich Charles am Hinterkopf.

„Also schön, du würdest es ja sowieso früher oder später erfahren. Jala hat Autismus."

Erschrocken hält sich Charles die Hand vor dem Mund. „O nein, das ist ja schrecklich. Ist Autismus eine sehr schlimme Krankheit?", fragt er ängstlich, wie er die Hand zurückzieht.

Verwirrt schaut Zola drein, bis sie begreift, dann muss sie jedoch erst mal lachen, was Charles noch mehr Sorgen bereitet.

„Habt Ihr diese Krankheit etwa auch? Was soll ich tun? Ist ein Arzt zur Stelle?" Besorgt springt Charles auf und sieht sich hilflos um.

„Aber nein", beruhigt Zola den Jungen. Sie greift nach seinem Arm und zieht ihn sanft zurück auf die Bank.

Beunruhigt schaut dieser die Dame an. Sie legt daraufhin ihre Hand auf seinen Schoß und erklärt: „Autismus ist keine Krankheit. Es ist vielmehr eine Behinderung, vor allem in Jalas Fall."

„O nein, das ist ja noch viel schlimmer als ich dachte", unterbricht Charles die Großmutter. „Wie kann ich ihr helfen? Ich werde die besten Ärzte des Landes ans Schloss holen, um Jala zu heilen", versichert der Prinz.

Fassungslos starrt Zola den Jungen an. Sie legt ihre zusammengefaltete Bluse neben sich und reibt nachdenklich über ihre weiße Stoffhose. „Also, ich habe ja schon viel in meinen beinahe 80 Jahren erlebt, aber sowas wie dich hat die Welt noch nicht gesehen", murmelt sie so leise, dass selbst Charles Mühe hat, dies zu verstehen. Als wolle sie einen absurden Gedanken verstreichen, schüttelt sie ihren Kopf, dann dreht sie sich wieder zu Charles um und legt ihren rechten Arm auf die Lehne der Bank. „Die meisten Menschen beschreiben Autisten wie aus dem Lehrbuch", erklärt sie schließlich, ohne auf Charles Einwände einzugehen „Sie verstehen keine Ironie, sind hochbegabt, können keine unvorhersehbaren Momente abhaben, brauchen einen strikten Tagesablauf. Sie bekommen Panik in großen Menschen-ansammlungen oder wenn zu viel und zu laut durcheinander gesprochen wird. Was die meisten Menschen aber leider immer noch nicht wissen ist, dass jeder Autist anders ist, so wie jeder Mensch anders ist und keiner gleich."

„Bedeutet das, dass Jala doch nicht krank ist?", fragt Charles hoffnungsvoll.

Zola nickt eifrig mit ihrem Kopf. „Nein, das sagte ich doch. Jala versteht sehr gut Ironie", erklärt die Dame weiter. „Und macht auch gerne selbst Witze, sie ist keineswegs hochbegabt – im Gegenteil, sie hat eine Lese-Rechtschreibschwäche und in Mathe hat sie absolut keinen Durchblick. Unvorhersehbare Momente kann sie tatsächlich nicht besonders leiden, aber es kommt immer ganz auf die Tagesverfassung an. Wenn es ihr gut geht, macht ihr dies nichts aus. Wenn es ihr jedoch schlecht geht, bereitet es ihr große Probleme. Ein strikter Plan, der sie über den Tag hinweg begleitet, hat sie mal und mal nicht, doch meistens macht sie diese Pläne im Kopf. Aber an besonderen Tagen schreibt sie sich dies auch gern auf, um einen Überblick zu haben und in großen Menschenansammlungen bekommt sie schnell Panik."

„Wie äußert sich diese sogenannte Panik?", fragt der Prinz erneut.

„Es gibt verschiedene Symptome, von Schweißausbrüchen über Schnappatmungen bis hin zum Zusammenbruch und absoluter Starre ist alles dabei." Zola bemerkt Charles nachdenkliches Gesicht, daraufhin erklärt sie: „Es ist schwer zu verstehen für jemanden, der dies noch nie miterlebt hat. Jala ist ein sehr besonderes Mädchen, die gerade viel durchmachen muss und wenn sie dich in ihr Leben lässt, ist dies schon eine Ehre. Noch einen Verlust erträgt sie nicht, also bitte sei dir im Klaren darüber, wenn du dich mit Jala anfreundest." Aus ernsten Augen sieht sie den Jungen an, doch bevor dieser etwas sagen kann, spricht sie schon weiter: „Deshalb meinte ich, es sei keine gute Idee mit dem Konzert. Jala ist viel allein. Seit zwei Jahren besucht sie keine Schule mehr, weil der Druck, die Menschen, die Lautstärke, die unvorhersehbaren Ereignisse einfach zu viel für sie wurden, aber Gott sei Dank ist heutzutage ja so vieles möglich. Nun bekommt sie Hausunterricht übers Internet." Nach Zolas Vortrag ist es einen Moment lang still. Doch Charles wirkt nicht geschockt, sondern eher interessiert, als würde er jede noch so kleine Information in sich aufnehmen wollen. Dann setzt er kleinlaut an: „Was ist dieses Internet? Alice erwähnte es auch schon des Öfteren."

ZWEIUNDZWANZIG

Falsch abgebogen

Wien, 1871

„Wo sind wir?", fragt Jala, nachdem sie ihre Augen öffnet. Auch Lisha sieht sich unsicher um.

„Ich weiß es nicht."

„Das ist nicht unser Haus."

„Genau genommen, ist das gar kein Haus", korrigiert Lisha sie und sieht hoch in den freien Himmel, der von Wolken bedeckt ist. Fröstelnd reibt sie ihre Hände aneinander. „Ganz schön kalt."

Jala greift nach der Hand ihrer Schwester. „Ich habe Angst."

„Ich dachte, wir reisen nur ein paar Wochen zurück, um mit Till zu sprechen", wundert sich Lisha.

„Ja, das dachte ich auch." Zitternd steckt Jala ihre freie Hand in die Hosentasche der türkisfarbenen Sportleggings.

„Wenn ich mich hier so umsehe, würde ich aber sagen, dass wir mehr als nur ein paar Wochen zurückgekehrt sind. Viel mehr." Verwundert kratzt sich Lisha am Kopf. „Ich glaube, wir haben ein Problem."

„Wie meinst du das?" Lisha sieht ihrer Schwester die Panik deutlich an, dennoch kann sie ihr nichts vormachen.

„Das sieht aus wie das vorletzte Jahrhundert", flüstert Lisha mit belegter Stimme.

Ihre Schwester zuckt vor Schreck zusammen. „Bist du dir sicher?"

Lisha lässt Jalas Hand los und deutet mit ihren Armen in alle Richtungen: „Jala, siehe dich um, siehst du hier irgendwo Autos, moderne Straßen, Handys oder Leuchtreklamen?"

Stocksteif blickt sich Jala um. Vereinzelt stehen heruntergekommene Häuser am Straßenrand, Kinder in zerfetzten Klamotten spielen mit verdreckten Hunden, Frauen in langen Kleidern waschen an Straßengraben ihre Wäsche und ein Mann schöpft Wasser aus einem Brunnen. In der Ferne ist eine nahende Kutsche zu erkennen.

„Wo sind wir hier nur gelandet?", fragt Jala mit zittriger Stimme.

„Ich wünschte, ich wüsste es", seufzt Lisha. „Wir wissen weder, in welcher Zeit wir sind, noch an welchem Ort, doch das ist noch nicht einmal das Schlimmste." Jala stockt der Atem.

„Was denn noch?", fragt sie panisch.

Lisha deutet erst auf sich, dann auf ihre Schwester. „Siehe uns doch mal an."

Jala scheint noch immer nicht zu verstehen: „Wie meinst du das?"

„Unsere Hautfarbe ist das Problem, wenn wir wirklich im 19. Jahrhundert gelandet sind, werden wir keine Freunde haben." Erneut greift Jala nach der Hand ihrer Schwester. „Ich will nach Hause", flüstert sie mit Tränen in den Augen.

Ein Kind nähert sich den Mädchen, sie schaut die zwei aus großen Augen an.

„Seid ihr Fremde?", fragt sie.

Lisha und Jala wissen nicht, was sie antworten sollen, da spricht das Mädchen bereits weiter. „Wieso seht ihr so eigenartig aus?", während Jala noch immer geschockt von dieser Situation ist, sieht Lisha an sich runter. Sie trägt nach wie vor ihr blaues Sommerkleid mit weißen Punkten. *Wenigstens keine Hose*, denkt sich Lisha, *jedoch viel zu kurz für diese Zeit, das Kleid geht nicht mal über ihre Knie und an den Füßen trägt sie Flip-Flops.*

205

„Mist, unsere Klamotten. Wir fallen ja total auf."

„Da kommt eine Kutsche." Jala zeigt mit ihrem Zeigefinger auf die Kutsche, die inzwischen das kleine Dorf erreicht.

Durch diesen Vorfall ist auch das Mädchen abgelenkt. Sie läuft zurück zu ihren Freunden, um mit ihnen die Neuankömmlinge zu begrüßen, während Lisha schnell losrennt und Jala unsanft mit sich zieht. Sie stürmen hinter ein Haus.

Vorsichtig lugt Lisha ein Stück hinter der Wand hervor, um zu sehen, wer gekommen ist, während Jala mit pochendem Herzen hinter ihr steht und sich ganz dicht an die Mauer presst.

In dem Moment, wo Lishas Kopf hinter der Wand auftaucht, hält die nobel aussehende Kutsche. Ein Mann in Uniform steigt vom Kutschbock, er eilt um die Kutsche herum und öffnet die hintere Tür, kurz darauf erscheint am Fuße der Stufe, die ins Innere der Kutsche führt, eine wunderschöne junge Frau. Ihre hüftlangen Haare sind so gekonnt nach hinten gesteckt, dass keine einzige Strähne über ihre Schulter fällt. Vereinzelt stecken Weiße Blüten in ihren braunen Haaren, die schlanke Figur der Frau steckt in einem langen weißen Kleid. Als hätte sie einen Stock im Rücken, geht sie auf die Kinder, die angewiesen sind, sich vor der Person zu verbeugen, zu.

Auch Lisha kommt aus dem Staunen gar nicht mehr raus. „Das gibt es nicht."

„Was denn?", will Jala ungeduldig wissen. „Nun sag schon, was siehst du?"

Lisha tritt einen Schritt zurück und dreht sich zu ihrer Schwester um. „Das glaubst du mir nie."

„Sage es, dann verrate ich dir, ob ich dir glaube oder nicht."

Lisha zeigt mit ihrem Daumen über die Schulter. „Aus der Kutsche…Es ist unfassbar…"

„Was denn zum Teufel?" Jala stapft ungeduldig mit ihrem Fuß auf.

„Da ist gerade die Kaiserin ausgestiegen."

Jala verschlägt der Atem. Augenblicklich weicht jegliche Farbe aus ihrem Gesicht. „Du meinst doch nicht etwa die …"

„Doch *die* meine ich. Elisabeth von Österreich. Sisi."

Jala lehnt sich erschöpft an die Hauswand. „Oh mein Gott."

„Ist das nicht abgefahren? Ich meine, jeder aus unserer Zeit kennt diese Person nur aus Geschichtsbüchern und wir können sie jetzt live und in Farbe sehen."

„Zuhause auf dem Sofa wäre es mir aber deutlich lieber."

Lisha ignoriert diesen Einwand und wendet sich wieder dem Geschehen zu. Die Kaiserin scheint sich mit den Kindern und deren Müttern zu unterhalten.

„Heißt das eigentlich, dass wir im 19. Jahrhundert sind?", fragt Jala plötzlich, worauf sich Lisha wieder umdreht

„Wahrscheinlich schon, aber ich weiß nicht, in welchem Jahr genau. Sisi lebte von 1837 bis 1898, also müssten wir in diesem Zeitraum sein", erklärt Lisha zufrieden, doch Jala scheint keineswegs zufrieden zu sein.

„Ich will wieder nach Hause", jammert sie.

„Wie, jetzt schon? Aber wir haben doch noch gar nicht mit Sisi gesprochen." Jala tippt sich mit dem Zeigefinger an die Stirn.

„Ist das dein Ernst? Du willst wirklich mit ihr sprechen? Da ist es ja leichter, an den amerikanischen Präsidenten ran zu kommen. Wir werden nie zu ihr vorgelassen, schon gar nicht so wie wir aussehen. Da ist ja die Wahrscheinlichkeit höher, dass die uns in den Kerker stecken", schreit das Mädchen ihre Schwester beinahe an.

„Aber irgendwie müssen wir doch mit ihr reden. Sicher kann sie uns eine Menge Antworten geben. Immerhin steht ihr Name im Ring, mit dem wir offenbar durch die Zeit reisen können und aus irgendeinem Grunde ist auch ihr Sohn zu uns gereist, in dessen Ring wiederum der Name ihrer toten Tochter steht. Es hängt also alles mit Sisi zusammen", erklärt Lisha ihre Entscheidung.

„Wir werden auch ohne Sisi an Antworten kommen. Till meinte, wir müssen nur Geduld haben. Außerdem weißt du doch gar nicht, in welchem Jahr wir uns befinden. Was wenn sie noch gar nichts von diesem Ring weiß? Dann kann sie uns überhaupt keine Antworten geben."

„Möglich, aber im Internet stand, dass der Ring eine Erinnerung aus ihrer Kindheit sei und sie scheint offensichtlich als Kaiserin hier zu sein und wenn du mich fragst, sieht die Frau dort vorn keineswegs wie zehn aus, viel mehr wie Anfang 30. Wir müssen es zumindest riskieren", sagt Lisha entschieden.

„Und was ist, wenn ihre Wachen uns schnappen? Du weißt doch ganz genau, dass ich nicht wegrennen kann." Jala versucht verzweifelt, ihre Schwester von ihrem Vorhaben abzubringen, da fällt ihr noch etwas ein. „Und du hast doch selbst gesagt, dass unsere Hautfarbe ein Problem ist. Die wird nie mit uns reden!"

Lisha zuckt ihre Schultern. „Selbst wenn, dann reisen wir eben wieder zurück. Na komm, was haben wir zu verlieren? Solange wir den Ring haben, kann uns überhaupt nichts passieren", bleibt Lisha weiter positiv.

Unentschlossen sieht Jala auf ihre nackten Füße, wenn sie gewusst hätte, wo sie landen würde, hätte sie sich vermutlich noch Schuhe angezogen.

Erst in dem Moment fällt ihr etwas auf, was ihr längst hätte auffallen müssen, doch der Schock und die Panik darüber, wo sie sich befinden, saß zu tief, um daran auch nur einen Gedanken zu verschenken.

Jala sieht auf ihre leeren Hände. „O nein."

„Was ist los?", fragt Lisha unsicher.

„Der Ring", stottert Jala.

„Was ist mit dem Ring?"

„Er ist weg."

Entsetzt reißt Lisha ihre Augen auf: „Was? Aber wie kann das sein? Du hattest ihn doch die ganze Zeit in der Hand. Mit ihm sind wir hergekommen." Nun scheint auch Lisha panisch zu werden.

„Ja, ich weiß auch nicht, er muss –" Da stoppt Jala, denn in dem Moment sieht sie in der Ferne etwas aufblinken, sie zeigt mit ihrem Finger in die Richtung. „Da ist er."

Lisha folgt dem Blick ihrer Schwester. Der Ring liegt genau an der Stelle, wo die zwei zuvor standen. „Er muss mir vom Finger gerutscht sein, als du mich hierher gezogen hast."

„Was soll das heißen? Dass ich Schuld bin, wenn du zu blöd bist, einen Ring festzuhalten?" Lisha funkelt ihre Schwester wütend an.

„Ich bin zu blöd? Du hast mich doch einfach mitgezogen, ohne Rücksicht zu nehmen. Ich wollte hier doch gar nicht her. Ich wollte zu Till, genau wie du! Stattdessen landen wir in der Steinzeit. Ich will wieder nach Hause", jault Jala auf.

„Jetzt benimm dich nicht wie ein Kleinkind und sei um Himmels willen etwas leiser, nicht das uns noch jemand hört. Tut mir leid, was ich grade gesagt habe. Das ist mir so rausgerutscht, ich will doch auch wieder nach Hause. Ich hole den Ring und du wartest hier", beschließt Lisha schließlich.

„Aber pass auf, dass dich keiner sieht."

„Ich bin doch nicht blöd." Lisha dreht sich um und will gerade losrennen, da hält sie in der Bewegung inne. „Nein. Bitte nicht."

Es ist zu spät, vor ihren Augen steht der Kutscher, der sich offensichtlich die Beine vertreten wollte. Er sieht den Ring, bückt sich danach, nimmt ihn an sich und wenn dies nicht schon schlimm genug wäre, sieht er, als er wieder hochkommt, direkt in die entsetzten Gesichter von Jala und Lisha.

Ohne Frühstück machte sich Alice direkt auf den Weg in die Stadt. Kurz überlegte sie, ob sie Charles mitnehmen sollte, aber sie brauchte jetzt Zeit für sich und das kräftige *in die Pedale treten* tat ihr richtig gut, um all die Wut und Ungewissheit raus in die Welt zu lassen. Schon dreißig Minuten später springt Alice vor einem Mehrfamilienhaus von ihrem Mountainbike, sie schließt es direkt neben dem von Simba an und rennt mit hämmernden Herzen die Treppe ins dritte Stockwerk hoch. Während der anfangs ziellosen Fahrt dachte sie darüber nach, was Lisha und Jala erzählt haben. Sie musste all das dringend loswerden und wenn sie einem vertraut, dann war es Simba.

Alice hat die Wohnungstür noch nicht ganz erreicht, da geht die Tür bereits auf und Simba kommt raus. Erstaunt sieht er seine Freundin an.

„Alice. Was machst du denn hier?"

Eigentlich hatte sich Alice auf der Fahrt hierher alles ganz genau zurechtgelegt – sie wollte nicht gleich mit der Tür ins Haus fallen und sich eigentlich auch nicht entschuldigen, da ihr Verhalten doch wohl angemessen war. Immerhin war Till gestorben und Simba, der allen Anschein nach nicht um seinen Freund trauerte, hätte ruhig ein bisschen mehr Verständnis aufbringen können. Doch jetzt, wo er ihr plötzlich gegenübersteht, nur drei Schritte entfernt, spürt sie erst, wie sehr sie ihn in den letzten Tagen vermisst hatte. Sie kann nicht anders, als in Tränen auszubrechen.

Simba, der in beiden Händen Mülltüten trägt, stellt diese ab und nimmt seine Freundin zärtlich in den Arm. Diese ist dankbar für seine Reaktion, trotz ihres Streits.

Sie schlingt ihre Arme um Simba und lehnt ihren Kopf weinend an seine Brust.

„Was ist passiert?", fragt Simba nach einer Weile.

„Es ist so schrecklich", schluchzt das Mädchen immer wieder, ohne ihren Freund loszulassen.

„Alice, ich würde dir ja gern helfen, aber dafür musst du mir auch sagen, was los ist."

„Till wusste, dass er sterben wird, er hat uns immer was vorgemacht", platzt es aus Alice heraus, doch Simba ist kein bisschen schlauer als zuvor.

„Wovon sprichst du?", fragt er deshalb etwas unsicher. „Wie kommst du denn plötzlich auf so einen Schwachsinn?" fragt er nach, als von Alice keine Antwort kommt, doch statt etwas zu sagen, weint sie nun noch mehr.

„Wie wär's, wenn wir erst mal reingehen und du erzählst mir, was überhaupt los ist", schlägt Simba schließlich vor.

Wortlos nickt das Mädchen und wird von Simba in seine Wohnung geführt, die noch immer offen steht.

Kurz darauf sitzen sich die zwei im Wohnzimmer gegenüber.

Simba hat ihnen Eiskakao gemacht. Alice, die sich etwas beruhigt hat und nicht mehr weint, nippt langsam an ihrem Becher, während sie aus ihren roten Augen auf den kleinen Holztisch vor der Couch blickt.

Simba legt seine Hand auf ihren Oberschenkel und sieht sie erwartungsvoll an.

„Also, was ist passiert?"

Der Teenager stellt den Becher vor sich auf dem Tisch ab und blickt ihrem besten Freund starr in die Augen.

„Jala ist durch die Zeit gereist und hat Till getroffen." Kurzzeitig huscht ein erschrockenes Zucken über Simbas Gesicht, doch Alice merkt davon nichts. Sie ist zu sehr mit ihren Gedanken beschäftigt.

„Geht's dir gut?", fragt Simba etwas besorgt.

Wütend springt Alice vom Sessel auf. „Nein, natürlich geht's mir nicht gut! Mein Freund ist vor ein paar Wochen gestorben! Dann taucht hier dieser schräge Typ auf, der behauptet, im vorletzten Jahrhundert zu leben! Und als wäre das nicht schon schlimm genug, ist meine kleine Schwester durch die Zeit gereist, wo Till ihr erzählt hat, dass er wusste, dass er sterben wird!" Aufgebracht läuft Alice im kleinen Wohnzimmer auf und ab.

„Das klingt irritierend", sagt Simba recht unsicher und nimmt einen Schluck seines Kakaos.

Theatralisch wirft Alice ihre Hände in die Höhe. „Irritierend? Das ist gar kein Ausdruck! Ich fühle mich wie in einem Film. Ich meine: Zeitreisen gibt es doch nicht, oder?" Sie bleibt stehen, sieht beinahe flehentlich ihren Freund an und hofft, einfach nur aufzuwachen. Doch Simba zuckt nur seine Schultern und lehnt sich auf der Couch zurück. Er musste sie ja für völlig bekloppt halten. Würde er gleich in schallendes Gelächter verfallen? Das musste sich Alice wirklich nicht geben. Sie schüttelt ihren Kopf und sagt: „Ist auch egal, ich muss wieder los."

Alarmiert richtet sich Simba wieder auf. „Wie, jetzt?", fragt der junge Mann erstaunt und sieht zu, wie seine Freundin wortlos die Wohnung verlässt.

Simba lässt sich erneut zurück in die weiche Couch fallen, als sich die Tür seines Schlafzimmers vorsichtig öffnet und ein Junge in Alices Alter seinen Kopf rausstreckt.

„Ich habe die Haustür gehört. Ist die Luft rein?"

Simba richtet sich wieder auf und nickt

„Ja. Sie ist gerade gegangen."

Der Junge öffnet die Tür nun ganz und setzt sich zu seinem Freund aufs Sofa.

„Wie geht's Alice eigentlich?"

Simba zuckt seine Schultern. „Wie du weißt, hatten wir die letzten Tage nicht besonders viel Kontakt. Als ich sie zum letzten Mal sah, hatten wir Streit."

Der Junge neben Simba grinst. „Na, dann scheint es ihr ja schon wieder ganz gut zu gehen."

„Und eben taucht sie hier heulend auf, hat sich bei mir ausgeweint und von Zeitreisen erzählt und plötzlich tut sie so, als sei nichts gewesen, ich verstehe sie wirklich nicht mehr." Ärgerlich haut Simba mit den Fäusten auf das abgesessene Sofa.

„Na ja, so ist Alice halt. Du weißt doch, sie spricht nicht besonders gern über ihre Gefühle. Lass ihr noch ein bisschen Zeit. Ich bin mir sicher, was sie auch immer gesagt oder getan hat, sie meint es nicht so. Du bist ihr bester Freund und das wird auch immer so bleiben." Der Junge nimmt den angetrunkenen Becher Kakao von Alice und genehmigt sich einen großen Schluck. „Die Sache mit der Zeitreise macht mir jedoch Gedanken."

Nachdenklich knetet Simba seine Unterlippe.

Der Junge nickt. „Jala ist durch die Zeit gereist, offenbar hat sie den Ring von Sisi." Er zuckt seine Schultern und lehnt sich zurück. „Mehr weiß ich auch nicht."

Erschrocken starrt Simba den Jungen in die vertrauten Augen. „Was?" Einen Moment sieht Simba auf ein Foto, welches an der Wand neben dem Fernseher hängt. Es zeigt ihn mit Till und der gesamten Familie Guamba, auf der letzten Silvesterfeier. Alle lachen glücklich in die Kamera. „Ich will doch nur, dass alles wieder so wird wie früher."

Der Unbekannte stellt den Becher zurück, wischt sich mit dem Ärmel seines dunkelgrauen Pullovers über den Mund und sieht Simba ernst an.

„Es wird aber nie wieder so sein, wie es einmal war. Die Zeiten ändern sich, ihr werdet älter, erwachsener. Und mit dem Alter ändern sich auch die Freundschaften."

„Alice ist meine beste Freundin seit dem Kindergarten. Ich will nicht, dass es aufhört. Außerdem habe ich doch versprochen –" Da stoppt Simba. Er hatte geschworen, nie drüber zu sprechen, doch jetzt rutscht es einfach so raus.

„Was hast du versprochen?", fragt sein Kumpel nach.

Simba atmet einmal tief durch, dann antwortet er. „Ich habe damals versprochen, immer auf Sophie aufzupassen, sie mit meinem Leben zu beschützen, koste es, was es wolle."

„Davon hast du mir nie erzählt."

„Nur unter diesen Umständen gab ihre Mutter sie Natalia mit. Klar, vertraute sie ihr, schließlich war sie ihre beste Freundin, doch sie wusste, dass auch ich immer an Sophies Seite bin und sie beschütze."

DREIUNDZWANZIG

In der Klemme

Zur gleichen Zeit, als Alice das Mehrfamilienhaus fluchtartig verlässt und erneut in die Pedale trampelt, steht Charles am Wohnzimmerfenster ihres Elternhauses und beobachtet, wie Zola mit den Hunden an der Leine das Gelände verlässt. Was er da noch nicht weiß, ist, dass er selbst auch beobachtet wird. Natalia steht in der offenen Tür und sieht nachdenklich auf den Jungen. Nun geht sie lächelnd auf ihn zu.

„Na du."

Charles dreht sich um und entdeckt die Frau.

„Ist alles in Ordnung? Du scheinst schon den ganzen Morgen so nachdenklich", fragt Natalia besorgt.

„Ja, alles bestens. Danke der Nachfrage." Verlegen streicht sich Charles eine Haarsträhne hinters Ohr.

„Warum bist du denn nicht mit den anderen zusammen?"

Wortlos zuckt Charles seine Schultern.

„Ich will gleich mit Mo in die Stadt, er braucht dringend neue Schuhe. Hast du vielleicht Lust mitzukommen?"

Ein Lächeln erscheint auf Charles Lippen. „Sehr gerne. Wenn es Euch nichts ausmacht."

„Da waren wir doch schon. Ich bin Natalia. Hast du das etwa wieder vergessen?"

„Nein, natürlich nicht."

Natalia mustert den Jungen, der gezwungenermaßen die Kleidung ihres ältesten Sohnes trägt, von Kopf bis Fuß.

„Und für dich sollten wir dringend eigene Klamotten kaufen, zumindest ein, zwei Hosen und T-Shirts. Hast du Lust, dir was Schickes auszusuchen?", schlägt sie vor.

„Aber das kann ich unmöglich annehmen."

„Na klar, kannst du. Wir sind doch eine Familie."

Natalia lächelt den Jungen aufmunternd an und dreht sich um, an der Tür bleibt sie jedoch stehen und dreht sich wieder zu Charles.

„In einer halben Stunde geht's los."

***

In sicherer Entfernung steht Marlec hinter einer breiten Eiche und beobachtet das Geschehen vor der Kapuzinergruft. Die Tür ist mit einem Vorhängeschloss abgesperrt, ein großer Zettel mit der Aufschrift „Vorübergehend geschlossen" prangt über dem Schild mit den Öffnungszeiten. Immer wieder bleiben Touristen davorstehen, betrachten einen Moment das Schild, zücken ihr Handy und gehen nach einem kurzen Blick darauf weiter. Plötzlich tippt jemand von hinten auf Marlecs Schulter. Erschrocken zuckt er zusammen und wirbelt rasch herum. „Alice", stellt er erleichtert fest.

Seine Schwester steht in knapper Hotpants und einem bauchfreien Shirt vor ihm. Sie zieht nachdenklich ihre Augenbrauen zusammen. „Was tust du hier?"

Verlegen streicht sich Marlec durch die schwarzen Locken: „Das gleiche könnte ich dich auch fragen."

Alice verschränkt ihre Arme vor der Brust. „Ich wollte zu Till", erklärt sie beinahe entschuldigend.

„Genau." Marlec nickt. „Ich auch."

„Und warum stehst du dann hinter diesem Baum und beobachtest fremde Menschen?" Alice zeigt auf den dunklen Baumstamm der hundert Jahre alten Eiche. Ertappt weicht Marlec dem durchbohrenden Blick seiner Schwester aus. „Also gut." Er beißt sich nachdenklich auf die Unterlippe und wirft noch einen letzten Blick zum Eingang der Gruft, wo gerade ein junges Pärchen vergeblich an der Tür rüttelt. Dann setzt er sich im Schneidersitz auf den Rasen, im Schatten der Eiche. „Setz dich, dann erzähle ich dir alles."

„Nicht schon wieder", stöhnt Alice genervt, wie sie neben ihren Bruder Platz nimmt.

„Ja, es stimmt. Charles ist wirklich der, für den er sich ausgibt, aber woher weißt du das?", fragt Alice, nachdem Marlec seinen Bericht beendet hat.

Unsicher zuckt dieser seine Schultern. „Naja, der Sarg ist verschwunden und im Internet steht, dass der Prinz mit 16 spurlos verschwand, was aber nicht sein kann. Es ist gerade erst ein paar Wochen her, als wir das Thema ausführlich in Geschichte behandelt haben. Der Sohn von Sisi nahm sich das Leben!"

„Hm." Alice nickt nachdenklich und beschließt, ihren Bruder unter diesen Umständen zu erzählen, was sie selbst erst vor Kurzem erfahren hat.

Wien, 1871

Regungslos sehen Jala und Lisha in die dunklen Augen des Kutschers, der ebenso stocksteif vor ihnen steht und sie regelrecht anstarrt, in seiner Hand den Ring, den Jala fallen ließ.

„Wer seid ihr?", stellt er die Frage, die Lisha bereits kommen sah, doch keiner der Mädchen sagt etwas. Ängstlich klammern sie sich aneinander fest.

„Antwortet!", brüllt der Mann sie an.

In dem Moment kommt Lisha eine Idee. Sie lässt Jala los und deutet einen leichten Knicks an, wobei sie mit ihren Händen den Rock des Sommerkleids nach außen zieht.

„Wenn ich mich und meine Schwester vorstellen dürfte. Lilli und Julia Gamba. Wir sind Künstlerinnen, die von Stadt zu Stadt reisen, um die Menschen zu unterhalten."

Der Kutscher zieht seine rechte Augenbraue etwas höher als die linke und starrt die Schwestern weiterhin misstrauisch an. „Warum seid ihr so eigenartig gekleidet? Damen sollten keine Hosen tragen." Er deutet auf die türkise hautenge Leggings von Jala.

„Sehr richtig, aber wisst Ihr, wir … äh … wir sind Zauberlehrlinge und da ist es wichtig, sich gut bewegen zu können. Als Zauberer trägt man sowas heute. Noch nichts von gehört?" Lisha wollte selbstbewusst klingen, doch ihrer Stimme hört man deutlich die Unsicherheit an. Panisch greift Jala erneut nach der Hand ihrer Schwester. Wie ein ängstliches Kind versucht sie, sich hinter der gleichgroßen Lisha zu verstecken. Verständnislos schüttelt der Kutscher seinen Kopf und sieht dabei eindringlich auf die dunklen Gesichter der Schwestern. „Habt ihr euch angemalt?"

„Bitte?", fragt Lisha mit zittriger Stimme. Nervös zwirbelt sie eine Locke um ihren Zeigefinger, die sich aus dem strengen Dutt löst. „Eure Haut ist so ganz anders als meine."

„Ach wirklich?" Lisha tritt einen Schritt zurück. „Ich glaube, es ist besser, wenn wir jetzt gehen." Sie sieht zu ihrer Schwester, die sie panisch anstarrt. Langsam schüttelt Jala ihren Kopf, sie will ihrer Schwester damit zu verstehen geben, gerade keinen Schritt gehen zu können; zu sehr steckt die Angst in ihren Knochen. Wie festgefroren steht sie im Moder der Straße, versucht den straffen Blick des Mannes auszuweichen und sich auf das beruhigende Lächeln ihrer Schwester zu konzentrieren. Zärtlich streicht Lisha über Jalas kalte Wange, sie hat selbst eine Heidenangst, doch spielt die Starke für ihre jüngere Schwester.

„Ihr bleibt, wo ihr seid!", ruft der Kutscher in einem plötzlich strengen Tonfall.

„Wir haben nichts Böses im Sinn, ehrlich", versichert Lisha mit Tränen in den Augen.

Während sie spürt, wie der Griff ihrer jüngeren Schwester immer fester wird, überlegt sie, wie sie heil aus dieser Situation rauskommen. Sollte sie um Hilfe schreien? Würde Sisi ihnen helfen? Da fällt ihr plötzlich etwas ein.

„Wir haben uns angemalt, weil das zu unserer Aufführung gehört", lügt sie.

„Ach, wirklich?" Ungläubig starrt der Kutscher die Mädchen erneut an. Jala schöpft neue Hoffnung, sie wird wieder etwas lockerer.

„Ihr seid also Schwestern?", fragt der Kutscher weiter.

„Ganz genau." Eifrig nickt Lisha, auch sie hat die Hoffnung, dass ihre Lüge abgenommen wird. „Und wir haben gehört, dass heute hoher Besuch aus dem Kaiserhaus erwartet wird und – naja, da dachten wir, sicher würde es der Kaiserin eine Freude bereiten, jungen Künstlern bei einer Zaubershow zuzusehen", versucht es Lisha.

„Ihre Majestät empfängt keine Fremden, bevor sie nicht geprüft wurden."

„Nicht? Na, dann prüfen sie uns doch einfach", lächelt Lisha etwas unsicher.

„Das gehört nicht in meinen Aufgabenbereich." Mit diesen Worten dreht sich der Kutscher um und geht zurück zu seiner Kutsche.

Lisha reagiert sekundenschnell. „Wartet", ruft sie ihm nach und lässt ihre Schwester allein zurück.

„Würden sie der Kaiserin dann wenigstens etwas ausrichten?", versucht es das Mädchen nun anders und läuft dabei neben dem Mann her, der jedoch nicht reagiert.

„Bitte, es ist sehr wichtig", fleht das Mädchen. „Und ein paar Worte können doch wohl nicht schaden, oder?"

Die zwei haben fast die Kutsche erreicht, als die kleine Versammlung, die am Straßenrand steht, durch Lishas aufgebrachte Stimme auf die zwei aufmerksam wird. Die Kinder mit ihren Eltern, die Leibgarde der wichtigsten Person dieser Zeit und die Kaiserin persönlich drehen sich zu ihnen herum und schauen sie interessiert an.

Erst in dem Moment, als Lisha der Kaiserin direkt gegenübersteht, wird ihr bewusst, dass es wohl keine so gute Idee gewesen ist, aus ihrem Versteck zu treten.

Sprachlos sehen alle auf das schwarze Mädchen mit der eigenartigen Kleidung.

„Verzeihung, Majestät. Ich sagte dem Mädchen, sie solle nicht mitkommen, doch sie hielt sich nicht dran", wendet sich der Kutscher an die Frau.

Beschützend stellen sich die Männer in Uniform vor die Kaiserin und sehen Lisha böse an.

„Sprich, wer hat dir erlaubt, in die Nähe der Kaiserin zu treten?", fragt einer der Männer sehr laut.

Eingeschüchtert tritt Lisha einen Schritt zurück.

„Bitte entschuldigt, ich habe wirklich nichts Böses im Sinn. Glaubt mir", stottert Lisha unsicher.

„Deine Kleidung und die Hautfarbe. Kommst du von sehr weit her?", fragt Sisi das Mädchen.

Lisha lächelt sie zuversichtlich an und erklärt. „Ja, das kann man so sagen. Da, wo ich herkomme, ist das gerade der letzte Schrei."

„Was für ein Schrei?", fragt eines der Kinder verwundert, doch wird dann von ihrer Mutter angewiesen, ruhig zu sein, wenn sich die Kaiserin unterhält.

„Wo kommst du her, Mädchen? Und wie ist dein Name?", fragt Sisi in sanftem Ton.

„Unsere Herkunft liegt in weiter Ferne. Ich heiße Lisha."

Ein zartes Lächeln erscheint auf dem makellosen Gesicht der Frau: „Du scheinst noch recht jung. Wissen deine Eltern, wo du dich befindest?"

„Nein, meine Schwester und ich fanden diesen Weg durch Zufall", erklärt Lisha. Sie wird von Sekunde zu Sekunde mutiger.

„Deine Schwester?", fragt Sisi.

„Ja. Jala ist ihr Name. Wir fanden einen Ring, der uns den Weg zeigte." Lisha achtet genau auf die Reaktion der Kaiserin, doch bevor sie etwas sagen kann, mischt sich der Kutscher in das Gespräch ein.

„Eure Hoheit, das stimmt nicht. Mir sagte dieses Mädchen, dass ihre Namen Lilli und Julia Gamba seien und sie Zauberer auf Durchreise sind."

Augenblicklich wird aus dem einst so zauberhaften Lächeln eine böse Miene.

„Wachen, ergreift sie!" Ab da geht alles sehr schnell.

Kaum hat Lisha begriffen, was geschieht, ist sie schon in den festen Händen der uniformierten Männer.

„Hilfe", schreit das Mädchen.

„Halt den Mund", befiehlt einer der Wachen.

„Lisha", ertönt es plötzlich aus der Ferne.

„Hau ab", schreit Lisha, doch zugleich weiß sie, dass dies für Jala nicht möglich ist. Auf schwachen Beinen steht Jala zusammen gekrümmt an der Hausecke, wo sie sich zuvor versteckt hielten. Verkrampft hält sie sich an der bröckeligen Fassade fest.

„Da ist ja noch so ein Dreckskind", kommt es aus dem Mund der Wache.

„Wie redet Ihr denn über meine Schwester?" Erschrocken sieht Lisha zu der Wache, während Sisi entgeistert zu dem zarten Mädchen sieht. „Jala", flüstert sie so leise, dass es niemand der anderen hört. „Bitte entschuldigt den Zwischenfall, Majestät", spricht einer der Wachen.

„Ich habe doch nichts getan, lasst mich endlich los! Das ist Freiheitsberaubung", schreit Lisha voller Angst in der Stimme, doch die Griffe der Männer werden nur fester. Sisi schüttelt erschrocken ihren Kopf, als wache sie gerade aus einem Tagtraum auf. „Bringt das Mädchen zu mir!", befiehlt sie dem Kutscher.

„Natürlich, Majestät." Der Kutscher macht sich sofort auf den Weg, erschrocken beobachtet von Lisha. „Nein, bitte, ich komm mit, ich tue alles, was sie verlangen, aber bitte lasst meine Schwester in Ruhe", fleht sie unter Tränen, doch niemand reagiert darauf. Als der Kutscher das autistische Mädchen bereits unsanft zu ihnen zieht, kommt Lisha ein letzter verzweifelter Einfall in den Sinn. „Sie wird einmal Kaiserin", schreit sie so laut, dass ihre Kehle schmerzt. Als hätte einer auf die Stopp-Taste gedrückt, bleiben alle regungslos in ihrer Bewegung hängen und sehen zu Lisha. Würde es in diesem Moment ein Erdbeben geben, bekäme es mit Sicherheit niemand mit.

„Bitte glaubt mir, wir wollen nur wieder nach Hause. Wir brauchen Eure Hilfe!", fleht Lisha die Kaiserin verzweifelt an. „Nach Hause." Lächelnd und zugleich nachdenklich sieht Sisi in die Ferne. „Majestät, was sollen wir denn nun mit den Mädchen machen? Sie haben sich unverschämt verhalten", wendet sich einer der Soldaten an die Kaiserin. „Nehmt mich mit, aber bitte bringen sie Jala nach Hause", bittet Lisha erneut. Der Soldat, der sie festhält, drückt sie mit einem gekonnten Griff zu Boden. „Schweig!" Weinend hockt das Mädchen auf dem nassen Boden. Sie sieht verzweifelt hoch zur Kaiserin. „Werfen sie das Mädchen in den Kerker, zwei Tage bei Wasser und Brot wird sie wieder zur Vernunft bringen", befiehlt Sisi.

„Nein", schreit Jala, die in diesem Augenblick vom Kutscher zu der kleinen Versammlung geführt wurde.

„Was ist mit diesem Gör?", will der Kutscher wissen. Mit straffem Griff umklammert er den zarten Arm des Mädchens. Jala ist sich sicher, nie wieder ihren Arm spüren zu können. „Um die werde ich mich persönlich kümmern", beschließt Sisi lächelnd. „Bringt sie in die Kutsche und bitte seid etwas behutsamer."

„Lisha", ruft Jala voller Angst in der Stimme, wie sie unsanft in die Kutsche geschubst wird.

„Jala, habe keine Angst. Dir wird nichts passieren. Vertraue mir, niemand kann dir etwas antun. Sisi will dich nur beschützen", ruft Lisha ihrer Schwester zu, als sie bereits von zwei Soldaten abgeführt wird.

Sie hätte ihr gern noch mehr verraten, um sie zu beruhigen, doch sie ist schon zu weit weg und die Tür der Kutsche geschlossen. Wird sie jemals wieder nach Hause zu ihrer Familie zurückkehren?

VIERUNDZWANZIG

Spurlos verschwunden

Gegenwart

Gegen Mittag kommen Alice und Marlec mit ihren Rädern nach Hause, sie schließen diese gerade am Zaun des Gartens an, da kommt ihnen Natalia aufgebracht entgegengelaufen. Alice sieht ihrer Mutter sofort an, dass etwas nicht stimmt. Ihr Gesicht weist hektische Flecken auf und die blonden kurzen Haare stehen in alle Richtungen zu Berge.

„Mum. Was ist denn los?", fragt Alice besorgt.

„Habt ihr Jala gesehen? Oder Lisha?"

Alice und Marlec schütteln ihre Köpfe. „Nein. Wir waren den ganzen Morgen unterwegs", erklärt Marlec.

Natalia streicht sich energisch durch die Kurzhaarfrisur, so dass sie nun noch verwuschelter aussieht, als sie es sowieso schon tat. „Das gibt's doch nicht."

Alice zieht ihre Augenbrauen zusammen. „Kapier ich nicht."

„Wann habt ihr eure Schwestern zuletzt gesehen?", fragt Natalia weiter.

„Gestern Abend", antwort Marlec sofort.

„Heute Morgen", fügt Alice hinzu. „Aber was soll die blöde Frage?", will sie genervt wissen. Sie zieht das Zopfgummi aus ihren lockeren Knoten und schüttelt die Haare aus.

„Die zwei sind verschwunden", sagt Natalia mit zittriger Stimme. Nervös tritt die sechsfache Mutter von einem Fuß auf den anderen. Alice hält in der Bewegung inne.

„Was?", fragt sie ungläubig.

„Sie sind schon den ganzen Vormittag weg. Anfangs ist es uns ja noch gar nicht aufgefallen – ich war mit Mo und Charles in der Stadt. Tajo hat gearbeitet und Zola hatte auch zu tun, aber als ich die beiden eben zum Essen rufen wollte, waren sie nicht da", erklärt Natalia verzweifelt. Doch Alice kann die Aufregung nicht verstehen. Sie streicht sich die Haare zurück, so dass sie lässig über ihre Schultern fallen. „Na, dann ist Lisha eben unterwegs, wo liegt das Problem?" Marlec hingegen scheint nun auch besorgt. Mit hängenden Schultern zieht er sein Handy aus der Hosentasche. „Ich rufe Lisha an." Während der Junge bereits wählt, winkt Natalia entmutigt ab. „Vergiss es, das habe ich schon hundert Mal probiert." Doch Marlec gibt nicht so leicht auf, er hält das Smartphone ans Ohr und lauscht dem Piepen.

„Alle ihre Schuhe stehen noch im Flur und ihr Rad steht auch in der Scheune", sagt Natalia währenddessen an Alice gewandt. Nun scheint Alice auch etwas irritiert.

„Aber wo sollen die zwei denn hin sein? Mal ganz abgesehen davon, dass Jala das Haus nicht verlässt."

Natalia nickt zustimmend. „Eben."

Kurz darauf hat sich die gesamte Familie in der Küche versammelt. Alle schauen ratlos drein.

„Wie kann es sein, dass die zwei wie vom Erdboden verschluckt sind?", fragt Jo. Der alte Herr nimmt seine zierliche Brille von der Nase und wischt sich mit der flachen Hand über die Augen. Tajo nimmt den pfeifenden Wasserkocher vom Herd und gießt das kochende Wasser mit Schwung in einen Becher, wo bereits ein Teebeutel drinhängt.

„Alles ist noch da. Die Klamotten, die Handys. Es ist unmöglich, dass sie das Haus verlassen haben", sagt der Vater, doch Charles schüttelt entschieden seinen Kopf.

„Falsch. Es ist unwahrscheinlich, aber unmöglich ist es nicht."

„Du kennst Jala nicht so gut wie wir, glaube mir, es ist unmöglich", wendet Natalia ein, die in diesem Moment den Becher mit dampfenden Pfefferminztee von ihrem Mann überreicht bekommt. Alice greift in die Schüssel mit Erdnüssen, die auf dem Tisch steht.

„Wieso sollte Lisha auch ohne sich Schuhe anzuziehen mit Jala das Haus verlassen und offensichtlich zu Fuß irgendwohin gehen, ohne jemanden Bescheid zu geben? Noch dazu das Handy hierlassen, das ergibt doch überhaupt keinen Sinn", meint das Mädchen kopfschüttelnd und steckt sich die gesalzenen Nüsse in den Mund.

„Das würde Jala nie schaffen. Außerdem geht sie nirgendwo ohne ihr Handy hin", mischt sich Marlec ein.

„Vielleicht weiß Simba ja was", vermutet Zola, die neben Marlec auf der Eckbank sitzt. Tinka hat sich auf den Schoß der alten Dame zusammengerollt und genießt eine ausgiebige Streicheleinheit.

„Wie kommst du denn jetzt auf Simba?", fragt Natalia erschrocken. Beinahe hätte sie sich an dem Tee verschluckt. „Der weiß überhaupt nichts." Natalia stellt den Becher vor sich ab und sieht verunsichert zu Tajo, der beruhigend seine Hand auf ihren Arm legt.

„Woher willst du das wissen?", fragt Marlec verwundert.

„Was Natalia eigentlich sagen wollte, ist, dass sie sich nicht vorstellen kann, dass Simba etwas weiß, da er und Lisha ja nicht gerade die besten Freunde sind", erklärt Tajo schnell. Alice, die nun doch eine Vermutung zu haben scheint, schiebt ihren Stuhl geräuschvoll zurück und steht auf.

„Ich rufe ihn trotzdem mal an, kann ja nicht schaden", sagt das Mädchen, während sie bereits ihr Handy aus der Hosentasche zieht und die Nummer von ihrem besten Freund wählt.

***

Während sich alle die größten Sorgen um die vermissten Teenager machen, ringt Simba mit seinen Gefühlen. Soll er Alice in alles einweihen? Die Wahrheit würde sie schockieren. Die ganze Wahrheit. Nichts wäre mehr so, wie es war. Ihre Freundschaft wäre hin, für immer.

Doch ist es nicht sowieso schon längst aus mit ihrer Freundschaft? Spätestens seitdem Till gestorben ist. Sie driften merklich auseinander und genau das ist es, was Simba eine Heidenangst bereitet. Er will Alice nicht verlieren, doch wenn er ihr die Wahrheit sagt, wird er sie verlieren. Aber er kann sie auch nicht mehr anlügen. Dafür bedeutet ihm das Mädchen einfach zu viel. Alice ist alles für ihn, er kann und will nicht ohne sie leben. Er will sie nicht verletzen.

Mit verfinsterter Miene starrt er angestrengt auf die Weide eines Reiterhofes, ganz in der Nähe des Safariparks. Wo die Pferde grasen, steht er am Zaun und sieht in der Ferne das schönste Lächeln, das ihm jemals begegnet ist. Sie liebt Pferde wirklich sehr, eine begnadete Reiterin.

Ist es Einbildung? Sehnsucht? Wunschdenken?

Erinnerungen an eine längst vergangene Zeit? Oder ist es eine böse Vorahnung?

Ein bekanntes Klingeln reißt Simba aus seinen Gedanken. Es dauert einen Moment, bis er merkt, dass es sein Handy ist, das in seiner Jackentasche steckt. Mit einem kurzen Blick, weiß er, wer ihn anruft.

Das Bild des hübschen Mädchens mit den pinkgefärbten Haaren und den Nasenpiercing lächelt ihn so charmant an, wie das Lachen, das er niemals vergisst.

„Hallo Alice.“

Als Alice die Stimme ihres Freundes hört, verlässt sie die Küche. Erst im Flur spricht sie in ihr Handy.

„Lisha und Jala sind verschwunden“, sagt Alice direkt und ohne Umschweife.

Das Lächeln des Jungen verschwindet augenblicklich. „Was ist los?", fragt er verwundert – er denkt, sich verhört zu haben.

„Etwas Schreckliches ist passiert. Ich weiß nicht, was ich machen soll." Alice merkt, wie sich Tränen bilden; auch ihre Hände werden ganz kalt und feucht. „Kannst du kommen?", fragt sie mit zittriger Stimme.

„Ich bin schon unterwegs." Noch in dem Moment, wo er dies ausspricht, läuft Simba zurück zu seinem Mountainbike, das an der anderen Straßenseite steht. Natürlich hatten sie in letzter Zeit nicht die beste Beziehung, doch Alice war noch immer seine Freundin und wenn sie ihn braucht, ist er da. Ganz egal, worum es geht.

Nach dem Telefonat mit ihrem Freund ist Alice direkt in ihr Zimmer gegangen. Sie wollte nicht vor ihrer Familie weinen. Denn ihre Familie kennt sie zu gut. Wenn Alice weint, dann ist etwas wirklich Schlimmes passiert. Andernfalls sind Gefühle nicht so ihr Ding.

Denn als einzige weiß sie, wo sich ihre Schwestern befinden. Zwar hat es ihr niemand gesagt, aber sie kann es sich denken. Doch in welcher Zeit befinden sich Lisha und Jala? Und viel wichtiger: Wie kommen sie von dort wieder nach Hause?

Weinend bricht Alice am Schreibtisch ihrer Schwester zusammen. Dabei berührt sie unbeabsichtigt die Tastatur des Computers. Der Bildschirm, der wohl nur auf Standby geschaltet war, leuchtet hell, was Alice Aufmerksamkeit erlangt.

Zu sehen ist das Bild einer schillernden Persönlichkeit. Alice liest die Überschrift: „Die Kaiserin, die lieber Elfenkönigin sein wollte."

Gerade in dem Moment, als Alice den Internetaufruf herunter scrollen will, öffnet sich ihre Zimmertür und Simba steht hinter dem Teenager. Fassungslos starrt er auf das Bild, das nach wie vor den halben Bildschirm des Computers bedeckt.

Erschrocken dreht sich Alice um: „Hast du noch nie etwas von Anklopfen gehört?", fährt sie ihren Freund an. Schnell wischt sie ihre Tränen weg.

„Tut mir leid. Ich dachte, es sei ein Notfall, ich bin so schnell gekommen, wie ich konnte", erklärt Simba atemlos, doch dann fragt er Alice ganz direkt ins Gesicht: „Sind Jala und Lisha durch die Zeit gereist? Zu Sisi?"

„Was? Zu wem?" Alice scheint ehrlich verwirrt, als sie aus roten Augen ihren Freund ansieht. Wortlos deutet Simba mit seinem Zeigefinger auf das Bild der Kaiserin. Alice dreht sich zum Computerbildschirm um. „Elisabeth, wie im Ring", murmelt sie. „Die Kaiserin, die Mutter von Charles." Stück für Stück scheinen sich die Puzzleteile in ihren Kopf zusammenzusetzen. „Von ihr ist die Zeitmaschine." Nun dreht sie sich wieder zu Simba um. „Aber was hast du damit zu tun?"

„Das ist jetzt unwichtig, wir müssen so schnell wie möglich rauskriegen, wo sich Jala und Lisha befinden. Wenn sie wirklich im 19. Jahrhundert sind, kann es verdammt gefährlich werden."

„Wenn den beiden was passiert, dann …", schluchzt Alice und fällt weinend zu Boden. Nur Simbas schnellen Reflexen ist es zu verdanken, dass sie nicht ganz auf dem harten Boden aufprallt – er greift ihr unter die Arme und führt sie zu Lishas Bett.

„Ich habe Lisha erst nicht geglaubt, obwohl ich selbst gesehen habe, wie sich Jala vor meinem Augen in Luft aufgelöst hat aber das schien alles so unlogisch und dann war da diese Sehnsucht nach Till und ich habe Jala angezickt, weil sie mir nicht den Ring geben wollte", sagt Alice unter Tränen, wie sie sich auf das Bett fallen lässt. Simba setzt sich dazu und legt beruhigend seinen Arm um das Mädchen.

„Woher hat Jala den Ring?", fragt er unsicher.

„Von mir, ich habe ihn gefunden", erklärt Alice schulterzuckend. „Jala wollte sich den nur kurz ansehen, doch dann ist sie verschwunden und als sie wieder da war, wollte sie mir den Ring nicht zurückgeben." Nachdenklich schüttelt Alice ihren Kopf. „Ich hätte sie nicht so angehen sollen, ich dachte echt, Zeitreisen wären eine Erfindung der Filmindustrie, aber ich wollte doch nur zu Till."

Simba sieht seine Freundin nachdenklich an. „Weiß Marlec auch Bescheid?", versucht er mehr aus Alice rauszubekommen. Das Mädchen wischt sich mit dem Arm über die rot geweinten Augen und erzählt Simba, was Marlec ihr am Morgen erzählte.

Simba lässt Alice los und springt auf, unverständlich sieht er auf das Mädchen hinab. „Warum hat mir niemand erzählt, dass Charles hier ist?", rutscht es vor Wut aus ihm raus. Wütend tritt Simba gegen einen Fußball, der vor seinen Füßen liegt, dieser prallt mit Schwung gegen den Kleiderschrank, das Puppenhaus, das auf dem Schrank steht, kommt verdächtig ins Wackeln. Langsam rollt der Ball zurück und bleibt vor Alice Füßen liegen. Ihr Blick fällt auf das eingestaubte Überbleibsel ihrer Kindheit. Erneut nähern sich Tränen, als sie daran denkt, dass Natalia das Playmobil-Traumhaus schon mehrfach verkaufen wollte, doch die sonst so coole Alice konnte sich einfach nicht trennen. Da war ihre Welt noch in Ordnung.

Ihr fällt Simba wieder ein und seine seltsame Frage: „Woher kennst du Charles? Erzähle mir endlich, was du weißt!", fordert Alice ihren Freund auf. Sie verschränkt ihre Arme ineinander und lehnt sich zurück. „Ich weiß genauso wenig wie du", lügt Simba. Alice pustet sich genervt eine Haarsträhne aus dem Gesicht. „Ich hoffe, du strebst keine Schauspielkarriere an."

Die Hände in den Taschen der knielangen Cargohose vergraben, marschiert Simba im Raum auf und ab. „Alice, ich kenne dich seit dem Sandkasten. Ich wusste immer, was du denkst, noch bevor du es selbst wusstest. Aber seit Tills Unfall habe ich das Gefühl, dich gar nicht mehr zu kennen. Du hast dich so verdammt verändert!"

„Ja, mag sein, aber vergiss nicht, dass ich 16 bin und keine sechs mehr. Natürlich habe ich mich verändert! Wer tut das nicht auf dem Weg zum Erwachsenwerden?" Alice merkt nicht, wie sie von Wort zu Wort lauter wird, so laut, dass sie bis auf den Flur zu hören ist.

„Was schreist du denn so?"

Erschrocken sieht Alice in Marlecs überraschtes Gesicht, der zusammen mit Charles in der offenen Tür steht. Auch Simba hatte die zwei Jungs nicht kommen hören. Er bleibt stehen und starrt schockiert den fremden Jungen an. Er bekommt beinahe Herzrasen, vor Panik. „Charles", spricht er tonlos, ohne daran zu denken, sein Geheimnis zu bewahren.

„Du kennst ihn also doch", stellt Alice fest.

Charles sieht sein Gegenüber verdattert an. Das Fragezeichen, welches sich in seinem Kopf breit macht, ist ihm deutlich anzusehen.

Simba sieht wie erstarrt in das Gesicht des Jungen. Keiner der vier regt sich. Marlec ist nach einigen Minuten der Erste, der sich wieder fängt. Er geht auf Simba zu und berührt ihn vorsichtig am Arm, woraufhin dieser erschrocken zusammenzuckt und nun den Jungen fragend in die erstaunten Augen sieht.

„Was ist hier los?", fragt Marlec sachlich, doch Simba antwortet nicht; er reißt sich los und verlässt fluchtartig das Zimmer.

„Wer war das?", fragt Charles verwundert, nachdem Simba die Tür hinter sich ins Schloss fallen ließ.

„Simba. Mein bester Freund", erklärt Alice. „Was wolltet ihr eigentlich?", fragt Alice dann an die Jungs gewandt.

„Jala und Lisha zurückholen. Ich denke, dir ist genauso gut wie mir bewusst, dass die zwei durch die Zeit gereist sind", erklärt Marlec und lässt sich in den Sitzsack fallen. Mit gestrafften Schultern geht Charles zu Alice und sieht sie ungewohnt selbstbewusst an. „Ich weiß nicht wie, aber es steht fest, ich bin 200 Jahre in die Zukunft gereist."

Alice betrachtet den Jungen von Kopf bis Fuß, die Haare brav gescheitelt, das Gesicht so blass, als hätte er jahrelang keine Sonne gesehen. Er trägt ein kariertes Hemd, welches er sich in der Stadt ausgesucht hat. Die Ärmel hat Marlec ihm locker nach oben gekrempelt und ihm geraten, zumindest die ersten zwei Knöpfe zu öffnen. Dazu trägt er eine grüne Cargohose, die nicht wirklich zum Hemd passt, jedoch konnte ihn Natalia nicht davon abhalten, dies so zu tragen. Zuletzt starrt Alice auf seine Füße, die in grauen Socken stecken. Ein ungewolltes Lächeln huscht über ihre Lippen: Wer trägt denn bei 30° im Schatten Socken?

„Sieht so aus", nuschelt Alice mit Blick auf die Füße des Prinzen.

„Zuerst einmal müssen wir uns eine Ausrede für die anderen einfallen lassen. Mum und Dad machen sich wirklich Sorgen, sie müssen beruhigt werden, und dann ...", beginnt Marlec, laut zu überlegen.

„Das wird aber schwierig, immerhin geht's um Jala", unterbricht Alice ihren Bruder, doch der ignoriert diesen Einwand.

„Und dann müssen wir rauskriegen, wo sich Jala und Lisha befinden, um sie zurückzuholen", führt der Junge fort.

„Und wie soll das gehen?" Verzweifelt streicht sich Alice ihre Haare nach hinten und lässt sich zur Seite ins Kopfkissen fallen, das nach ihrer vermissten Schwester riecht.

„Lisha ist meine beste Freundin, sie ist meine Schwester und Jala, klar ist es kein Geheimnis, dass ich sie manchmal nicht ausstehen kann, doch so ist das eben bei Geschwistern, oder? Trotz alledem will und kann ich nicht ohne sie leben. Ich brauche doch jemanden, den ich morgens angiften kann."

Charles zögert einen Moment, doch dann setzt er sich zu Alice aufs Bett.

„Ihr habt wirklich eine tolle Familie. Ihr seid alle so verschieden, doch wenn es drauf ankommt, immer füreinander da. Meine Familie ist nicht so; zuhause geht es stets um die Etikette und Sitten, da liebt keiner den anderen und das, obwohl wir alle das gleiche Blut in uns tragen."

Alice richtet sich wieder auf und sieht den Zeitreisenden neben sich an. „Das klingt ja schrecklich." Mitfühlend legt Alice ihre Hand auf Charles Schulter, doch der scheint keineswegs traurig über seine Vergangenheit. Er nickt.

„Auch wenn Mutter sehr streng ist, ist sie die Einzige, bei der ich ab und an das Gefühl hatte, geliebt zu werden. Sie nahm mich damals aus der strengen Erziehung unseres Vaters und ließ mich für einige Zeit Kind sein", erklärt er.

Marlec, der noch immer an der Seite im Sitzsack sitzt und die letzten Minuten schweigend Charles und Alice betrachtet hat, schüttelt nun seinen Kopf, als wolle er einen unschönen Gedanken wegwischen. „Wie auch immer, ich hätte zumindest eine Idee, was wir Mum und Dad sagen."

FÜNFUNDZWANZIG

Eingesperrt

Ohne nach rechts und links zu sehen, rennt Simba durch den untersten Flur auf direkten Weg zu Eingangstür, als Tajo die Küche verlässt und seinen Ex-Angestellten sieht.

„Simba", begrüßt er den Jungen überrascht.

Er wollte es nicht tun, er wollte so schnell es geht dieses Grundstück verlassen. Doch nun, wo Tajo ihn sieht, kommt ihm dieser Zufall gerade recht. Simba bleibt ruckartig stehen, atmet einmal tief durch und sieht Tajo dann direkt ins Gesicht.

„Warum habt ihr mir nichts gesagt?", fragt er erstaunlich ruhig, doch Tajo spielt den Ahnungslosen.

„Was gesagt? Simba, wovon um alles in der Welt sprichst du?"

Der Junge schnaubt verächtlich auf und verschränkt die dunklen Arme vor der Brust. „Nun tu doch nicht so. Du wirst ja wohl noch wissen, wer dein Haus betritt."

Tajo zuckt seine Schultern. „Naja, ich wusste ja auch nicht, dass du hier bist."

Auf der Stirn des 18-Jährigen kräuseln sich ärgerliche Falten. „Hörst du bitte auf mit dem Schwachsinn! Ich habe jetzt wirklich keinen Kopf für so etwas." Tajo steckt seine Hände in die Taschen der schwarzen Jeans; anders als Simba scheint er sehr ruhig. Gelassen sagt er: „Wenn du mir endlich sagen würdest, wovon du sprichst, gerne."

Simba nimmt seine Arme auseinander, er zeigt mit dem Finger an die Decke über ihn. „Ich spreche von Charles!"

„Was ist mit Charles?"

Der Junge schüttelt belustigt seinen Kopf: „Sag mal, wie lange willst du das Spiel eigentlich noch spielen?"

Tajo atmet hörbar aus. „Simba. Ich schwöre dir, ich habe keine Ahnung, wovon du sprichst."

„Ach und davon, dass sich Alice Bruder da oben mit ihr einen netten Nachmittag macht, hast du wohl auch keine Ahnung?"

Tajo scheint noch immer nicht zu verstehen.

„Was ist so schlimm daran, wenn Alice und Marlec Zeit zusammen verbringen?"

„Ich spreche nicht von ihrem Pflegebruder. Ich spreche von ihrem leiblichen Bruder!"

Mit weit aufgerissenen Augen starrt Tajo entsetzt zu Simba. „Du hast ihn erkannt?" Mit einmal scheint der Mann nicht mehr so ruhig und gelassen zu sein wie am Anfang des Gespräches. Schuldbewusst sieht er Simba an.

Stumm nickt dieser.

„Es tut mir leid, ja, wir wussten gleich, wer Charles ist, aber Natalia und ich hielten es für besser, dich erstmal da rauszuhalten. Woher weißt du, dass er Alice Bruder ist?"

„Weil ich mich im Gegensatz zu dir für meine Kinder interessiere, ach und übrigens: Alice weiß von den Zeitreisen." Mit diesen Worten lässt Simba den Pflegevater stehen und verlässt das Haus.

„War das gerade Simba?" Natalia ist aus der Küche gekommen und legt ihre Hand auf die Schulter ihres Mannes ab, der noch immer sprachlos im Flur seines Hauses steht und auf die braune Holztür sieht.

„Ist alles in Ordnung?", fragt Natalia besorgt. „Wusste er, was mit Jala und Lisha ist?"

Tajo schüttelt langsam seinen Kopf.

***

Ein leises Klopfen deutet an, dass jemand vor Alice Zimmer steht.

„Ja", ruft sie unüberhörbar. Langsam öffnet sich die Tür.

Alice und Charles sitzen nach wie vor auf Lishas Bett; nur Marlec steht mitten im Raum, als Natalia und Tajo das Zimmer betreten.

„Na, ihr drei", begrüßt Natalia die Jugendlichen zaghaft.

„Gut, dass ihr kommt." Alice springt auf und setzt ihr bestes künstliches Lächeln auf. „Ich wollte auch gerade zu euch. Lisha hat sich gemeldet. Sie ist mit Jala bei einer Klassenkameradin, sie wurden heute morgen abgeholt, um an einem Schulprojekt zu arbeiten, sie werden wohl über Nacht bleiben."

„Es sind Ferien", wundert sich Tajo.

„Ja richtig, ist ein Ferienprojekt. Typisch Lehrer, sie lassen einen nicht mal in den Ferien in Ruhe."

„Jala geht nicht mit euch in eine Schule und ist jünger."

Natürlich hat sich Marlec auch für diesen Einwand eine passende Ausrede überlegt.

„Stimmt, aber das Projekt handelt über Autismus, deshalb hat sich Jala quasi freiwillig als Versuchsobjekt gemeldet", erklärt der Junge.

„Und warum haben sie uns nichts davon erzählt?", fragt Natalia.

„Vergessen. Ihr wart so beschäftigt, da wollten sie euch halt nicht stören", erklärt Alice rasch.

„Und warum haben sie nichts mitgenommen?", will Natalia weiter wissen.

„Das Projekt handelt nicht nur von Autisten, sondern auch um Besitz, sie wollen testen, wie es ist, einen Tag ohne Handys und dergleichen auszukommen. Deshalb könnt ihr sie auch nicht anrufen", lügt Alice weiter.

Natalia und Tajo sehen sich skeptisch an. Alice bemerkt ihre Blicke, geht einen Schritt auf ihre Pflegeeltern zu und legt ihre Hand auf den Arm ihrer Mutter ab: „Ihr müsst euch keine

Sorgen machen. Ehrlich, den beiden geht es gut." Eindringlich hofft Alice, dass es die Wahrheit ist. Sie macht sich die größten Sorgen, doch das dürfen ihre Eltern nicht merken.

„Und morgen sind sie ja zurück", versichert Charles, der das Gespräch bisher unbeteiligt verfolgt hat.

„Hoffentlich", murmelt Alice unüberlegt, doch das scheinen die zwei nicht gehört zu haben. Sie scheinen sich im Moment mit anderen Gedanken zu beschäftigen. Alice tritt einen Schritt zurück und grinst beide zuversichtlich an. Auch Natalia und Tajo werfen sich erneut einen Blick zu, bevor sie den Raum wieder verlassen.

***

Alles ist grau um Alice, sie sieht sich panisch um. Ganz allein im schwarzen Dunkel der Nacht rennt sie um ihr Leben. Sie hat nur einen einzigen Gedanken: Weg von hier, weg vom Palast, weg von den zwei Gestalten, die sie mit einer Waffe bedroht haben. Gerade so konnte sie sich losreißen und nur einem Ablenkungsmanöver ihrer Schwester ist es zu verdanken, dass sie noch am Leben und nun auf der Flucht ist. Ihre Hände sind dreckig vom staubigen Untergrund, auf den sie gefallen ist, die Knie rot und blau. Sie hat knielange weiße Strümpfe an, wie es zu der Zeit üblich war, doch das Blut, welches an ihren Knien runter läuft, versaut die hellen Strümpfe vermutlich für immer. Das karierte Kleid, welches ihren schlanken Körper ziert, ist nass und zerlöchert. Bei ihrer Fluchtaktion blieb sie an einen Rosenbusch hängen, dessen Spuren noch deutlich zu sehen sind. *Die Rose des Todes* kam ihr als Gedanke in den Kopf geschossen, ein Krimi, den sie vor nicht allzu langer Zeit im Fernsehen sah. Ein sehr guter Film ohne Happy End. „Jala, Lisha!" Ihre Gedanken haben bald nur noch ein Bild: Jala und Lisha, händchenhaltend, wie sie sich immer mehr von ihr entfernen. Sie vermisst ihre Schwestern wirklich sehr, sie wünscht, nie in dieses Abenteuer geraten zu sein. Wird sie die beiden jemals wiedersehen? Alice rennt noch immer durch die leeren Gassen von Wien. Ihr Puls schlägt immer lauter, ihr Herz, da ist sie sich sicher, kann man bis in die Gegenwart hören. Dort, wo sie jetzt auch gern wäre. Die langen, pinken Haare fallen ihr immer wieder ins Gesicht, sodass sie mit einmal einen Stein, der auf dem Gehweg liegt, übersieht und prompt darüber fällt. Dort liegt sie nun bewusstlos und mit einer hässlichen Beule an der Schläfe, getrocknete Tränen und verlaufene Wimperntusche zieren ihr Gesicht. Sie sieht ihr altes Leben im Geiste vor sich, ihre Familie, ihr Zuhause, ihre topmoderne Welt.

„Alice, komm zurück, ich brauche dich", hört das hübsche Mädchen mit einmal eine Stimme.

„Till", kommt es tonlos von ihren Lippen.

Er reicht ihr seine Hand. „Komm zurück. Lass uns all das hier hinter uns lassen und neu beginnen."

„Ich kann aber nicht!", antwortet Alice. Sie steht von allein auf und lässt ihre erste große Liebe links liegen, denn da steht noch jemand etwas abseits von Till, sie sieht ihn aus leuchtenden Augen an.

„Ich lasse dich nie allein", ruft er und sie fällt diesem jungen Mann glücklich in die Arme. „Für immer vereint", flüstert er ihr sanft ins Ohr.

Schweißgebadet schreckt Alice aus ihrem Traum hoch. Hilflos sieht sie sich im dunklen Raum um, ihre Hand tastet an der Wand nach dem Lichtschalter. Als sie diesen spürt, knipst sie das Licht an und wirft ihre Bettdecke zurück.

„Oh Gott. Was war das für ein seltsamer Traum", spricht sie leise.

Sie nimmt ihr Kopfkissen in ihre Hände. Unter ihm liegt ein kleiner herzförmiger Stein. Sie bekam ihn zum zehnten Geburtstag von Till geschenkt.

Damals nahmen die Kinder an, er sei in sie verliebt. Doch wer weiß schon mit Zehn, was wahrer Herzschmerz bedeutet. Seither ist es ihr Glücksbringer und hat die letzten Monate unter ihrem Kissen gelegen, um die bösen Träume zu verjagen. Es hatte geholfen. Bis eben.

Sie nimmt den Stein an sich und legt ihn an ihre Brust. Ihre Augen schließen sich. Dort sieht sie jemanden vor ihrem inneren Auge. Ein Vertrauter und zugleich bekannter junger Mann mit schwarzen Locken und träumerischen dunklen Augen, der sie liebevoll anlächelt.

„Ich will zu Lisha." Mit diesen Worten auf den Lippen schläft Alice wieder ein und gerät in einen unruhigen Schlaf. Sie träumt von Dinosauriern, Kriegen, Neandertalern und zwischen alledem ihre Schwestern.

Wien, 1871

Ein dunkler Kerker ohne Fenster. Hinter massivem Eisengitter eingesperrt. Nicht mal in ihren schlimmsten Albträumen hätte sich Lisha vorstellen können, so etwas einmal zu erleben. Und dann auch noch im 19. Jahrhundert. Als sei sie eine Puppe wurde sie von den Soldaten in diesen viel zu engen Raum geschubst, bevor sie das Gitter mit einer dicken Kette verschlossen. Zusammengekrümmt liegt sie nun auf dem kalten Steinboden.

„Was hast du getan?"

Erschrocken richtet sich Lisha auf, doch sie sieht niemanden. „Wer ist da?", fragt sie etwas unsicher. In dem Moment flimmert ein kleines Licht in der Ecke auf, eine Taschenlampe kommt dem Mädchen in den Sinn, bis ihr einfällt, dass diese Erfindung erst noch gemacht werden muss. Eine Fackel erleuchtet die Umrisse eines Gesichtes.

„Kannst mich Nico nennen."

Lisha steht langsam auf und tritt etwas näher an Nico ran, nun sieht sie den Jungen, der die Fackel in den Händen hält, genauer. Zumindest soweit es die schwache Beleuchtung zulässt, erkennt sie einen dunkelhaarigen, etwa 17-jährigen Jungen in zerfetzter Kleidung, mit Dreck im Gesicht und blauen Flecken an den Beinen, der auf einem harten Holzbalken sitzt und müde lächelt. „Und mit wem habe ich die Ehre?"

„Lisha."

Nachdenklich betrachtet er das Mädchen von Kopf bis Fuß. „Du siehst nicht so aus, als würdest du von hier kommen", stellt er fest.

Lisha zuckt unschlüssig ihre Schultern.

„Sehr gesprächig scheinst du ja nicht zu sein. Was hast du denn angestellt?"

„Ich glaube, ich habe die Kaiserin beleidigt."

Nico pfeift hörbar durch seine Zähne. „Krass."

Etwas geschmeichelt lächelt Lisha, doch dann fällt ihr etwas Eigenartiges auf. Augenblicklich verzieht sich das Lächeln und sie sieht den Jungen aus ernster Miene an

„Was ist?", will dieser daraufhin wissen.

„Deine Sprache?"

„Was ist damit?"

„Du sprichst so modern."

„Kapier ich nicht."

„Na, genau das meine ich; solche Ausdrücke gab es im 19. Jahrhundert noch nicht und – Nico, der Name klingt auch nicht gerade so, als sei er 200 Jahre alt."

Nico muss sich deutlich ein Grinsen verkneifen, was Lisha jedoch falsch versteht.

„Und was soll das jetzt? Lachst du mich aus?" Beleidigt verschränkt das Mädchen ihre Arme vor der Brust.

„Würde ich nie wagen."

„Wer bist du?", fragt Lisha misstrauisch.

„Nico."

„Ja, danke. Und weiter?"

„Nico muss reichen."

„Woher kommst du?"

„Du meinst, aus welcher Zeit?"

Erschrocken sieht Lisha den Jungen an.

„Keine Panik, ich habe längst kapiert, dass du auch eine Zeitreisende bist."

„Wie kommst du denn darauf?", fragt Lisha gespielt überrascht, doch Nico deutet nur auf ihre Kleidung und lächelt charmant.

Daraufhin nickt Lisha anerkennend und wiederholt ihre Frage: „Woher kommst du?"

„Aus der Zukunft."

„Und aus welchem Jahr?"

„2024, aber geboren werde ich erst ein Jahr später, aufgewachsen bin ich in vielen verschiedenen Zeitepochen, bei meinem Vater."

Vor Erstaunen klappt Lisha den Unterkiefer runter, mit offenem Mund starrt sie den Jungen an.

„Ich weiß, nicht jeder 16-Jährige kann so einen coolen Lebenslauf vorweisen."

„Wie, also ich meine, wie ist das …", stottert Lisha

„Wie das möglich ist, willst du wissen?", beendet Nico ihren Satz.

„Meine Eltern sind beide Zeitreisende", erklärt er, als sei es das Natürlichste der Welt.

„Krass."

„Meine Worte, aber willst du dich nicht endlich zu mir setzen? Ist zwar nicht so gemütlich wie ein Designersofa, aber immer noch besser als sich die Beine in den Bauch zu stehen."

Lisha muss nicht lange überlegen – entschlossen geht sie zu dem Jungen und setzt sich neben ihn auf den Holzbalken.

„Warum hast du mit deinem Vater in so vielen verschiedenen Zeiten gelebt?", fragt sie neugierig. „Oder ist das zu persönlich? Sorry, ich hätte nicht fragen dürfen", spricht sie so gleich weiter.

„Nein, nein, schon gut. Meine Mutter war erst 16, als sie mit mir schwanger wurde und mein Vater 20. Meine Mutter war wohl echt überfordert, sie konnte sich nicht um ein Baby kümmern. Schließlich war sie selbst noch ein halbes Kind. Also hat mich mein Vater zu sich genommen." Nico nimmt die Fackel in die andere Hand und dreht sich zu Lisha. Durch den Schein sieht sie sein charmantes Lächeln. Ungewollt macht ihr Herz einen kleinen Hüpfer. „Ist das nicht illegal?" Aus großen Augen starrt Nico das Mädchen an. „Ein Kind zu bekommen?"

„Nein, mit 20 eine 16-Jährige zu schwängern."

Nico zuckt seine Schultern. „Wenn es einseitig ist, ja. Außerdem ist es zu dieser Zeit ganz normal, mit 16 Mutter zu werden und einen älteren Mann zu haben."

„Das erklärt aber nicht die verschiedenen Zeiten", hakt Lisha nach.

„Mein Vater liebt das Zeitreisen und er konnte nie sehr lange an einem Ort bleiben."

„Und wie ist das mit der Schule gegangen?", fragt Lisha neugierig.

„Mein Vater brachte mir Lesen, Schreiben und Rechnen bei. Mehr muss ich nicht können, sagte er immer und die Zeitreise ist ja wohl der beste Geschichtsunterricht, den man sich vorstellen kann", erklärt er locker.

„Doppelt krass."

SECHSUNDZWANZIG

Schockierende Erkenntnis

Nico ist von Lishas Begeisterung über sein Leben zwar geschmeichelt, doch es ist ihm auch etwas unangenehm. Gern hätte er eine halbwegs normale Kindheit gehabt. Stattdessen war er ständig auf der Flucht und hatte nie ein Zuhause. Er wendet sich von dem Mädchen ab und sieht starr auf den staubigen Boden.

„Und deine Mutter hat das einfach zugelassen? Waren deine Eltern denn nie zusammen?", fragt Lisha weiter.

Nico zuckt seine Schultern. Den Blick noch immer nach unten gerichtet, antwortet er: „Keine Ahnung, mein Vater hat nie von ihr gesprochen, aber was ich weiß ist, dass sie im 21. Jahrhundert lebt. Deshalb befinde ich mich momentan auch dort, ich möchte sie kennenlernen."

„Verstehe und was macht dein Vater gerade? Ist er damit einverstanden?"

„Er weiß es nicht. Keine Ahnung, wo er sich momentan befindet, vielleicht bei den Wikingern oder bei den Dinosauriern."

„O ja, vielleicht reitet er gerade auf einem Tyrannosaurus", lacht Lisha.

Nico sieht wieder auf, direkt in das dunkle Gesicht des Mädchens. Aus ernster Miene spricht er:

„Für dich mag das alles wie ein Witz klingen, aber für mich ist es mein Leben und bevor du fragst: Ich hatte eine schöne Kindheit. Zwar ohne Handys, Internet oder Freunden, klar, ich hatte auch kein sicheres Zuhause, aber ich hatte einen tollen liebevollen Vater, der immer für mich da war und sein Bestes gab, um Mama, Papa und Kumpel in einem zu sein."

„Warum willst du dann deine Mutter kennenlernen?"

Nico zuckt seine Schultern, bevor er antwortet. „Vielleicht, weil ich wissen will, wo ich herkomme."

Lisha muss an ihre eigene Vergangenheit denken. Ihre Mutter war drogenabhängig und mit sechs wurde sie vom Jugendamt da rausgeholt. Bevor sie adoptiert wurde, verbrachte sie zwei qualvolle Jahre im Heim. Das war keine schöne Zeit. „Glaube mir, es ist nicht wichtig, wo deine Wurzeln liegen. Wichtig ist, dass du weißt, wer deine Familie ist."

„Erzähl mal von dir, wie bist du hergekommen und aus welchem Jahr kommst du überhaupt?", wechselt Nico das Thema.

„Auch aus 2024, das ist einfach zu beantworten, aber wie ich hergekommen bin, ist ziemlich kompliziert."

„Verstehe. Sind deine Eltern auch Zeitreisende?"

„Nein", antwortet Lisha sofort. „Ich lebe nicht bei meinen leiblichen Eltern. Ich wurde mit acht Jahren adoptiert und meine Pflegeeltern sind klasse, ich könnte mir wirklich keine besseren vorstellen, aber in den letzten Tagen ist so einiges ans Licht gekommen, was zuvor im Verborgenen lag." Lisha ist sichtlich müde. In den letzten Stunden ist wirklich eine Menge passiert. Sie unterdrückt ein erschöpftes Gähnen.

„Dreifach krass."

„Eigentlich wollten wir nur zu Till, also ein paar Wochen zurück, doch stattdessen sind wir hier gelandet", führt Lisha fort.

„Moment, Till?" Erschrocken blickt Nico das Mädchen an.

„Ja, unser Freund, er starb vor einigen Wochen bei einem Fahrradunfall", erklärt sie.

„Das tut mir leid", murmelt Nico. Dann fragt er: „Deine erste Zeitreise?"

Wortlos nickt sie. „Als ich zum ersten Mal alleine gereist bin, ist auch so einiges schiefgegangen. Sei froh, dass du nur hier gelandet bist", spricht Nico weiter.

„Wieso? Wo bist du denn gelandet?"

„Das willst du gar nicht wissen", winkt er lachend .

„Jetzt erst recht."

Nico verdreht seine Augen.

„Du gibst wohl nicht so schnell auf."

„Nicht, wenn mir etwas wichtig ist."

„Und ich bin dir wichtig?", fragt er grinsend.

Erneut klopft Lishas Herz eine Spur zu schnell. Dies ignorierend antwortet sie jedoch: „Quatsch. Ich kenne dich doch gerade mal 15 Minuten. Sorry, aber ich bin von Natur aus neugierig. Also?"

„In der Steinzeit", antwortet Nico zähneknirschend und Lisha kann sich vor Lachen kaum halten.

„Ist nicht wahr. Und wie bist du da wieder rausgekommen?"

„Mein Vater hat mich zurückgeholt, als ich mich bereits an mein neues Leben gewöhnt hatte und begriffen habe, wie man sich untereinander verständigt."

„Das kann ich mir nur allzu gut vorstellen – du in der Steinzeit, da wäre ich gern dabei gewesen."

„Mit dir wäre es auf jeden Fall lustiger geworden, auch wenn es mein Vater gar nicht lustig fand. Der hat mich danach voll rund gemacht, es war nämlich eine heimliche Aktion. Eigentlich durfte ich nicht ohne ihn reisen." Nicos Wangen nehmen einen leichten Rotton an. Beschämt streicht er sich durch seine schwarzen Locken.

„Wie alt warst du?"

„Zehn."

„Also während ich im Sandkasten saß und Matschkuchen gebacken habe, bist du schon durch die Zeit gereist und hast alle wichtigen Ereignisse der letzten Jahrhunderte live erlebt.

Oder hast du auch noch ein anderes Leben?", fasst Lisha in Kurzform Nicos Kindheit zusammen.

„Kaum, ich bin quasi ein wandelndes Geschichtsbuch."

„Kennst du auch berühmte Persönlichkeiten? Die, die eigentlich schon lange tot sind?", fragt Lisha gespannt. Sie findet dieses Thema so fesselnd, dass sie schon fast Jala vergessen hat.

„Nenn mir einen."

„Albert Einstein."

„Lustiger Typ, manchmal etwas zerstreut, aber sehr nett."

„Nicht dein Ernst, du hast echt Albert Einstein kennengelernt? Wow, er ist einer meiner absoluten Idole."

Nico sieht das Mädchen durch das schwache Leuchten der Fackel erstaunt an. „Jetzt sag nicht, du bist auch einer dieser Wissenschafts-Freaks."

„Naja, ich lese viel, schreibe gute Noten und interessiere mich für Geschichte, Formeln und komplizierte Gleichungen. Man nennt mich auch Streberin."

Nico scheint ernsthaft beeindruckt. „Das hätte ich dir gar nicht zugetraut."

Diesmal ist es Lisha, deren Gesicht einer überreifen Tomate gleicht. „Jetzt erzähle du mal, wie bist du eigentlich hier rein geraten?", fragt sie.

„Ich habe nur versucht, etwas zurückzuholen, was mir gehört, aber hat halt nicht geklappt."

„Du hast geklaut?"

„Und jetzt denkt der Typ von Kaiser, ich hätte was mit dem Verschwinden von Charles zu tun", spricht Nico die Frage ignorierend weiter.

Interessiert horcht Lisha auf. „Charles?"

„Ja, der ist wohl spurlos verschwunden – kein Wunder bei dem Vater. Wenn du mich fragst, war das nur noch eine Frage der Zeit. Dad hatte recht, Franz ist kein Mensch, er ist eine herzlose Maschine."

„Dein Vater kennt den Kaiser persönlich?"

„Er war mal mit Sisi befreundet, aber das ist lange her, sagt er immer, vielleicht hatten die auch mal was, keine Ahnung. Er spricht nicht viel darüber, aber was ich neulich erst rausgefunden habe ist, dass Sisi meine Großmutter ist und jetzt, wo ich das so in Zusammenhang erzähle, klingt das echt schräg." Beinahe angewidert schüttelt Nico seinen Kopf.

Lisha muss diese Informationen erstmal in ihren Kopf zusammenfügen, denn das war eindeutig zu viel auf einmal. Nicos Vater hatte mal was mit Sisi, die zugleich seine Oma ist, Und Charles, der Sohn von Sisi und Franz, ist in dieser Zeit spurlos verschwunden, wofür Nico verantwortlich gemacht wird. Aber Charles ist ja bei ihr zuhause, nur kann sie das schlecht dem Kaiser erzählen. Erschöpft lehnt sich Lisha an die kalte Mauer zurück und atmet hörbar aus.

***

Zitternd sitzt Jala in der geschlossenen Kutsche, gegenüber der Kaiserin, die sie zuversichtlich anlächelt. Jala konnte nicht sagen, wie lange sie schon fuhren, es kam ihr wie Stunden vor, es konnten aber auch erst fünf Minuten sein. Ihr Po tat weh von dem holprigen Weg und den ungepolsterten Sitzen der Kutsche. Sie konzentrierte sich auf den Schmerz, um nicht in Panik zu verfallen. „Wie geht es dir?", beginnt Sisi ein Gespräch. Schweigend starrt Jala auf ihre nackten Füße, die sie unruhig aneinander reibt. „Das mit Till tut mir sehr leid", spricht Sisi weiter.

Erschrocken sieht Jala wieder hoch. „Was wollen Sie von mir?", fragt sie heiser.

Sisi beugt sich etwas vor und legt ihre Hand auf die von Jala. „Bitte habe keine Angst, ich helfe euch, aber dafür musst du auch mitspielen", flüstert sie, damit keines ihrer Worte durch die dünnen Wände drängt.

„Warum habt Ihr Lisha einsperren lassen?", fragt Jala mit Tränen in den Augen.

„Mache dir keine Sorgen um Lisha, ihr wird nichts passieren, sie muss lediglich ein paar Stunden im Kerker warten."

„Aber warum?", ruft Jala verzweifelt. Ihr rollen die Tränen nur so über die Wangen und landen auf der türkisen Leggings. Sisi legt ihren Zeigefinger auf die schmalen Lippen. „Bitte sei etwas leiser und vertraue mir."

„Wie soll ich Euch vertrauen, ich kenne Euch doch gar nicht."

„Natalia und Linda sind meine besten Freunde, Simba meine erste große Liebe und dein leiblicher Vater seit Jahren mein einziger Vertrauter am Hof." Langsam lässt sich Jala zurückfallen, sie ist überrascht, wie hart die Rückwand der Kutsche ist, trotz des roten Samtes. Sie kommt wieder vor und reibt sich mit schmerzerfüllter Miene über ihren Rücken. Das gibt bestimmt einen blauen Fleck.

„Natalia, Linda und auch Simba leben im 21. Jahrhundert und meine leiblichen Eltern starben vor 14 Jahren, ebenfalls im 21. Jahrhundert." Sisi nickt und holt eine Kette unter ihrem Dekolletee raus, sie zieht diese über ihren Kopf und überreicht sie wortlos an Jala. Erstaunt nimmt Jala das Schmuckstück an und streicht andächtig mit dem Zeigefinger über das goldene Medaillon, das an einer silbernen Kette hängt. „Öffne es", fordert Sisi das Mädchen auf. Langsam versucht Jala das Medaillon zu öffnen, was gar nicht leicht ist, es klemmt ein wenig, offenbar wurde es schon länger nicht mehr geöffnet. Doch mit einem Klick gelingt es ihr schließlich. Aus großen Augen starrt sie auf ein Farbfoto, das drei junge Mädchen, etwa 15 Jahre alt, zeigt, die sich im Arm legen und glücklich in die Kamera lachen. Ein weißes Mädchen mit glatten, blonden, schulterlangen Haaren sticht Jala sofort ins Auge. Natalia, sie hatte schon oft Bilder von Natalia als Jugendliche gesehen. Sie interessierte sich nie sonderlich für Bilder aus der Zeit, wo ihre Eltern Kinder waren, doch Natalia und Tajo war es immer wichtig, ihren Kindern zu zeigen und zu erzählen, was sie in ihrem Alter gemacht haben. Offenbar haben sie dabei einen großen Punkt vergessen. Neben Natalia steht Sisi und neben Sisi Linda, deutlich jünger und mit anderen Haaren, aber es ist eindeutig Linda, das gleiche Gesicht wie Till. Als ob dieses Bild Jala noch nicht genug schockieren würde, starrt sie nun ungläubig auf die andere Seite des Medaillons. Simba, nur zwei Jahre jünger, wie er mit einem breiten Grinsen Sisi auf die Wange küsst. Langsam lässt Jala das Schmuckstück sinken „Das ist unmöglich", stottert sie. Sisi nimmt ihr die Kette aus der Hand und hängt sich diese wieder um. „Ich trage dieses Medaillon seit 16 Jahren, es war nicht immer leicht, dies vor Franz zu verstecken, doch es ist mir gelungen und ich lass es nicht zu, dass mein größtes Geheimnis durch zwei Kinder gelüftet wird." Mit einmal wandelt die zarte, freundliche Stimme der Kaiserin zu einem gehässigen Ton.

SIEBENUNDZWANZIG

Angst und Sorge

„Woher weißt du, dass Sisi deine Großmutter ist?", fragt Lisha nach einer kurzen schweigsamen Pause. Nico schnaubt verächtlich auf, mit Blick auf die Wand, antwortet er: „Ich habe ihr Tagebuch gefunden." Lisha ist sehr überrascht über diese Antwort. „Wow, Wahnsinn. Ich habe im Internet gelesen, dass das Tagebuch der Kaiserin seit ihrem Tod verschollen ist, aber bis dahin dauert es ja noch ein bisschen. Wo hast du es gefunden und was genau stand da drin?", fragt Lisha aufgeregt weiter.

„Ist doch jetzt egal."

Lisha hört deutlich einen genervten Unterton raus. Sie geht lieber nicht weiter darauf ein und sagt stattdessen: „Okay, dann beschäftigen wir uns erst mal mit dem Thema, wie wir hier wieder rauskommen."

„Vergiss es."

„Ich will aber wieder nach Hause, zu Alice und meiner Familie. Außerdem mache ich mir Sorgen um Jala."

Verdattert blickt Nico das Mädchen an. „Was?"

„Meine Schwester hat Autismus und die Kaiserin hat sie mitgenommen. Ich glaube zwar nicht, dass Sisi ihr etwas tun wird, aber Jala gerät sehr schnell in Panik", erklärt Lisha. „Wieso bist du dir da so sicher?"

„Weil Jala etwas Besonderes ist", antwortet Lisha knapp, dann steht sie auf und rüttelt kräftig am Eisengitter des Kerkers. „Hallo, ich will hier wieder raus! Bitte, ich muss mit der Kaiserin sprechen."

Doch es bleibt still. Niemand kommt. Niemand ist zu hören. Alles ist dunkel.

***

Gegenwart

Alice sitzt nachdenklich auf den Stufen, die zur Haustür hinaufführen und blickt auf den Vorplatz des Safariparks.

Natalia führt gerade eine Reisegruppe in die Scheune, wo sie für eine Stunde das Savannen ABC gebucht haben.

Tajo kommt aus dem Bürogebäude und geht auf Alice zu, während eine Familie mit zwei Kindern auf dem Gelände ankommt. Ihr Vater erblickt diese und geht lächelnd auf die Personen zu, um sie willkommen zu heißen. Hinter Alice erklingt ein zurückhaltendes Räuspern, sie dreht sich um und sieht hoch in Charles blasses Gesicht. Alice rückt ein Stück beiseite, damit der junge Prinz neben ihr Platz nehmen kann. „Ist das überhaupt ein adäquater Sitzplatz für deine Verhältnisse?", fragt Alice, nachdem Charles neben ihr auf der Stufe Platz nahm.

„Keine Sorge, ich finde es sehr schön hier."

Alice nickt und kommt dann relativ schnell zur Sache. „Wie bekommen wir meine Schwestern zurück?"

„Ich wünschte, ich könnte dies beantworten."

Niedergeschlagen lässt Charles seine Schultern hängen. Alice betrachtet ihn stirnrunzelnd von der Seite. „Du bist selbst durch die Zeit gereist, ohne es zu wissen, und du hast diesen Ring wirklich bei euren Stallburschen gefunden?"

Ratlos zuckt der Junge mit seinen Schultern. „Ich bin getürmt, weil mich Vater zurück zum Militär schicken wollte. Nachdem ich bei Quenten nicht bleiben konnte, habe ich die Nacht im Rosengarten auf einer Bank verbracht und bin am nächsten Morgen in dieser Zeit aufgewacht, also – ja, ich nehme es an. Ich wünschte, ich könnte mich erinnern", berichtet er erneut.

„Quenten ist der Typ, bei dem du auch diesen Fridwart gesehen hast?", fragt Alice nochmal nach.

„Ja, unser Stallbursche. Ich kenne ihn seitdem ich klein war. Er war immer das, was mein Vater nie war." Traurig schaut Charles auf seine Füße, die in schicken neuen Turnschuhen stecken. Alice streicht sich eine Haarsträhne hinters Ohr und beugt sich etwas vor, um in Charles Augen zu sehen. „Alles gut bei dir?"

„Wenn ich ehrlich bin, vermisse ich Quenten gerade sehr, er stand mir jeder Zeit mit Rat und Tat bei Seite", gibt Charles zu. „Und wegen mir sind nun auch noch Lisha und Jala in der Vergangenheit, wo sie sich keineswegs auskennen. Es könnte ihnen wer weiß was passieren."

Mitfühlend legt Alice ihren Arm um Charles Schulter „Quatsch, das ist nicht deine Schuld. Jala wollte mir den Ring nicht wieder geben, also wenn, dann ist es ihre Schuld oder meine."

Entgeistert sieht Charles das Mädchen an. „Moment, Ring?" Charles Blick fällt auf seine Hand, an dessen Finger nach wie vor der silberne Ring glänzt. „Sophie starb als Baby, dennoch steht ihr Name in diesem Ring, mit dem man durch die Zeit reisen kann und gefunden habe ich den bei Quenten. Das kann doch kein Zufall sein. Und Jalas verstorbener Vater hieß auch Quenten", erinnert sich Charles.

„Vielleicht ist Sophie ja nie gestorben und dieser Quenten hat was mit ihrem Verschwinden zu tun", vermutet Alice. „Das kann ich mir nicht vorstellen. Aber dieser Ring. Jetzt erinnere ich mich wieder." Mit einem Satz springt Charles auf. „Im Park warf ich die Schachtel gegen einen Stein, dann zersprang sie."

„Und?" Abwartend sieht Alice den Prinzen vor sich an. „Darin war der Ring."

Nun springt auch Alice auf. „Was, wenn dein Stallbursche tatsächlich Jalas leiblicher Vater ist und vielleicht Sophie umgebracht hat?"

Schockiert starrt Charles in Alice aufgebrachte Augen. „Quenten erzählte auch so eigenartige Dinge, aber ich verstand das nie."

„Moment." Alice dreht sich um und rennt zurück ins Haus, ihr fällt etwas ein. Gefolgt von Charles rennt sie die Treppe hoch, direkt in Jalas Zimmer.

„Was tun wir hier?", fragt Charles irritiert, doch Alice antwortet nicht. Sie steht in der Mitte des Raums und blickt sich nachdenklich um. Nach kurzem Überlegen geht sie zum Schreibtisch ihrer Schwester. „Wie ich Jala kenne", murmelt sie und öffnet die erste Schublade des großen Schreibtisches, auf den lediglich ein aufgeklappter Laptop steht und daneben liegt ein aufgeschlagenes Notizbuch mit angefangenen Song-Zeilen. Als hätte sie es geahnt, liegt direkt obendrauf auf dem Mathebuch ihrer Schwester ein weißer Briefumschlag. Zufrieden nimmt Alice diesen an sich und hält ihn hoch. „Was ist das?", fragt Charles verwundert.

„Ein Bild von Jala und ihren leiblichen Eltern." Alice zieht mit spitzen Fingern das Farbfoto der kleinen Familie aus dem Umschlag. „Das hat Jala erst vor kurzem von Natalia bekommen. Sie hatte es angeblich bei der Adoption bekommen und hielt es die letzten Jahre für Jala auf." Alice geht zurück zu Charles und zeigt ihm das Bild. „Ist das euer Stallbursche?"

Charles nimmt das Bild vorsichtig in die Hand und betrachtet die lachenden Gesichter der jungen Eltern. „Ja." Er nickt. „Das ist Quenten, er trägt moderne Kleidung, aber das ist unser Stallbursche." Aufgeregt tippt er mit dem Zeigefinger auf das Gesicht von Quenten. „Also ist er wirklich der leibliche Vater von Jala", stellt Alice fest.

„Und offenbar ist er auch mal durch die Zeit gereist", führt Charles fort, während er kopfschüttelnd auf das Bild sieht.

„Kennst du auch ihre Mutter?", fragt Alice weiter. Nachdenklich sieht Quenten einen Moment auf die etwas korpulente schwarze Frau. Doch dann schüttelt er entschieden den Kopf. „Nein, die ist mir nicht bekannt. Aus unserer Zeit kommt sie bestimmt nicht und wenn, dann hätte sie ein Leben auf der Flucht geführt, falls sie nicht sogar gehängt wurde." Schockiert starrt Alice den Jungen an und muss augenblicklich an ihre Schwestern denken. Was Charles wohl in diesen Moment ebenfalls bewusst wird. „O keine Sorge, so schnell wird man nicht zum Tode verurteilt, erst verbringt man einige Zeit im Kerker", versucht Charles zurückzurudern. Alice geht langsam zu Jalas gemachtem Bett und setzt sich auf die pinke Flamingodecke.

Charles legt nun das Foto aufs Sideboard neben der Tür und setzt sich ebenfalls zu Alice. „Lisha und Jala geht es bestimmt gut, vielleicht sind sie ja gar nicht im 19. Jahrhundert", versucht Charles das Mädchen zu beruhigen.

Alice muss an ihren Traum in der vergangenen Nacht denken: Was hatte das zu bedeuten? War es ihre Sorge oder eine böse Vorahnung? Sie schüttelt rasch ihren Kopf, als wolle sie diesen unangenehmen Gedanken verstreichen.

„Alice."

Der Teenager schaut neben sich, in das Gesicht des Prinzen, seine Stimme klingt ernst.

„Bitte gestatte mir eine Frage."

Dankbar über einen Themenwechsel nickt Alice.

„Schieß los."

Erschrocken weicht Charles zurück. „Wie könnte ich?"

„Du wolltest mich doch was fragen." Verwundert zieht Alice ihre schmalen Augenbrauen hoch.

„Aber ohne Waffe."

Genervt verdreht das Mädchen ihre saphirblauen Augen. „Mein Gott. Nehme doch nicht immer alles so wörtlich. Also, wie lautet deine Frage?"

„Sind Tajo und Natalia deine Eltern?"

„Na klar!", antwortet Alice, doch dann verbessert sie sich: „Naja, nicht wirklich."

„Was bedeutet das?"

„Tajo und Natalia haben mich adoptiert, als ich noch ein Baby war. Ich habe keine Ahnung, wer meine leiblichen Eltern waren", erklärt das Mädchen und sieht dabei ununterbrochen auf den Laminatboden unter ihren blauen Flip-Flops.

„Würdest du es nicht gern wissen?" Charles sieht das Mädchen von der Seite an.

„Meine Eltern starben, als ich ein Baby war, genau wie die von Jala, also angeblich …" Nachdenklich legt Alice ihren Zeigefinger an die Lippen. Doch dann strafft sie entschieden ihre Schultern und sieht zu Charles. „Bessere Eltern als Natalia und Tajo kann es gar nicht geben."

„Alice", ertönt plötzlich die Stimme von Marlec im Flur. „Ja!" Das Mädchen scheint sichtlich erleichtert über das Auftauchen ihres Bruders, der nun im Türrahmen steht.

„Ach, hier seid ihr." Marlec hält ein Skateboard in der Hand. „Linda war gerade hier, um dir Tills Skateboard zu bringen, sie meinte irgendwie: Du bräuchtest es nun, um den richtigen Weg zu finden oder so, kein Plan. Ah, und der Pastor meinte, sie solle es lieber von Grab nehmen, bevor es geklaut wird." Schulterzuckend reicht Marlec das Skateboard an Alice. Mit zittrigen Händen nimmt sie es an und legt es vorsichtig auf ihren Schoß. Liebevoll streicht sie über das Graffitimuster an der Unterseite des einfachen Skateboards. Marlec setzt sich auf die andere Seite von Alice. „Ich habe letzte Nacht kaum geschlafen." Der Junge unterdrückt ein herzhaftes Gähnen. „Ich mache mir solche Sorgen."

Doch Alice scheint ihrem Bruder gar nicht zuzuhören. „Till hat sein Skateboard behandelt, als sei es aus Gold", erklärt sie Charles. „Seine Mutter schenkte es ihm zum 13. Geburtstag, das war schon etwas Besonderes, wofür sie lange gespart hat, denn Till und seine Mutter hatten nicht viel Geld, weißt du. Linda war alleinerziehend, sie arbeitet als Kellnerin, aber viel verdient sie dabei nicht. Tills Vater interessierte sich nie für ihn, er bezahlt noch nicht mal Unterhalt", erklärt Alice traurig. Sie kämpft mit ihren Tränen, sie will nicht vor Charles als schwaches kleines Mädchen dastehen, doch die Erinnerung an Till ist plötzlich wieder so nah. Die letzten Tage konnte sie ihn erfolgreich verdrängen. Charles nickt verständnisvoll. „Ich weiß zwar nicht, was Unterhalt ist, doch Till war dein Freund und er ist gestorben", sagt er zögerlich.

Alice nickt. „Du weiß davon?"

„Deine Großmutter hat mir alles erzählt. Mein herzliches Beileid." Alice verspürt einen dicken Kloß im Hals, sie beißt sich auf die Unterlippe und bringt ein gepresstes „danke" hervor. Abrupt steht Marlec wieder auf und geht zum Fenster, wodurch er das Geschehen auf dem Hof beobachtet. Zola verlässt gerade das Haus mit den Hunden an der Leine und Mo, der auf seinen kleinen Cityroller neben ihr herfährt. Alice scheint dies nicht zu sehen, doch Charles beobachtet von der Seite, wie Marlec eine Träne über die Wange läuft. Er tippt Alice zaghaft an die Schulter. Das Mädchen sieht erstaunt vom Skateboard auf ihrem Schoß, hoch in Charles Augen, der stumm auf Marlec deutet. Verwundert folgt Alice dem Blick des Prinzen. „Was hat er denn?"

„Till war sein Freund, oder?"

Stumm nickt Alice. Als hätte Charles einen bestimmten Punkt in ihr getroffen, durchfährt es sie wie ein Blitz. Er hatte ja so recht. Wie konnte sie das übersehen? Es gibt noch eine ganze Handvoll anderer Menschen, die Till genauso lieben wie sie. Die ganze Zeit seit dem Unfall hatte sie nur an sich gedacht, alle anderen, die zuvor die wichtigsten Personen in ihrem Leben waren, waren ihr egal. Sie hatte nicht mal im Traum daran gedacht, dass noch jemand außer sie selbst trauert und den Tod einer geliebten Person verarbeiten muss. Marlec, der schon so viel Schlimmes in seinem jungen Leben erfahren musste, verlor seinen besten, seinen einzigen Freund.

Schlagartig wird ihr bewusst, was sie die letzten Tage getan hat. Alice legt das Skateboard neben sich aufs Bett und steht auf. Langsam geht sie auf ihren Bruder zu und berührt ihn vorsichtig an der Schulter. „Möchtest du vielleicht das Skateboard haben?"

„Was soll ich damit?", fragt dieser trocken.

„Du kannst es gerne haben, ich schenke es dir", beschließt Alice zufrieden.

„Warum?" Irritiert blickt der Junge auf das Skateboard, das nach wie vor mit der Oberseite auf Jalas Bett liegt. „Weil ich mir sicher bin, dass Till es genau so gewollt hätte."

„Aber was ist mit dir?" Marlec schaut in das lächelnde Gesicht seiner Schwester, unter ihrem rechten Auge glänzt eine Träne.

„Ich trage meine Erinnerungen immer bei mir, im Herzen. Außerdem habe ich tausend Geschenke von Till, da kann ich gut und gerne auf das Skateboard verzichten." Langsam nickt Marlec und wischt sich die Tränen aus den Augen, dann geschieht etwas, was Alice und auch Marlec noch nie erlebt haben. Er nimmt seine Schwester ganz fest in den Arm.

ACHTUNDZWANZIG

Unerwartetes Wiedersehen

Wien, 1871

„Wir sind in Schönbrunn", stellt Jala fest, als sie in der Dämmerung die Kutsche verlässt. „Ich war zuletzt mit neun hier, da haben wir einen Klassenausflug gemacht." Beeindruckt sieht Jala auf das prunkvolle Schloss, welches von der untergehenden Sonne schwach beleuchtet wird.

„Es hat sich jedoch einiges getan, in 200 Jahren", lacht Sisi leise, die neben Jala steht und ihren Arm um das zarte Mädchen legt. „Komm, ich möchte dir gerne jemanden vorstellen." Unsicher und mit wackligen Beinen wird Jala von der Kaiserin in den nahegelegenen Pferdestall geführt. Dessen Inneres ist nur mit Fackeln, die an den Wänden hängen, beleuchtet. *Nicht ungefährlich, bei all dem Stroh*, denkt sich Jala, doch vergisst dies sogleich wieder, als jemand aus einer der Boxen tritt. „Sisi. Welch seltener Glanz in meiner bescheidenen Hütte", begrüßt Quenten die Kaiserin. Er stellt die Mistforke an die Schubkarre voll Heu und kommt etwas näher. Erst in dem Moment bemerkt er, dass Sisi keineswegs allein gekommen war.

„Papa", stottert Jala mit Tränen in den Augen.

„Jala." Sichtlich überrascht betrachtet Quenten das Mädchen neben Sisi.

Sie nimmt nun ihren Arm von Jala und erklärt: „Jala und Lisha möchten gerne wieder nach Hause, ich denke, ich kann sie ruhigen Gewissens in deine Hände geben." Stumm, noch immer den Blick in Jalas dunkle Augen gerichtet, nickt Quenten.

„Ich muss zurück, bevor noch Fragen aufkommen." Die Kaiserin dreht sich um, doch ehe sie den Stall wieder verlässt, hält sie an der Tür inne und schaut über ihre Schulter. „Jala, bitte sage Charles, dass ich ihn liebe." Ehe Jala antworten kann, hat Sisi bereits den Stall verlassen und die Tür fällt mit einem lauten Krach ins Schloss. Quenten reicht Jala seine Hand. „Ich denke, wir sollten mal reden." Zögerlich nimmt Jala die Hand ihres Vaters an und wird von ihm zu einem großen Strohballen geführt, wo beide Platz nehmen.

„Lebt Mama auch noch?", fragt Jala mit trockener Stimme. Quenten schüttelt seinen Kopf. „Mary war meine große Liebe. Ich lernte sie im 20. Jahrhundert kennen. Kurz nach deiner Geburt starb sie an Krebs, die Diagnose bekam sie während der Schwangerschaft", erklärt Quenten. „Aber warum haben mir dann alle erzählt, dass meine Eltern bei einem Unfall starben?", fragt Jala verzweifelt.

„Weil du als kleines Kind unmöglich die Wahrheit erfahren konntest und glaube mir, Jala, es wäre mir wirklich lieber gewesen, dich für immer da rauszuhalten."

„Warum? Wolltest du nichts mit mir zu tun haben?" Energisch rückt Jala ein Stück ab und verschränkt beleidigt ihre Arme ineinander. „Aber nein, im Gegenteil. Ich dachte immer, es sei besser, wenn du in einer richtigen Familie aufwächst. In der modernen Zeit, wo du als schwarzes Mädchen viel bessere Chancen hast. Aber bitte, glaube mir, ich habe dich an jedem einzelnen Tag der vergangenen 14 Jahre sehr vermisst."

„Du hast mich allein gelassen, als Baby! Bei wildfremden Menschen! In einer für dich fremden Zeit!"

Entschieden schüttelt Quenten seinen Kopf. „Ich war mir sehr sicher, dass es dir bei Natalia und Tajo gut gehen wird. Ich war selbst so begeistert vom 21. Jahrhundert. Mit der modernen Technik, Offenheit und Freundlichkeit. Fünf Jahre habe ich dort gelebt, glaube mir. Die Zeit war mir keineswegs fremd."

„Und warum bist du dann nicht dageblieben? Mit mir zusammen?"

Quenten steht auf und beginnt, die Hände auf dem Rücken liegend im Raum auf und ab zu marschieren. „Ich habe Mary sehr geliebt, ich habe die Erinnerungen einfach nicht mehr ertragen und dann hat Sisi mir angeboten, hier als Stallbursche zu arbeiten. Ich hatte schon immer eine besondere Verbindung zu Pferden. Außerdem ist das hier mein Zuhause, meine Eltern und meine Geschwister leben hier. Für eine Zeit lang war es sehr schön in der Zukunft, doch irgendwann musst du dich entscheiden, wo du lebst." Der Stallbursche bleibt vor Jala stehen und kniet sich zu ihr. Liebevoll legt er seine Hände auf ihre Oberschenkel. „Wenn du nicht schwarz wärst, hätte ich dich mitgenommen. Ich wollte dich schützen." Quenten spürt, wie sich Tränen nähern und bevor er vor seiner Tochter anfängt zu weinen, springt er wieder auf. „So und nun wird es Zeit, euch wieder nach Hause zu bringen"

„Was? Nein! So leicht lass ich mich nicht abfertigen! Warum hast du zugelassen, dass Charles den Ring findet und in die Zukunft reist."

Quenten, der bereits in Richtung Ausgang ging, bleibt mit dem Rücken zu Jala stehen, einen Moment scheint es, als würde die Welt stillstehen, niemand bewegt sich, niemand sagt etwas, nicht mal ein Atmen ist zu hören. „Es ist schwer zu erklären, ich wollte ihn in Sicherheit wissen. Und nachdem Charles spurlos verschwand, nahm ich an, dass er in die Zukunft gereist ist. Ich sprach mit Sisi darüber. Sie sorgte dann dafür, dass ihr Ring bei euch auftaucht, um euch einen Tipp zu geben." Quenten strafft seine Schultern und dreht sich wieder zu Jala. „Ich möchte dir keine Angst machen, aber es gibt einen Mann, der es auf Charles und Alice abgesehen hat."

„Du meinst Fridwart?" Aus großen Augen starrt Quenten das Mädchen an, doch schüttelt rasch seinen Kopf. „Noch nie gehört."

Jala hat irgendwie das Gefühl, er macht ihr die ganze Zeit nur etwas vor.

„Du wartest hier und ich hole Lisha." Ehe Jala etwas erwidern kann, hat Quenten schon den Stall verlassen. Niedergeschlagen lässt sie sich auf dem Strohballen zurückfallen und lehnt sich müde an die kalte Mauer. Sie hatte tausend Fragen und sie wurden nicht weniger, doch eins war Jala klar: Quenten sagt nicht die Wahrheit.

***

Mit einem entsetzlichen Quietschen geht die Gittertür des Kerkers auf. Lisha und Nico, die die letzten Stunden erschöpft auf der Bank saßen, sehen erschrocken auf. „Wer ist da?", fragt Lisha ängstlich. Die Fackel, die Nico vorhin noch in der Hand hielt, ist mittlerweile abgebrannt. Angestrengt starrt das Mädchen in die Dunkelheit, bis ein schwaches Leuchten den Umriss eines Mannes deutet.

„Lisha, ich bin gekommen, um euch zu retten." Quenten geht mit der Fackel in der rechten Hand auf die zwei Jugendlichen zu. „Ich habe den Schlüssel von Sisi bekommen und sie hat geholfen, die Wachen abzulenken, also kommt jetzt. Wir haben nicht viel Zeit." Lisha steht vorsichtig auf, sie scheint etwas wacklig auf den Beinen zu sein. Angestrengt klammert sie sich an Nicos Schulter fest, der sie so gut es geht stützt. „Wer seid Ihr?", fragt sie flüsternd.

„Quenten, aber für alles weitere haben wir später noch Zeit. Sisi kann die Wache nicht ewig ablenken." Nun steht auch Nico auf und nimmt wie selbstverständlich die Hand von Lisha. „Woher sollen wir wissen, ob Sie uns nicht in eine Falle locken?"

„Ich glaube wir können ihm vertrauen, er ist Jalas Vater und ein guter Freund von Charles", flüstert Lisha, während Quenten bereits den Rückweg antritt. Hand in Hand folgen die beiden dem Mann auf wackligen Beinen. Es ist schon seltsam – Lisha und Nico lernten sich erst vor wenigen Stunden kennen, doch es fühlt sich an, als würden sie sich schon seit Jahren kennen und einander blind vertrauen.

„Wo ist Jala?" Hektisch sieht sich Lisha um, doch von Jala keine Spur.

„Ich wollte erst mit dir allein sprechen", sagt Quenten leise. Sie befinden sich in einer Kammer neben dem Pferdestall. Welche ebenfalls mit Fackeln schwach erleuchtet ist. Lisha entdeckt einige Strohballen, Mistforken an der Wand und Schubkarren, sowie Sättel und Zaumzeug. „Ich wusste allerdings nicht, dass ihr zu zweit im Kerker wart", gibt Quenten zu, er streicht sich unsicher durch die schwarzen Haare.

Nico und Lisha stehen mit Abstand zu dem Mann, Händchenhaltend neben der geschlossenen Tür. „Was will Sisi eigentlich von Jala?" Verzweifelt sieht Lisha zu Quenten. „Warum hat sie Jala nicht auch in den Kerker werfen lassen?", fragt sie aufgeregt weiter. Sie hatte vor Jala zwar die Starke gespielt und gesagt, sie brauche keine Angst zu haben, doch in Wahrheit hatte sie kaum eine Ahnung, was hier geschieht. Nachdenklich betrachtet Nico den fremden Mann, der sich niedergeschlagen auf einen der Strohballen fallen lässt.

„Ich kann mir schon denken, was sie vorhat, aber damit kommt sie nicht durch", murmelt Nico.

„Wie meinst du das?", fragt Lisha verwundert.

Nico atmet einmal tief durch und sagt schließlich: „Sie will Jalas Zukunft ändern."

Einen Augenblick lang sieht Lisha den Jungen sprachlos an. „Aber das kann sie doch nicht machen. Wieso? Und woher weißt du das?", fragt das Mädchen, nachdem sie ihre Worte wiederfand.

„In die Zukunft reisen gehört zu meinen Hobbys, ich kenne Jalas Zukunft und glaube mir, ein schwarzes autistisches

Mädchen aus dem 21. Jahrhundert ist ganz bestimmt die letzte, die Sisi an der Seite ihres Sohnes sehen will."

Als hätte Nico soeben den Weltuntergang verkündet, sieht Lisha den Jungen aus großen Augen an. Sie ist noch dabei, die eben gehörten Infos in ihren Kopf zusammenzufügen, da erhebt sich Quenten wieder und schüttelt entschieden seinen Kopf. „So ein Quatsch. Ich weiß zwar nicht, wer du bist, aber eins weiß ich, du hast absolut keine Ahnung! Sisi hat Jala zu mir gebracht, sie wollte euch helfen, aber zugleich musste sie ihre Tarnung wahren", erklärt Quenten. Dann geht er einen Schritt auf Lisha zu und legt ihr seine Hand auf die Schulter „Lisha, bitte versprehe mir eins: Pass auf Jala auf, lass sie niemals im Stich. „Beschütze sie mit deinem Leben."

„Ich habe im Internet ein Bild von Jala und Charles gesehen", sagt Lisha als Antwort, „aus dem 19. Jahrhundert, vielleicht ein, zwei Jahre älter als heute und gezeichnet, aber es waren eindeutig Jala und Charles. Sie werden heiraten, oder? Wird deshalb ihr Leben in Gefahr sein?", sprudelt es aus Lisha heraus.

„Das würde Sisi nie zulassen und Franz schon gar nicht", mischt sich Nico ein. Stirnrunzelnd sieht Quenten den Jungen an. Wütend ballt er seine Fäuste zusammen. „Du kennst sie doch gar nicht."

„Will sie uns schützen? Vor jemandem, der weitaus gefährlicher ist", spricht Lisha nun das aus, was schon die ganze Zeit in ihrem Kopf herumspukt. Nico und auch Quenten antworten nicht. Sie sehen sich stumm in die Augen, doch Lisha weiß auch so, dass sie recht hat.

***

„Lisha, Jala." Vor Schreck lässt Alice den Apfel, in den sie gerade beißen wollte, fallen und springt von ihrem Schreibtisch auf.

Überglücklich fällt sie ihren Schwestern, die soeben wie von Geisterhand in ihrem Zimmer erschienen, nacheinander in die Arme. Auch sie weinen vor Glück.

„Wir sind wirklich wieder Zuhause. Wir haben es geschafft", stellt Lisha fest.

„Hast du je daran gezweifelt?", fragt Nico lachend. „Schick habt ihr es hier."

Erst in diesem Augenblick fällt Alice der unbekannte Junge auf, der sich neugierig in ihrem Zimmer umsieht.

„Und wer bist du?"

„Ah ja, das ist Nico. Wir haben uns im Kerker kennengelernt", erklärt Lisha.

„Wo?", fragt Alice erschrocken.

„Ist was passiert? Ich habe dich schreien gehört." Charles stürmt in das Zimmer der Mädchen. Erleichtert bemerkt er, dass Lisha und Jala wohlbehalten zurück sind; es scheint ihm wahrlich ein Stein vom Herzen zu fallen. „Bin ich froh, dass ihr wieder da seid."

Erneut nimmt Alice erst Lisha in den Arm und dann auch noch Jala, die von so viel Herzlichkeit ihrer sonst sehr ruppigen Schwester überrascht ist.

Verkrampft hält sie beide Arme in die Luft und sagt: „Du kannst mich jetzt wieder loslassen. Ich lebe ja noch."

„Du wirst nicht glauben, wen wir gesehen haben", beginnt Lisha aufgeregt zu erzählen. „Sisi."

„Elisabeth von Österreich?", fragt Alice verwundert, worauf Lisha begeistert nickt.

„Ihr wart im 19. Jahrhundert?", will nun auch Charles überrascht wissen.

„Ja, und Sisi hat mich in den Kerker stecken lassen, und Jala –" Da stoppt Lisha. Natürlich wollte sie ihren Schwestern nichts verheimlichen, doch ist es wirklich so klug, Jala zu erzählen, dass sie offensichtlich in Gefahr sei? Mal ganz abgesehen davon, dass niemand seine Zukunft kennen sollte. Lisha tauscht einen kurzen Blick mit Nico, der unmerklich von den anderen langsam seinen Kopf schüttelt. Sie beschließt, diese Sache erst einmal für sich zu behalten, um Jala nicht unnötig in Panik zu versetzen.

„Du warst im Verlies?", fragt Charles mit großen Augen „Das tut mir furchtbar leid."

Lisha winkt dies jedoch großzügig ab. „Da kannst du ja nichts für."

„Dennoch, ich fühle mich schuldig. Immerhin war es meine Mutter, die dich dort einsperren ließ."

„Was war denn mit Jala?" Alice tritt ungeduldig von einem Fuß auf den anderen. Lisha denkt fieberhaft nach was sie sagen könnte, da kommt ihr Jala unbewusst zu Hilfe. „Ich war nicht im Verlies. Sisi hat mich mitgenommen, zu meinem Vater", erklärt die Autistin.

„Diese Zeitreisen sind viel zu gefährlich. Da hätte sonstwas passieren können", stöhnt Alice und nimmt Jala erneut in den Arm. „Und wer bist du jetzt?", fragt sie, nachdem sie ihre Schwester wieder loslässt und ihr Blick auf Nico fällt, der direkt hinter Jala steht.

„Nico", sagt er knapp.

„Soweit waren wir schon." Alice mustert den Jungen von Kopf bis Fuß, während Charles bereits freundlich lächelnd auf ihn zugeht: „Gestatten, Charles Joseph von Österreich. Für Freunde Charles", sagt er höflich, doch Nico scheint mit einmal das Sprechen verlernt zu haben.

Stumm steht er neben Lisha und sieht den Kronprinzen grimmig an. „Wegen dir wurde ich also eingesperrt."

Irritiert blickt Charles den Jungen an. „Bitte?"

„Wir haben uns im Kerker kennengelernt und stellt euch vor, er ist auch Zeitreisender, allerdings deutlich professioneller als wir es sind. Er könnte uns doch in vielen Dingen helfen", erklärt Lisha derweil.

„Freut mich, deine Bekanntschaft zu machen, auch wenn ich deinen Vorwurf nicht so recht verstehe."

Höflich hält Charles den Jungen seine Hand hin, doch dieser sieht nur regungslos darauf.

„Nico wurde von Kaiser eingesperrt, weil dieser fälschlicherweise dachte, er hätte was mit Charles plötzlichem Verschwinden zu tun", erklärt Lisha.

Charles zieht schuldbewusst seine Hand zurück. „Oh, das tut mir furchtbar leid."

„Hy Nico. Ich bin Alice, die Schwester von Lisha und Jala." Kumpelhaft schlägt Alice mit der Faust gegen die Schulter des Jungen.

Nico wendet seinen Blick von Charles und sieht verwundert zu Alice. „Aha" Der Junge tritt einen Schritt zurück und mustert das Mädchen von Kopf bis Fuß.

„Hey cool, du kannst ja doch sprechen", freut sich Alice.

„Was ist denn plötzlich mit dir los?", wundert sich Lisha, die Nico als selbstsicheren Typen kennenlernte, doch dieser Nico scheint mit einmal wie ein schüchternes Kind, so als hätte man ihn ausgetauscht.

„Wenn wir dann hier fertig wären, ich muss jetzt Sport machen, bin sowieso schon völlig zurückgefallen aus meinem Zeitplan. Noch mehr Verzögerung kann ich mir nicht leisten", kündigt Jala an, drängelt sich an der kleinen Gruppe vorbei und verlässt das Zimmer ihrer Schwestern.

Alle sehen ihr verdattert nach.

„Wunder dich nicht, Jala ist immer so. Ziemlich crazy, ich weiß, aber man gewöhnt sich daran, wenn man sie besser kennenlernt", erklärt Alice lächelnd, als sie Nicos Gesicht wahrnimmt.

Doch dieser sagt daraufhin gedankenverloren: „Ich habe sie mir irgendwie anders vorgestellt."

Alle drei sehen den fremden Jungen verwirrt an, erst in diesem Moment scheint ihm bewusst geworden zu sein, was er gerade sagte.

„Also, nachdem Lisha von ihr erzählte", sagt er schnell. „Ich muss dann auch mal wieder los."

„Wie, jetzt schon? Ich dachte, du bleibst noch ein bisschen", sagt Lisha enttäuscht. Sie wollte doch noch ihre Fragen beantwortet haben. Nico setzt sein charmantestes Lächeln auf, als er sich von ihr verabschiedet.

„Sorry Lisha, aber ich kann nicht bleiben. Ich habe noch was Wichtiges zu erledigen, vielleicht läuft man sich ja mal wieder über den Weg."

„Ja, vielleicht treffen wir uns das nächste Mal bei den Neandertalern. Du kannst mir sicher eine Menge beibringen", lacht das Mädchen.

Alice merkt, dass sie und Charles grad fehl am Platz sind, sie gibt den Prinzen ein Zeichen und deutet auf die Zimmertür. Er versteht es sofort.

Nacheinander verlassen sie auf Zehenspitzen den Raum.

NEUNUNDZWANZIG

Liebe und Vernunft

Mit einem kecken Zwinkern geht Nico auf Lisha zu und nimmt sie zum Abschied kurz in den Arm. „Dir könnte nicht mal Einstein was beibringen", flüstert er ihr ins Ohr.

„Ich könnte doch mitkommen, es gibt so viele Zeiten, in die ich gern reisen würde. Was ist mit Jala? Meinst du nicht, dass du mir noch einige Antworten schuldest?" Lisha sieht den Jungen ernst in die Augen, doch dieser schüttelt entschieden seinen Kopf.

„Glaube mir, es ist besser, wenn du in deiner Zeit bleibst."

„Na, das sagt ja der Richtige", lacht das Mädchen.

„Es ist besser, wenn du weder in die Vergangenheit reist, noch in die Zukunft, denn so kannst du auch niemanden in die Quere kommen, lebe im Hier und Jetzt. Das gleiche gilt für Jala."

Lisha zieht ihre Augenbrauen hoch. „Du sprichst in Rätseln."

„Ich bin dankbar, dich kennengelernt zu haben, denn nun bin ich um einiges schlauer."

„Tatsächlich?"

Nico zieht den goldenen Ring vom Finger des Mädchens, den Jala bei ihrer Ankunft im 19. Jahrhundert verloren hat, und hält ihre Hand. Lächelnd sieht er ihr in die Augen. Lisha muss daran denken, was Quenten sagte, als er ihnen den Ring zurückgab, den Sisi von Kutscher bekam. Es sei besser, wenn Nico den Ring bekommt, damit nicht noch einmal so etwas passiert.

„Wir sind uns näher, als du es dir vorstellen kannst."

In dem Moment, als der undurchschaubare Junge dies ausspricht, wird die Tür aufgerissen.

„Alice." Marlec erscheint auf der Bildfläche. Erschrocken lässt Nico die Hand des Mädchens los. Blass sieht Marlec die zwei nacheinander an. „Du bist wieder da", stottert er etwas unsicher.

„Kannst du nicht anklopfen?", beschwert sich Lisha bei ihrem Bruder.

„Tut mir leid … Ich wollte … Alice, also ich habe mir Sorgen gemacht", stammelt Marlec, den Blick auf Nico gerichtet

„Die ist nicht hier", antwortet Lisha gereizt. Wortlos nickt Marlec und verlässt das Zimmer seiner Schwestern.

„Tut mir leid, das war mein Bruder", wendet sich Lisha an Nico, der noch auf die offene Tür sieht, während Marlec bereits wie hypnotisiert die Treppe runtergeht.

„Ich weiß", antwortet Nico gedankenverloren.

Lisha sieht ihn verwirrt an

„Du kennst meinen Bruder?"

Ohne darauf zu antworten, läuft Nico dem Jungen nach. Lisha ruft ihm hinterher, doch der Zeitreisende reagiert nicht darauf. Unten im Flur ist von Marlec keine Spur. Nico reißt die Tür auf.

Erschrocken springt Alice, die auf der Treppenstufe davor sitzt, auf.

„Musst du mich so erschrecken? Was ist denn in dich gefahren?"

„Wo ist Marlec?", fragt Nico, während er sich hektisch auf dem Hof umsieht.

„Der ist gerade wortlos an mir vorbeigestürmt", antwortet Alice kopfschüttelnd.

„Woher kennst du meinen Bruder eigentlich?", wundert sie sich, doch Nico antwortet nicht.

„Wo ist er hin?"

„Er hat sich auf sein Bike geschwungen und ist vom Hof gefahren."

„Verdammt", flucht Nico, verärgert stampft er mit seinem Fuß auf.

„Kannst du mir vielleicht mal verraten, was hier los ist?"

„Das würde mich auch interessieren."

Nico dreht sich um und sieht in die dunklen Augen von Lisha.

„Was hast du mit Marlec zu tun?", fragt Lisha verwundert.

„Gar nichts", antwortet der Junge schnell. „Ich muss jetzt los."

Ohne eine Antwort abzuwarten, schiebt er sich an Lisha vorbei und läuft die Treppe hoch, verdutzt von den zwei Schwestern beobachtet.

„Wir werden uns wiedersehen. Versprochen", ruft der undurchschaubare Teenager ihnen noch zu.

„Was war das denn jetzt?", wundert sich Alice.

„Ich weiß auch nicht", antwortet ihre Schwester schulterzuckend, während die zwei noch immer in der offenen Haustür stehen und den Jungen nachsehen, obwohl sich dieser schon längst nicht mehr in ihrer Zeit befindet.

„Meinst du, wir werden ihn wiedersehen?" Lisha sieht Alice nachdenklich an.

„Magst du ihn?"

„Quatsch, ich gebe zu, er war echt nett und sieht gut aus, aber das eben, ich weiß nicht."

***

Jala hingegen versucht die letzten Stunden auf ihre Art und Weise zu verarbeiten. Schweißperlen stehen ihr auf der Stirn, doch diesmal nicht aus Panik. Sie macht eine Liegestütze nach der anderen, spürt die Kraft in ihren Armen immer deutlicher, ist kurz vorm Zusammenbrechen, doch hört nicht auf. In ihren

Ohren stecken weiße Airpods, die laute Rap-Musik abspielen. Musik, die sie nur zum Sport hört. Aus diesem Grund nimmt sie das Klopfen an ihrer Tür nicht wahr und schreit vor Schreck auf, als sie plötzlich zwei Füße vor sich stehen sieht.

Augenblicklich hören die Liegestütze auf, sie setzt sich auf die blaue Fitnessmatte, wischt sich die Haare aus dem Gesicht und sieht Charles entgeistert an. Sie sieht, dass er spricht, doch hören tut sie nach wie vor nichts.

Atemlos greift sie nach ihrer Wasserflasche, die neben der Matte steht und trinkt einen großen Schluck, erst dann nimmt sie die Airpods aus ihren Ohren und fragt Charles, noch immer etwas aus der Puste: „Was willst du hier?"

Der lächelt und setzt sich zu dem Mädchen auf die Matte, um mit ihr auf Augenhöhe zu sein.

„Mich entschuldigen", sagt er dann.

Sprachlos sieht Jala ihr Gegenüber an, doch der führt unbeirrt fort: „Es tut mir sehr leid. Nur wegen mir bist du in die Vergangenheit gereist. Sicher hast du die schlimmsten Ängste ausstehen müssen, als Lisha verhaftet wurde und es war meine Mutter, die euch dies antat. Das tut mir so leid, Jala. Ich gebe mir die Schuld daran, dass so ein bezauberndes Mädchen leiden musste."

Jala kann nicht verhindern, dass sie ein klein wenig rot an den Wangen wird, doch sie schiebt es auf das Training, welches sie hinter sich hat.

„Es ist ja nicht deine Schuld."

„Wenn ich nicht hergekommen wäre, wäret ihr auch nicht durch die Zeit gereist."

Nervös klappt Jala die Öffnung der Trinkflasche auf und zu. „Aber dann hätten wir uns auch nicht kennengelernt."

Strahlend nickt Charles. „Stimmt. Das war mit Abstand das schönste Erlebnis in der Zukunft. Ich lernte die schönste Dame der Welt kennen", versichert er dem Mädchen.

Verlegen streicht sich Jala eine Haarsträhne hinters Ohr, sie traut sich gar nicht, in Charles Augen zu sehen. Der junge Prinz deutet auf die einzelnen Airpods, die vor Jala auf der Matte liegen. „Was ist das? Ich habe beobachtet, dass Ihr so etwas in den Ohren tragt. Ist das eine Art Schutz gegen zu kalte Ohren?"

Jala hält sich vor Lachen ihren Bauch. „O Gott, nein", prustet sie hervor.

Charles nimmt einen der Airpods in die Hand und betrachtet diesen von allen Seiten. „Der fühlt sich sehr unbequem an, tut der nicht weh im Ohr?"

„Probier's doch mal aus."

Vorsichtig steckt sich Charles die modernen Kopfhörer in die Ohren. Vor Schreck reißt er sich diese jedoch gleich wieder raus, als eine laute Melodie erklingt. „Hilfe!", ruft er. Mit großen Augen starrt er auf die Airpods vor sich. „Die machen ja Krach."

Erneut kann sich Jala vor Lachen kaum halten. „Nicht ganz. Die Musik, die du über die Dinger hörst, kommt vom Handy." Das Mädchen greift nach ihrem iPhone mit dem pinken Flamingocover, welches neben ihr auf dem Laminatboden liegt.

„Faszinierend", staunt Charles. „Dieses kleine Gerät spielt Musik, die du über diese winzigen Dinger hören kannst?"

„Diese winzigen Dinger heißen Airpods und das Gerät Handy", erklärt Jala.

„Alice hatte mir auch schon von einem Handy berichtet", erinnert sich Charles. „Und was magst du für Musik hören?" fragt er.

„Jedenfalls keine von vor 200 Jahren", sagt sie entschieden und legt das Handy vor sich.

„Ich nehme an, damit ist nicht Mozart gemeint."

„Mozart habe ich einmal gehört, in der ersten Klasse. Im Musikunterricht und da bin ich vor Langeweile eingeschlafen", erzählt Jala lachend.

„Oh."

„Ich liebe Rap."

„Bitte?" Verunsichert sieht Charles das Mädchen an. „Deutsch Rap. Mein Lieblingsrapper ist Kay. Der kommt übrigens aus Österreich", erzählt sie unbeirrt weiter. „Aber Kay ist nur sein Künstlername. Wie er in echt heißt, ist nicht bekannt."

„Ich verstehe zwar nicht, was du erzählst, aber ich würde mir gerne diese Musik anhören, denn sie macht dich glücklich und das macht mich glücklich."

Ein verlegenes Lächeln huscht über Jalas zarte Lippen. Sie tippt auf dem Display ihres iPhones. „*Spotlight* ist mein Lieblingssong. Ich glaube, der dürfte dich nicht allzu sehr verstören."

„Um Himmels willen, was geschieht denn in den anderen Liedern?" Erschrocken sieht Charles das Mädchen an.

Jala zuckt mit ihren Schultern. „Naja, nichts Schlimmes. Also für unsere Zeit, aber in deiner Zeit sind das sicher verbotene Wörter." Sie drückt auf Play und aus den kleinen Lautsprechern des Handys ertönt eine recht langsame Melodie. Angeregt lauscht Charles der dunklen Stimme. „Was bedeutet *Spotlight*?", fragt er, als das Lied zu Ende ist. „*Spotlight* ist Englisch und heißt wörtlich übersetzt Scheinwerfer", erklärt Jala. „Aber in diesem Lied bedeutet es vor allem, dass ein unscheinbares Mädchen für einen Abend im Spotlight des Jungen steht."

Charles nimmt vorsichtig die Hand der Autistin und sieht ihr lächelnd in die Augen. „Nun, für mich stehst du 24 Stunden im Spotlight."

Schüchtern sieht Jala auf ihre schwarzen Leggings und fragt: „Du findest mich wirklich hübsch?"

„Aber ja. Du bist das bezauberndste Mädchen, das ich jemals traf. Nur für dich schlägt mein Herz."

Erschrocken zieht Jala ihre Hand zurück. *War das gerade eine Liebeserklärung? Wieso bekommt sie auf einmal so ein unnatürliches Herzrasen?*

Jala weiß nicht, was sie sagen soll, also spricht Charles weiter: „Als du die letzten Stunden nicht da warst, habe ich dich vermisst. Und dass ich nicht wusste, wo du dich befindest und wie es dir geht, ließ mein Herz zerreißen. Ich dachte schon, ich sehe dich nie wieder. Ich hätte es mir nie verziehen, wenn dir etwas weitaus schlimmeres zugestoßen wäre."

„Dir ist aber schon klar, wer hier vor dir sitzt?" Endlich hat Jala ihre Worte wiedergefunden und sieht Charles mit ihrem üblich verächtlichen Blick an.

„Bitte? Ich fürchte, ich verstehe nicht so recht." Nachdenklich kratzt sich Charles am Hinterkopf.

„Ich bin`s, Jala. Die verrückte Trulla, die nicht mal allein das Haus verlassen kann, die ständig Panikattacken kriegt und zitternd auf dem Fußboden liegt."

„Ich würde sehr gern an deiner Seite stehen. Mit dir lachen, wenn es dir gut geht und deine Hand halten, wenn es dir schlecht geht."

„Vergiss es. Da muss ich echt allein durch. Und überhaupt, das sagst du doch nur, weil du nicht weißt, wie es ist, wenn es mir wirklich schlecht geht. Sobald du das auch nur ein einziges Mal mitbekommst, bist du schneller weg, als du gekommen bist und jetzt würde ich sehr gern weiter Sport machen." Wütend funkelt Jala den Jungen an.

Er sagt nichts mehr. Wortlos verlässt er das Zimmer des Mädchens.

Gern würde Jala ihren Plan fortsetzen, weiter zu trainieren, damit sie bloß nicht wieder schwach wird, doch es geht nicht. Ihre Gedanken kreisen um etwas, woran sie eigentlich nicht denken will. Warum nur nimmt dieser Typ so viel Raum in ihren Gedanken ein? Der ist ihr doch völlig egal. Oder?

Charles kommt aus einer Zeit, in der noch nicht einmal das Telefon erfunden war, vom Internet ganz zu schweigen. Warum also sollte sie noch länger an ihn denken? Natürlich will sie ihn vergessen, doch dies ist leichter gesagt als getan.

***

„Du musst mir unbedingt alles erzählen", fordert Alice ihre Schwester auf. „Wie war Sisi? Wie sah es damals in Wien aus? Was hast du im Kerker gedacht? Warum wurde Jala zu ihrem Vater gebracht? Warum ist ihr Vater überhaupt in der Vergangenheit?", rattert Alice nur einen Bruchteil ihrer Fragen runter.

„Stopp, Stopp." Lachend hebt Lisha ihre Hände. „Ich erzähle dir später alles, aber bitte lass mich jetzt erstmal allein, ich muss mich dringend frisch machen. Duschen, umziehen und schlafen. Genau in dieser Reihenfolge." Lisha gähnt herzhaft, bevor sie sich umdreht und zurück ins Haus geht. Alice steht noch einen Augenblick ratlos vor der Haustür, als sie sieht, wie Gyula in Jeans und einem weißen T-Shirt aus dem Büro kommt. Er scheint sie nicht zu bemerken, denn er geht, ohne nach rechts und links zu sehen zielsicher auf den Ausgang zu. Alice überlegt keine Sekunde – sie rennt geradewegs auf ihn zu. „Gyula!" Doch der junge Mann reagiert nicht. Erst hinter dem Eingangstor holt sie ihn ein, da er sie noch immer nicht beachtet, greift sie nach seinem Arm, um ihn so zu stoppen. „Was ist denn los mit dir?" Beinahe erschrocken starrt Alice ihn Gyulas Gesicht, er hat rote Augen und wirkt erschöpft.

„Alice", sagt er stockend.

„Ist was passiert?" Alice lässt den jungen Mann los.

„Ich habe grad wieder gekündigt", sagt er trocken. „Warum? Du hast doch vor kurzem erst angefangen", wundert sich Alice.

„Ich habe gemerkt, dass das nichts für mich ist."

275

Alice verschränkt ihre Arme ineinander. „Und jetzt die Wahrheit!", fordert sie Gyula auf.

Doch er schüttelt langsam seinen Kopf. „Es ist besser, wenn du das nicht weißt."

„Du hast mir neulich geholfen, warum?", versucht es Alice anders.

„Ist die Frage ernst gemeint? Der Mann wollte dir sonst was antun, das hätte ich für jeden gemacht, reiner Zufall." Alice betrachtet den jungen Mann stirnrunzelnd, doch Gyula weicht dem Blick des Mädchens aus.

„Was hast du jetzt vor?"

Ratlos zuckt Gyula seine Schultern. „Erstmal weg hier, vielleicht zurück nach Ungarn."

Nachdenklich nickt Alice. „Was hält dich denn in Ungarn?" „Meine Familie lebt da. Ungarn ist meine Heimat, so wie deine Österreich ist."

„Bleibe hier", fordert Alice ihn unüberlegt auf.

Irritiert schüttelt Gyula seinen Kopf. „Hier hält mich nichts." Er dreht sich um und geht auf sein Auto zu, das am Straßenrand steht.

„Und was ist mit mir?", ruft Alice ihm nach.

„Was soll mit dir sein? Du hast hier dein Leben, deine Freunde, deine Familie." Gyula bleibt stehen und dreht sich wieder zu Alice um. „Gerade geht es dir nicht gut, weil du trauerst, aber das wird vergehen. Till wird für immer in deinem Herzen bleiben, aber als Erinnerung und irgendwann wirst du dich neu verlieben, das verspreche ich dir. Nur dafür brauchst du mich nicht."

Wortlos geht Alice auf Gyula zu und ehe er auch nur etwas sagen kann, küsst sie ihn direkt auf den Mund. Gyula ist erschrocken und weicht kurz zurück, doch dann erwidert er den Kuss.

***

Charles kommt derweil am Fuße der Treppe an.

„Na, was ist dir denn für eine Laus über die Leber gelaufen?" fragt Zola, die gerade aus der Küche kommt.

Niedergeschlagen lässt er sich auf der Stufe nieder. „Die Damen hier sind eigenartig."

Zola atmet hörbar aus, dann setzt sie sich zu dem Jungen auf die Treppe. „Geht's um Jala?"

Erschrocken sieht Charles die alte Dame an. „Woher …", stottert er unsicher.

Zola kann sich ein Lächeln nicht verkneifen. „Woher ich das weiß? Na, hör mal, ich bin vielleicht alt, aber nicht dumm." Mit ihrem Zeige- und Mittefinger deutet Zola auf ihre kleinen Augen. „Ich habe zwei Augen im Kopf." Erneut lässt Charles seine Schultern hängen.

„Ich bin eben nicht Till und werde es auch nie sein."

„Das hat sie gesagt?", fragt Zola überrascht.

„Nein. Das sage ich. Till und Jala waren gut befreundet, ich möchte, dass sie weiß, dass ich dies auch sein kann."

Zola verkneift sich ein Lächeln und legt ihre Hand auf die Schulter des Jungen. „Vielleicht war genau das der Fehler."

Verwirrt sieht Charles auf, direkt in das Gesicht der älteren Dame.

„Aber du sagtest doch zu mir, dass zwischen Till und Jala eine besondere Verbindung bestand und dass Till sie nie allein ließ, egal wie es ihr ging und genau das habe ich auch vor."

„Das stimmt, aber eine geliebte Person kann und darf man nicht ersetzen."

„Hm." Zerknirscht schaut Charles auf seine Füße.

„Und mal ehrlich, du willst doch mehr als einfach nur Freundschaft."

Erschrocken starrt Charles die Großmutter an.

„Aber", beginnt er zu stottern.

„Na, so wie du sie anhimmelst, das ist wirklich nicht zu übersehen."

„Hm."

„Aber gerade dann solltest du erst recht nicht versuchen, Till zu ersetzen, denn Till war nur ein guter Freund von Jala, nicht mehr und nicht weniger. Schon vergessen?"

***

Seitdem sie denken kann, hat sich Jala an einen anderen Ort gewünscht. Sie hatte eine tolle Kindheit, gar keine Frage und auch wenn sie oftmals nicht verstanden wird von ihrer eigenen Familie, würde sie diese für nichts auf der Welt eintauschen. Dennoch hat sie sich in Wien nie Zuhause gefühlt und das liegt nicht an ihrer schwarzen Hautfarbe, womit sie auf diesem Teil der Erde zur Minderheit gehört. Mit Glück kann sie behaupten, nie gemobbt oder diskriminiert worden zu sein. Schon früh schlug ihr Herz für nur ein einziges Land dieser Welt. Es ist groß, viel größer als ihre Heimat. Definitiv anders, ganz anders als Österreich. Als Kind sah sie Bilder dieser für sie fremden Welt im Fernsehen und bekam gleich ein unbeschreibliches Gefühl der Sehnsucht. Sie fing an, sich für dieses Land, die Leute dort, die Sehenswürdigkeiten, die Gebräuche, die Gesetze und dessen Geschichte zu interessieren. Alles zu sammeln, was nur in irgendeiner Art und Weise mit dem wunderbarsten Land zu tun hat. Ihre Familie hielt dies für einen unerfüllbaren Traum. Doch für Jala ist es mehr als das. Es ist nicht nur ein Traum, es ist ihr Zuhause. Doch würde sie dies genauso jemanden erzählen, würde dieser sie auf der Stelle auslachen. Aber kann es sein, dass man etwas vermisst, was man nie hatte? Sie kennt dieses Land nur aus dem Fernsehen, doch es fühlt sich an wie Heimweh. Die Rede ist von Amerika.

Leise klopft es an ihre Zimmertür, sie reagiert nicht darauf. Wieder klopft es, doch diesmal etwas lauter.

Immer noch keine Reaktion von Seiten des Mädchens. Sie beobachtet, wie jemand von außen einen kleinen zusammengefalteten Zettel unter der Tür durchschiebt. Dann hört sie Schritte, die sich entfernen.

Jala ist zu neugierig, um den Zettel einfach liegen zu lassen. Sie legt ihr Handy, worauf sie sich Bilder ihrer Wunschheimat ansah, bei Seite und rutscht von ihrem Bett auf den harten Fußboden. Sie krabbelt auf allen Vieren zur Tür, um den Zettel an sich zu nehmen. In Schönschrift steht darauf geschrieben:

Liebste Jala,

ich komme von weit her, weiß noch immer nicht, wie man sich in deiner Welt richtig verhält. Doch das wunderbarste Gefühl, das es auf diesem Planeten gibt, wird in allen Zeiten gleich sein. Verschließe dich nicht vor deinen Gefühlen. Ich weiß, ich werde immer in deinem Herzen sein, wie du in meinen. Drum bitte ich dich, gib unserer Liebe eine Chance.

Einige Minuten starrt Jala auf diesen handgeschriebenen Brief. Was sollte das? Sie rutscht auf ihren Knien etwas vor, um an die Türklinke zu gelangen, diese drückt sie angestrengt runter, um die braune Holztür einen Spalt zu öffnen.

Vorsichtig schielt sie in den menschenleeren Flur und traut ihren Augen nicht. Vor ihrer Tür auf dem Fußboden steht ein kleines Tablett mit einer großen Schüssel Schoko-Porridge. Ihr Lieblingsporridge. Doch nicht nur das, es sieht auch noch so aus, wie direkt aus dem Kochbuch kopiert. Klein geschnittene Proteinriegel, grobgehackte Zartbitterschokolade, Erdnussbutter und Nüsse als Topping obendrauf.

Auch wenn Jala eigentlich keinen Hunger hat, läuft ihr das Wasser im Mund zusammen. Sie öffnet die Tür nun ganz und zieht das Tablett schnell in ihr Zimmer, bevor sie die Tür wieder schließt. Charles, der dies heimlich beobachtet, grinst zufrieden und geht die Treppe runter, während sich Jala auf dem Fußboden an die Wand setzt, die Schüssel in ihre Hände nimmt und das Porridge gierig löffelt.

DREIßIG

Vergangenheit und Zukunft

„Aber was hat Jalas Dad mit der ganzen Sache zu tun?"

Alice sieht Lisha fragend an; sie zuckt daraufhin mit ihren Schultern.

„Keine Ahnung."

„Ich habe Jala gestern Abend noch gefragt, was ihr Vater erzählt hat, aber sie will nicht darüber reden – du kennst sie ja. Hat Quenten euch denn nichts Wichtiges gesagt?" Lisha würde es gerne beantworten, doch sie sieht ihre Schwester stumm an.

„Was ist?", will diese wissen.

„Ist alles gut bei dir? Ich meine, die Sache mit Till, wir haben gar nicht mehr darüber gesprochen."

Alice zuckt ihre Schultern und schließt den Kleiderschrank, vor dem sie unentschlossen stand.

„Offenbar hat Till uns allen was vorgespielt, wer weiß, ob er mich überhaupt geliebt hat."

„Was redest du denn da? Till hat dich geliebt! Mehr als alles andere auf der Welt!"

Alice dreht sich schwungvoll zu ihrer Schwester um: „Jetzt ist er jedenfalls tot und wer weiß – vielleicht ist es auch gut so. Dann hören wenigstens die Lügen auf." Mit verschränkten Armen lehnt sich Alice an den weißen Kleiderschrank eines bekannten Möbelhauses und pustet sich eine pinke Haarsträhne aus dem Gesicht. Lisha zieht sich ein weißes T-Shirt mit dem Schriftzug *SUMMER* über den Kopf.

„Das meinst du nicht ernst!?" Mit hochgezogenen Augenbrauen starrt Lisha ihre Schwester an und greift, ohne hin zu sehen, nach der Haarbürste auf ihrer Kommode. Lishas Haare sehen jeden Morgen aus, als hätte sie eine Steckdose gefasst.

„Doch, meine ich! Es ist Zeit für einen Neuanfang." Ungewollt muss Alice an Gyula denken und an ihren Kuss vom Vortag. Ein Lächeln huscht über ihre Lippen. Doch als sie an seine Stimme denkt, als er meinte: *Das hättest du nicht tun dürfen,* versetzt dies einen unnatürlichen Schmerz in ihren Bauch. Wortlos hatte er sie einfach stehengelassen und ist weggefahren. Augenblicklich verschwindet das Lächeln auf ihrem Gesicht. Was hatte sie nur falsch gemacht, dass die wenige Anzahl an Jungs, vor denen sie offen Gefühle zeigte, so herzlos mit ihr umgingen?

Bei dem Versuch, ihre Haare zu bändigen, hält Lisha kurz inne und sieht ihre Schwester irritiert an.

„Jetzt übertreibst du aber!"

Alice stößt sich von Kleiderschrank ab. „Wieso? Wer sagt uns, dass Till nicht nur zum Schein mit mir zusammen war? Ich habe letzte Nacht kaum geschlafen und die ganze Zeit hin und her überlegt. Er wusste von dieser ganzen Zeitreisegeschichte und er kannte Quenten. Vielleicht hatte er auch was mit Fridwart zu tun, der, warum auch immer, mich angegriffen hat", sie greift nach der Bürste in Lishas Hand und beginnt die Haare ihrer Freundin zu bürsten.

„Das ist nicht dein Ernst?" Entsetzt sieht Lisha in den großen Wandspiegel über der Kommode. Die aufgehende Sonne spiegelt sich in den kleinen Strasssteinen wider, mit denen der Spiegel verziert wurde.

„Doch ist es!"

„Alice. Du kanntest Till von uns allen am besten, er konnte noch nicht einmal einer Fliege was zuleide tun."

Alice legt die Bürste bei Seite und nimmt sich ein dickes Zopfgummi aus den kleinen Körbchen, in dem sich verschiedener Haarschmuck wie Zopfgummis, Spangen und Klammern befinden.

„Ich kannte ihn eben nicht und du auch nicht. Wenn wir ihn gekannt hätten, hätte er uns von Anfang an die Wahrheit erzählt. Wer weiß, was er noch für Geheimnisse hatte. Denk da mal darüber nach", sagt sie ärgerlich, während sie jedoch mit ruhiger Hand die dicken Haare ihrer Schwester zu einem Zopf flechtet.

„Denk mal darüber nach." Diese Worte treffen Lisha und sie weiß nun nicht mehr, was sie sagen soll. Einen Moment bleibt es still zwischen den beiden, doch sie denkt eindringlich darüber nach, was Alice gesagt hat. Hatte sie recht? Hatte Till wirklich was Böses im Sinn? Sie konnte es sich einfach nicht vorstellen, er war doch die liebste Person auf diesem Planeten und neben Alice der beste Freund, den sie sich vorstellen kann. Sie hat es immer als großes Glück empfunden, mit acht Jahren in diese Familie gekommen zu sein und auch, dass Till somit in ihr Leben kam. Eltern, Liebe, Freundschaften und Zusammenhalt kannte sie vorher nicht. Sie hat schon seit Jahren keinen Kontakt mehr zu ihrer leiblichen Familie und will es auch gar nicht.

„Ich muss los, wir sehen uns beim Frühstück", sagt Alice plötzlich in Lishas Gedanken hinein und verschwindet aus dem Zimmer. Lisha betrachtet ihren geflochtenen Zopf im Spiegel und fragt sich: *Was war nur geschehen? Kann es nicht wieder so sein wie früher? Nichts ist mehr so, wie es einmal war.*

***

Auf Zehenspitzen schleicht Alice kurz darauf in das Büro ihrer Eltern. Ein kurzer Blick auf die Wanduhr über dem

Schreibtisch verrät: Es ist erst kurz vor acht. Für gewöhnlich fängt ihre Mutter um neun an zu arbeiten. Wahrscheinlich befinden sich Natalia und Tajo gerade in der Küche und bereiten das Frühstück vor. Die Sonne scheint durch die Schlitze der zugezogenen Jalousien und erwärmt das kleine Zimmer bereits am frühen Morgen auf beinahe 20°.

Leise schließt sie die Tür hinter sich und schleicht zum ausladenden Schreibtisch, an dem normalerweise ihre Mutter sitzt und die Buchhaltung macht. Sie setzt sich auf den Chefstuhl und schaltet den Computer ein. Nach der kurzen Hochlaufphase erscheinen zwei Profile: *Safari Paradise* und *Natalia Privat*. Alice klickt direkt auf *Safari Paradise*. Zu ihrer Überraschung muss sie kein Passwort eingeben. Mit einem zufriedenen Lächeln geht sie die Dokumente auf dem Home Bildschirm durch. Den Hintergrund ziert das Logo des Safari Parks. *Rechnungen, Futterlieferant, Heulieferant, Monatsabrechnungen, Kasse, Jahreskartenabrechnungen, Tierarztkosten, Übersicht der Tiere, Restaurantabrechnungen, Mitarbeiter*. Da bleibt sie hängen und klickt auf das Dokument *Mitarbeiter*. Eine Liste der verschiedenen Mitarbeiter baut sich auf: Kellner, Verkäufer, Tierpfleger und noch viele weitere Berufsgruppen, die sich in einem Tierpark finden.

Alice klickt auf *Tierpfleger*, erneut taucht eine alphabetisch sortierte Liste auf, mit den Dokumenten und Bewerbungsunterlagen der Tierpfleger aus dem Safari Park. Alice will schon runterscrollen zum Buchstaben G, da fällt ihr auf, dass die Buchstaben nach Nachnamen sortiert sind. Genervt stöhnend lässt sie sich zurückfallen, denn sie wusste nicht, wie Gyula mit Nachnamen heißt. Nachdenklich kaut Alice auf ihrer Unterlippe und betrachtet dabei ein Familienfoto auf dem Schreibtisch. Es ist bereits einige Jahre alt. Alice war damals erst zehn und grinst noch mit einer Zahnspange in die Kamera. Erneut beugt sie sich vor und beschließt, alle Mitarbeiternamen durchzugehen, bis sie das Dokument von Gyula findet.

Natürlich weiß Alice, das dass alles vertrauliche Dokumente sind und sie darin absolut nichts zu suchen hat, aber genau deshalb hat sie sich ja auch heimlich den Büroschlüssel vom Sideboard geschnappt und hat sich in der Stunde rübergeschlichen, wo die meisten Mitarbeiter bereits im Park unterwegs sind, um die Tiere zu versorgen und ihre Eltern noch nicht angefangen haben zu arbeiten. Außerdem will sie ja nur die Telefonnummer von Gyula haben und vielleicht seine Adresse. Doch nichts!

Fast fünfzehn Minuten ist sie die komplette Liste durchgegangen, aber sie findet keinen Gyula. Enttäuscht schließt sie das Dokument und lässt sich stöhnend wieder zurückfallen. Auf dem Bürostuhl dreht sie sich einmal im Kreis.

„Merkwürdig", murmelt sie leise vor sich hin, dann wendet sie sich erneut dem Computer zu und öffnet das Internet. „Gyula Ungarn Slowakei Wien", gibt sie in die Suchmaschine ein.

Zuerst tauchen Zugverbindungen zwischen Wien und der ungarischen Stadt Gyula auf. Bundeskanzleramt Österreich. Alice legt ihre Stirn in Falten, wie sie neugierig diesen Link öffnet. Doch enttäuscht stellt sie fest, dass es sich hierbei nur um einen Bericht über ein spektakuläres internationales Treffen in Wien aus den 80ern handelt. Alice liest dies gar nicht erst, sie geht zurück und scrollt weiter runter. Die nächste Überschrift scheint schon deutlich vielversprechender zu sein:

Habsburgerinnen unterwegs in Ungarn und der Slowakei. Habsburger gleich Sisi und Charles. Beinahe erschreckt sich Alice bei diesen Gedanken, rasch klickt sie darauf. Es erscheint eine Webseite über Reiserouten an der Donau entlang. Rasch überfliegt Alice die ersten Zeilen, es wird berichtet, dass reiche Damen im 19. Jahrhundert bereits nach Ungarn zu Kuraufenthalten fuhren. So auch die Familie von Franz Joseph von Österreich. Selbst heute heißen noch einige Straßen und Plätze nach den Namen der Habsburger. Es folgen noch eine

Reihe von genauen Ortsbeschreibungen, die heute zu beliebten Reise zielen gehören, nur weil Sisi dort zu Kur fuhr. Doch dies überfliegt Alice schnell. Bei dem dick angestrichenen Namen *Graf Gyula Andrassy* bleibt Alice stehen; wenn dieser Name nicht so dick geschrieben wäre, hätte sie ihn beinahe überlesen. Langsam liest Alice den kleinen Ausschnitt über die freundschaftliche Beziehung von Sisi und Graf Andrassy. Beinahe in Zeitlupe gibt sie danach den Namen *Graf Gyula Andrassy* in die Suchmaschine ein, ohne einen Blick auf die Artikel zu werfen, klickt sie sogleich auf Bilder und hofft inständig, dass sich ihre Befürchtung nicht bewahrheitet. Es tauchen gezeichnete Bilder aus dem 19. Jahrhundert auf.

Alice vergrößert das erste Bild und betrachtet dies einige Minuten stumm. Als sei sie eingefroren, starrt sie auf die starren Mundwinkel, die verträumten Augen, die schwarzen Locken, der Drei-Tage-Bart, die sportliche Figur, die blasse Haut. Es besteht kein Zweifel.

Eine Stunde später sitzt die gesamte Familie am Frühstückstisch, selbst Jala ist dabei und auch Malaika, die heute frei hat, wurde von ihrer Mutter zum Frühstück eingeladen.

Während Mo und Marlec ein Pfannkuchen-Wettessen veranstalten, erzählt Malaika von ihrer Ausbildung. Alice stochert lustlos in ihrem Müsli herum, während Lisha gedankenverloren in ihrem Kakao rührt und immer wieder zwischen Alice und Charles hin und her sieht.

Nach einer Weile schiebt sie ihren Stuhl zurück und bedeutet ihren Schwestern, sowie Marlec und Charles wortlos, mitzukommen. Alice legt den Löffel in ihrer Müslischüssel ab und sieht Lisha verwundert an.

„Wir haben noch was vor", erklärt Lisha ihren Eltern, die sie überrascht ansehen.

„Ihr alle fünf?", fragt Malaika, die sich gerade ein halbes Brötchen mit Nutella beschmiert.

„Ja", antwortet Lisha schnell.

„Zusammen?", fragt nun Natalia.

„Ja", antworten Lisha und Jala im Chor und bevor noch jemand etwas sagen kann, sind die Teenager aus der Küche verschwunden.

Im Zimmer der Mädchen finden sich die fünf wenige Minuten später ein. „Was sollte das?", fragt Alice sogleich, doch Lisha ignoriert ihre Schwester erst einmal.

Erwartungsvoll sieht sie in Charles tiefblaue Augen.

„Du weißt es schon, oder?"

„Was weiß er?", fragt Alice ihre Schwester irritiert, während Charles wortlos nickt. Lisha geht zu ihrem Schreibtisch. Stumm beobachtet von den anderen, zieht sie dort nun einen Zettel aus ihrem Papierfach. Einen Moment hält sie inne, dann geht sie zurück und überreicht diesen an Alice.

„Ich habe ein wenig recherchiert und das rausgefunden", sagt sie zu ihrer Schwester und lässt sich in den Schneidersitz auf den Teppichboden nieder, genau wie Jala und Marlec. Nur Charles zieht den gemütlichen Sitzsack vor und Alice bleibt wie angewurzelt stehen.

„Worum geht's hier eigentlich?", fragt Marlec ungeduldig. „Ich dachte, wir vergessen das, was passiert ist, einfach. Nico hat den Ring mitgenommen und gut ist. Wir tun so, als sei nichts passiert", mischt sich Jala ein, die natürlich endlich ihre Fragen beantwortet haben will, doch sie hatte vergangene Nacht kaum ein Auge zugetan. Immer wieder musste sie an ihren leiblichen Vater denken, dennoch will sie gerade einfach nur ihr normales Leben zurück.

„Nico?", fragt Marlec verwundert und richtet sich neben Jala auf. Nachdem er am Vortag fluchtartig das Haus verließ und ziellos durch Wien fuhr, hatte er seine Geschwister nicht mehr gesehen und wusste somit auch nicht, wie es Lisha und Jala zurückgeschafft hatten.

„Der Typ, den Lisha im Kerker kennengelernt hat", erklärt Jala knapp. Irritiert blickt Marles zu Lisha, doch sagt nichts. Einen Moment herrscht Schweigen zwischen den Teenagern; keiner weiß so recht, was er sagen soll.

Die auf dem Zettel in ihren Händen enthaltenen Informationen kreisen in Alice Kopf. Es ist wie ein Puzzle mit tausend Teilen, in dem sie kein Ende findet.

Alice hasst Puzzle. „Was hat das zu bedeuten?", fragt sie zögerlich und setzt sich ebenfalls in den Schneidersitz.

„Hast du es immer noch nicht geschnallt?" Lisha sieht ihre sonst so clevere Schwester an.

„Was denn?" Unsicher sieht das Mädchen zwischen ihrer Schwester und dem Bild auf dem Blatt Papier hin und her. Natürlich hat sie eine Ahnung, doch sie will es nicht wahrhaben. Das kann doch nicht sein. Oder doch?

Auf dem Zettel ist ein Porträt eines kleinen Babys zu sehen, darunter steht: „Sophie von Österreich, kurz vor ihrem Tod im Jahre 1856" und daran ist ein Kinderfoto von Alice, mit einer Büroklammer befestigt. Es zeigt Alice als Baby, in einem blauen Strampler liegt sie auf einer weißen, mit Teddybären bedruckten Krabbeldecke, in ihrer rechten Hand hält sie eine Rassel und auf dem kleinen Kopf liegen vereinzelte braune Strähnen.

„Kann mich vielleicht endlich mal jemand aufklären?", fragt Jala ungeduldig, während Marlec nachdenklich auf seine Füße sieht. Es scheint, als wäre er in Gedanken ganz weit weg. Auch Charles scheint noch nicht so recht zu verstehen, worauf dieses Gespräch hinausführt. Aufgerichtet, die Hände ineinander gefaltet, als würde er beten, sitzt er nach wie vor in dem bequemen Sitzsack.

Alice überreicht den Zettel wortlos an Jala. Augenblicklich weicht jegliche Farbe aus ihrem Gesicht. „O mein Gott, Alice ist…"

„Sophie von Österreich, erstgeborene Tochter der bekanntesten Persönlichkeit des vorletzten Jahrhunderts und Zwillingsschwester von Charles", beendet Lisha den Satz ihrer Schwester. Als Lisha dies ausgesprochen hat, springt Alice wie von der Tarantel gestochen auf und verlässt fluchtartig ihr Zimmer. Sofort springt Charles ebenfalls auf und will ihr nachlaufen, doch Lisha hält ihn zurück.

„Nein! Lass mal, ich mache das besser."

Als Lisha ebenfalls ihr Zimmer verlassen hat, scheint Marlec durch den Knall der zufallenden Tür aus seinem Tagtraum zu erwachen, er zuckt kurz zusammen und sieht zwischen Charles und Jala hin und her. „Habe ich was verpasst?"

„Du bist also Alices Bruder?", fragt Jala, ihren Bruder ignorierend. „Und meinen Vater kennst du seit deiner Geburt?", fragt sie weiter.

„Häh?" Irritiert blickt Marlec zu Jala. „Was redest du denn da?"

Charles setzt sich zu Jala auf den Fußboden und sieht ihr ernst in die Augen. „Ich bin mit dem Gedanken aufgewachsen, meine Schwester sei bei der Geburt gestorben und Quenten war für mich wie ein Vater."

Beleidigt verschränkt Jala ihre Arme vor der Brust und rückt ein Stück von Charles ab. „Herzlichen Glückwunsch, ich hätte ihn als Vater wirklich gebraucht, aber was ist schon ein schwarzes autistisches Kind, gegen einen Prinzen?"

„Glaube mir, ich wollte nie ein Prinz sein, sondern lieber mit anderen Kindern fangen spielen. Ich wusste nicht, wie es sich anfühlt, von den Eltern geliebt zu werden oder Freunde zu haben. Doch seitdem ich hier bin, ist alles anders, ich möchte nie wieder zurück, denn in deiner Welt ist alles so bunt und so fröhlich und jeder darf sein, wie er will." Er versucht, die Hand des Mädchens zu nehmen, doch Jala zieht sie zurück.

„Du kommst aus dem 19. Jahrhundert. Du bist längst tot und du musst zurück, sonst veränderst du die Geschichte."

„Wenn es keinen anderen Ausweg gibt, dann werde ich mich meinen Pflichten stellen müssen. Doch bis es soweit ist, lass uns die Zeit, die uns bleibt, genießen."

„Vergiss es! Ich habe gerade erst jemanden für immer verloren, ein zweites Mal ertrage ich das nicht und damit das gar nicht erst soweit kommt, belassen wir es hierbei." Mit dem Zeigefinger deutet Jala auf die geschlossene Zimmertür, die von innen mit alten Tier-Postern plakatiert ist. „Ich will dich nicht mehr sehen!"

Wortlos steht Charles auf und verlässt mit hängenden Schultern den Raum. Als er die Tür hinter sich leise schließt, lässt sich Jala weinend in Marlecs Arm fallen, der schützend seinen Arm um die Schultern des Mädchens legt und ihren Arm streichelt.

EINUNDDREIßIG

Wer bin ich?

Wutentbrannt rennt Alice die Treppe runter in den Flur.

„Natalia!", schreit sie unüberhörbar in alle Richtungen.

Lisha, die ihr sofort nachlief, erreicht nun ebenfalls den untersten Flur.

„Alice, beruhige dich doch!" Sie versucht, ihre Schwester am Arm zu packen, doch sie reißt sich los.

„Lass mich!"

Ohne Luft zu holen, rennt Alice in die Küche, wo ihre Familie nach wie vor am Frühstückstisch sitzt. Erschrocken sehen sie das Mädchen an, als diese reinstürmt und mit rot geweinten Augen ihre Eltern wütend anfunkelt.

„Wie konntet ihr mir das antun?"

Natalia springt auf und eilt sofort zu ihrer Tochter: „Schätzchen, was ist denn los?"

Natalia will sie in den Arm nehmen.

„Nenne mich nie wieder *Schätzchen*!" Alice reißt sich auch dieses Mal los.

„Alice, was ist passiert?", fragt nun Tajo, der ebenfalls aufsteht und auf seine Tochter zugeht. Alice öffnet ihren Mund, doch schließt ihn sogleich wieder. Es kommt ihr einfach zu absurd vor, als könnte sie dies aussprechen.

„Gar nichts ist los", greift Lisha ein, die neben ihrer Schwester steht.

Natalia und Tajo sehen das Mädchen fragend an.

„Nur ein Spiel", erklärt sie schnell.

„Bitte?", fragt Tajo erstaunt.

„Ja. Wir haben Wahrheit oder Pflicht gespielt und wie ihr seht. Alice hat den Pflichtteil erfolgreich überstanden. Sie könnte Schauspielerin werden, oder?", lügt Lisha und ist selbst überrascht, wie leicht ihr dies von den Lippen kommt.

Wortlos nicken ihre Eltern, während sie zweifelnd auf Alice sehen, die nach wie vor in der Küchentür steht und schockiert ins Nichts starrt.

„Mädchen", sagt Mo kopfschüttelnd und wendet sich wieder seinem Frühstück zu.

„Ja, wir müssen dann mal weiterspielen. Schönen Tag euch noch", lächelt Lisha und zieht ihre Schwester aus der Küche, sprachlos beobachtet von Natalia und Tajo.

Lisha schließt die Tür hinter sich und sieht ihre Schwester vorwurfsvoll an: „Was sollte das denn? Die halten dich doch jetzt für völlig bekloppt."

Wortlos zuckt Alice ihre Schultern, während sie geradeaus an die Wand starrt. Vorsichtig legt Lisha ihre Hand an Alice Arm und lächelt sie aufmunternd an.

„Hey, das wird schon wieder und ich denke, du solltest in aller Ruhe mit Mum und Dad darüber sprechen, aber erstmal noch nicht. Zumindest solange nicht, bis wir mehr über diese ganze Angelegenheit wissen."

„Lass mich in Ruhe", sagt Alice schließlich und geht auf die Haustür zu.

„Alice."

Einen Moment hält der Teenager inne, dreht sich aber nicht um.

Draußen auf dem Hof rennt sie geradewegs auf ihr Mountainbike zu, welches am Gartenzaun angeschlossen ist, sie öffnet das Zahlenschloss, schwingt sich darauf und tritt kräftig in die Pedale.

Sie will nur noch weg, weg von diesem Ort, weg von diesem Jungen, der ihr Bruder sein soll, weg von den Eltern, die sie 16 Jahre lang im Unklaren ließen. Sie will nur noch vergessen.

Vergessen, was war. Vergessen, was ist. Vergessen, was sein wird.

***

„Wieso tut es so weh, wenn ich daran denke, dass Charles nicht hierbleiben kann?" Jala sieht Marlec traurig in die Augen, nachdem sie sich etwas beruhigt hat. Der Junge nimmt seine Schwester erneut in den Arm.

Erstaunlicherweise wehrt sich Jala nicht. Zum ersten Mal in ihrem Leben lässt sie es zu, dass Gefühle in ihr wohnen.

„Vielleicht, weil er dir etwas bedeutet", flüstert Marlec ihr ins Ohr.

Entsetzt wendet sich Jala aus der festen Umarmung und weicht zurück. „Was redest du denn da? Ich kenne den Typen doch quasi gar nicht." Mit wütender Miene verschränkt das Mädchen ihre Arme ineinander.

„Er war aber der erste, nach Till, den du an dich rangelassen hast."

Betreten sieht Jala auf den Fußboden und murmelt: „Gar nicht wahr."

„Charles bedeutet dir mehr als du zugibst, das sieht ein Blinder und vergiss nicht, er ist ein Prinz, also das große Los, würde ich sagen." Augenzwinkernd lächelt Marlec seine jüngere Schwester an. Die schnaubt verächtlich.

„Ja toll, ein Prinz aus dem vorletzten Jahrhundert."

„Jetzt ist er jedenfalls hier und wenn er dir so egal wäre, wie du sagst, würdest du nicht jammern."

***

„So geht das nicht weiter!", sagt Natalia entschieden zu ihrem Mann, der mit dem Rücken zu ihr steht und einen Aktenordner aus dem Regal nimmt.

„Was meinst du?"

„Gyula hat gekündigt, weil er Alice nicht beschützen konnte." Tajo blättert konzentriert in dem Aktenordner. „Er ist doch noch rechtzeitig gekommen."

„Das ist nicht der Punkt. Merkst du eigentlich nicht, was hier grad geschieht? Wir müssen Alice in Sicherheit bringen, bevor Fridwart erneut auftaucht!" Tajo schlägt den Ordner wieder zu, schiebt ihn zurück ins Regal und entnimmt einen weiteren Ordner.

„Unsinn." Verzweifelt streicht sich Natalia durch die blonden, kurzen Haare. „Dann lass uns wenigstens mit Sisi reden, gemeinsam werden wir eine Lösung finden."

Schwungvoll dreht er sich um. „Sisi ist seit 124 Jahren tot."

Tajo schlägt den Ordner in seinen Händen auf und blättert eilig einige Seiten um.

„Seit wann ist sowas für uns wichtig?"

Natalia steht von ihrem Schreibtisch auf und sieht ihren Mann aus ernster Miene an. „Immerhin ist sie Alice leibliche Mutter, sicher macht sie sich Sorgen um Charles. Wir sollten ihr sagen, dass es ihm gut geht."

Energisch schlägt Tajo den Ordner zu und funkelt seine Frau wütend an: „Wir haben der Zeitreise schon lange abgeschworen! Ich will von diesem Thema nichts mehr hören! Alice ist unsere Tochter und Charles ihr Bruder. Wenn er zurück will, stehe ich ihm nicht im Weg. Aber ich werde ihm auch bei uns ein liebevolles Zuhause schenken, ein Zuhause, wie er es bei Sisi und Franz sicher nie hatte und auch nie haben wird."

„Du weißt genau, dass das nicht geht." Natalia nimmt ihrem Mann den Ordner aus der Hand und legt diesen auf ihrem Schreibtisch ab. Zaghaft legt sie ihre Hände an seine Schultern und sieht in seine schokoladenbraunen Augen.

„Wir hatten doch eine tolle Zeit als Teenager. Du, Simba, Sisi, Quenten, Mary, Linda und ich. Wir waren ein unschlagbares Team. Die besten Freunde, warum hasst du Sisi auf einmal so?"

„Ich hasse sie doch nicht. Ich nehme es ihr nur übel, dass sie sich damals gegen uns und für einen Mann, den sie gar nicht liebte, entschieden hat", sagt Tajo mit ruhiger Stimme. „Sie hatte doch keine Wahl", verteidigt Natalia ihre Freundin. Tajo wendet sich aus den Händen seiner Frau und schnaubt verächtlich auf. „Sie hätte mit uns kommen können, in unsere Zeit. Charles und Alice hätten hier zusammen aufwachsen können, als Geschwister. Dann wäre Alice heute noch ein Kleinkind, sie hätte sich niemals in Till verlieben können und dieser furchtbare Schmerz wäre ihr erspart geblieben", sagt Tajo mit trauriger Miene.

Natalia dreht sich um, mit langsamen Schritten geht sie zum Fenster des Büros, sie legt ihre Arme ineinander und sieht auf dem menschenleeren Vorplatz des Safariparks. „Sisi war sehr verliebt in Simba und in unsere Zeit. Glaube mir, wenn sie gekonnt hätte, wäre sie ohne Zögern mitgekommen. Aber sie war viel zu vernünftig, um gegen irgendeine Regel zu verstoßen. Die ganze Geschichte hätte sich geändert." Ein schwaches Lächeln huscht über die Lippen der Frau. „Ich weiß noch, wie sie erfahren hat, dass sie schwanger ist. Sie hat sich so gefreut, doch hatte zugleich eine Heidenangst, ihre Kinder könnten auch schwarz sein, wie sollte sie das erklären? Damit sie eine bessere Versorgung hat, bin ich in unserer Zeit mit ihr zum Arzt, deshalb wusste sie auch schon früh, dass es Zwillinge werden."

„Das wusste ich ja gar nicht", wundert sich Tajo.

Natalia wendet sich wieder ihrem Mann zu, sie geht am Schreibtisch vorbei und streicht mit der flachen Hand über die Oberfläche. „Es gibt eben Dinge, die macht man nur mit der besten Freundin. Sie war schon mit Franz verheiratet, als sie von Simba schwanger wurde, sie wollte ihm beide Kinder unterjubeln, doch wenn diese nun schwarz gewesen wären, wäre sie in Teufelsküche gekommen. Aber zum Glück war dies ja nicht der Fall, sie behielt Charles und vertraute mir Alice an, denn sie wollte zumindest ihrer Tochter ein besseres Leben schenken. War das ein Fehler?", fragt Natalia mit Tränen in den Augen. Wortlos nimmt Tajo seine Frau in den Arm und küsst sie zärtlich.

***

Währenddessen sitzt Charles stumm auf der Hollywoodschaukel im Garten der Familie und ist äußerst unzufrieden. Jala ist sauer auf ihn. Er wünscht sich nie hergekommen zu sein, denn dann säße er jetzt nicht allein da und müsste sich überlegen, was er falsch gemacht hat. Zuhause war alles viel einfacher. Hier waren die Menschen so anders, besonders die Mädchen versteht er nicht. Schlimm genug, dass sie Hosen tragen, aber dass sie dann auch noch so unfreundlich sprechen und ihre eigene Meinung haben ... Das versteht der Prinz aus dem 19. Jahrhundert nicht.

Er fühlt sich äußerst unwohl in seiner Haut und das liegt nicht zuletzt an den Sneakers, der tiefsitzenden Stoffhose und dem Tank Top. Das soll wirklich modern sein? Für Charles ist das unbegreiflich. Doch er sollte sich anpassen, also muss er diese Kleidung tragen, um nicht aufzufallen. Schließlich läuft Marlec auch so rum.

„Hallo Charles." Neben der Hollywood-Schaukel steht Jo.

„Guten Tag. Verzeihung, ich hatte Euch gar nicht kommen sehen."

Jo lächelt und nimmt neben dem Jungen Platz. „Wieso sitzt du denn hier so allein? Wo sind die anderen?"

„Jala redet nicht mehr mit mir", sagt er als Antwort.

Jo nickt verständnisvoll. „Was hast du denn angestellt?"

Charles sieht stur auf das Gras unter seinen Füßen. „Ich weiß es nicht."

„Warum spricht Jala nicht mehr mit dir? Habt ihr euch gestritten?"

„Nein", sagt Charles sofort und sieht dabei wieder auf. „Ja, ich weiß es nicht."

Jo zieht seine buschigen Augenbrauen zusammen. „Du scheinst ziemlich viel nicht zu wissen."

„Das stimmt", seufzt Charles.

„Wie wäre es, wenn du dir erstmal im Klaren darüber wirst, was du überhaupt willst", schlägt Jo vor.

„Ich möchte Jala nicht verlieren, in der kurzen Zeit, die ich hier bin, wurde sie mir sehr wichtig. Genau wie Alice oder Lisha, sogar Marlec. Doch eines Tages kehre ich zurück und die Mädchen bleiben hier, es tut sehr weh, wenn ich daran denke", berichtet Charles mit brüchiger Stimme.

„Nun, ich habe zwar nur die Hälfte verstanden, aber ich würde vorschlagen, du gehst jetzt zu Jala und klärst das, was auch immer vorgefallen ist." Der alte Herr lächelt den Jungen zuversichtlich an.

„Das habe ich doch schon versucht, mehrfach. Jala hört mir gar nicht erst zu." Ärgerlich schaut Charles zu dem Kaninchengehege, in dem Mo sitzt und mit einem schwarzen Zwergkaninchen kuschelt. Jo legt seine Hand beruhigend auf Charles Schulter.

„Weiß du, Charles. Manchmal sprechen Taten mehr als tausend Worte. Glaube mir, ich weiß, wovon ich rede."

Der Junge sieht nun wieder direkt in Jos Augen. „Was soll ich denn noch tun?"

„Zeige ihr, wie wichtig sie dir ist und dass du sie nie wieder verlieren willst."

Niedergeschlagen lässt der Prinz seine Schultern hängen, die aufrechte Haltung, die er sonst stets bewahrt, scheint er verloren zu haben. „Habe ich schon, sie versteht es nicht."

„Dann versuche es wieder. Gib nicht auf", spricht ihm Jo Mut zu.

„Was soll ich denn tun?", fragt Charles erneut.

„Sei kreativ, überlege dir was Nettes für Jala."

Obwohl Jo die letzten Tage kaum bei seiner Familie war, weil er in der Klinik so viel zu tun hatte, hat er längst begriffen, dass sich Charles auf den ersten Blick in Jala verliebt hat.

„Sie ist ein wunderbares Mädchen, genau wie Alice", schwärmt der Junge

Jo sieht ihn ernst an: „Tu mir nur einen Gefallen."

Charles richtet sich auf und sieht den älteren Herrn fragend an, der lässt nicht lange auf eine Antwort warten: „Begeh nicht den gleichen Fehler wie Till."

„Von welchem Fehler sprechen sie?"

„Jeder hier weiß, dass es für Till immer nur Alice gab, doch es ist auch kein Geheimnis, dass er für Jala weitaus mehr als nur Freundschaft empfand", erklärt Jo mit ruhiger Stimme.

„Aber Zola hat stets das Gegenteil behauptet", wundert sich Charles.

„Zwischen den beiden bestand eine unsichtbare Verbindung, es ist schwer zu verstehen, für jemanden, der dies nicht miterlebte, wobei – eigentlich auch für die, die es sahen. Denn Zola oder auch Natalia und Tajo sowie die Kinder verstanden es nicht. Alice wollte es nie wahrhaben, doch Till und Jala waren Geschwister, zumindest im Geiste", erklärt Jo.

„Sie meinen, sie waren seelenverwandt?"

„Wenn du es so willst. Ja."

Charles sieht niedergeschlagen auf den Hund neben sich.

„Und was mache ich jetzt? Ich bin nicht Till und ich werde ihn auch nicht ersetzen können. Jala wird nie mit mir reden."

Jo schüttelt entschieden seinen Kopf. „Niemand spricht davon, irgendjemanden zu ersetzen. Jala braucht keinen Bruder, davon hat sie schon zwei. Was Jala jetzt braucht, ist ein Freund. Ein wahrer Freund, der sie so nimmt, wie sie ist, der nicht versucht, sie zu verändern, der ihr zuhört, sie in den Arm nimmt und immer für sie da ist. Dann wird sie auch irgendwann wieder mit dir Lachen, glaube mir. Ich weiß zwar nicht, was vorgefallen ist, aber was ich weiß ist, wenn Jala sieht, dass es dir ernst ist, wird sie dich in ihr Herz schließen."

Ein schwaches Lächeln erscheint auf dem Gesicht des Jungen.

„Ich hoffe es sehr."

***

Schon seit Stunden sitzt Alice an dem Ort, wo sie und Till sich zum ersten Mal küssten. Doch dieser Ort war noch so viel mehr als das: Nicht nur ihre erste Beziehung begann hier, auch kam sie schon als kleines Kind an diesen Ort, um die Löwen und Elefanten zu beobachten. Es war der Lieblingsplatz von ihr und Till. Hier haben sie so viel Zeit zusammen verbracht, stundenlang Löwen beobachtet, Arm in Arm sind sie unter Sternen eingeschlafen. Dort haben sie sich zum ersten Mal geküsst.

Regungslos sitzt Alice im Baumhaus und starrt ins Nichts. Was sollte sie jetzt nur tun?

Ihre Gedanken spielen verrückt. Sophie von Österreich. Der Name fühlt sich so vertraut an und sogleich so fremd. Das alles ist so weit weg, ihre leiblichen Eltern sind seit mehr als hundert Jahren tot. Das ist doch echt absurd.

Nach einiger Zeit nimmt sie ihr Handy aus der Hosentasche und scrollt durch die Bildergalerie von ihr und Till. Es sind Selfies, die ein junges, scheinbar glückliches Liebespaar zeigen.

Selfie, bei dem Wort zieht sich in Alice alles zusammen. Wer wusste vor dreihundert Jahren schon, was ein Selfie ist, geschweige denn ein Handy oder das Internet. Alles, was Alice Leben ausmacht, gab es in der Zeit, in der sie geboren wurde, noch lange nicht.

Plötzlich taucht das Bild von ihr und Charles auf, als er in die Schlammpfütze gefallen ist. Ungewollt huscht ein Lächeln über Alice Lippen. Fühlte sie sich deshalb so verbunden mit ihm, obwohl sie ihn eigentlich gar nicht kennt? Weil er ihr leiblicher Bruder ist, noch dazu ihr Zwillingsbruder.

Alice verlässt die Galerie auf ihrem Smartphone und geht ins mobile Internet. Elisabeth von Österreich, gibt sie in die Suchmaschine ein. Es taucht ein Porträt ihrer Mutter in jungen Jahren auf. Alice vergrößert dieses und zoomt das Gesicht ran.

Zärtlich streicht sie darüber, sie wollte es nicht wahrhaben, doch als sie dieses vertraute Lächeln sieht und die blauen Augen, die ihr beängstigend bekannt vorkommen, weiß sie genau „Ja. Das ist meine Mutter."

Eine Träne der Freude verlässt Alice Auge und tropft auf das Handy-Display. Und zugleich auch Trauer darüber, dass sie ihre Mutter nicht mehr in den Arm nehmen kann. Dabei hat sie ihr doch so viel zu erzählen und noch viel mehr Fragen.

Wird sie Elisabeth von Österreich jemals gegenüberstehen? Und wenn ja, wird sie Alice überhaupt sehen wollen? Schließlich gab sie ihre Tochter vor 16 Jahren weg. Heißt das nicht, dass sie eigentlich gar nichts mit ihr zu tun haben will? Und warum ausgerechnet Alice? Laut Internet hat sie noch drei weitere Geschwister. Zwei Schwestern und einen Bruder. Sie ist die Älteste. Warum durften ihre Geschwister bleiben?

ZWEIUNDDREIßIG

Brief aus der Vergangenheit

Am Abend fährt Alice gedankenverloren und ungewöhnlich langsam aufs Gelände ihrer Familie,

Gerade als sie ihr Bike in die Scheune schiebt, kommt ihr Vater aus dem Bürogebäude nebenan heraus.

„Alice", begrüßt er seine Tochter, doch diese antwortet nicht. Tajo geht direkt zu ihr.

„Was hast du denn?", fragt er besorgt, als er die rot geweinten Augen und das blasse Gesicht seiner Tochter sieht, die gerade ihr Rad an das von Lisha lehnt.

„Nichts", antwortet sie geschwächt.

„Ich sehe doch, dass etwas nicht stimmt. Warum hast du geweint?"

Alice zuckt ihre Schultern und sieht unschlüssig auf den Sattel ihres Mountainbikes, sie konnte und wollte ihrem Adoptivvater jetzt einfach nicht in die Augen sehen.

„Seit wann gibt es eigentlich Fahrräder?", fragt sie an ihr Bike gewandt.

„Was? Wie kommst du denn jetzt dadrauf?", fragt Tajo verwirrt. Er geht etwas näher an seine Tochter ran und legt seine Hand auf ihre Schulter

„Alice. Du weißt hoffentlich, dass Mum und ich immer für dich da sind. Wenn du reden willst oder einfach nur Schweigen, wir sind jederzeit da."

Das war zu viel für Alice. Gerade erst hatte sie es geschafft nicht mehr zu weinen, doch jetzt kommen die Tränen, die sich die letzten Minuten schon wie ein dicker Kloß im Hals bildeten, ununterbrochen.

Gerade will Tajo etwas sagen, doch Alice reißt sich los und verlässt fluchtartig die Scheune. Sie rennt quer über den Hof auf das Wohnhaus zu, in dem sie kurz darauf verschwindet.

In ihrem Zimmer lässt sich Alice völlig fertig auf das Bett ihrer Schwester fallen.

„Es ist alles so schrecklich", schluchzt sie unter Tränen.

Lisha steht vom Schreibtisch auf und setzt sich zu ihrer Lieblingsschwester. Sie legt ihren Arm sanft um Alice Schultern.

„Es tut mir so leid. Ich wünschte, es wäre anders gekommen."

„Ist es aber nicht!"

Lisha lehnt ihren Kopf an den von Alice. „Egal was passiert, ich verspreche dir, immer für dich da zu sein und auch, wenn du eines Tages in deine Zeit zurückkehrst – wir zwei werden immer Schwestern sein."

Entsetzt springt Alice auf. „Was heißt denn, wenn ich irgendwann in meine Zeit zurückkehre? Ich bin in meiner Zeit! Hier ist mein Zuhause!"

Lisha nickt und steht ebenfalls auf, sie nimmt die Hand ihrer Schwester und sieht ihr Ernst in die Augen: „Aber geboren wurdest du vor mehr als 200 Jahren. Wie auch immer du hergekommen bist, damit wurde die ganze Geschichte verändert."

Entsetzt reißt sich Alice los und wischt hektisch ihre offenen Haare zurück. „Ich bin in meiner Zeit. Niemand hat mich gefragt, ob ich durch die Zeit reisen will, denn ich bin hier aufgewachsen. Ich kenne kein anderes Leben!" Die Verzweiflung in Alice Stimme ist deutlich rauszuhören, die weitaufgerissenen Augen, das blasse Gesicht. Lisha hat ihre Schwester noch nie so ängstlich gesehen. Sie öffnet ihren Mund, um etwas zu erwidern, doch in dem Moment geht die Tür langsam auf und Natalia kommt rein. Erschrocken sehen die Mädchen ihre Mutter an.

„Okay, ich will jetzt endlich wissen, was hier los ist."

„Los?", fragt Lisha stotternd. „Was soll denn los sein?"

„Den ganzen Tag benimmt ihr euch alle so komisch, dachtet ihr etwa, ich merke das nicht?"

„Ich weiß echt nicht, wovon du sprichst, Mum", versucht Lisha auszuweichen, doch Natalia sieht sie eindringlich an.

„Hört endlich auf, mich für dumm zu verkaufen, ich kenne euch." Natalia geht nun direkt zu Alice und schaut ihr in die Augen: „Warum hast du geweint? Maus, was ist los? Du warst heute Morgen schon mehr als komisch drauf und jetzt weinst du in einer Tour, das ist doch nicht nur wegen Till, oder?" Die Pflegemutter versucht ihren Arm auf Alice Schulter zu legen, doch das Mädchen weicht entschieden zurück. Aus starren Augen starrt sie ihre Mutter an.

„Aber das habe ich doch schon erklärt, wir haben Wahrheit oder Pflicht gespielt", antwortet Lisha anstelle ihrer Schwester. Natalias Blick wandert von Alice zu Lisha. Sie sieht die 15-Jährige stirnrunzelnd an: „Ach, hör doch auf mit dem Unsinn. Das habe ich dir heute Morgen schon nicht geglaubt."

Lisha lässt sich stöhnend zurück aufs Bett fallen. „Es stimmt aber", beharrt sie und das ist neu, denn normalerweise lügt Lisha nie – mehr noch, sie hasst es zu lügen und wird schon bei der kleinsten Notlüge so rot wie eine Tomate. Diesmal jedoch nicht. Trotzdem merkt Natalia, dass ihre Tochter gelogen hat.

„Du kennst mich doch, Mum? Ich würde euch nie anlügen."

Einen Moment sieht Natalia von einem Mädchen zum anderen, dann nickt sie.

„Eben. Du würdest nie lügen, deshalb mache ich mir ja umso mehr Sorgen, denn wenn du so stur auf dieser absurden Geschichte beharrst, heißt es, dass es wirklich ernst sein muss."

„Du hast zu viel Fantasie", lacht Lisha gespielt künstlich. Natalia zieht den Reißverschluss ihrer roten Strickjacke zu.

„Ich mache mir doch nur Sorgen um euch."

„Musst du aber nicht, echt nicht." Lisha kratzt nervös mit ihren langen Fingernägeln auf der grauen Jeanshose, die sie heute trägt. Natalia beobachtet dies; sie ist hin und her gerissen, doch sagt schließlich: „Wenn du das sagst. Aber ich werde euch im Auge behalten."

***

Es ist bereits dunkel draußen, als Jala der späte Hunger überkommt. Nun sitzt sie allein in der Küche und schmiert sich eine Scheibe Vollkornbrot mit Avocado, als Charles den Raum betritt. Gerade will Jala in die Brotscheibe beißen, da setzt sich der junge Prinz ihr gegenüber an den Tisch und lächelt zuversichtlich an.

Genervt legt Jala das Avocadobrot zurück auf ihren Teller und sieht ihn eindringlich an. „Was genau verstehst du nicht an den Worten, lass mich in Ruhe", sagt sie mürrisch.

„Ich bin mir sicher, wir sind füreinander bestimmt und da wir derzeit im gleichen Haus wohnen, ist es schwierig, dir aus dem Weg zu gehen."

Jala nimmt das Brot wieder in die Hand und nuschelt verlegen. „Du könntest es ja wenigstens versuchen und hör auf, so einen Blödsinn zu reden."

Sie beißt das erste Stück ihres Brotes ab und kaut extra lange, um auch ja nicht sprechen zu müssen. Stumm lächelnd beobachtet Charles sie dabei.

Als Jala schließlich auch den letzten Krümel verputzt hat, giftet sie ihn erneut an: „Hast du nicht irgendwas zu tun?"

„Nun, es ist bereits halb elf. Normalerweise schlafe ich um diese Uhrzeit schon."

„Schön, dann kannst du mich ja jetzt in Ruhe lassen."

„Aber ich bin noch nicht müde. Alice sagte, ich könnte mal etwas spontaner sein."

„Oh."

Jala rutscht von der Bank und versucht aufzustehen, doch unerwartet lässt der Boden unter ihren Füßen nach, es wackelt alles um sie herum, letztlich fällt sie zurück auf die weiche Bank.

Besorgt springt Charles auf und eilt zu ihr.

„Was ist geschehen? Bist du krank?"

„Nein. Das ist nur mein Leben", seufzt Jala.

Kurz zögert Charles, doch dann kniet er sich zu ihr runter und sieht ihr ernst in die Augen.

„Du hast recht, ich weiß nicht, wie dein Leben aussieht oder was genau dieser Autismus ist, ich weiß auch nicht, wie es ist, wenn du zitternd am Boden liegst oder was du alles schon durchmachen musstest. Ich weiß auch nicht, wie es ist, wenn man die einzige Person, die immer für einen da war, verliert. Doch ich habe mich in dich verliebt. Jala, schon als ich dich zum ersten Mal sah, wusste ich, du bist etwas ganz Besonderes. Niemals werde ich dich allein lassen, immer für dich da sein, alles machen, was du von mir verlangst. Egal, wofür du dich entscheidest, ich stehe hinter dir."

Jala ist sprachlos, noch nie zuvor hat jemand so etwas zu ihr gesagt. Eine Träne verlässt ihr Auge, als Charles ihre Hand nimmt und lächelt. „Ich weiß nicht, was ich sagen soll", stammelt sie unsicher, während ihr Herz schon wieder viel zu schnell schlägt. Mit der Fingerspitze streicht Charles die Träne unter ihrem rechten Auge weg. Einen kurzen Moment sehen sich beide lächelnd an. Zärtlich legt der Junge seine Hand an ihre Wange und haucht ein: „Ich liebe dich."

Langsam kommen sich beide einander näher, bis sich ihre Lippen berühren und ein wundervoller erster Kuss folgt.

***

Die Geschwister haben allesamt eine unruhige Nacht. Lisha und Alice liegen zusammengekuschelt in Lishas Bett und quatschen die halbe Nacht; über ihre Kindheit, über gemeinsame Erinnerungen, über Till und über Sisi. Jala wälzt sich in ihrem Bett unruhig hin und her, immer wieder sieht sie Till, der ihr von seinem bevorstehenden Tod erzählt und dann taucht da plötzlich Charles auf, der ihre Hand nimmt und mit ihr einen Walzer durchs Schloss Schönbrunn tanzt. Charles hingegen schläft als einziger so gut, wie noch nie seit seiner Ankunft in der Zukunft. Mit einem Lächeln auf den Lippen, träumt er von einer schillernden Hochzeit mit seiner zukünftigen Kaiserin. Und Marlec sitzt in seinem dunklen Zimmer auf dem Bett. An die Wand gelehnt, lauscht er dem regelmäßigen Schnarchen von Mo, während ihm leise Tränen über die Wangen laufen.

„Ich habe Gyula geküsst", sagt Alice plötzlich, als ihre Schwester von einem Freizeitparkausflug vor drei Jahren erzählt, wo sie in einer Achterbahn feststeckten, und Alice, die die Ruhe selbst blieb. Mitten im Wort stockt Lisha und fährt hoch, sie knipst das Nachtlicht an und starrt Alice fassungslos an: „Was?"

Alice setzt sich aufrecht hin, sie streicht ihre Haare hinters Ohr und zuckt mit ihren Schultern. „Es fühlte sich richtig an."

„Aber du kennst den Typen doch gar nicht."

„Genauso wenig, wie du Nico."

„Also, das kannst du doch wohl nicht vergleichen. Ich habe Nico nicht geküsst."

Stumm sitzt Alice an die Wand gelehnt und kratzt nervös den blauen Nagellack von ihren Fingern. Lisha lässt sich ebenfalls wieder zurückfallen und sieht sie von der Seite an. „Sorry, aber ich mache mir doch nur Sorgen um dich. Till ist gerade erst vier Wochen tot und du küsst fremde Männer, außerdem ist er doch mindestens fünf Jahre älter als du."

„Keine Sorge, ich kann schon ganz gut auf mich selbst aufpassen."

Liebevoll legt Lisha ihren Arm um Alices Schultern und lehnt ihren Kopf an den ihrer Schwester. „Kann er denn wenigstens gut küssen?"

Ein Lächeln taucht auf Alice Lippen auf, als sie an den Kuss mit Gyula denkt und dann ist da plötzlich wieder dieses wunderschöne Kribbeln in ihrem Bauch.

„Das heißt wohl, ja", stellt Lisha lachend fest. Doch sie wird direkt wieder ernst. „Und wie soll es nun weitergehen?" Erneut zuckt Alice ihre Schultern. „Vermutlich gar nicht. Er ist danach wortlos abgehauen."

„Was für ein Arsch."

„Das ist aber noch nicht alles?"

Lisha weicht ein Stück zurück und sieht ihrer Schwester wieder direkt in die Augen. „Was denn noch?"

„Mit vollem Namen heißt er Gyula Andrassy."

Irritiert schüttelt Lisha ihren Kopf. „Das ist jetzt nicht dein Ernst?"

Wortlos nickt Alice.

„Du hast einen vor 134 Jahren verstorbenen Grafen geküsst?"

„Ich wusste doch nicht, wer er ist", versucht sich Alice zu rechtfertigen.

„Okay, erstmal tief durchatmen." Lisha richtet sich auf und legt ihre Hände auf ihren Bauch, um gezielt ein und auszuatmen. Sie versucht sich ins Gedächtnis zu rufen, was sie alles über Graf Andrassy weiß. „Graf Gyula Andrassy wurde 1823 in der Slowakei geboren, er war Politiker. 1850 wurde er zum Tode verurteilt und lebte zehn Jahre im Exil. Später wurde er einer der engsten Vertrauten von Sisi."

„Warum sagst du das?"

„Um zu sortieren, was das für ein Mensch ist. Ich glaube nicht, dass er dir was Böses will, aber vermutlich weiß er über alles Bescheid, also auch, wer du wirklich bist und eindeutig ist er ebenfalls ein Zeitreisender."

Langsam nickt Alice. „Darum meinte er auch, ich hätte ihn nicht küssen dürfen", murmelt Alice so leise, dass Lisha Mühe hat, dies zu verstehen. Alice überlegt kurz. Früher hatte sie in schwierigen Situationen immer Till an ihrer Seite. Er hatte stets einen klugen Spruch auf den Lippen, wenn sie mal nicht weiterwusste. Till war immer da, selbst als sie noch nicht zusammen gewesen sind, doch heute ist er es nicht mehr und wird es auch nie wieder sein.

Alice hat sich langsam an den Gedanken gewöhnt, ihre erste große Liebe für immer verloren zu haben. Zwar wird der Schmerz noch für eine ganze Weile bleiben, da ist sie sich sicher. Aber es wird leichter und sie hat ja immer noch Lisha, ihre beste Freundin und Schwester zugleich. Ihr vertraut sie auf Leben und Tod. „Was ist das?" Alice Blick fällt auf Lishas Nachttisch, wo neben den Smartphones der beiden ein weißer Briefumschlag liegt, auf dem nur ein geschriebener Name steht. *Alice.*

Lisha legt ihre Stirn in Falten und nimmt ihn an sich. „Noch nie gesehen, aber da steht dein Name drauf." Sie dreht den Umschlag zu allen Seiten, bis Alice ihr das Schriftstück aus der Hand zieht. „Lag der da vorhin schon? Von wem mag der sein? Und wer schreibt denn heute noch Briefe?"

„Mach ihn auf, dann wissen wir`s."

Alice sieht auf die Rückseite, um den Umschlag zu öffnen, da stockt sie. „Hast du das gesehen?"

Bevor Lisha etwas antworten kann, hält ihr Alice die Rückseite des Umschlags hin, der mit einem kleinen roten Siegel verschlossen ist. Lisha nimmt ihr den Brief wieder aus der Hand und hält ihn unter das schwache Licht der Nachtlampe, um die kleine Schrift auf dem Briefsiegel aus Kerzenwachs zu entziffern. „Schloss Schönbrunn im Jahre

1860." Langsam lässt Lisha den Brief sinken. „Nun, ich denke, wir wissen jetzt, von wem der Brief ist."

„Du meinst, der ist von Sisi?"

„Höchstwahrscheinlich, aber genau werden wir es erst wissen, wenn du ihn nun endlich öffnest." Lisha hält ihrer Schwester den Brief erneut hin, doch sie macht keinerlei Anstalten, diesen zu öffnen.

„Kannst du ihn mir vielleicht vorlesen", fragt Alice mit leiser Stimme.

Lisha nickt, während sie sich wieder neben Alice setzt und sich die Bettdecke gemütlich über die Beine legt. „Ich fasse es nicht, ich lese gleich tatsächlich einen Brief, den die berühmteste Kaiserin der Welt im 19. Jahrhundert geschrieben hat."

Mit zittrigen Händen öffnet Lisha den Umschlag und holt ein zusammengefaltetes Blatt Papier raus, während sich Alice neben ihr auch ein Stück der breiten Bettdecke über die freien Beine legt. Trotz der warmen Sommernacht überkommt sie eine Gänsehaut.

„Kein Grund, durchzudrehen."

Vorsichtig klappt Lisha den Brief auseinander.

„Wow, ist das eine tolle Handschrift. Also die Sauklaue hast du schon mal nicht von ihr."

„Lisha, bitte, ich habe jetzt echt keinen Kopf für Scherze."

„Sorry."

„Fängst du an?"

„Oh, sicher, es ist nur …"

„Was?"

„Im 19. Jahrhundert hat man deutlich anders geschrieben als heute, es ist nicht leicht, die Schrift zu entziffern."

„Wer würde es schaffen, wenn nicht du?"

„Hast recht."

Lisha konzentriert sich sichtlich, als sie die ersten Zeilen liest, während Alice starr an die Wand starrt und der vertrauten

Stimme ihrer Schwester lauscht, die die Worte ihrer unbekannten Mutter vorliest.

„Meine geliebte Tochter.

Wenn du diese Zeilen liest, bedeutet es, dass etwas Unvorhergesehenes geschehen ist. Etwas, was niemals hätte passieren dürfen. Sicher ist, dass einige Zeit vergangen ist. Ich weiß nicht, wie viele Jahre, doch hoffe, dass du ein großes starkes Mädchen geworden bist, das diese Zeilen richtig zu deuten weiß. Egal, was war, was kommt oder für wen du dich entscheidest. Ich möchte, dass du weißt, ich liebe dich sehr. Glaube mir, es fiel mir wahrlich nicht leicht, dich gleich nach der Geburt wegzugeben. Deinen Tod vorzutäuschen, war das Schlimmste, was ich jemals tat. Mein kleiner Engel, auch wenn du so weit entfernt von mir aufgewachsen bist, war ich doch stets bei dir. Dein erster Geburtstag, deine Einschulung, dein erster Skatewettbewerb. Ich war immer dabei; ich möchte, dass du weißt, ich bin sehr stolz auf dich. Bald schon wartet ein großes Abenteuer auf dich, wahrscheinlich das verrückteste deines Lebens. Oder bist du schon mittendrin? Ich kann dir nicht sagen, wie du damit umgehen sollst. Ich kann dir auch nicht versprechen, dass es gut ausgeht. Aber eins verspreche ich dir: Solange du stets an dich glaubst, niemals aufgibst und die, die dich lieben, nicht von dir stößt, wirst du alles schaffen, was du schaffen willst. Habe vertrauen zu Natalia, sie war einmal meine beste Freundin. Sie wird dir mit Rat und Tat zur Seite stehen. Doch gehe Fridwart aus dem Weg, er hat nichts Gutes im Sinn. Gyula wird auf dich achtgeben. Kämpfe mit deinen Freunden, so wie wir es auch einmal taten und trete damit in unsere Fußstapfen.

Es gibt nur eine Regel. Die lautet: Verändere niemals etwas!

Besuche mich im Jahr 1871. Die Wintermonate verbringe ich meist auf Reisen, doch im Sommer triffst du mich im Schloss Schönbrunn. Du musst nur deine Augen schließen und fest an uns glauben, dann wirst du vor mir stehen. Egal zu welcher Zeit, egal, in welchem Land. Gyula besitzt die Zeitmaschine, folge ihm.

Ich glaube an dich und daran, dass wir uns bald kennenlernen!

Bitte passe stets auf dich auf und lass die, die du liebst, niemals im Stich.

Deine dich bis in alle Ewigkeiten liebende Mutter.

Elisabeth von Österreich."

FORTSETZUNG FOLGT...

Liebeschaos inmitten der Vergangenheit – keine gute Idee. Das muss auch Alice auf schmerzliche Weise erfahren, als sie im 19. Jahrhundert in einem Kerker erwacht und ein erbitterter Kampf ums Überleben beginnt.

Die Tochter einer der berühmtesten Persönlichkeiten des vorletzten Jahrhunderts. Eine Prinzessin. Doch Alice kann sich mit ihrer neuen Identität nur schwer abfinden. Am liebsten würde sie sich bei ihrem besten Freund Simba ausweinen – doch er scheint wie vom Erdboden verschluckt. Und warum erinnert sich plötzlich niemand außer ihr an ihn?
Zum Glück gibt es noch Gyula, der ihre Gefühle völlig durcheinanderbringt. Doch dann steht eines Nachts jemand in ihrem Zimmer – und stellt alles infrage, woran Alice jemals geglaubt hat. War ihr bisheriges Leben eine einzige Lüge?

Charles Liebe zu Jala wächst von Tag zu Tag, doch auch sein Heimweh...
Kann er wirklich in seine Zeit zurückkehren und sein vorherbestimmtes Schicksal akzeptieren – ohne Jala? Als sie eines Morgens seinen Abschiedsbrief findet und er spurlos verschwunden ist, bricht für sie eine Welt zusammen. Trotz

Lishas verzweifelter Warnungen trifft Jala eine Entscheidung: Sie wird ihm folgen. Allein. Doch ihre Reise in die Vergangenheit bringt sie in tödliche Gefahr.

Währenddessen versuchen Lisha und Marlec, Natalia endlich zum Reden zu bringen. Und tatsächlich – sie weiht ihre Kinder in die Ereignisse einer längst vergangenen Zeit ein. Doch statt Antworten gibt es nur noch mehr Fragen. Was hat es mit dem geheimnisvollen Blut der Jahrhunderte auf sich? Warum sind Alice und Charles so wichtig für Fridwart? Und welche Rolle spielt Till in diesem gefährlichen Spiel?

Eins ist sicher: Die Vergangenheit hat ihre eigenen Pläne …

DANKSAGUNG

Schon als kleines Mädchen gab es für mich nichts Schöneres, als in meine Fantasie zu fliehen. Ich flog mit Peter Pan ins Nimmerland oder half Jim Knopf, die Prinzessin zu retten – immer allein. Doch das störte mich nie. Niemand sah, was ich sah. Wenn ich an meine Kindheit denke, lächle ich. Ich glaube, ich habe es ihnen nie gesagt, aber: Mama, Papa, ich danke euch. Für eine Kindheit voller Spiel, Spaß und Freude.

Meine Jugend verlief anders als gewöhnlich. Während andere ihren ersten Kuss erlebten, holte ich mit 15 mein Playmobil wieder hervor und zog mich in mein Zimmer zurück. Die Welt da draußen wurde mein Feind, und bald waren meine Eltern die Einzigen, die ich noch hatte. Ich träumte davon, wegzukommen – weit fort, nie zurück. Doch mit 18 sollte man frei sein, und ich bin es selbst mit 26 noch nicht. Mama, Papa, ihr habt mir so viel gegeben und seid dabei selbst fast zerbrochen. Kein Geld der Welt könnte zurückgeben, was ihr mir in den letzten 27 Jahren geschenkt habt. Ich liebe euch.

Ich lehne mich zurück, schließe die Augen – und sehe es wieder: Ich bin fünf, fahre mit meinem kleinen Roller durchs Dorf, neben mir meine Oma auf dem Fahrrad. Ein Würstchen aus dem Tante-Emma-Laden – das Größte für mich. Wir kehren zurück in das Haus, in dem ich so gern war. Der Blick auf das weite Feld, der Duft frisch gemähten Rasens, das Zwitschern der Vögel. Meine Schaukel im riesigen Garten, die Hühner, die mich faszinierten. Dann öffne ich die Augen und blicke auf das Bild meiner Oma. Wie gern würde ich all das mit ihr teilen. Wie sehr wünschte ich, sie könnte mein erstes Buch in den Händen halten.

Ich sehe sie vor mir, wie sie meinen ersten Geschichten lauscht. 18 Jahre durfte ich mit ihr teilen – bis sie plötzlich nicht mehr da war. Der Verlust war schmerzhaft, und doch denke ich heute mit einem Lächeln an sie zurück. Erst dachte ich, ich hätte Till sterben lassen, um meine Trauer zu verarbeiten. Doch vielleicht habe ich unbewusst eine Figur erschaffen, die ihr sehr nahekommt. Oma, du warst die beste Oma, die ich mir hätte wünschen können. Danke für eine sorglose Kindheit und eine Jugend, in der ich selbst in den schwersten Stunden zu dir kommen konnte. Manchmal schaue ich nach oben, lächle und sage: Ich weiß, dass du da bist.

Auch meine Großeltern haben meine Kindheit geprägt. Als Kind liebte ich es, mit Oma auf der Picknickdecke zu sitzen, mit Puppen und Playmobil zu spielen. Wenn ich mich konzentriere, rieche ich noch den modrigen Duft der Decke, die blühenden Sommerwiesen. Ich sehe Opa in seinem karierten Hemd vor der Laube sitzen, mich auf meinem Roller den Weg entlangrasen. Ich höre das Zwitschern der Vögel, rieche die feuchte Erde, nachdem wir gegossen haben. Ich mochte es, ihm im Garten zu helfen, Kekse zu mopsen, während der Kaffeeduft aus der alten Laube strömte.

Als Jugendliche war unser Verhältnis nicht immer leicht. Für Oma wurde ich nie älter, und ich bin oft ausgerastet, wenn sie sich einmischte. Erst als Erwachsene verstand ich, dass sie nichts dafür konnte. Ich bereue heute vieles und wünschte oft, ich könnte die Zeit zurückdrehen. Opa starb, als ich 18 war. Oma erkennt mich heute nicht mehr. Ich kann es euch nicht mehr persönlich sagen, aber: Auch wenn es oft nicht so aussah, ich danke euch. Ihr wart immer da. Ihr wolltet mich nur beschützen. Ich liebe euch.

Ich weiß, es war nicht immer leicht mit mir – besonders als Kind, als noch niemand wusste, was mit mir los war. Familienfeiern oder Ausflüge wurden mit mir oft anstrengender als spaßig. Doch ich danke meiner Familie, dass sie mich größtenteils so angenommen hat, wie ich bin.

Zuletzt danke ich allen, die mich auf diesem steinigen Weg begleitet haben – von einer einfachen Idee bis zum fertigen Buch.
Alica, du warst nicht nur meine Lektorin. Du hast an diese Geschichte geglaubt, standest mir jederzeit mit Rat und Tat zur Seite. Das ist nicht selbstverständlich – Danke!
Jessica, du kanntest die Geschichte nur aus ein paar Stichpunkten, doch hast das perfekte Cover dafür erschaffen. Danke!
Und ein großes Dankeschön an alle, die 2024 durch Crowdfunding dieses Buch ermöglicht haben. Worte reichen nicht aus, um meine Dankbarkeit auszudrücken.
Ein besonderer Dank geht an Michael Kühn.

Anika Walther wurde 1998 in Itzehoe geboren und wuchs als Einzelkind in Krempe auf. Aufgrund einer Angststörung beendete sie mit 16 frühzeitig die Schule und verbrachte fortan viel Zeit allein zuhause, wo sie sich in ihre eigenen Fantasiewelten floh. Aktuell lebt die Autistin in ihrer Heimatstadt und kämpft weiterhin gegen die Angststörung an. Das Schreiben ihrer Geschichten ist die Flucht aus dem realen Leben und die Verarbeitung vergangener Erlebnisse.

Alice und das Mysterium der Kaiserin ist der erste Teil einer geplanten Reihe, über Alice und ihre Freunde, die gemeinsam versuchen, gegen die Zeit zu kämpfen.